九歌
一〇八年
散文選

凌性傑　主編

九歌108年散文選
年度散文獎得主

王盛弘
〈甜蜜蜜〉

得獎感言

未完成　王盛弘

近些年，散文寫著寫著，越發不知道該怎麼寫了。

年紀漸長，長期自我訓練的風格似已無法契合目前心境，而時代的語感、節奏感變動不居如蝴蝶拍翅，該如何與它呼應、與它對話，捕捉住它的變貌？又要怎麼在閱讀效應與文字自足的藝術性中取得平衡？直至如今，每一篇作品都仍是習作，含藏著自我創造、自我推翻、自我重建的掙扎痕跡。每一篇作品都是未完成。

日子過得支離破碎，一顆心東飄西盪，寫作者不是夜市裡江湖郎中，膽敢宣稱專治疑難雜症、藥到病除，但我的基本態度是：人生難免有病，我努力讓自己痊癒，活著，既然活著，就要好好活著。我追求的是和解、和諧，而非衝突與矛盾。文學——我只能為自己代言——是記憶的安魂曲，扮演了黏合與縫補的角色，是美國影星嘉莉・費雪說的「Take your broken heart, make it into art.」，將你破碎的心化為藝術。

儘管實效上，只可能更接近於言叔夏在一篇對我的採訪稿上所說的，「為自己打氣」。

獲獎是運氣，端賴識與不識者的善意，謝謝《自由副刊》、性傑主編、九歌，謝謝廖玉蕙老師。我自少時即閱讀年度散文選，廖老師在十九年前第一回領我進入這個行列，沒想到後來還有機會主編、有機會獲獎。我的心小小的，我的腳步緩緩的，人生雖不能盡如人意，持平而論，命運卻也待我不薄。

目錄

《九歌１０８年散文選》編序

把美麗的狀態留存下來

——凌性傑

1

我相信，一本選集的面貌，與編選者的品味與偏執有關。就我個人的工作經驗，編分類選集容易，編年度選集則甚是困難。分齡、分眾、分主題的讀物往往定位明確，選取的準則相當清晰，不太會出現選擇障礙。年度選集一方面要顧及當下社會脈動，一方面負載著時間的威脅，必須在生活情境與時間斷限裡挑揀出適切的作品。然而什麼是適切呢？這一年來，我也常常感到懷疑。唯一可以確定的是，必須忠於自己的品味與見解，真誠地對待來到眼前的每一篇文字。

現代散文的義界，言人人殊。散文的形貌，也在創作者手上迭有新變。新的生活情境、新的敘述方式，在在影響當代人寫散文的狀態。畫家東山魁夷曾說：「對於藝術家來說，最重要的是個人的精神氣質。」散文書寫大概也是這樣，取決於精神氣質的奔放或內斂、麗雅或樸野、恢弘或細膩。

接下編選工作之後，我希望能以更開闊的方式來看待散文，讓年度散文選有豐富多元的展現。創作者或許向內在世界探勘，寫出個人生命歷程，或許關照全球脈動、社會變遷，提出個人意見。有些作家的散文裡，喜歡經營駭人眼目的情節，讓生活成為奇觀。有些作家則習慣從日常瑣事著手，提取靈光閃現之一瞬。不論有事與無事，都可以成為散文的核心。然而無事的散文難寫，難就難在於如何無中生有，在沒有重要情節的語句裡完成傾訴。古人寫文章講究文氣，個別殊異的精神氣質與生理狀態當然會影響書寫表現。所謂的引氣不齊，關鍵在於訴說的腔調、口氣——標點符號的調度、字詞的選用、句型段落的安排、讀起來拗口或者順口……，這些都會影響文氣與風格。

年度散文選的工作，改變了我的日常。我大量增加閱讀的時間，寫作的時間被壓縮得極為有限。

不在意自己發表了什麼，只在意是否錯過了哪些已經發表的好文章。一日工作的起始，是在通勤列車上，凝視手機螢幕，點開固定的文學媒體頁面（像是在市場買菜，中意的就放進籃子），把偏愛的文章複製、貼上、儲存。為了隨時進行編輯工作，我在社群網站上開了年度選集社團，成員只有兩個，其中一個帳號是我，另一個帳號是自己。兩個帳號輪流使用，我讀自己的貼文，也幫自己按讚，偶或記下閱讀感想，並且隨時補正資料。此外，旅遊資料、日常生活影像、文字創作則另外設置社團，在不被窺看的狀態下，自由自在地編輯、書寫。我與我的分身，先後完成了二〇一八台灣詩選、二〇一九年度散文選。

至於紙本的部分，定期上網買來周刊、月刊、季刊種種雜誌。雜誌到貨之日，有一個隆重的儀式——將自己泡在有沐浴鹽的浴缸裡，悠緩地翻讀當月散文。這一年密集閱讀散文的結果是：精神愈加澄澈，老花度數遽增。

2

讀了學生的文章才知道，他們這個世代流行大帳號、小帳號的切換，不同帳號呈現的溝通狀態多有不同。可以刻意讓人知道，也可以不讓其他任何人知道。大帳、小帳甚至小小帳的使用者，一定會意識到讀者的存在（可能讀者只有自己），並且區分每一種書寫的意圖。每一次登入，每一個帳號的選擇以及使用，都具有強烈的暗示作用：觀看的視角、沉默或發聲、說話的方式，都是由我自行決定的。對我來說，網路世界是一層一層迷霧，其中有一些遮蔽，也有一些事實的顯影。

意識到讀者的存在（或許還得加上迅速的讀者反饋），可能是二十一世紀散文創作者重要的書寫特性。古典散文裡，我特別喜歡情思深摯的應用文。上乘的應用文書總能在文字的實用功能之外，創造出一片美麗境界。現代散文書寫，必須是具有美感的溝通。向特定或不特定對象傳遞思想情感，溝通的意圖、內容、技術都非常重要。京都某寺院副住持曾說：「修行最重要的就是相信。」我以為，說話與寫作亦是如此。

散文的現實與虛構難以截然劃分，有些時候我更願意用虛實互見的模式來追求散文的藝術境界，所有真情實感都必須通過藝術手法，在現實的基礎上進行增補、刪節、修飾。散文的初始，無非真誠。我一直篤信「不誠無物」、「修辭立其誠」。真誠地面對自己與他人，真誠地表達對世界的感受，修辭寫作技術都是為了讓真誠更加煥發，而不是掩蓋真誠。幾度在文學獎參賽作品中看到明顯的虛假，我想那些偽造的真實既無法成為好小說，也無法成為好散文。如果寫出來的東西連自己都無法相信，那麼讀者怎麼會相信？

在某場座談會上與青年學生對談，有個甜美的女孩提問：「如果寫散文會改變原來的人際關係，那該怎麼辦？」「是不是不該用文字的力量去改變人與人的關係？」寫散文之難，難在分寸之拿捏。其實不只是寫散文要面對人際關係的改變，每一句說出口的話語也都在改變人與人的相處狀態。面對這樣的問題，我的思考是：「自己是帶著愛去寫的嗎？」如果是的話，比較不會造成倫理糾紛。社群網路上的貼文讓我明白，釋出溫暖善意總比詆毀攻訐來得讓人安心。要是懷抱恨意，怨悱以之，文字可能會傷人傷己。如果牽涉到他人隱私，寫完之後想要發表，最好可以先讓當事人確認。我以為，不是只有自己的記憶才算數，尊重他人的記憶，是相當重要的一件事。

你的記憶、我的記憶如何成為我們的記憶，終究是一件艱難的功課。在我們的島上，某些集體記憶有待重新確認，某些集體記憶值得珍惜。私自希望這本選集，能夠承載關於二〇一九年的重要記憶。

3

二〇一九年，最讓我感到幸福的一本書是庫索的《自在京都》。她筆下的日常，便是我嚮往的生活。只可惜這本書沒在台灣出版，不然真想從中選錄一篇。

移居京都的庫索在書中提到過學習花道的歷程，池坊派老師鹽野先生告訴她：「花道這件事，就是要把不喜歡的東西也處理得很好啊！」花道教室裡不是每件花材都讓人喜歡，生活中不讓人喜歡的事物也總是不請自來。認識花材、修枝摘葉，無非都是為了讓花存活得更久、更美。庫索第一次練習插荷花，找來大型花器，用注射器將水注入花莖，抹護手霜於荷葉背面，將花材擺放到最適切的位置，然後可以對著自己說：「完成了，不能再美了。」我看這些花人花事，簡直暗藏了散文創作的基本精神。

散文創作者面對回憶的枝枝節節，剪裁布置的藝術既是心理的、也是文學的。我心目中最動人的散文，是讓所有喜歡的、不喜歡的各安其位、各得其所。亹亹布置如許，創作者把想顯露的心意顯露出來，把美麗的狀態留存下來。讀者是不是能欣賞體會，那就是讀者自己的事了。如此，虛構與否便不成問題。我甚至揣想，某些花藝作品裡，假花或許比真花更能派上用場。

每天每月收集來的散文篇章，只要適切的我都統統留下，好看的文章太多了，數量頗為驚人。我的習慣是每月、每季回顧一次，點檢收藏最無法割捨的。儘管如此，年終要交篇目，真心喜愛的篇數其實可以編成兩大冊。原先還預擬了分卷標題：成長及其祕密、家貌、此時此地、可以抵達的遠方、時代群像、感覺與日常、品味與見識。後來覺得許多文章實在難以分類，加上我個人對分類有莫名的恐懼，於是取消了分類，改以發表月分來呈現。我不否認，分門別類有助於快速掌握訊息，便於做出最有效率的反應。類型學固然有其學術上的必要，但我總以為分類即是爭端的開始。

在我心中，文學創作尤其珍貴的價值是，藏在文字背後難以歸類的心靈圖像，形諸筆墨而難以拘限的創作形式。我同時注意到，台灣的文學編輯有非常細膩敏銳之處。媒體主編安排作品見刊之際，總是不忘考量當日、當周、當月、當季的歷史緣由與時令特色。台灣文學刊物的編輯，無微不至地照顧了作者與讀者，讓作品得以在最好的時候與讀者相遇，這一切苦心孤詣令我崇敬無已。有件事一直銘記感念：《鏡文化》安排在二〇一七年十月九日刊出我的詩作〈生命游擊——讀切．格瓦拉畫傳擬代而作〉，當天正好是古巴革命領袖切．格瓦拉（Che Guevara）的五十周年忌日。我想這樣的安排絕非偶然，而是編輯魂最淋漓盡致的發揮。

編輯魂的另一具體顯現，是在專題企畫製作部分。《OKAPI》、《小日子》、《文訊》、《幼獅文藝》、《印刻文學生活誌》、《聯合文學》推出的主題書寫，議題取向明顯，與當下生活息息相關。《自由時報》副刊的「書與人」給予最溫柔的導引，讓讀者可以一窺作家的精神世界。《聯合晚報》企畫「那一年我許過願」、「想起那一年，我的〇〇歲」專輯，那些生命經驗的敘述幾乎篇篇都好看。《聯合報》副刊以「追憶似水年華」召喚逝去的年代，而「文學台灣」系列巡行到了屏東、台東、花蓮，人與歷史、人與土地的關係，在此一一具現。各縣市文化局或許可以考慮將這些歷史與土地的記憶收整出版，用於教育推廣。

4

這本年度散文選的來源，鎖定了傳統紙媒、電子媒體、各類文學獎……只要是有理路、有文采、情思別致可以成篇的，都在考量之中。除此之外，我盼望能含括這個年度出版的散文集。成書出版之前未曾發表過的篇章，亦在我的預想範圍內。

身為一個散文愛好者，我的編選原則以好看、有意思為主。沒有任何包袱，完全自由自主，如此才可以不拘泥於散文類型的劃分，把更多可能容納進來。抒情、說理、表意、敘事、寫景、狀物這些寫作面向，可能同時出現在一篇文章之中，依此區分類型反而綁手綁腳。基於個人偏好，我試圖從報導、時論、書評、影評……擷取璀璨耀眼的好文章。

細讀整年度的散文之後，發現親情書寫仍是大宗，或許因為最能喚起普遍經驗。家貌之呈現，略可視為時代、社會的切片。世代、性別之頡頏，親緣關係中的恩義與傷害，這些糾葛總能在親族敘述中發現。只是，最親近的人總是最難寫，最貼身的感情也最難以安頓。當今社會結構裡，少子化、老年化這些現象值得持續關注。敏感的讀者或許早已察覺，寫育嬰的文章逐漸變少，毛小孩的地位越來越崇高。扎根本土、在地生活的體會愈漸深厚，跨國界的行旅、異文化的觀察更加敏銳，在在推擴了散文的領地。

回想二〇一九年，時間的刻度令人感喟。這一年恰好是：歐元區成立二十年、九二一地震二十周年、六四天安門事件三十周年、柏林圍牆倒塌三十周年、美麗島事件四十周年、人類登陸月球五十周年、中共建政七十周年、五四運動一百周年……。

就在這一年，非洲豬瘟防疫工作持續進行，長榮空服員罷工十七天，台灣成為亞洲第一個同婚立法的國家，七月一日起四大場所禁止內用塑膠吸管，超商九月起停供塑膠吸管。此外，台灣失去兩個友邦，國安局特勤走私菸品案，宜蘭南方澳斷橋事故，皆讓國人心頭一震。

國際重大事件方面有：波音737空難、首次拍攝到的黑洞照片全球同步公開、法國巴黎聖母院燬於祝融、日本改元令和、香港反送中運動爆發、川普施壓烏克蘭之事被彈劾調查、土耳其對北敘利亞庫德族發動攻擊、伊斯蘭國（IS）領袖巴格達迪（Abu Bakr al-Baghdadi）遭美軍突襲身亡、英國保守黨贏得大選。

書寫者看待事物的狀態或姿態，反映了內在力量。時代面貌不同，心與物之間的距離，必然影響敘說的口氣。定點觀測的人，文氣大多舒緩有致。看山看水看禽鳥，天地與我相往來，下筆便別有一番從容。另外，移動方式影響看世界的角度，直接顯現在散文創作上。年度散文選裡的許多篇章，可以與二〇一九年的重要事件對讀參照，重新蠡測這些事件的價值。

5

在這本年度散文選裡，不論是輕巧小品或長篇巨製，我都沒有資格為它們妄加註解詮釋，只能約略談談對這些篇章的喜愛。

關於讀書、看電影、過日子，有些篇章取諸懷抱直抒胸臆，有些則是知見橫溢處處機鋒。聞天祥〈羅馬．媽媽〉看電影也看人生，示範了什麼叫作有溫度的影評。黃麗群〈像《那個男人》這樣的，最討厭了〉、張亦絢〈我不知道如何去愛——讀《成為一個新人：我們與精神疾病的距離》〉、馬欣〈愛是以恆常對抗無常——《鐵道員》的佐藤乙松〉、朱國珍〈說一個政治愛情與道德裂縫的故事〉、賴香吟〈純真，及其黑夜〉、張惠菁〈仁獸解〉諸篇分享了讀書、觀影與創作的心法，其理趣知性彷彿一場心靈按摩。他們都是寫什麼都好看的作家，那種好法其實源於天生的才氣、講述的聲腔，光是聽他們的敘述口氣就是一種享受。

記錄時代軌跡的文章為數不少，詹宏志〈消逝的追尋〉、吳鈞堯〈漂流地址〉力道十足，散發懷舊氣息。葉國居〈水鮮鮮〉深繫土地與靈魂，楊澤〈慢了半拍的五十年代〉憑藉個人知覺，詩意地捏塑出一張時代的臉。楊富閔〈軍用品專賣店〉連結成長記憶，透過軍用品專賣店細訴小鎮如此多情。劉克襄〈遇見手作鐵道師傅〉呈現了一貫的踏查態度，彰顯了職人精神。

回顧生命史，青春飛奔而去，一步一步走來的成長屐痕有：孫梓評〈澎湖：真實的航線和虛構的航線〉、林達陽〈種種可能〉、騷夏〈內衣記〉、翁禎翊〈南十字星〉、張曼娟〈天上白雲飄蕩〉、郝譽翔〈二十四歲的夏天〉。那些或鄭重或輕微的騷動，都成為足堪記取的吉光片羽。而家的形貌、親緣的深淺，讀來每覺揪心。鄭如晴〈家貌〉、沈信宏〈狗狗猩猩大冒險〉、葉儀〈重慶印象〉、石曉楓〈餘震〉、羅任玲〈日落，在北方大道〉、李筱涵〈童仔仙〉、陳柏煜〈另一種語言〉，這些篇章告訴我們，家的構成有歡欣也有艱難，有傷害也有成全。楊佳嫻的〈貓膩〉輕巧可愛，作家與她的貓提醒我們多元成家的美妙。

我還喜歡自曝私人感情欲望毫不遮掩的作品，因為已經愛過了。許正平〈私處〉、楊婕〈初戀是句小小的髒話〉、馬翊航〈海邊的房間〉，把心掏出來給人看看，原來就是這種感覺。至於我們關愛的香港，洪愛珠〈港島茶記〉、羅毓嘉〈兩十年前這裡仍然是海〉分別以感情事件銘刻城市印象，私人史與城市興衰緊緊相依。還有、還有，他們用文字帶我們去看看遠方——林佑軒〈聖母院火焚碎想〉、徐振輔〈拉薩及其時間地景〉、李桐豪〈白狗一夢〉提供了某種文字現場，引領我們親歷其境。

凡此種種，無法一一細說。編選的過程，暴露了我個人的喜愛史。我確實是用一種近乎愛戀的心情，與這些文章相纏綿的。我要衷心感謝，這一年來的所有散文作品，讓我的生活無比充實。

6

年度散文獎得主是在散文園地裡長年耕耘的王盛弘。長久以來，他專情於散文，耐心墾拓，在自己的園子種花，如今是花都開好了。他曾說過：「就算別人不知道，你也騙不了自己。」真實不欺的散文，本身就具有極為動人的能量。王盛弘〈甜蜜蜜〉以不帶火氣的方式交代往事，以及人世諸多錯還，文字淡若雲煙，而餘韻十足。

王盛弘的文字後面，有一顆溫暖的心。他筆下的世界，善意，體貼，厚道，而這正是彌足珍貴的台灣精神。

羅馬・媽媽——聞天祥

二月在柏林影展見到Panorama單元近四分之一個世紀（一九九二～二〇一一）的策展人威蘭史派克（Wieland Speck），他笑說卸下重擔最大的不同就是可以在影展期間看電影。其實辦影展卻沒時間看電影，很平常也很正常。我在這屆金馬影展「期間」也只看了一部片，而且還是趁《羅馬》（*Roma*）清早七點半做拷貝測試時跟著看的，就當作給自己的生日禮物。

《羅馬》從第一個鏡頭就讓我目瞪口呆。先是水流滑過，如潮如浪；在泡沫水花之間，還映照出空中劃過的飛機。但是當謎底揭曉，這不過是女傭Cleo在清洗庭院車道的日常工作。世界之大，竟能集於幾塊地磚之內！尋常家務，能變得如此詩意，已無法單用精緻來形容了。

這是導演對童年時照顧他們的保母兼女傭Cleo的歌頌，卻未必是後者的主觀感受。她照顧這一家大小，和另一名女傭住在院子裡的小屋，她會親吻、叫醒每一個孩子，晚上也跟著他們一起看電視，但是當男主人需要一壺茶或任何服務時，她也會反射般地離去張羅。親近，同時也階級分明，導演艾方索克朗（Alfonso Cuarón）無需美化或批判，只是呈現，便百味雜陳。

就像同樣是水，影片後面一家子去海邊，孩子戲水，差點淹溺在海浪下，不會游泳的Cleo千鈞一髮去救他們。開場的詩意，在這裡變得分外凶猛。神奇的鏡頭讓我們彷彿身歷其境，即使它不是３D

電影，我們看到的還是黑白畫面，提心吊膽的程度卻勝過絕大多數好萊塢超級鉅片。

其實這部電影並沒什麼峰迴路轉的劇情，只是每顆鏡頭細看都耐人尋味，前文後理交織辨證出更複雜的人生景況。例如外遇的男主人丟下妻小，拿出差當謊言；女傭也遇人不淑，讓她懷孕的男友竟然電影看一半就落跑。無論階級高低，都遭遇人際情感的崩滅。

還記得看起來結實也老實的男友在旅館裸著身體跟Cleo秀「武功」的萌樣，以為只是個練家子；當女孩千里迢迢跑去找他，看著「團練」，我們跟她一塊迷惘這個男人的真實性格，也一併覺醒這並非單純的武術；待她挺著大肚子去挑嬰兒床，從家具行向外目睹政府利用民間武力對手無寸鐵的抗議學生大開殺戒，驚覺負心漢也在施暴的行列中。這段童年往事或個人回憶，被放大成時代的印記與歷史的年輪，也教各種暴力，更顯殘酷。我看侯孝賢的《童年往事》（一九八五）亦有此感。

生命的無常，亦在其中。片中曾出現地震，Cleo親眼見證眾人驚魂甫定，保溫箱的嬰孩卻生氣勃勃地手舞足蹈。而在她分娩的那場戲裡，前景是驚惶痛苦的孕婦，後景是搶救無效的孩子；不要剪接，生死同框。於是，當她冒著生命危險去救主人的孩子，未嘗不是對自己失去親生的贖罪（因為她曾經不想要他），並且重生。

克朗能把沒演過戲的Yalitza Aparicio在鏡頭前調教得演技自然純熟，已夠精彩，他卻沒因此讓媽媽（女主人）一角顯得多餘或者負面，則彰顯他無論在技巧與視野上都足夠成熟。相較於爸爸硬要開大車，而不管車道幾乎留不下一絲縫隙的權威與自我；媽媽不但和孩子們一樣跟Cleo相處融洽，在經歷傷心頹喪，她決定換車、跟孩子坦白，也是勇氣十足。想想除了遭遇背叛，她日後還要扛起整個家庭。主人與傭人，兩個女性不用假裝拯救世界，卻心照不宣，相濡以沫，也拯救了彼此。

老實說，撥雲見日，固然感動。但我最難忘的，還是那些難以為外人道的艱難時刻：地震後、海浪前、手術台、家具店，所有的孤立無援。

看完電影後，片商隔天找我問了幾個問題，其中一個是《羅馬》讓你回想到小時候什麼事？馬上映入我腦中的是六歲某個晚上，睡著的我被低咽斷續的聲音給吵醒，走下樓去，看見媽媽一個人坐在那裡哭泣，她告訴我爸爸死了。除了在靈堂蓋棺的那一刻，我的印象裡，死亡就是媽媽在燈泡下的身影，周遭只有一片黑暗。好像從那個時候開始，我就變得很容易從睡夢中醒來。

生命中總有很多不愉快、甚至不幸的事，但有時它們帶來更多的恩寵。很小我就感受到被側目或同情，但媽媽的韌性總讓我一起理直氣壯。雖然她也無法陪我到成年。但愈認識這個世界，就愈了解她的不易。

我在四十九歲生日的這天（但按媽媽的算法我應該五十歲），看了《羅馬》，然後想到她。

——原載二〇一九年一月九日《中國時報》人間副刊

聞天祥，十六歲起在報章雜誌發表電影文字，二十歲起歷任各報影評人，並以「蔡明亮研究」取得文化大學藝術研究所碩士。策畫過五屆台北電影節（二〇〇二～二〇〇六），為它樹立了年輕獨立的新形象。二〇〇九年起接連被侯孝賢、張艾嘉、李安延攬出任台北金馬影展執行長至今，並帶領同仁創辦金馬奇幻影展、經典影展。著有《影迷的第一堂課》、《光影定格——蔡明亮的心靈場域》、《過影：1992-2011臺灣電影總論》等專書。並於台灣藝術大學、政治大學任教。

向神丟籌碼——駱以軍

三尊神明全對著我笑

那年我和只剩一個月，就將臨盆的妻子，還有兩歲的大兒子，到花蓮天祥，當時剛交出《遣悲懷》的全手稿給陳雨航大哥和秀梅。寫那部書我妻子吃了很多苦，當時我們住深坑，兩人都沒工作，小兒子懷上完全是意外，當時為了讓我專心拚出這本小說，她一周帶大兒子和日漸隆起的肚子，回娘家住四天，周五我把他們母子接回深坑那小破屋。說來那時真是苦，惘惘的未來，也不知為何她會相信、支持我的小說夢。那時終於寫完交出去了，我們計畫去花蓮好好度個假，算是我對他們母子的補償。但就是在那飯店地下樓兒童遊樂場，聽到廣播：駱以軍先生，您的家人找您，十分緊急。結果是妻的妹妹打來的，說駱伯伯在江西九江，小腦中風大出血，發出病危通知。我和母親聯繫後，決定第二天我們母子倆飛去南昌轉去九江，去「搶救父親」。這個故事我寫在長篇《遠方》裡，就不多說了。

那從花蓮開蘇花、走北宜（那時沒有雪隧），一路內心悲慘，靈魂淘空，開了七個小時，從北宜岔下一段小山路支線，可以抄近路到石碇，然後回我們深坑的家。很陡僅容一輛車走的小山路，開到一半，路邊一小土地廟，我下車抽菸，然後進小廟向土地公拜拜，用最靈魂最內裡，求祂們保佑我父親別死。

三尊神明全對著我笑。

我父親是祂們的老友。

前幾年，我父親身體還可以，每周日和母親搭車到烏塗窟，然後就是拿杖登山，走到這間破土地廟，在這一覽青翠梯田山景，打打八段錦，我父親是個正氣很足的人，總說這三個土地公是他老朋友。

祂們都笑瞇瞇的，是否我父親可以死裡逃生。

當然我們將他從九江運回台灣後，他又活了四年才離世，但其實這四年是植物人狀況。

這是我向神明許願最原力全開的一次。

我真的是個很倒楣的人

後來很多人知道我吃素，都頗詫異，我長得就是魯智深吃狗肉的樣貌。吃幾年了？三十年了。什麼？都不能置信。當年為何……？其實就是重考但還是肯定考不上大學，心也不在焉，有次發現重考高四班，信義路對面有個佛堂，供著一尊觀音，非常慈悲美麗，我就跟菩薩許願，您讓我考上大學吧，考上我就吃素。

結果考上當年全國聯招最後一志願，文大森林，當時沒那麼多後面成立的私校。啊，但菩薩算守信了，所以我也一直守約定至今。

說來我真是個愛亂許願的人啊。

後來我的朋友也或都理解，我真的是個很倒楣的人，很多時候是靠跟蒼天許願，讓自己相信有個神祕的救贖會在遠方。

有次和一些前輩作家去西藏大昭寺（後來好像被火燒了），裡頭有一口千年之井，據說每人可以對井底許一個願，只能一個，其靈驗無比。我們排隊著，每人都一臉靜穆，都只想一個願。但輪我時，我站在那井沿，心緒紛亂，我希望的事好多啊，妻子的憂鬱症，孩子的學費，母親的健康，希望我能寫出曠世小說，希望扭曲的人心之惡不要再弄我了，我站在那井前迷亂了，後面還排著一列人，我不知該許哪個願？那時排我後面的偉貞說：「以軍，你就許願，讓我中樂透，什麼都解決了。」我發覺她說的完全對。

讓我追到那女孩吧

二十多歲在陽明山，一個小男孩，是房東太太的兒子，帶我去他山谷裡的小學，教我「抓五十架飛機就可以許一個願喔」。所謂「抓飛機」，就是天空上小小的飛過一台飛機，你遠遠的用一手拇指食指形成一個圈，那樣遠距彷彿把小飛機圈起來，然後快速把那飛機攢握進拳裡，對著嘴吸一下，好像一種巫術，原本在天上飛的飛機，被你這樣圈起來，然後吸進肚子裡。這樣才是一架喔，要吸五十架，可見其難！集滿五十架，就可以許一個願。我對這儀式深信不已，因為太難了，古代社會的祈願，就是因為那儀式的刁鑽繁難，好像才得以跟蒼天叫板。那幾年，無人知曉的，我的眼睛總警覺巡搜著天空，藍天、灰濛陰天、夜晚、黃昏，只要有飛機高高飛過，它們都不知道被我用手指圈起，一連串動作，嗽！吸進嘴裡。我那麼虔誠執行著這個收集五十架飛機可以許一個願的祕密。當然我那時在一段苦戀，所有每次累積到吃了五十架飛機，許的願都是「讓我追到那女孩吧」，說來真的很難追啊。

有次我小兒子問我：「爸爸，您這個德行，當初是怎麼追到我媽的？」當時我靜默了一會，感到肚子裡像濕婆神吃下整星空那樣想打飽嗝。我說：「兒子，你爸當初吞了兩千架飛機吧，這世上才有你和你哥啊。」

誰竟搶去我的最後一名寶座？

我高中時是個小混混，其實也就是恍恍惚惚，沒法活進現實的運轉世界，那時每次期中考都是班上當然的最後一名，我媽也習慣了，每每幫我攔截掛號成績單，只要不是又闖禍的記過通知，她就阿彌陀佛了。只有一次，她收到成績單，非常驚喜的對我說：「小三，你這次進步了，沒有最後一名，是倒數第二名！」我深深記得她是噙著眼淚跟我說這，她一定超壓抑自己才不跑去跟我嚴肅的父親分享這個喜訊：「兒子這次是倒數第二名！老天保佑！」說實話連我自己都很震撼，怎麼可能？是誰？誰竟然擊敗了我，搶去我的最後一名寶座？一看成績單，是一個叫陳X偉的好學生。我跟他不熟，但印象中他人非常好，對我這種爛蛋也都非常友善。他應該是班上十名前後的那種人，怎麼可能？後來才聽同學說，他考試那天，考完上半天，就喊頭非常痛，然後就請假回家了。說來我真的滿差的，人家只考了兩科，總分跟我考了六科加起來差不多啊。

幾天後，我跟幾個同學一起去台大醫院探望這陳X偉，說實話那時我跟大家都不熟。那時他剛動了一個腦部手術，據說那天回家後一直喊頭疼，送醫院急診竟然是中風（那麼年輕！），腦中大面積出血，手術之後又被感染，有性命之憂。躺在台大那帝國建築並不獨立病房，潔白的床單上，他剃了光頭，罩著一種像水果禮盒的海綿網罩，熟睡中一直不停張口打哈欠。

願拿十年壽命來抵

他的母親和他近乎一模一樣的臉，愁苦的，不知為何抓著我（她沒看出我是個跟她兒子氣質差很多的流氓嗎？）瑣碎地描述手術的經過，醫生說他目前只有一半一半的存活機率。我是幾年後，奇怪的走上寫小說之路，讀到沈從文的短篇，那些苦難中仍似乎咪著臉不好意思笑著，最無害良善的人，會倒帶巡查回憶，想起陳X偉的母親，在台大醫院的臉之素描。

那次，搭公車回永和中途，我在中正橋這一端的一站下了車，鑽進陌生小巷，那有一間供著一尊巨大觀音菩薩的寶塔寺廟，我，一個流氓，走到菩薩座前，許願：

「菩薩，讓他活吧，我願意拿我十年壽命來抵。」

那時我可能覺得我這樣的廢物，任何一個十年，都很便宜吧？也許菩薩允諾了我。後來大夥又去他家慶祝，他母親還是那老實人，分不出是哀戚或慶幸的臉，後來他留級一年，在家休養，我們就此人生錯開。

這兩年屢生大病，去年一度覺得會嗝屁，也不會不甘心，就是壞毀來得有點早。模糊想起很多年前，無人知曉，我父母也不知，這孩子胡亂自砍了十年壽命。說來我從年輕，就是個愛跨過尋常時間、人世規律，跟神丟籌碼交涉的一個自負的傢伙啊。

——原載二〇一九年一月十二日《聯合晚報》

駱以軍，台北藝術大學戲劇研究所碩士，現專職寫作。曾獲第三屆紅樓夢獎世界華文長篇小說首獎、第五屆聯合報文學大獎、台灣文學獎長篇小說金典獎、時報文學獎短篇小說首獎、聯合文學小說新人獎推薦獎、台北文學獎，以及各媒體年度好書等。著有《明朝》、《也許你不是特別的孩子》、《計程車司機》、《純真的擔憂》、《匡超人》、《胡人說書》、《女兒》、《小兒子》、《棄的故事》、《西夏旅館》、《我愛羅》、《月球姓氏》等小說、詩、散文二十多種。

路逢劍客須呈劍——許悔之

「路逢劍客須呈劍」，對一個網路時代興起前就開始寫作的人如我，筆，就宛若是寫作者的劍，透過文字而出的書寫必須藉著筆紙完成。我面對鍵盤打字的速度很慢，因此備受干擾，所以大部分寫作的時間裡，還是習慣用筆書寫。

我這半生，送我最多次筆的人，是林文月老師。以前她每次從國外回來，大概都會送我一支筆，那彷彿是一種不必言語的叮嚀：悔之，用筆好好寫字。

「解劍贈壯士」，每次收到林老師送我的筆，都慨然有壯闊之情；筆，也不再是筆，是一種心意的銘記和付囑。

筆，其形雖小，但其勢其力不可限量，「來何洶湧須揮劍，去尚纏緜可付簫」，少年時記住了龔自珍這兩行詩句，愛之不忘，收到贈筆時，總會想起用筆書寫，文字可以洶湧，也可以纏綿。

林文月老師送我諸多支筆，有一次，我取了其中一支，送給有鹿的夥伴施彥如，她也是一位「讀中文系的人」。前年她非常充滿情感投注心力編輯林老師的《文字的魅力：從六朝開始散步》，有一天，我慎重的取出一支林老師送我的筆，送給彥如，知道彥如會曉得我的感動和敬意。

我隨身的後背包，總是攜帶了各式各樣的筆，多是朋友所贈，每次選用一支筆來寫字，都起動了緣會的記憶和感激。

最近收到朋友林怡君送的一支鋼筆，看到這支美麗的鋼筆上面，鐫刻了我以前的狗兒之名「尼歐」，知道林怡君應該是讀過我寫尼歐的文章；尼歐的名字在一支鋼筆上被銘記，也在我的心裡被銘記，像葉慈的〈一九一六年復活節〉那首詩裡，被鄭重銘記的那些人名……

有一天，在有鹿文化辦公室把看三支筆。這支鐫有尼歐之名的鋼筆，一支袖珍鋼筆，和一支日本「溫恭堂」所製「一掃千軍」長鋒羊毫筆。

臺靜農先生晚年喜用「一掃千軍」寫字，林文月老師以前若去日本時，常常買了帶回台北要送給臺先生，但臺先生總是以作為老師的身分堅持要付錢。這支「一掃千軍」懸在筆架，多年前，畫家于彭到有鹿文化辦公室曾用之而作畫，我則甚少用之，因為寶愛之故。

袖珍鋼筆則是大兒子含光用他第一筆寫歌的版稅收入買來送我，上面以法文刻字「送給父親」。

那一個下午，我忍不住花了很長的時間，一一把看朋友們送我的各式各樣的筆。「路逢劍客須呈劍，不是詩人莫獻詩」——唐代的臨濟義玄禪師如是道，禪師原來是說證悟之境如人飲水而冷暖自知。

半生的大部分時間以筆書寫，愛筆、敬筆，知道長輩、朋友以筆鼓舞、勉勵我的心意，所以有時候我也會送筆給人。有一次，看到「鴉埠咖啡」的Tina在臉書說恭抄心經且反聞自性的心情，我就敬送了小字抄經會好用的筆給她，正因為人生路上、因緣之中，我們都是贈劍之人也是受劍之人。

——原載二〇一九年一月二十日《蘋果日報》副刊

收錄於二〇一九年八月出版《就在此時，花睡了》（木馬文化）

林煜幃攝影

許悔之，一九六六年生，台灣桃園人。曾獲多種文學獎項及雜誌編輯金鼎獎，曾任《自由時報》副刊主編、《聯合文學》雜誌及出版社總編輯。現為有鹿文化事業有限公司社長。著有童書《星星的作業簿》；散文《眼耳鼻舌》、《我一個人記住就好》、《創作的型錄》、《但願心如大海》、《就在此時，花睡了》；詩集《陽光蜂房》、《家族》、《肉身》、《我佛莫要，為我流淚》、《當一隻鯨魚渴望海洋》、《有鹿哀愁》、《亮的天》、《我的強迫症》，以及《遺失的哈達：許悔之有聲詩集》；英譯詩集*Book of Reincarnation*、三人合集《台灣現代詩Ⅱ》之日譯詩集等詩作外譯，並與馬悅然（N.G.D. Malmqvist）、奚密（Michelle Yeh）合編《航向福爾摩莎：詩想臺灣》（*Sailing to Formosa: A Poetic Companion to Taiwan*，美國華盛頓大學出版社出版，二〇〇五年）；二〇〇七年十二月出版個人日譯詩集《鹿の哀しみ》（三木直大教授翻譯，東京思潮社印行）。二〇一七年起，抄經及手墨作品，陸續參加多種藝術博覽會之聯展及舉辦個展。

仁獸解——張惠菁

1. 小孩

立夏過了，小滿也過了。有一天我睡足了十二個鐘頭。醒來時是周六。有飢餓感，但不到非吃東西不可的地步。於是又再昏睡。近中午時起來喝了水，煮了麵條，用橄欖油炒香蔥花撒上海鹽，拌入麵條裡吃。

這是我喜歡的味道，我可以一周好幾天都吃這麼簡單的食物。但這個早上，一邊吃著橄欖油拌麵，我忽然有種長年以來都沒有睡飽的感覺。天氣熱了。屋子朝南，冬天很暖；夏天還不知道，會不會太熱。我還沒在這個屋子裡度過夏天。這條街道，這整個城市的夏天，我都沒有經歷過。放縱身體昏昏欲睡，放縱身體有些任性的念頭：在這樣一個早上，什麼都不做是可以的。正午陽光明亮，窗外柳絮紛飛。

節理說想回台灣檢查身體，但不想告訴爸媽。他說總覺得身體裡有東西。說不定會檢查出不好的結果。想自己先悄悄到醫院查了，看結果再做處置。

我直覺不信他真有什麼病。雖然他很瘦，經常一副無精打彩的樣子。但他有種小孩般的天真感（有些同事會說是幼稚），讓我不太相信這人身上真會出什麼大事。我說：

「是心理作用吧，你想太多了。」

但他說真的真的，他真的覺得這次會有事。但他也真的真的，不是個樂觀的傢伙。事情經他的口說出來，會比「實情」糟一些。不過這裡所說的實情，也就是我眼裡的實情罷了。好吧，我比他樂觀一點。或者我覺得自己需要樂觀些。因為我不太想去附和周遭常有的那些，偽裝為玩笑的、像是害怕顯得太在意，而率先自我貶值的說法。

那是默默在這世界流傳的，一種說話的方式。城市在這些話語裡，悄悄地精神分裂著。一邊是被廣告頻繁濫說的夢想，一邊是在每個瑣碎的瞬間平庸化自己，把自己貶為不足為道的小塵埃。

身體裡的東西……

「難道是小孩？」他開玩笑說。

應該要有人摸摸他的頭。這個小孩。

2. 麒麟

事物變得柔軟，念頭成了堅硬的東西。在意識與物質的邊界，胎息微微。

頤和園東門有一銅坐獸，朝東而坐。我從昆明湖往外走，繞過正殿，首先看到的是他的側面。頭上有鹿角，下巴長著山羊鬍子。底下貼著解說牌，這是麒麟。

麒麟是神獸、仁獸、瑞獸。在這些祥瑞的寓意中，或許有個孤獨的靈魂。因為他是四不像，不像牛，不像馬，不像鹿，不像狼。韓愈〈獲麟解〉：「然麟之為物，不蓄於家，不恆有於天下。其為形也不類，非若馬牛犬豕豺狼麋鹿然。」他不是家畜，他不常見。他不能被放進界門綱目科屬種的生物學分類系統裡。他自成一類。

無法歸類，便不可知。「角者吾知其為牛，鬣者吾知其為馬，犬豕豺狼麋鹿，吾知其為犬豕豺狼麋鹿。惟麟也，不可知。」既然不可知，無可類比，人類又如何能夠認定，這個陌生的生物會帶來祥瑞呢？

韓愈說，既然人類不認識他，要把他當成不祥的象徵，好像也可以。可是，麒麟每次出現，總是在聖人在世的時候。就算舉目無人識，自有認得他的聖人。既有聖人認他為祥瑞，那麼麒麟便是瑞獸，而不是不祥之獸。

哪怕普天之下，只有一人認得。

麒麟完整地活在一個認知的維度裡。不是全對，就是全錯。只要有一個意識。一個單一意識的高度與寬度，能形成將視他為瑞獸的理解。

「麟之所以為麟者，以德，不以形。」

聖人的意識，聖人之德，彷彿是一空間的通路。他的指認，定下這神獸的名諱。使他從不是、不像，無分類無歸屬茫昧無名之處走出來，完整毫不猶豫地現身於世。

一億人也無法取代的，一個聖人的認識。

麒麟是仁獸，意義或許也在這裡。

在一個是非界說分明，規矩條況嚴明的世界，對四不像、不成形事物的包容性是低的。聖人慈悲，故能超越功名利用去認知世界，認出這一無名之物，非獸之獸為麒麟。讓無可歸類的事物，獲得被溫柔對待的機會。

麒麟是仁獸，因須以仁慈之眼，方可看見。

3. 白龍

在宮崎駿的動畫《神隱少女》中，有一條白龍。那白龍因忘了自己的名字，而受魔法控制、驅策，經常必須為壞心的魔法婆婆去執行任務。我印象最深刻的一幕是，白龍飛在空中，被群鳥攻擊，似乎痛極而左右閃避。待幻術消失，白龍墮地，攻擊者不過是一地紙摺的白鳥。

《神隱少女》是我最喜歡的一部宮崎駿作品。裡面有很多想像力豐富的畫面。但現在回想起來，印象最深的就是這一幕。龍在天上受到攻擊而逃竄，那畫面的刺痛感十分鮮明。待落地時，那一地紙鳥看上去又十分無辜。若硬要說是誰的錯，是白龍忘了自己名字之過。忘了名字，便受惡婆婆指使，去善婆婆處偷盜。

如果麒麟沒有聖人指認，或許便是一頭，忘了名字的聖獸。在牛、馬、鹿、狼之中，尋找自己的定位而不可得，被當作牛馬鹿狼來驅策使用。

在電影裡，白龍因為自身的經驗，在他意識清明、不受驅策的時候，偶然保護了千尋，提醒她偷偷記下自己的名字不可忘記。但到了夜晚，當他進入被驅策、執行任務的模式時，便認不得千尋。他的記憶無法跨越日與夜，以黃昏為界，晨昏一換又是輪迴。後來，千尋回報了他，替他找回名字。千尋想起來，小時候家附近有過一條小河川，因為都市開發被掩埋了。白龍便是那條小川。

名字解開了咒語。白龍想起了自己是誰，便自由了。從這個角度看，千尋是白龍的聖人。而《神隱少女》也不只是在講河川保育，是有關一個世界從前現代向現代化過渡，發展的過程中，種種斷亡的記憶、迷失的力量。有時一個小孩擁有聯繫名字的力量，有時她記得大人忘記了的事。

4. 四方

一周前，我去了頤和園，從北門入。

入北宮門後，先過蘇州街。接下來，許多勝景，都以佛教文字命名。四大部洲、眾香界、善現寺、轉輪藏、無盡意軒……。許多塔與寺，分散建築在萬壽山上。那天風大，吹人欲倒，山岩陡峭處，幾乎是手腳並用地爬。四大部洲的白塔四角繫了風鈴，以疏落的節奏，不時傳來一下下脆響。

雖然有點危險，卻是十分爽快的大風。當時，在四大部洲的城頭上，眼望底下北京近郊的原野。大風襲來時，想起《紅樓夢》裡一干花樣少男少女以風為題，各自寫詩。人人皆作孤蓬之嘆，唯薛寶釵不肯跟著頹喪，翻轉新意，來了兩句勵志詩：「好風憑藉力，送我上青雲。」只是，賈寶玉終究喜歡葬花的黛玉，不愛詠風的寶釵。賈府大家族已經富貴兩世，到該散時，還得散去。從家族的角度是悲劇，賈寶玉是個敗家子。但換了曹雪芹的角度，對故事中諸般真假，幻境中的幻境，賈寶玉或許就是負著個「解散」的責任吧。大觀園內因緣消盡，散往四方。眼前有化為無，只見白茫茫大地真乾淨。

翻過萬壽山，沿石徑而下，便到昆明湖畔。這裡沒有西湖的熱鬧，要寧靜多了。方才山上的大風，到了平地湖畔，便不覺得危險，倒是很快意清涼。

沿湖一處碼頭，現在既不見畫舫，也沒有小舟。但有一座輝煌的牌樓「雲輝玉宇」，臨湖而建。舊時皇家遊湖，上船下船，或許就是在這牌樓處吧。皇帝和太后，從牌樓下堂皇地走過，到湖邊上船，又從湖中堂皇地上岸。皇家走的水路陸路交接之處，有這四字給下輝煌的定義。但如今不見船，不見皇帝的鑾駕排場，雲輝玉宇四字，彷彿朝向湖上的虛空煙波洞開。

這樣一路走到靠近東宮門，便看見了那隻銅鑄麒麟獸。

麒麟前腿直立，身軀坐在後腿上，面朝東門。

我不知道當初乾隆修了這座園子後，他往來出入是走東門，還是別處宮門。這隻面朝東方的麒麟，是處在迎接他的方位，還是送他向東回到紫禁城去處理國事之位。也許兩者皆是。

這隻美麗的銅麒麟獸吸引了一些遊客的關注。我聽見旁邊有人在說：「為什麼放在這兒，不是放在北邊一開始進來的地方呢？」這有點觀光客本位了。誰說我們現在進來的北宮門，一定就是乾隆走的方向了？

在頤和園的最東方，牌樓正面寫著：「涵虛」。

導覽中說，「涵虛」是頤和園的第一座建築。這麼說，它是從東邊開始建起的。

當帝王從紫禁城、帝國繁多的具體事務中抽身，來到頤和園這座輝煌的太虛幻境。它的東宮入口處，由一什麼都不是、四不像之獸鎮守。那是被稱作仁獸的麒麟。他的存在，無人可以證明；沒有客觀的法則，能加以考核。當聖人看見他，或許一時也難以對他人說明。但麒麟正是以他這幾乎是形而上的存在，來標示一個祥瑞時代的開始。因為，這世間哪怕只有一個聖人，一個堅定的意識成立，能超越事物的形狀與功利性，看見、認出這隻孤單的獸——他因不隸屬於世人眼中的種屬而容易自我懷疑——那便是，一個嶄新盛世的開始。

收錄於二〇一九年二月出版《比霧更深的地方》（木馬文化）

張惠菁，台灣大學歷史系畢業，英國愛丁堡大學歷史學碩士。曾在博物館任職，於上海、北京生活工作；現任衛城出版總編輯。曾獲中央日報文學獎、聯合報文學獎、台北文學獎、時報文學獎等。一九九八年出版第一本散文集《流浪在海綿城市》，其後陸續發表有短篇小說集《惡寒》、《末日早晨》；散文集《閉上眼睛數到十》、《告別》、《你不相信的事》、《給冥王星》、《步行書》、《雙城通訊》、《比霧更深的地方》；傳記《楊牧》等。

純真，及其黑夜——賴香吟

翁鬧的生卒年，一直沒有確實的數字，若以通論的一九〇九—一九一〇年來說，文學上有個巧合，太宰治也是這時代的孩子。

一九二三年，台中師範學校首屆招生，翁鬧通過不到百分之十錄取率，成為第一批台灣人學生。出身青森的太宰也在同年進中學，接著考進弘前高等學校。讀書對他們來說不是難事，但學校的規訓也管不住他們。過早萌芽的情慾讓他們的青春敏感又挫折。「從少年時代過渡到青年的那段時間，」翁鬧在〈天亮之前的戀愛故事〉（夜明け前の恋物語）如此評斷：「真是心狠手辣。」

在同學回憶裡，翁鬧是個不安分、愛搗鬼的人物，行徑常讓人搖頭。除了音樂，其他課業不算特別傑出。師範學校畢業後，轉成公學校教員，但他志不在此，意興闌珊，師範學校的好友吳天賞、吳坤煌，早幾年去了東京，熱心文化活動，這更使他想盡快完成教學義務，飛去磁鐵般吸引人的東京見見世面。

太宰的高校時期，適逢左翼運動時潮，所謂「見不得人的非法學生運動」他涉入不少，尤其是上京之後，簡直是個「純粹的政治家」，不過，要說這是理念實踐，毋寧是不願服從權威的青春性情，〈人間失格〉說得明白：「我喜歡這樣，喜歡那些人，但未必是因為馬克思而來的親密感」，而是

「非合法。那使我感到一種內在的快樂。簡直令我心情大好。」

進入三〇年代之後，左翼檢肅運動全面展開，無論是太宰治，或來自台灣的張文環、吳坤煌，都有進出拘留所的經驗，一九三二年在太宰更有所謂「自首事件」，簡單說，就是接受調查，簽切結書，宣告結束「非合法」，向內心反叛的快樂告別。說得精確點，是太宰此期與戀人小山初代，情事起伏，生活混亂，課業荒廢，「想要把自己現今的生活，用棍子打個粉碎。總之就是過不下去，於是便去自首了。」

「自首事件」的心緒，最早也最隱約的寫法，出現在一九三三年的〈列車〉，是第一篇以太宰治為筆名的作品。同樣這年，翁鬧發表了他的第一首詩作〈淡水的海邊〉（淡水の海邊に）。

〈淡水的海邊〉發表於東京的《福爾摩沙》雜誌，人在台灣的翁鬧寄稿到此，應是好友吳天賞活躍於這份雜誌的緣故。三五好友組成同人團體，分工編寫，也是當時文學圈常態，太宰早期好些普羅文藝氣息濃厚的小說與評論，就是這種狀況下產生。〈淡水的海邊〉不見時代風潮，但將海面波浪形容為數不清的小兔，跳著湧向前來，自由又純真的想像，帶來一種嶄新的感覺。

翁鬧實際抵達東京，《福爾摩沙》已經停刊，左翼運動星火潰散，他雖沒趕上這一波反抗，但也未必是損失。換個角度，理想受挫，文學藝術反倒成為精神出口而更加自由興盛，翁鬧落腳的高圓寺周邊，就擠滿了各色文人，見怪不怪，書鋪、食堂、酒肆、喫茶、女性戲弄，看似浪漫，實是嘈雜一氣。太宰前幾年的生活亦是如此，「自首事件」後他搬到荻窪，與高圓寺只有兩站距離，事實上，從高圓寺到阿佐ヶ谷到荻窪這三站，是昭和前期普羅文學受挫之後的文藝復興聚落，諸多年輕文人集居此處，包括太宰師事的井伏鱒二。

太宰住處離井伏家只有十分鐘腳程，在街巷與翁鬧擦身而過也不是不可能。這時期的太宰，學業、情感、經濟都跌到谷底，抱著留遺書的心情，回顧過去寫了兩三萬字的〈回憶〉（思い出），但這一寫，反倒起了「索性全都寫出來吧」的念頭，其中一篇〈逆行〉，登載於一九三五年二月的改造社刊物《文藝》，這是太宰作品第一次踏出同人團體。

四個月後，同樣是《文藝》，年度懸賞創作入選發表，選外佳作欄目出現了一個名字：翁鬧，〈戇伯仔〉（戇爺さん）。

「不算老頭兒。二十五歲多一點而已。但確實又是個老頭。普通人一年一年過，這人是三倍三倍地過。自殺過兩次，沒成，其中一次是殉情。看守所進了三次，罪名是思想犯罪。寫了上百篇小說，一篇也賣不掉。」這是〈逆行〉的第一段。

「唐山的算命仙，說我活到六十五，就要草葉底下埋。今年我六十五，差不多要走了。可是如果你騙我，給你的五塊錢，可要還給我。」這是〈戇伯仔〉的開場歌。

兩個二十五、六歲的青年，吸引世人注意的作品，不約而同，借了落魄老頭的角色，但口氣又非老氣橫秋。〈逆行〉是心境絕望，自比晚年，挖苦著看回來。〈戇伯仔〉寫一個又髒又老的貧苦人物，糟衰到底卻還是認命安靜活著。

〈戇伯仔〉可能有意呼應當時的農民文學，置入許多台灣語彙，算是具體實驗《福爾摩沙》強調的台灣鄉土色彩（另兩篇小說〈羅漢腳〉、〈可憐的阿蕊婆〉（哀れなルイ婆さん）更直接以民間稱呼作為標題），儘管如此，翁鬧這類小說之所以出色，來自他個人獨有的筆觸，流暢而輕快，不被意識形態綑綁。即便鄉村狼狽黑暗，底層人物自生自滅，翁鬧的客觀描寫仍帶清新，輕手輕腳撫慰難以翻轉的命運。一個老戇伯廟庭燒金紙，俗民日常，甚至愚昧迷信，翁鬧兩句便寫成不同情調：「紙灰飄到空中，那就是神要帶走的銀錢了。」

再說故鄉，「寂寞不過無光茅屋中訣別時的／春日暮色，悲哀不過天空彼方望不見的／故土山巒」，這是翁鬧的〈在異鄉〉（異郷にて），總是心靈存著什麼記憶才使故鄉顯出溫柔來。「多多多雷，咪咪咪雷，多多多拉梭」，這是什麼？清晨的音樂鐘，翁鬧的故鄉回憶充滿聲音，麻雀啾啾喊，紙窗漸漸亮，樹葉落下顫抖的聲音。風吹的聲音。夜裡老婆婆的床前明月光。山頭紙屑四散的白點，是數也數不清的墳墓。同樣鄉村景物，所謂台灣色彩，若說張文環把握住了自然生生不息的撫慰，最不懂人情世故的翁鬧反倒拾起了俗民生活諸多被忽略的風景，被踐踏的溫柔。

一九三五年是翁鬧發表稿量最多的一年，存著想要文壇出頭的強烈願望，除詩、小說、隨筆，也譯詩與評論，幾次文藝座談發言，眼界頗高，專講內行話。可是，就如同他自己在〈東京郊外浪人街——高圓寺界隈〉嘲諷的「萬國文藝青年」，作家夢並不容易成真。〈戇伯仔〉、〈羅漢腳〉、

〈阿蕊婆〉這一系列以老人與小孩為對象的鄉土故事之外，翁鬧另一線〈殘雪〉、〈天亮〉，以成人為主角，滿是無法面對現實的苦惱。〈殘雪〉的林春生自我評述：「撇下權勢和名譽保證的文官高考，投入改造人心的戲劇大業，以至於淪落為人生中的小丑。」

小丑是太宰的常用字。〈殘雪〉的咖啡館女侍與家鄉戀人，也是太宰筆下常有的角色。林春生既對從北海道逃家的女侍喜美子有好感，又猶豫著是否該回鄉與以前的戀人計畫結局。這篇小說，奇妙地，與太宰的〈列車〉有些呼應，雖然翁鬧看過這篇小說的可能性微乎其微。

〈列車〉有兩名女性角色，一是上京來投奔戀人卻失望而返的テツ，一是主述者的妻，二者都有太宰戀人小山初代（太宰稱她為ハツ）的疊影。

現實的初代來自北海道，在青森以藝妓身分與高等學校時期的太宰認識。太宰上京後不久，把她叫來，但很快又被太宰長兄帶了回去。〈列車〉主場寫的正是這情況下的送別。另方面，太宰初次求死不成後，長兄替初代贖了身，讓她再到東京陪伴太宰，兩人在市郊過著沒有打算的年輕小夫妻生活。〈列車〉主述者與妻的關係幾乎等同於這段現實。

〈列車〉看似他人故事，テツ也被設定為朋友的戀人，但刻意寫淡的筆觸，卻有一股驅散不了的激情，埋至發車前刻，再無餘裕地爆發出來。那是對自己無能作為的悔恨，雜著退出同人運動的空虛。然而，主述者是否保握最後時刻，說清楚了什麼，卻依然沒有寫明。

〈殘雪〉裡的林春生，什麼都設想到，又什麼也沒做出來。既不願對新歡表示心意，舊愛寄來的錢他又忍不住收下一半。他明白自己「在人生的接力賽中敬陪末座」，也坦承自己優柔寡斷，無法面對現實。如何抉擇幸福？如何阻止不幸？北海道與台灣到底哪一邊比較遠？翁鬧留下資料太少，沒法像比對〈列車〉般看出小說與現實的參照，故事裡的林春生心思反覆，做不出決定，索性哪兒也不去了。

「昨夜降下來的，恐怕是今年最後的殘雪，從屋簷重重地落到地面，後頭落下的就在前頭的雪上積疊起來。」

這個結尾看似抒情，細想卻可能是懊惱的。和〈列車〉一樣，對自己的不作為，無法作為，懷著寂寞與悔恨。

這是太宰與翁鬧的成人，不，更精確說，無法成人。能寫孩子，也寫老人，就是寫不好一個世間的大人。他們的生活狼狽零落，傲嬌而害怕寂寞。不夠世故，恐懼世故。自負有時，自卑亦有時。他們的作品不是篇篇都好，在藝術裡自戀，但又的確存在天賦，一種模仿不來，不可期許的文學才華，發出截然不同的閃光。

太宰的〈逆行〉，合併另一篇〈小丑之花〉（道化の華），被推舉為一九三五年第一屆芥川獎的候選作品，這對自小傾心芥川龍之介的太宰來說，應該是件重要的事。可惜他沒獲獎。這一年終究以災難收場。二次自殺仍沒死成，命運還捉弄似地送他一場腹膜炎，醫生給他麻醉藥原來是為了止痛，他卻因失眠寂寞而用上了癮。

如此來到一九三六年，兩個年輕人似乎都被窮鬼追著跑。太宰為藥物耗光錢財，跟人低聲下氣借錢、在編輯面前痛哭流涕，什麼卑劣行徑都做過，前輩井伏鱒二看不下去，將他送進武藏野病院治療毒癮。翁鬧稿量也減下來，年初有詩：「在頭不能抬的嚴酷暴風雨裡／疲敝不堪的人正在搬石頭……」靈感抒情不知去向，是滿布石礫一首粗糙的詩。春天，他寫信給楊逵，說生了病，又說自己虛無，在事務上是個無能力者，只承諾「競作號的稿子我一定會寫」，還問清楚了截稿日期與字數……

這篇「一定會寫」的稿子，應該就是一九三七年初發表的〈天亮之前的戀愛故事〉。

「我想戀愛，一心一意只想戀愛。」小說開首兩句，就把殖民地台灣文學一路發展過來的，啟蒙進步也好，使命奮鬥也好，一股腦地丟在後頭，強烈的個人性凌駕了當時在意的民族、階級議題。類似前一篇寄稿給楊逵的〈羅漢腳〉，〈天亮〉語氣、文體相對率性，〈羅漢腳〉是男孩的天真，〈天亮〉是青年的苦悶。幾年東京生活流蕩下來，翁鬧此文無心守什麼章法，不重要，因為還有其他更重要的發現擁擠著要說出來。深夜的獨白體，擁抱少女的青春最後一夜，哀傷強作逗趣，文學的社會意識與私小說的界線在這兒被不在乎地攪混了。

三個月後，太宰發表了一篇比〈天亮〉還要任性的文體，題為〈HUMAN LOST〉。如果說〈小丑之花〉是〈人間失格〉的草率原型，那麼，〈HUMAN LOST〉就是中途慘烈的脫軌，距離最後絕望告別的〈人間失格〉，還有一段掙扎的路要走。

這篇文章是以前一年武藏野住院日記為底本，體例非常破碎，思緒跳躍，可以說驚人的混亂。太宰的憤怒與怯弱表露無遺。他說，HUMAN LOST是模仿 PARADISE LOST的句型。他說：「希望讓比我更年輕的人能擁有自信，我振筆疾書。就算語言支離破碎，我，並沒有發瘋。」

太宰：「我，從未有一夜是為享樂而買下賣春婦。我是為了尋求母親才去的。我是為了尋求乳房才去的。即使帶上了一盒葡萄、書籍、繪畫或是其他禮物，大概還是被蔑視。我那一夜的行為，若是懷疑，你，自己去問吧。我的住址和名字，全無造假。我並不覺得羞恥。」〈HUMAN LOST〉

翁鬧：「種種歸結起來，我更加覺得自己是個不適於生存的人。這是真的。打從很久以前我便一點一滴感覺到自己是個不適於生存的人，只是，這種感覺會在什麼時候累積到那個可怕的毀滅的極限呢，我不曉得，恐怕就在不遠的將來吧。」〈天亮之前的戀愛故事〉

兩個幾無實際遇合的人，在文學語言，竟有那麼多參差對照。〈天亮〉依偎賣春少女，求的是傾聽，不是享樂。〈天亮〉以生物交歡開場，從好奇到憤恨，對那歡愛正酣的狠心拆散。太宰〈回憶〉也說兔子種種，徹徹底底袒露自己的情慾躁動，學生歲月。〈HUMAN LOST〉通篇是對生存的懷疑，被飼養的金魚是活不久的，渴望愛。要說〈天亮〉是翁鬧的〈回憶〉，未嘗不可，〈天亮〉與〈HUMAN LOST〉在獨白囈語的呼應，更是讓人感到恐怖的程度。

「我實在是因為太尊重別人的意志，到頭來讓自己連意志這種東西也失去了。」

「我生來容易心軟，正因為這樣，我的行為反而加倍地心狠手辣。」

「對於我這樣的廢材來說，本來就沒有所謂理想或者希望那種體面的東西。」

「像我這樣意志與行為極端分裂的男人，妳應該還是第一次遇到吧。啊，我就這樣在妳身旁躺了一晚。我多麼想要把妳抱緊，卻做不到；我一點都不因此自豪，反而覺得羞慚——像我這樣窩囊的人只有被瞧不起，才算名副其實吧。」

這幾句全是翁鬧。不是太宰。

沒有資料佐證翁鬧是否讀過太宰，不過，他們的文字確實有些相通。多短句，隨性，少雕琢。好的時候，行雲流水，愈不剪裁愈好，不可思議的靈感。不好的時候，顛三倒四，潦草帶過、宣泄多於藝術。兩人都說自己老成，可他們文筆之間，自始至終，彷彿總有一個孩子，懷念母親與女性的寵溺，未被玷汙的美好；也像孩子嘟嘴抱怨，以純真的目光，直指世人不想看見的事物。如同那個大家都知道的童話：小男孩從人群中跑出來，指著穿新衣的國王，哈哈大笑：「國王沒穿衣服，羞羞臉！」

〈天亮〉之後，遲遲不見翁鬧新稿，連人還在不在東京都無從確定。太宰繼續住在天沼，初代離開，故鄉金援中斷，更糟的是他寫不出來，寫了稿子也賣不出去。他不得不正視自己在世人眼裡的模樣：傲慢的無賴、白癡、下流狡猾的色鬼。「為了騙錢以自殺恐嚇老家的親人；像對待貓狗似地對待賢良的妻子，最後還把她趕出家門。世人或厭惡，或嘲笑，或憤慨，傳著各式各樣關於我的謠言，我已經全然被埋葬，被當作死人、廢人看待了。」

關於翁鬧的謠傳：恃才傲物，放蕩不羈，情感狂亂，搞砸工作也在所不惜。窮鬼不請自來，吃得人家鍋底朝天。還有非合法，浪人交遊，如果不想被他牽連就離他遠一點。

一九三九年初，太宰結婚，井伏鱒二是介紹人。太宰說：「要是又把婚姻搞砸，就把我徹底當作瘋子捨棄吧。」翁鬧也傳來動靜。夏天，《台灣新民報》開始連載他的中篇小說：〈港町〉（港のある街）。秋天，太宰在三鷹定居下來，翁鬧連載結束，再度無消無息。

翁鬧與太宰，或許由此分道。三十歲。太宰走向職業寫作，婚後寫〈奔跑吧！梅洛斯〉（走れメロス），是他最常被選入教科書的作品：奔跑赴死的梅洛斯，為了不讓朋友因自己而死，為了履行諾言，為了維護名譽。即使路途重重困難，也曾意志軟弱想要苟且偷生，但他終究趕在最後一刻抵達。當作好友的人質活了下來，更重要的是，誠信征服了懷疑者暴君的心，梅洛斯沒有死，也活了所有人。

這真是最好的結局，如果可能的話。原來太宰的願景，他的幻夢是如此。

三十歲的翁鬧呢？〈天亮〉把時間設定在三十歲的前一夜。「天亮了，我得趕快走了。」〈港町〉場景一轉，到了神戶。翁鬧於此所展現出來對歷史的熟悉，對底層人性的了然，以及有意識的小說技巧，固然上了層樓，但是又有一絲陌生，彷彿不完全是那個孩子氣的翁鬧，彷彿翁鬧也有點老了。

小說連載一個多月，愈往後文句愈短，彷彿受著什麼追趕，情節架構雖有設計，敘事形容卻失之潦草，倉促交代。敏感的讀者應該會納悶發生了什麼事。然而，直到如今，沒有答案，勉強只有當時編輯黃得時留下文字：「最富於潛力的翁鬧，以本作品為最後作品而辭世，真是本島文壇的一大損失。」

活下來的太宰，迎接了戰爭。說也奇怪，恐懼世故、放浪形骸的太宰，在嚴峻的時局裡，反倒按部就班度過。或許他膽小怯弱，或許他裝模作樣，這些詞他都常說。無論如何，戰爭期的太宰走穩了作家這條路，語言題材都有轉變，評者稱為健康、明快的中期風格。

直到日本戰敗，神變為人，滿目瘡痍，誰還能按部就班，要有，亦是面目全非了。太宰文章忽然又像泡過酒似地，散發出難以捉摸的香氣。他寫了〈斜陽〉，回頭定案〈人間失格〉，然後，朝玉川上水走去。反反覆覆，為死而奔赴的人生。自年少初次偕人求死以來，那個始終糾纏他，穿梭他的文學的「黑點」（她死了，而我獨活），這次，終於將他吞沒。

「我的後來者，請將我的死，盡可能地利用。」這句話，早在〈HUMAN LOST〉寫下了。

「許多想說的故事還充塞在我的胸口，」翁鬧的〈天亮〉：「如果還有再來的時候，一定再說給你聽……」

他沒有再來。台灣脫離日本殖民統治，不知死在異鄉何處的他，連同他的日語文學，很快被遺忘了。

——原載二〇一九年二月《印刻文學生活誌》第一八六期

收錄於二〇一九年三月出版《天亮之前的戀愛——日治台灣小說風景》（印刻）

賴香吟，一九六九年生於台南。畢業於台灣大學經濟系、東京大學總合文化研究科。曾任職誠品書店、國家台灣文學館籌備處。曾獲聯合文學小說新人獎、吳濁流文藝獎、九歌年度小說獎、台灣文學金典獎等。著有《天亮之前的戀愛》、《文青之死》、《其後それから》、《史前生活》、《霧中風景》等。

澎湖：真實的航線和虛構的航線——孫梓評

一早淋過台北濕雨，挨著吉他少女，現役阿兵哥，行囊輕簡歐美遊客，返鄉者，逆光登機口搭接駁巴士，落車蟻隨前人腳步登上機身。盡可能預選窗邊座位，讓小型飛機載我從日常起飛，機艙窗口窺望那些被留在地表的瑣碎與耽誤，感受距離帶來的一點點治療。飛機貼沿著壯綠色飛行，地表偶爾綻現傷口，之後轉彎向海，寬闊藍，像一個如果我們跌落總能穩穩接住的擁抱。

降落澎湖。

一九九三年，我和阿偉也曾前往的澎湖。快樂公主號安平出海，馬公靠港。怎麼瞞過家長而能在外頭過夜？已不記得。畢竟那時要瞞的事情太多。包括我每日佯裝騎機車至鎮上搭校車，但其實我總穿過鄉間有霧的小路，五甲尾往路竹，約定的時間，阿偉老地方等我，兩人一前一後，望著他沒戴安全帽的背影，有時風會把他沒裝什麼的書包揚起來。我們一邊加速擔心沒趕上早點名，一邊提防路邊也許出現的警察。陸續被幾個學校留級或退學的阿偉已逾十八，持有駕照，他給無照駕駛的我的建議是：遇到警察就說你自願做伏地挺身三十下，他就會放你走了。

我竟然相信。說來好笑，到底為什麼趕早點名？哪一次阿偉不是到了學校抱著書包就趴睡；不睡時就拉我翹課泡沫紅茶店抽星座運勢。一個不到二十人小班級，收容各地鮮產的轉學生或退學生，為了活用資源，乾脆自然組、社會組同班。這樣怎麼上課？沒有人上課。夜間兼差太累的不妨補個眠，下課鈴響會自動醒來去走廊上躲著教官抽菸；還有點精神的，可以跟點名中的老師頂嘴，吵累了，在後頭圍成一圈打麻將，或拿打火機烤魷魚當零嘴。

我在寫筆記本。不是抄錄上課重點，是給阿偉的交換日記。每天放學他帶回家寫一點，隔天交給我。他問要不要一起去澎湖？搭船去。聽起來很棒。很快我們就出發，整趟航程我站在甲板跟著船身搖晃，還不認識防曬油的年代奇怪也沒曬傷，我一路緊盯著海，彷彿光芒躍動的波紋裡有我要的答案。

到了馬公我們租車，阿偉駕駛，去見他心愛的女孩阿麗。阿麗家捕獲許多小管，在大埕上曬乾。我不確定她見到阿偉是開心的嗎？阿麗和家人流利操著澎湖腔閩南語，汝如何如何，邊塞了好幾包小管絲給我們，像打發小朋友，就去忙她的事了。沒事可忙的觀光客失去了風景，只好又開車閒晃。

晚上我們在公廁洗澡。公廁裡有提供給鄰近海水浴場泳客沖澡的立式蓮蓬頭，阿偉豪邁褪去所有衣服，拿商店買來的小罐洗髮乳和沐浴乳，很快洗好澡。那是十九歲男孩的身體，與愛情。黑暗中隱約有外頭透進來的光線，折映出十七歲的我的單薄。可能拿髒衣服擦乾濕濡的身體吧，穿好衣服，我們回租來的車上睡覺。一前一後，披著外套當被子，假裝在拍沒有公路的公路電影。

想來是相仿的季節？結束工作，我回觀音亭附近的旅館。櫃台人員推薦：晚上可以搭船夜釣小管，兼看花火在海上盛開。「就算沒釣到，船長也會煮小管麵線給大家吃喔。」聽起來很誘人，畢竟此行我只打算在馬公市徒步移動。趁太陽墜海前，先到海灘旁晃晃，架設中的攤販大聲播放〈永遠不回頭〉，繪有國民黨黨徽的「西瀛勝境」牌樓被夕陽殘餘的光線襯得更加魔幻了。

吃完阿婆麵，穿過四眼井，我一路走到微涼的馬公碼頭。如今僅有布袋和高雄航線，黑夜到臨後，島像被棄者，只剩下風無盡颳著。我在堪稱齊整的市街亂逛，腦中閃過一封又一封還沒有網路的時代，阿偉寄來的信。畢業典禮前兩天，阿偉已拿了兵單去當空軍。退伍後他真的跑到澎湖和阿麗一起開泡沫紅茶店。又過了兩年，阿麗愛上別人。阿偉決定把店和存款全留給阿麗，隻身回台灣——是不是就是那時開始，阿偉人生的航線，有了不可知的偏離？

決定結婚。成為父親。決定離婚。決定創業。決定失業。啊那一次當阿偉在電話中告訴我，他車禍後失去一切，包括記憶，成為流浪漢，在不知道是哪裡的公園和其他人各據一角，度過將近半年。直到有一天，記憶回來了，眼淚也回來了，他走啊走走了好久終於走回家，見到老了一些的媽媽，相視無言，他決定回家幫忙家裡便當店工作。那究竟是他的夢囈，還是我的夢境？

有次阿偉託我買許多酒，灌溉情傷。當阿麗另有所愛，在那被棄的島上，他是不是也喝了許多酒？我們的交換日記停在高三那一年，後來的故事已不得而知。只知道，我在馬公街頭惶惶行走，無論如何想不起當年信封上的地址。周末夜，遊客不很多，也許都往海灘朝聖音樂和花火了吧。

這趟去澎湖前，決定再婚而又一次失婚的阿偉傳了許多訊息給我。他約喝酒。我說好，但不知何時回南部。那年十九歲的男孩如今胖了許多，見到我總談起同學甲乙丙：那些我隨同高中課本擱在某一塵封紙箱沒再拿出來使用過的名字們。阿偉的時間感是凝固的，像被誰揉爛了又隨手捏成一團的黏土。阿偉是否覺得我與他，仍活在交換日記的上一頁和下一頁？

阿偉說，最近手頭緊，可不可以買酒來我家喝就好？我說好。阿偉說，到底還要多久，你比明星還難約欸。我說好，有空跟你說。阿偉的未接來電。阿偉的未接來電。阿偉問：在忙？阿偉傳來貼圖：熊大坐牆角，四周堆滿酒瓶。阿偉說，早點睡。晚安。阿偉說，有時候我甚至覺得我在這個世界是多餘的。

我在旅館裡，靜靜讀著所有已讀的訊息。

花火開了，隔著窗戶，一聲聲像是砲火。

——原載二〇一九年二月《聯合文學》第四一二期

孫梓評，一九七六年生。台灣高雄人，東吳大學中文系，東華大學創作與英語文學研究所畢業。現任職《自由時報》副刊。著有詩集《善遞饅頭》、《你不在那兒》；散文《知影》；短篇《女館》；長篇《男身》；少年小說《邊邊》；繪本《碳酸男孩》等約二十冊。

物之索隱——簡媜

老人家仙去之後，屋子突然靜了下來，靜得連灰塵都發出砂礫滾動的聲音。

這種超現實感覺像走進虛實並存的世界，一時之間感官的定位方式大亂，暈眩之中，因發覺醫療小家電阻礙居家動線，收起氧氣機、化痰機、抽痰機等轟然作響刑具，才理解屋子之所以靜下來是因為少了低沉的病吟、持續的咳嗽以及隨時必須啟動的機器聲。這種靜很虛，欠缺元氣，「真的要收起來嗎？」竟然出現這樣猶豫的念頭，此時告別式已過，但時間像一團毛線被貓兒拉著繞，有時繞回原處，讓人以為什麼也沒發生。

過了不久，屋子發狂地喧騰起來，每一樣舊物喊著故主。櫥櫃桌屜，擺在固定位置的一把牙刷幾條毛巾能繼續放著嗎？專屬的縫補過的拖鞋、木筷、瓷碗、水杯能繼續擺著嗎？更別說書櫃鞋櫃衣櫃，打開立刻關上，再打開又關上。主人走了，物屬於世間不會跟著去，卻好似吵著要跟；留在器物表面的訊息過於強大，不同物件保留不同階段或歡愉或愁苦或愜意的生活剪影，親人接收存藏在器物裡的訊息，如電流竄動全身，喚起記憶與感受；倏地，故主的聲息神色閃出來，彷彿剛剛聽到他清一聲喉嚨，要說當年那件已經說過十遍的奇遇。親人在形上層次重返器物所指涉的時空現場，情節再現，聲影跳動，話語笑容動作甚至連那日穿著、菜肴都一串一串想得清清楚楚，親人想竊取那時空，神不知鬼不覺地帶回現在，取代已發生的事實，瞬間，被莫名的力量阻撓，悲傷之感像不知從哪座山頭射來的暗箭，七彩時空泡泡破了，只剩眼前器物——它能帶你回到過去，卻無法把過去搬來現在。

一個人走了，留下失去靈魂駐守的器物，該如何處理令人怔忪。失去母親的孩子，如何面對床頭邊仍在滴答走動的媽媽的手錶？失去孩子的母親，如何處理掛在牆上的書包、鞋櫃裡尚留著腳形與汗味的球鞋？失去配偶的，如何整理當年那一疊情書？物豈只是無生命的物，器物表面的訊息如看不見的手指，密布著，等著碰觸親人，只有至親至愛才感受得到那一陣輕微卻深刻的電流，跨越了生死兩隔，再次握手。

終究，失去靈魂駐守的器物，需要有個冷靜的「刺客」——凡是攜帶利器、需要動手之事皆可稱之——去窺視、翻查、拆解、整頓。

在一個適合當刺客的日子，我帶著膠帶、繩索、紙箱和垃圾袋踏進大門。屋子稍微安靜些，彷彿有幾雙眼睛隱在牆壁的水漬漆痕之中窺伺，好奇來的這個人怎麼動手？繞了一圈，三房兩廳雙衛一廚前後陽台，該從哪裡開始？突然，有一股沉重伴隨複雜且疲憊的情緒使我住了手，「活著好累」，不，這不是我該有的情緒卻不知怎地、搶頭香似地竄出來，我當下的感懷應該是這個：「一個活人，該怎麼閱讀亡靈一生所屯積的龐大器物？」如何能夠不以窺視、掠奪、評議之眼而是以亡靈之心去辨識何者可棄、何者乃心血情思之所寄應該予以保留？

這麼說吧，如果逝者是位雅愛藝文、具有陶淵明之風的書寫者，來幫他收拾屋子的兒女恰好相反，是擅長估價的當鋪商，只需翹一根指頭翻抽屜，兩眼炯炯放光如貴金屬探測器掃視一圈，即可下令阿清阿光兩位粗工把這些廢物「清光」，即使抽屜裡有一本小說手稿可能是曠世鉅作、上頭附一紙交代此稿乃老父十年心血盼能出版，誰在乎呢？全部扔給巷口的回收阿婆。說不定還得「當鋪商」評語：「專搞這些沒用的東西才這麼窮，人家的爸爸留股票鈔票，我們的留小說手稿，都是紙做的怎麼差這麼多！」如果亡靈尚在屋內流連，他會怎麼想？是否因看到子女的真面目而痛苦？（若此情節屬實，作者我忍不住跳出來奉勸亡靈：「那是你生的，別怨。」）而人生的痛點之一是，再也沒有人在乎你，無人知曉的亡靈嘆息，大概只有蠹魚白蟻聽得到。

人走了之後，需要一位知己幫他把「生不帶來，死不帶去」這幾個字縫隙裡的積垢清理乾淨。只肯在法律文件上簽字其餘一切不管也無意探問的繼承者，料想，是看得開的人啊！而那些生前不做整理，或是自認仍有大把時間可以花用，或是信任繼承者會做妥當處理的，料想，也是看得開的人啊！

老人家對於報紙具有令人費解的收藏癖，這是經歷抗戰、流離來台一代人的通病，報紙是他們的精神靠山、每日靈糧，必詳讀之、剪貼之、存留之，劃線、眉批。歲月，輕如羽毛，重起來像一頭從非洲拉來的犀牛，就這麼侵門踏戶占去一間房——舊書報堆成的樣子似酣眠大獸。老人家讀報不僅自娛，常剪報與子女分享，尤以健康資訊、時事評議、國際局勢為主。每回餐聚之後，必取出事先寫好的便條紙，上面寫著數條事項依序叮囑；或是眼球如何轉動看書每隔半小時需閉眼十分鐘、腳底如何按摩以保暖養身。剪報上他已用紅筆畫「流水曲線」做重點，交給迫切需要保養卻積習不改的那個人。子女年歲再大，在他眼中都是不懂得照顧身體的小孩，而小孩不管幾歲，只要父母還在，就繼續不懂得照顧自己，但懂得照顧自己生的小孩，並且要他們做他做不到的保健之事。

至於時事評議、國際局勢，乃老人家日常關注重點；然而，時代是朝著「第一代外省人」無法理解的道路滾動而去的。他們這代人生逢亂世，除了行不改名坐不改姓，到哪裡都是漂蕩，無法供奉祖宗牌位、設不了家族墓園，好不容易在台灣扎根，設了祖先牌位也有了墓園，新時代的風向卻是大筆一揮把外省第一代第二代圈起來，管你母系是誰，全塗成深藍色標記為外人。這些都深深傷害到他，卻也是作為道地台灣子弟的我因為不能感同身受而一度認為他們誇大了原罪感與悲情意識的。直到有人在大庭廣眾之下，追著錄影、逼問第一代老榮民怎麼還不回去他的家鄉，我才毛骨悚然：竟然有人認為自己有資格驅趕另一群無辜的人！遂感受到一族群被霸凌的痛楚——住了七十年還被當成昨天才上岸、被蠻橫地取消七十年存在事實的那種羞辱與憤怒。「這塊土地」、「家鄉」、「台語」，不是他們的口頭用語，即使要學，也講得氣血虛弱，日久，當別人拿這幾樣當武器攻擊，他們沒人招架得住，連回嗆「講蝦米肖話」都不會。牛皮紙袋裡有一疊關乎政黨惡鬥、族群對立、探討民粹政治的文章剪報，畫滿紅筆藍筆「流水曲線」，幾張廣告單背面密密麻麻寫著讀後感。刺客如我，本省子弟如我，能不停下來讀一讀一個外省老爸爸的抑鬱感受嗎？

然而事情有點失控了。一九四六年兩個年輕人飄洋過海來台灣建立一個家，自此除了廚房歸女主人，一切庶務皆由男主人掌管，而他幾乎不丟棄任何跟「紙」有關且上面有字的東西，譬如子女學生時期作廢的公車票、過期的戶口名簿、儲蓄存單，即使是武功高強的刺客，落入一座龐雜的軍公教家庭庶民生活現代史裡，也會因只配備兩隻手兩顆眼睛而像洩氣皮球。「老天爺呀！怎麼都不整理呢！……」刺客自言自語，若亡靈未走遠，想必會為這場面說一句：「唉呀，讓你忙了……」

誰幫誰收腳印，是不是注定好的？

可辨識的舊書報、家常用品、衣物較易處理，刺客分類後綑綁，貼上便條：轉贈、回收、丟棄。難就難在散放四處、堆疊成丘的字紙裡，混雜著一個人一生足跡與一個家六七十年來的歷史文件；這些非實用不具法律效力的文件、照片、書信、札記，閉著眼睛悉數掃入垃圾袋也是一途，然而，這樣做，對亡靈而言等於被親人在精神層次判了死刑：親人只在乎他留下多少資財如何分配，至於牛皮紙袋裡塞了多少老照片舊證書家族文件，筆記本上塗塗改改寫了什麼感懷，絲毫不感興趣，不在乎養育他們的這個人過了什麼樣的一生。若亡靈尚未走遠，豈不殘忍！

不得不起身沖一杯咖啡提神。就著日光，刺客小心地掏出一只皺巴巴牛皮紙袋裡的東西，一小股夾著蟑螂屎的灰塵讓人打噴嚏，仔細翻看，從一疊作廢的全家身分證影本之中掉出一張車票，如果不是個具有歷史感且對文物懷有敬意的人，這張車票必然被丟棄。刺客驚呼：「三六．一．二九，台灣鐵路，快車，台東至花蓮港，貳等，一六八元」，這是古董啊！

那一日，想必寒風颼颼吧。前一年才從中國大陸來到台灣、在台北任職的二十八歲年輕人，大年正月新春期間，怎會從「台東」坐火車到「花蓮港」站？那是什麼樣的火車，分頭等、貳等座嗎？以一九四九年六月發行新台幣、「四萬元舊台幣換一元新台幣」來推算的話，在此兩年前車費值台幣一六八元是什麼概念？夠吃一碗陽春麵嗎？為何留下票根，第一次在台灣坐火車？這是「二二八」事件發生的前一個月，年輕人可曾觀察到不尋常的社會氛圍？

刺客有太多問題想問，恨不得老人家能現身解答。刺客想，一般家庭裡充斥太多家務紛擾，日常所談皆是柴米油鹽，欠缺歷史視野預先看到尋常生活中隨手可得的物件正是將來回顧歷史時的珍貴證物，殊為可惜。然而，就算留下人生證物，說故事的人不在了，物也是殘缺的啊！

老人家在職場工作超過五十年，是個喜歡上班的人。刻著「君國濟民，以禮閩風」的鋁盒裡裝了七枚印章，皆是刻有職稱與姓名的公務用章，從「書記」、「組長」、「科長」到「經理」、「副處長」等，這該丟還是該留呢？

刺客自己的職場時間很短，可比喻為吃火鍋時「涮肉片」之舉，且當時都用簽名已不流行公務印章。刺客頗覺新奇，找來紅印泥與紙，坐在地上蓋將起來，想知道哪一枚章蓋過最多次？哪一枚是經過激烈競爭、人事傾軋才得到的？哪一枚蓋過最關鍵的公文？哪一枚曾蓋過讓他心不甘情不願的麻煩事？一個男子用五十年時間換得七枚公務印章養活一家人栽培子女攻讀博士，是容易的嗎？刺客心一酸，決定好好保存這七枚章。

接著，寫滿文字的札記該不該掃入垃圾袋呢？做子女的該怎麼看待老父老母留下的筆記、手稿？需不需要撥空翻閱，讀一讀紙上透露的真實心聲呢？刺客不禁設想，如果有子女因諸如此類原因與父母疏冷，怠於聞問，在順利當了繼承人之後，讀到日記裡父母對自己的碎心文字，該如何自處、自辯呢？無怪乎大多數人整理尊親屬遺物，張開垃圾袋，一袋袋餵飽就是。

老人家頗喜記事，四十多本手札，大多是安分守己歲月裡的起居注，但其中也有暗筆；書寫的人當時必然壓抑著情緒，蓄意用小得不能再小的字體、擠得不能再擠的排列法，字跡稍亂、字辭交叉難辨，不知寫些什麼？刺客找來老人家的放大鏡，照著，像研究昆蟲如何交換訊息而集體遷徙的專家，讀出「一家之長」從未說出的話語、不曾張揚的感受。「啊！真是辛苦您了！」刺客看得十分心疼，卻明快地做了決定：「這些，就讓它永遠消失吧！」除了留下幾冊作為紀念，其餘皆不留。

刺客翻閱太多文件照片，看到一個男子從二三十歲至八九十齡的變化，腦海裡的時序混亂起來，彷彿亂了章節的影片，頓時感到荒蕪；他曾是寒門子弟、戰火青年，曾是盡責的人夫人父，這些看似平凡卻因擺在一個離亂時代而顯得驚心的故事，生前不易完整盡興地對子女陳述，逝去後卻由遺物透露出點點滴滴，聯綴出清晰的一生。然而，不管如何，屬於他的時代已逝去了，那輩人忠貞愛國的思想、莊敬自強的座右銘已成為當今社會取笑的材料，而他們曾經當作誓言一般地信任著。就是這一點，讓刺客感到別無他辭可以形容，唯有荒蕪。

日影悄悄推移，刺客決定清完那只恐龍般生鏽大鐵櫃內的雜物就要歇工，灰塵讓她鼻腔咽喉有過敏現象。不知清掉多少袋養生剪報、多少年幾家銀行對帳單、多少本作廢存摺，有一只看來年歲更久積垢更深的牛皮紙袋現身，刺客料想也是銀行對帳單正要丟棄，慢著！刺客不放心，掏出內容物，用力睜開乾澀的眼睛，接著發出聲音：「天啊，這是什麼！」

恐怕連故主都忘記了才會塞在這麼陰暗的角落，一大疊保存完整但欠缺整理的舊紙鈔現身了，歷史像隔巷七里香被風吹了進來。刺客對幣品亦小有興趣，每出國旅遊必留下硬幣紙鈔做紀念，評賞各國幣面圖案乃一樂事。二十六年前，刺客至北京公差之餘抓緊機會逛琉璃廠，購得一套錦匣裝歷代錢幣，最古的是一枚漢朝五銖錢。然而這包舊鈔款式卻是從未見過的，映入眼簾的第一張是直立式、正面印孫中山畫像背面印上海海關大樓：「中央銀行，上海，憑票即付，關金伍佰圓，中華民國十九年印」，第二張是：「台灣銀行，台幣，壹萬圓，中華民國三十八年印」。

刺客昏了過去，這是動漫手法。刺客露出暴發戶笑容，這是搞笑手法。其實，刺客只是靜靜地用乾布擦拭每張紙鈔上的灰塵，繼而發現，一個省吃儉用的男人以收集舊鈔的祕密嗜好，無聲無息地保留他存活過、奮鬥過如今已被遺忘的那個大時代。

瞬間，刺客知道自己被指定為繼承者，而亡靈就在身邊。

——原載二〇一九年二月十八日《中國時報》人間副刊

收錄於二〇一九年三月出版《陪我散步吧》（簡媜出版）

簡媜，一個寫散文的人。著有散文《女兒紅》、《天涯海角》、《誰在銀閃閃的地方，等你》、《我為你灑下月光》、《陪我散步吧》等二十二種。

身體的幻化與自由——蔣勳

生命的存在，以一種形態顯現。樹木的形態，一株草或一朵花的形態。一顆蛋的形態，一隻雞的形態。蛹的形態，蝴蝶的形態。

形態在連續變化中，蛋孵化為雞，蛹蛻變成蝴蝶。

在鏡子前凝視自己，會誤以為鏡中的形態是固定的，其實分分秒秒在變化。以為形態是固定的，這是大多數人對自己最大的誤解。

佛家說的「色身」、「色相」是視覺裡看到的形態——「身體」、「相貌」。

卵生，胎生，濕生，化生，有色，無色，有想，無想，各種存在的「身」與「相」都可以轉化。不只從蛋孵化為雞，從蛹蛻變成蝴蝶，從現實的科學框架限制解放出來，《莊子》的〈逍遙遊〉，北溟的魚，化而為鳥，摶扶搖直上九萬里；〈齊物論〉裡，莊周和蝴蝶也交換了身體。

斤斤計較「科學」，《石頭記》不會有一塊女媧補天剩下的石頭幻化成寶玉，也不會有一株草幻化成黛玉。石頭、草，都可以幻化成人身。

拉長物種演化的時間，物種的「身體」或「相貌」，是不是無時無刻不在變化？「身」與「相」是無數物質元素或細胞的生滅重組。每一剎那，也許有千萬億的細胞在生滅。

然而，視界太小，我們不容易看透徹蛋與雞、蛹與蝴蝶的連續。

視界太小，局限於「科學」，也很難讓身體有幻化的渴望，魚是魚，鳥是鳥，蝴蝶永遠夢不到莊周。

一條蛇，努力蛻變成女子身體的故事，在廣大的民間被傳誦，《白蛇傳》是傳說，是文學，是美術，是戲劇，流傳千年，至今不曾死亡。

生與死，是身體相貌的變化，如同蛋與蛹的孵化與蛻變。縱浪大化，看生看死，或歌或哭，或笑或淚，也都只是自己執著，一廂情願而已吧。

古老的神話傳說裡，常常描述身體形態的轉化，原始希臘神話，原始印度教神話，身體自由轉化的渴望很多。

人類看到鳥在天上飛，身體會渴望成為鳥，就在人身上長出雙翼。人類看到魚潛於水，會渴望自己成為魚，就有了鰓和鰭。人類發現了蛇強大的毒性能量，也就渴望自己的身體和蛇結合。

古老原始的神話文明，人類的身體還留著許多與動物植物交互幻化的渴望。

台灣排灣族的圖像裡常常有蛇，刻在石板上，銘刻著祖靈與蛇類的親密關係，是敬，也是畏。

中國上古的創世紀大神「伏羲」、「女媧」，都有蛇的身體，從漢代畫像石到唐代吐魯番出土的帛畫，人頭蛇身，雌雄交尾，人類的身體借祖靈強大神祕的蛇身繁衍子嗣。

印度古老信仰中遺留許多身體轉化的記憶。創世紀的蛇神（Naga），至今仍盤踞在廣大東南亞地區，是民間無所不在的重要圖騰。象頭人身（Ganesha）仍然在大街小巷為大眾帶來幸運財富；鳥頭人身（Garuda）作為毗濕奴（Vishnu）座騎的護佑象徵，也成為現代國營航空的標誌。

人與獸禽結合交互轉化的圖騰，並沒有從現代世界消失。

缺少了這些遠古曠野裡漫長的獸的記憶，僅僅活在現實「科學」的框架中，人類像被抽離了魂魄，只剩下單薄虛弱的外在形體，身體被假象知識束縛，沒有自由幻化的渴望。

神話留傳著，彷彿提醒我們身體裡還有多少動物野獸的基因。

十二生肖，鼠、牛、虎、兔、龍、蛇、馬、羊、猴、雞、狗、豬，我們在人的外相中似乎還潛藏著一個獸禽的原型。

十二星座，人馬、牡羊、金牛、魔羯、雙魚，那來自遠古星空的「身」與「相」，仍然呼應著此時的肉身。

水瓶或天秤，即使非有想，非無想，一件器物，也彷彿寄託著人身的渴望。

《莊子》或佛學，都沒有被單薄的「科學」限制住，《金剛經》裡十種物象的存在，使「人」和廣大的物種或物質世界有了連結。

生肖或星座，具體而微，廣泛在現代生活中發生不小的影響力，如果不含偏執，或許提醒我們，除了此時此刻外在的「身體」、「相貌」之外，或許還存在著不可知的神祕本命。

那到處鑽動的鼠，那頭負軛的牛，凶暴的虎，陰鷙的蛇，馴順的羊，奔馳的馬，都彷彿是這個肉身的渴望或恐懼。

子不語：怪、力、亂、神。

儒家文化切斷了肉身與神話的血脈，這身體像失了魂魄血肉，變成沒有幻化能力與渴望的身體，僵硬死滯，冰冷沒有溫度，處處教條，沒有創造力，沒有自由。

《莊子》為肉身轉化的自由留下了渴望，鯤可以有飛起來的渴望，鵬可以有一展翅飛六個月的渴望。「逍遙」是心靈的自由，肉身即使有沉重的限制，心靈可以在夢裡栩栩然成為蝴蝶飛起。

古希臘神話的身體轉化

古希臘神話中，許多身體轉化的故事成為近現代西方和世界文化重要的典故。

人馬獸（Centaur）是上半身人與下半身馬的組合。人馬獸常常出現在古希臘雕塑或陶罐繪畫中。人馬獸好像充滿原始慾情，常常衝進婚筵場所，劫掠少女，或把新娘駝在背上奔馳而去。人馬獸像是上半身人的理性駕馭不了下半身獸的狂野慾望。

一直到巴洛克時代，貝尼尼還持續仿刻人馬獸的造型，讓愛慾之神（Eros）把整束引發慾火的箭插入馬身，人馬獸被慾情折磨，臉上出現扭曲受苦表情。

聽過德布西《牧神的午後前奏曲》，都記得上半身人、下半身羊的組合。在午後朦朧迷離間，在人與獸的交界，遊走於樹林間，人的或獸的魂魄，管束不住肉身，追逐著森林女仙，音樂要說的，或許是我們身體裡會無端跑出一頭莽撞的迷情羊嗎？

尼金斯基把音樂轉化成舞蹈，舞台上看到更具體的肉身情慾流動，呼應著二十世紀初心理學對潛意識的探究。

我們身體裡都有一頭獸，或馬，或羊，或蛇，你意識到這頭獸，或沒有意識到這頭獸，牠都在那裡，凝視著你，凝視著每一個人宿命的獸性。

那是儒家害怕的獸性，逃避，或者遮掩。

《莊子》渴望與更內在潛藏的自己對話，渴望詢問：是我夢為蝴蝶，還是蝴蝶夢為我？

《莊子》應該和古希臘神話同樣在現代世界成為潛意識探究的原型。

古希臘克里特島上有牛頭人身的邁諾陀（Minotaur），住在迷宮裡，要吃食外邦進貢的童男童女。

邁諾陀常被譯為「牛頭怪」，彷彿是人身上沒有去除乾淨的獸的殘留。

這頭最後為英雄忒修斯殺死的怪獸，卻在二十世紀不斷出現在畢卡索的畫中。一組類似「春宮」的性愛主題的畫作，邁諾陀巨大雄厚的牛的身體和豐腴的女性肉體交媾，那像是創作者一系列的自我解剖，是人身也是獸身的自己，是在性的原始慾望中回復了獸的記憶的男性身體。

原始獸性交媾繁殖的本能，有狂野的歡愉，慾情的放縱，然而，也有極致癲狂之後深沉的孤獨與虛無。

這或許是畢卡索最動人的自畫像。我們看這一組自畫像，也許更能深入了解一個創作者難以理解的情慾糾纏，為什麼他總是迷戀鬥牛的廝殺，他看到的或許是人與獸在自己身體裡的搏鬥廝殺，看著利劍穿刺進熱烈跳動的心臟，那正是自己的心臟，渴望著愛、渴望著繁殖又渴望著死亡的自己。

畢卡索的「牛頭怪」總是無限哀傷也無限深情，在狂亂的慾愛之後茫然凝視自己。

東方文化裡至今沒有這麼深沉誠實而勇氣十足的自我凝視。

古希臘神話裡，眾神的核心是宙斯大神（Zeus），宙斯身體的本相是一壯年男性，然而他每一次在性愛的追逐裡便出現肉身的幻化。他幻化成一頭白色的牛，追逐搶掠美麗少女歐羅巴（Europa）。宙斯看到美少年格尼美弟（Ganymede）便幻化成猛禽，展翅掠走少年，讓他在天上為諸神斟酒。妲奈（Danae）為父親禁錮在滴水不漏的古堡，宙斯可以幻化成一片金光，進入女子身體。

宙斯的故事，似乎暗喻強大的身體正在於不斷轉化的渴望，而每一次的性愛都使肉身回復成不同的獸，只有獸有強大的繁殖能量。

達文西畫過宙斯幻化成天鵝與美女麗妲（Leda）做愛，後來畫家仿品頗多。米開朗基羅也畫過同一主題，原件遺失，從仿作來看，女體人身與禽鳥性愛的畫面比達文西表現得直接。有些畫家仿製達文西原作，麗妲身邊還生下兩顆蛋，一顆孵化為美女海倫，引發了上古希臘最大的特洛伊戰爭。

荒誕不經的神話傳奇隱藏著人的理性視界不敢面對的身體密碼。二十世紀的心理學、人文科學，其實從古希臘神話解讀了很多有關人性的密碼。

總是在水中凝視自己倒影的納西瑟斯（Narcissus），最終成為水岸邊美麗的水仙花；而單戀他的少女Echo憂鬱自閉，最終便只是幽暗山洞裡空洞的「回聲」。

身體不只是和禽或獸交換色身與色相，身體會幻化成一朵花、一種聲音，如同莊子聽到的天籟。

許多人都記得阿波羅（Apollo）熱烈追求的少女妲芙妮（Daphne），她厭惡男性，在追逃之間，阿波羅以為觸手可及，妲芙妮的身體卻在瞬間轉化成一株月桂樹。

坐在月桂樹下，看樹影婆娑，風聲颯颯，氣喘吁吁，阿波羅悵然若失，也許是一切如夢幻泡影的領悟開始，也許，會懂莊子依靠樹幹而眠，在睡夢中或許有栩栩然飛來相認的蝴蝶吧。

傳說了很久有關狼人的故事，每在月圓夜晚，彷彿仍然會在身體裡騷動，那幽閉在自己身體隱密處被理智壓抑著的狼的原型，總是有探出頭來跟人身對話的渴望。

當代日本動畫細田守《狼的孩子雨和雪》，仍然是矛盾的兩個歧義的追求，一個認同人的世界，努力壓抑狼性；另一個相反，放棄人身，回復狼的身體，奔向荒野山林。

在人與獸的分岔路口，深受儒家影響，廣大的華人世界，或許只有一條路可走吧。

那迷失在荒野間的獸，數千年來，曾幾何時，月圓之夜，還會獨自攀上高岩孤峰，在呼呼大風裡對天淒厲長嗥嗎？

——原載二〇一九年二月二十二日《聯合報》副刊

蔣勳，祖籍福建長樂，一九四七年生於西安，成長於台灣。文化大學歷史學系、藝術研究所畢業，後負笈法國巴黎大學藝術研究所。一九七六年返台後，曾任《雄獅美術》月刊主編，並先後執教於文化大學、輔仁大學、台灣大學、淡江大學，曾任東海大學美術系主任、《聯合文學》社長。著有散文《說文學之美：品味唐詩》、《池上日記》、《肉身供養》、《此生：肉身覺醒》、《此時眾生》、《微塵眾》、《少年台灣》、《歲月靜好》等；小說《新編傳說》、《寫給Ly's M》等；詩集《少年中國》、《眼前即是如畫的江山》等；藝術論述《雲淡風輕：談東方美學》、《新編美的曙光》、《美的沉思》、《美的覺醒》、《天地有大美》等；有聲書《孤獨六講》；畫冊《池上印象》等數十種。

種種可能——林達陽

1. 某個地方

獨角獸或許仍藏身在這座城市裡的某個地方。

晨霧瀰漫的時刻搭公車，往市區走，遠遠看見霧中的高樓，只露出細尖的樓頂。「像是有一群獨角獸棲居在那裡啊。」公車上乘客很少，我坐在車子最後的長排座椅上，抱著自己的大外套，想起中學時候搭公車，同樣坐在最後面的位置，抱著學校書包，那種有點寂寞、但是滿意自足的心情。

那時的同學們，朋友們，後來變成了怎樣的大人呢？

霧沉甸甸的，分不清是真正的晨霧，或是灰塵，從城裡漫散到城外，籠罩著長長的港灣。較近處還能看見一點市景，遠處則是模糊一片。停紅燈時隔著車窗，看見騎警隊正在港邊的大路上巡邏，制服筆挺，輕輕吹哨，伸出戴著手套的手，遠遠制止水岸邊玩仙女棒的小孩。

小孩笑鬧著逃開了，沿著港，跑上堤防，向我們的方向跑來。手裡舉著仙女棒的火光，倒映在港邊的水波裡，燦燦爛爛晃盪著，像是一顆顆熾熱又猶豫的心。仙女棒已經燃去半截，燒過的地方看上去和還沒燒著的地方毫無差別，但那些位置，再也不可能綻放出火花了。

燈轉綠，公車重新開動了。騎警隊勒住馬，毛色漂亮的馬匹在騎警的胯下，放緩了腳步，溫順地踱步走動，停留在觀光徒步區內。馬鬃披垂著，像是無風季節的蘆葦。

該怎麼從一群溫馴的馬匹當中，分辨出一隻失去角的獨角獸呢？

心裡浮起這樣奇怪的疑問，但不想繼續追索下去了，彷彿懷裡揣著一個沒有用處、僅剩紀念價值的行李，過了幾站，繞過整個港灣區域，在另一端下車。天色比剛剛稍亮一些，走在開始露出陽光的街上，行人們的身後逐一長出模糊的影子，整個城市都是清晨純淨而鋒利的感覺。港口邊走來一個背吉他的青年，臉色疲倦，好像還帶著一點憤怒，反手倒提著吉他，像提著一把劍。

他走到路口的石墩旁，坐下來，打開琴盒，拿出吉他開始調弦，調了好久好久。陽光從背後曬著他，吉他和他的影子融為一體，投在地上，拉得長長的，也像一隻有著長犄角的野獸，黑暗的身體化為岩石，低伏著，伺機而動。

間歇有海風從我們之間穿過，有力地拉扯了我們一下，再撞上街口一個社運遊行活動的旗幟，旗幟嘩地一下展開，但風一過又軟弱下來，在不太穩定的氣流中扭捏轉動。下方繫著旗桿的細繩幾乎要鬆脫了，繩結垮垂著，套在那裡，彷彿一個空空的洞。像被什麼穿刺過了。又像是有什麼活物，剛剛從這裡掙脫。

站在只有我們兩個陌生人的清晨大街上，心裡有一種失落的感覺。好像是來找尋什麼的——什麼人，或者什麼事，但或許是來晚或來早了，落空了。

愈來愈淡的晨霧裡，漸漸能看見騎警隊在剛剛港灣另一側的遙遠身影，兩人騎馬並行，靠得很近。兩匹馬低著頭安靜走路，看上去非常孤獨。

想起獨角獸的比喻，繼而想起自己。失去犄角的獨角獸，還能以溫馴純潔的眼神，從人群之中，分辨出也帶著傷口、仍然努力找尋著他的我們嗎？

2. 顛倒世界

小小的蝙蝠倒掛在深色的樹枝上，彷彿倒掛在黑夜深深的縫隙裡，好安靜，像是小小的一串桑葚或葡萄什麼的。聳著肩，收起長長的翅膀交抱在胸前，像在保護心裡的祕密。

夜已經很深了，但校園裡才剛剛開始熱鬧起來。我走出教室，經過長長的走廊，沒有人，走廊上的燈都熄了，昏暗一片，但明亮的路燈燈光繞過廊柱，一方一方投入走廊，像在黑色的牆面上又打開了窗。澄黃的光，讓我覺得自己走著的這條路，是正確而且安全的。教學大樓外正大聲播放著音樂，砰砰砰節奏明快的流行樂，我探頭去看，看見幾個男孩女孩正就著大樓正面的落地玻璃練習街舞，動作俐落敏捷，好像充滿想法與說話的欲望，但在音樂裡一言不發，只用身體表達。偶爾下地板動作，身體一沉，便奮力將自己撐了起來。好像一轉眼就將地球扛上了肩，一拍兩拍三拍四拍，再一晃轉個身，又輕手輕腳地將地球放了下來。

好迷人啊。我停下腳步，完全被跳舞的他們吸引了，雙手抱胸，小心探出走廊，好奇但又有一點不好意思。真想知道，當他們顛倒著面對世界的那個剎那，是不是覺得自己快樂一些、也重要一點呢？

我喜歡看他們跟著節拍、按部就班的原地踏步，偶爾一個動作超前，偶爾刻意脫離節拍慢下腳步。我喜歡他們這樣使用時間。我喜歡他們比時間更倔強一點的那種感覺。漸漸進入春天的校園裡，晚風很輕很輕，有時稍稍加強了力道掠過我，又回頭打量我，提醒我，作弄我，把我身上條紋衫的領子翻過去，又翻過來，不知道要檢查什麼？

退後一點看，我們都是符合世界上所有的規矩的人。跳街舞的男孩女孩練到一個段落，紛紛撐著地板坐下來，喝水，說話，休息。但音樂沒有停，繼續往下一首歌前進。只剩下一個高個子的馬尾女孩，站在離玻璃較遠的地方，繼續重複著某一段八拍，那是下地板動作的前一個八拍，一個不好拿捏、小幅度但很有力道的肩膀的動作，像是在為等等舉起地球熱身準備。她獨自站在較遠的地方，不合節奏地跳著那一段舞，重複，一再重複，影子伸長了落在地上，伸向遠方，掠過階梯下路過的人的臉龐。

蝙蝠不知道躲在怎麼樣的角落呢？全知、敏感但是羞怯的蝙蝠，可能倒掛在我所不知道的某棵樹梢上吧，在黑暗而溫暖的春日晚風裡，收著翅膀，聳起肩，不動聲色聽著音樂中我們無法察覺的音頻細節，脆弱、小心地揣摩著寂寞的感覺。

我懷念那些當年與我一起躲在世界暗處的人，聰明而羞怯，有點頑皮，但都那麼善良，希望世界更美，有時候，不惜顛倒著看待這個世界……

3. 小小的洞

晨跑的時候，看見刺蝟靜靜躲在他的洞裡。

那洞位在一片落滿毬果的黃草地裡。除了毬果，也落了一些葉子，一些樹枝，遠望好像有一些不知名的小花點綴其間。但這季節怎麼會有花呢？走近去看，全是沾著微光的露水。

好好的草地到了秋天，原先的顏色、看上去非常柔軟的感覺，都有點難以為繼了。有些地方仍然非常茂盛，只是顏色改變，有些稀疏一些，有些甚至露出象牙黃顏色的草梗。但仍然是一片非常有底氣的草坪，我沿著草坪間的路跑，草地順著路兩側，密密地延伸向我的來途和去路，有些區塊像是煙霧，有些區塊像是荊棘。

那洞就藏身在這樣一大片秋草地裡，遠比想像還小的刺蝟躲在洞裡，洞只比他稍大一些些而已，斂起刺針，像是一顆準確進洞的毬果。不大不小，剛好躲進一隻收起刺針的刺蝟，洞就好像不存在了。刺蝟也好像不存在了。從一個小小的空著的洞，和一隻小小的刺蝟，變回整面秋日草地的一部分。若是忽忽跑過去，幾乎是不會發現的。

我停下腳步，放低喘氣的聲音，跨入草坪，蹲下來但盡量不干擾不發出聲音。那洞穴的感覺好熟悉，像是房間。房間本來都不是誰的，誰也不一定就屬於哪個房間。但只能躲入一個人的房間總是滿滿的，可以住上很久很久，除了自己，帶刺的孤獨和悲傷，會填滿剩下的部分。

想到這裡，忍不出呼出一口氣，刺蝟大概是受了干擾，不知道是非常不適還是非常舒服，突然扭身動了一下。細細的雜色的刺針順著身體的肌肉，像是突然綻放出溫暖的光芒。

冬天還沒有來，春天更是非常遙遠。廣闊的草地上風吹著，草葉草莖四下搖晃。總有什麼低低守候著，有時候動搖，有時掙扎，但一直沒有放棄希望吧？

明年的春天，這片草地裡，會開滿燦爛的花嗎？

——原載二〇一九年二月二十四日《自由時報》副刊

林達陽，屏東出生，高雄人。雄中畢業，輔仁大學法律學士，東華大學藝術碩士。曾獲聯合報文學獎、林榮三文學獎、時報文學獎、台北文學獎、香港青年文學獎、教育部文藝創作獎、優秀青年詩人獎等。作品入選多種選集。著有詩集《虛構的海》、《誤點的紙飛機》；散文《慢情書》、《恆溫行李》、《再說一個祕密》、《青春瑣事之樹》、《蜂蜜花火》。

Facebook：林達陽

Instagram：poemlin0511

內衣記——騷夏

我知道這對多數人並不構成問題，但對我就是問題。

於是我必須從小一點的記憶開始說，我要從內衣這件事開始說。某次聽到朋友談起她十歲的女兒，小女生洗澡後回房間擦乾自己身體，看到自己微微長大的胸部，坐在彈簧床邊開心地抖動。我努力搜尋我的記憶，那到底是什麼樣的一種喜悅，大家都會有嗎？我曾有嗎？

我人生的第一件內衣，是我父親幫我買的。那時我胸部發育了，但不知為何母親相當抗拒帶我去買內衣，父親向她暗示過很多次，母親都很凶的回應他：

「我就是不知道要怎麼買！」

「你都不知道了我怎麼會知道？」

我清楚記得他們爭吵的對話。

母親那年正在和婦科相關的疾病對抗，不太想搭理除了自己以外的事，我則是懷著「等著看」的心情，看這件事情他們要怎麼處理。

這樣說好像當時的我對自己的身體意識仍有點失能，像是上學了無法自己穿上衣服和鞋襪，總之我就是覺得這副身體不是我的事。我和她很不熟，我也不想穿上束縛，或許是我在很小的時候，就發現內心住著另一個性別，他相當抗拒自己變成一個女人，她卻不斷朝著這個方向發育了。

父親終於受不了，有天周六下午放學，那個尚無「周休二日」年代，他在母親午睡後，帶我去鹽埕區「軍公教福利中心」。那是專屬給台灣公務員的平價超市，賣的都是比市價便宜的日用品，憑有照證件才能入內消費。

華歌爾內衣專櫃在結帳出口入口處，旁邊就是寄物櫃；軍公教超市戒備森嚴，太大的背包都不能背進去。

父親把我帶到內衣專櫃，把我交給櫃姐，表面上輕鬆平常，但我想他應該很想光速離開現場，「你可以幫她選嗎？我……我先進去買些東西。」

櫃姐追上去問他可以接受的價格區間和樣式？「都可以，學生穿的那種就行了。」

父親算是好看的人，在我就學的各個階段裡，女老師們都很喜歡和父親多說幾句，他總能自信滿滿應付自如，但是遇到內衣櫃姐，他幾乎是落荒而逃。

如何挑選好我人生第一件內衣的過程，我已經完全沒有印象，我只記得櫃姐臉上厚厚的粉妝，只記得她帶著憐憫的語氣問我：「你沒有媽媽喔？」她散發著一股自以為媽祖或觀世音駕慈航渡眾生的佛光，自小到大我對於那種從上而下凌駕而來的壓力，總是特別怯懦且不會反抗。就像是後來我在人際或職場上，每每覺得冤枉委屈憤怒就會無法說話，只會瞪大眼睛，完全無法幫自己辯駁。但那一次，我被一整個觸怒，大喊：「我有！」

但是後來想想，我幹嘛那麼氣呢？在父母棄我而去時，是此人伴我經歷了轉大人的重要階段啊！

內衣櫃姐很常介入客人的家務狀況嗎？並不喜歡那一截身體的我，穿上內衣的感覺並沒有想像中不好，「學生型」內衣令我胸部的形狀更不明顯，那比較像是長版的坦克背心。

升上中學，依舊對自己的內衣鮮少關心，從「學生型」內衣換成有罩杯的內衣當時又是什麼光景，腦袋仍一片空白。連洗自己內衣的情景也相當模糊，我想那應該仍是和家裡成員的衣服一塊丟洗衣機的狀況。

有印象的倒是當時每周都會收聽的賴世雄空中英語教室廣播，他有個輔助教材《常春藤英語雜誌》，封底裡常有置入「嬪婷少女內衣」的廣告，褐髮藍眼的美少女模特穿著粉色系的漂亮內衣。老實說那樣的廣告頁，其實讓我頗有壓力。

「所以，我應該要變成這樣嗎？」「所以，大家認同的美，都穿這樣嗎？」

「難道這樣不漂亮嗎？」「漂亮！」

我在心裡吶喊：「很漂亮啊！」

「那為什麼我不想穿上？」

我心中有位站著三七步的小男孩惡狠狠的瞪大眼睛：「我就是不想。」

●

為了安撫內心中的小男孩，我與他做一個小小的遊戲，那就是我每次背完一頁的生字，那麼就允許自己直視內衣廣告幾分鐘。對，在那個時候，那個只能讀升學書的無趣青春，對我來說那是暴露尺度最大的人體廣告。

「所以，老實說，你有感覺嗎？」換我惡狠狠的瞪大眼睛，揪著小男孩的領子質問。

小男孩的脖子被我勒得喘不過氣，他頻頻搖頭：「我對那個廣告……沒有感覺。」

我放過了他，也放過了自己：「還好，沒有就好。」

對當時的我來說，性別認同最難的一個部分，並不是確認究竟自己的性向為何，而是某些暫時無法得知解答的問題：「如果我是同性戀，未來應該怎樣……」這些不可知，令我變成恐懼的人質。如果身體是禮物，我恐懼它是炸彈，恐懼到不敢解開外包裝，我把這個禮物放到很大才拆開，而對於自己身體的審美、價值觀，及該給她的正義，也就很晚很晚才到來。

「嬪婷少女內衣」廣告算是失敗的性啟蒙經驗之一嗎？後來有人告訴我，她也用這款雜誌準備大學聯考，對有此內衣廣告卻完全沒有印象。而比起看著廣告頁胡思亂想紙上談兵，我的內衣穿著史上最大的震撼，應該是大學住宿時期。

寢室六人一房或四人一房，公共衛浴間在另一處。房間裡唯一隱蔽的空間是有拉簾的更衣間，一開始大家都會使用，後來只會大喊：「頭轉過去我要換衣服。」若要有隱私，應該只有蒙著被子的時候，但也常被迫公開羞恥。我曾噤聲聽隔壁床下鋪對上鋪室友的抱怨：「夠了沒，你不要再搖床了！你要不會等大家都不在的時候嗎？」

我用盡青年時期的自己最大的耐性，學習與寢室的他人共處，老實說除了受過一次嚴重的排擠，當時甚至不敢回宿舍睡覺，成天窩在圖書館地下一樓的二十四小時自習室，自修或寫作，等同學都去上課，我才回去洗澡更衣，之後換了房間，我與室友相處還算不錯。

無論感情是否融洽，身體在女生宿舍依舊沒有祕密。曬衣桿就卡在兩座上鋪之間，不好晾在公共曬衣場的內衣褲就晾在房間裡，你一定得穿越，一定會瀏覽或被瀏覽。內衣的顏色與花俏度，不意外隨著愛情降臨改變，當然也不完全盡然。而室友們的內衣開始了軍備競賽，我與她們比起來，比較像是一隻沒換羽成功的亞成鳥，同年齡都換成鮮豔的羽翼，我的羽毛還是呈現褐灰色。

在公共盥洗室洗內衣時，我得到一個「你的內衣的顏色很像抹布」的譬喻時，我心中的警鈴再次叮叮作響：「這樣不行！」我開始計畫應該要盡快跟上「很女性化」的腳步，內衣、外衣都要跟上，我想我必須做一些努力，我實在是怕透了睡圖書館事件又再來一次。

「女性化」是需要練習的，為了徹底的完成任務，首先必須餵食我心中的小男孩吃大量的安眠藥，然後穿著球鞋去深夜的排球場，那邊是燈光的死角，再換高跟鞋，脊椎挺直練習走路。這是一個任務，我努力打扮我的女體，裝飾胸前的兩球。

要去哪裡買內衣？這次我誠懇地和我母親求助。

「我帶你去家樂福吧！」母親這樣回答我。

內衣櫃姐拿著皮尺像是神祇浮出水面，母親推了我一把，讓我靠近河邊。你想要哪一種？母親要我自己學著許願。

看著各式各樣的罩杯，我卻頭皮發麻。更正，是想到要穿這些在自己身上令我頭皮發麻，櫃姐要我把手打開量我的胸圍，於我而言那是舉雙手投降的姿勢。

我自選的第一件內衣，洗好掛在寢室，內衣不能脫水，擰乾後仍然很濕，我在地上放了小臉盆接著那些來自我內心的滴滴答答。

●

家樂福的內衣專櫃小姐隔天上班是否會一驚，內衣花車被翻得這麼亂。我們一直在找小A的胸罩。我們是我、女朋友、女朋友的媽媽和姪女。收到LINE訊息：「特價只有三天」的廣告，我得到徵召，與她們會合，我們騎兩台機車，趕在打烊前殺到家樂福。

專櫃小姐幾乎已經要下班了，最後趕著走的那一位臨走前告訴我們，花車都可以隨便看，再去樓下收銀結帳就好了。

女朋友的姪女一直很羨慕各樣花色胸罩，但是那些都不合身。「我不想看少女內衣啦！」「很煩，我連量都不想量，每次櫃姐都很熱心地要幫我，但是最後結果都是一樣。」「氣死人了，連真水都沒有我的SIZE。」

真水胸罩是很受歡迎的產品，我每次幫女朋友洗胸罩的時候都會很小心，不能脫水，也不能曝曬在烈日，只能用手擰，放在通風處晾乾。

最後三個女生各挑了三件開心結帳，沒有櫃姐的介紹，更能開心挖寶。有櫃姐時，通常都會被說服買新品，買一件新品和三件過季商品，但往往結帳價格是差不多的。

至今我仍念念不忘夜奔買內衣的事，一來是因為我感受到她們視我是一家人的認同，除此之外，我也被她們購買內衣時的激昂情緒牽動，我當然知道特價很快樂，但還是隱隱有一股，同屬於女體但我不明白，幾乎像是敬神，對於自己乳房的愛。

資深的內衣櫃姐手上拿的皮尺，對我來說象徵一種政治正確，但這幾年來我也覺得這個政治正確漸漸鬆動中，我陪女朋友買內衣，已經很常被詢問：「你要看運動型的嗎？」這就像是我進入男裝選品店，店員已經很習慣我「這樣的人」來是試衣，還會特別介紹，這幾款上衣肩膀比較窄會比較適合你。

「一起帶會比較便宜喔！」我想如果我是一個陪女人逛街的男人，應該會被帶去平口褲區。胸罩上的亮片和水鑽搓揉的時候都要特別小心，襯墊常有汗味，可以拆出來清洗，我常洗這些東西，但沒有一件是我的。

我的內衣除了固定，多年以來，仍舊繃緊。某次在一同志書店，有一眼神賊溜小男店員，熱情招我要我和女朋友去束胸區。「這個很好，穿襯衫會很好看，就像是男生有胸膛一樣。」他開口閉口都用敬語「您」。

「您要多多利用您『厚胸部』的優勢啊！」

且讓我用敬語尊稱「您們」。很抱歉，我令您們備受打壓。卸下束縛，您們的工作是被吸吮。我憤怒，把吸吮我的人踹下床，我興奮，張開更多更潮濕的下身。

我花了很長的時間困惑，雖然這並不衝突，就像是晨昏交替，天空同時間會出現太陽和月亮，左腦是太陽，右腦是月亮。

我知道這對多數人並不構成問題。但對我就是問題，像是走過一條沿途沒有欄杆的獨木橋，下面是湍急的水，我膽怯，我穿越就是需要時間。

我摔下去了，我覺得快溺死了，我得把自己變成鼓氣的皮筏，挺起胸，我的胸腔充滿空氣，啊內衣被水沖走了，沒有關係。我感覺到自己厚實的乳房，乳頭被水流挑逗。

乳頭的數目代表可哺育的數量，那麼我可以哺育兩個情人，兩名子女，兩位丈夫，兩位妻子，兩位父親，兩位母親，兩位兄弟，兩位姊妹。我的生命因為他們而完整，原來，我也可以擔任安撫之神。

——原載二〇一九年三月十七日《自由時報》副刊

收錄於二〇一九年三月出版《上不了的諾亞方舟》（時報出版）

騷夏，一九七八年出生於高雄，東華大學創作與英語文學研究所畢業。擷取《離騷》之「騷」與出生於「夏」之意，筆名騷夏。養貓兩隻一黑一橘，蘭科植物百多株。詩集《橘書》獲第四十九屆吳濁流詩獎、散文集《上不了的諾亞方舟》獲二〇二〇台北國際書展大獎非小說類入圍。

愛一個人還是買一雙鞋——徐國能

「如何在一個陌生的城市裡留下記號，愛一個人還是買一雙鞋？」

這是夏宇的詩，物質和愛情，仔細思量，並沒有誰勝過誰的問題，但我二十年前並不這麼想，我曾經認為愛情是很偉大的，而一雙鞋，又能為生命留下什麼真正記憶呢？縱使如《仙履奇緣》，玻璃鞋也只是愛情的配角。但不知何時，我慢慢放棄這個想法，一雙鞋是很重要的，要舒適地走盡天涯海角，要在球場上一逞威風，要彰顯名牌西裝的價值，鞋，是重中之重，愛情與之相比，不免太過襤褸虛無。

不過話雖如此，但家裡的鞋櫃中我沒幾雙鞋，慢跑鞋、網球鞋、休閒鞋、皮鞋和一雙涼鞋，幾乎就是全部了，每一雙都擔當了非常明確的任務，幾乎沒有討論的空間，但太太、女兒的鞋卻非常多采多姿，充滿了美的想像。這也似乎是世界的縮影，在百貨公司，女鞋專櫃不只一層，「琳瑯滿目」似乎是專為女鞋世界發明的成語；而男鞋多半只在某一層的某一個角落，疏疏落落幾個款式，讓人不勝唏噓。

鞋和女性關係密切，並不始於現代。梵谷有一幅有名的畫作：〈午睡〉，在麥田上，成堆的麥稈堆成小丘，兩位農人倚著陰影午睡，男性脫去鞋子向天敞臥，女性蜷曲身體，同時還穿著鞋子，梵谷非常寫實，鞋對於男性類似工具，工作時才穿上；對於女性，卻幾乎是不可分割的一部分了。如果翻檢唐詩，我們會訝異地發現詩裡很多舞鞋、繡鞋、牡丹鞋、雲頭踏殿鞋，李後主描寫與小女友的幽會，也記錄了女子「剗襪步香階，手提金縷鞋」的生動姿態。而唐詩裡男人的鞋並不常見，杜甫寫得最多，包括了踩滿泥巴的青布鞋、流落山中勉強編成的草鞋，「麻鞋見天子」既言困苦，又言忠愛，是他的著名形象，另外少許詩人寫的是和尚道士的藤鞋之類，真是不提也罷。

鞋子的款式，自然顯露了一個人的品味與內涵，但也同時代表了一個人的心靈狀況。年輕時，總是希望穿著「正式」，讓人家不要一眼看穿我因缺乏經驗而惶恐的心；也不要認為我無知失禮或不合時宜。但現在慢慢不再講究了，反而是希望以便捷、舒適為主要考量，到哪都踏著一雙便鞋，也許就宣示了大叔的天真無畏，諸法皆空。

回顧學生時代，不知為何，學校對鞋子有很多要求，記得小學時，有一回合唱比賽，老師要求全班明天要穿白色的皮鞋出場，但我們家裡似乎沒有閒錢去買一雙平時絕對不會穿的白皮鞋，父母露出為難的臉色，我一想到明天，可能會和全班與眾不同，不知會被老師如何處罰，心裡也非常擔憂。也許是父母看到了我的擔心，晚餐後，刷了整天油漆的父親騎著腳踏車，載我到通化街夜市那裡一家一家比較，終於在燈火闌珊之際，買到了白皮鞋，多年後讀到這句詩：「如何在一個陌生的城市裡留下記號，愛一個人還是買一雙鞋？」我想起那天晚上，我把白皮鞋放在床邊，但我真想抱著它們睡覺。或許愛一個人，就是陪他或為他買一雙鞋吧？

鞋是一雙永不分離的小船，浪跡江湖，最後回到家的港灣。穿鞋時，鞋拔是個偉大的發明，我永遠都需要靠它協助。有一回在雜貨店買了一柄木頭鞋拔，上面還寫了「山長水遠」四個字。我不知道是它的品牌，還是在叮囑穿鞋的人，世途漫漫，「勸君著腳須較穩，多少旁人冷眼觀」？每一次靠它穿上鞋子，也不禁悠然想起，那些行過的路，那些走錯的人生，以及深深愛過的人。

——原載二〇一九年三月二十三日《聯合報》副刊

徐國能，現為台灣師範大學國文系教授。曾獲國內多項文學獎，著有散文集《第九味》、《煮字為藥》、《綠櫻桃》、《詩人不在，去抽菸了》、《寫在課本留白處》；兒童文學《文字魔法師》、《為詩人蓋一個家》等。

姿娘——周芬伶

喝茶之後常讓我想起潮州人，而我是真正的潮州人嗎？想像中的潮州人是功夫茶的養成者，他們到哪都能泡茶，書齋、樹下、火車上……用那種攜帶式的紅泥圓盤，一壺四杯，多出來的一杯當工具，所謂茶三酒四七逃二，喝茶就是要三人成行，才成品字，自己喝茶不夠意思，要泡給人喝才厚情，必須讓人喝到「水滾目屎流」。

然而能找到的喝茶記憶少到可憐，家中常擺大壺的「茶米」，當開水喝，客人來時就要開汽水，那時喝茶很寒酸，待客誠意不足。我常納悶為何把客人當寶，自己人當草，原來潮州人好客到成病。因為多是生意人，又很四海，這種習性大概跟鱷魚基因有關，也就是說原來常被鱷魚吃的土著，來了一個遠客寫了一篇文章把鱷魚趕跑了，自此，拜那個人為神，事事向他學習。

這只是一個比喻，在鱷魚等非人的本性上，建立神仙般的生活：喝茶、唱曲、讀書、會吃，一個個會煮菜的姿娘誕生了，昌黎祠建起了，這就是潮州人自己建立的第二天性。

當我跋涉幾公里到萬巒吃豬腳，順便在昌黎祠逛逛，從未意識這有何特殊意義，未成年到城市念書，為自己偏鄉的身分感到自卑，而原來，茶的路途這麼遙遠，必須要花上半個多世紀才找到歸路。

那幼時吃過的酒席，湯湯水水，以海鮮為主，這就是潮州菜啊！粿多魚丸多愛吃豬頭皮，這也是潮州人的吃性，會煮菜的女人備受重視，這就是姿娘小祖母！在閩南話中飯即糧，煮飯叫「煮糧」，音就是「姿娘」；而男人因打獵叫打補品，或打捕人，另一說「姿娘」本為「珠娘」，任昉的《述異記》中記載：「越俗以珠為上寶，生女謂之珠娘。」原來潮州女是會煮食的珍寶之女。

潮州人坐書齋哈燒茶的是「打捕人」；喝茶的姿娘就很少，喝茶要有閒，女人喝茶就是太閒，不算好姿娘。我弟十幾歲就愛泡茶，收集的茶壺近百隻，那是他混黑道的黃金時期；妹妹是當警官後跟男人圈混得要泡茶，大概人轉陽剛就與茶道相近，茶道簡直是陽剛道，也是和尚道，喝茶與參禪相通。

我離家早，在外地一向追求時髦，吃西餐喝咖啡住電梯大樓，直到三十歲收集古董，以瓷器為大宗，其中又以茶碗居多。我喜歡老茶碗，光吉州窯木葉碗就有五個，越窯一個，汝、定、哥各一，建窯天目碗也兩個，盲目地喜歡，一般人喜歡收大罐，碗算是較低價的，擺來也不好看，只能收著，有些碗只敢看不敢用，宋五大名窯或清三代琺瑯彩，塵封二十年，像是海底沉傳中的瓷器，吐著幽怨之光。

人到一個年齡，陽轉陰，陰轉陽，我也覺得越來越無性別，連戰爭片也看得入迷，又愛打拳。喝茶之後，這些碗大都派得上用場，原來與這些茶碗心意相通，是茶因子在作祟，好茶與老碗相搭更是奇絕。一般功夫茶用孟臣壺若琛杯，講究的是小壺小杯，我卻用大碗大壺，完全破壞規矩。

晨起泡茶早已變成每天固定的事，沒有溫壺溫杯，也沒有聞香杯，一壺一杯泡給自己喝，茶種每日變換，五六種更替，是唯一的程序變化，我在喝茶但也沒在喝茶，因為心不在，眼睛盯著電腦螢幕，瀏覽或打字，完全無意識地一杯又一杯入口，幽幽地喝，如鬼魂一般。氣味在第一口便已結束，只為確定是何茶種，電腦開機，覺受關機。說會喝茶是騙人的，真正的茶序我知道，懶得實行，在清晨寫作的黃金時間，想要真正喝茶太難了。

身邊的人越來越多人去學泡茶，妹妹自從參加泡茶班，茶道具越來越多樣，光花朵狀的茶托就有好幾付，金銀銅鐵都有，櫻花木的茶倉、羊脂玉為飾的茶針，現在擺茶宴很是澎湃，連插花也很大氣，同學輪流擺茶席；老師教泡特殊茶種，什麼海口茶、白茶、黑茶的，走的是奇門盾甲路線，跟我這泡無茶的相比，根本就是王子與乞丐。她喝茶超過三十年，存的老茶與茶具已夠開茶行，以前偷笑她年紀輕輕喝老人茶，現在我真的老了才喝茶，才覺得她多出來的茶人生太深不可測了。

如此找回潮汕人的老靈魂，他們喝茶成癡，在〈潮州功夫茶歌〉中令我有所感的是思鄉之情：

潮人無貴賤，嗜茶輒成癖。和、愛、精、潔、思，茶道無與敵……潮人多遠遊，四海留蹤跡。偶逢故鄉人，同作他鄉客。共品三兩杯，互通鄉消息。鄉思起芒鱸，鄉情如膠漆。……

原來這一切都是鄉情的作用，離鄉之人將鄉愁化為茶思，埋在血液深處，卻細細長長，有一天終將爆發。其實在外一直很少遇見潮州人，在香港客座時認識一個女學生，父親是潮州人，母親是上海人，人長得秀麗，是很正的姿娘，帶來的滷水與烤麩，好吃到令人想落淚。在廚房與她並肩作菜時，小聲跟她說：「我也是潮州人！」她眼珠子頓時放光，兩人一時成為美食同盟。

還記得她特地帶我去吃麵，只因我嫌香港麵不是太爛就是太硬，我們在商業大街中奔向那有北方風味的麵館，時時相看而笑。記得我們還喝了茶，是香港人以為台灣人都愛喝的珍珠奶茶。

現代姿娘愛喝珍珠奶茶，有一天她也會拿著小杯小壺泡茶吧？分別六七年，聽說她出國了，潮人愛遠遊。我記得她，她應該也沒忘了我吧！

這也算遠遊的一種，每每喝完茶趁氣強時出去快走二三十分鐘，初春三月，梅子已在結果，櫻花盛開，真適合散步，東海的櫻花道以男白宮與我家附近最美，整排幾十株開成花海，我每每經過恍如初見，還是心跳得很快，雖說日本的櫻花勾人，但在這裡日日走算來也看過十里繁花，人生的路途迂迴，不管走都遠，都會回到原點。

——原載二〇一九年三月二十四日《聯合報》副刊

周芬伶，台灣屏東人，政治大學中文系畢業，東海大學中文所碩士，現任東海大學中文系特聘教授。跨足多種藝術創作形式，著有散文集《北印度書簡》、《絕美》、《熱夜》、《戀物人語》、《雜種》、《汝色》等；小說《濕地》、《紅咖哩黃咖哩》、《妹妹向左轉》、《世界是薔薇的》、《影子情人》、《粉紅樓窗》等；少年小說《藍裙子上的星星》、《醜醜》等；傳記《龍瑛宗傳》、《孔雀藍調》；以及《散文課》、《創作課》、《美學課》、《小說與故事課》等創作四書；作品被選入國中、高中國文課本及多種文選，並曾被改拍為電視連續劇。以散文集《花房之歌》獲中山文藝獎，《蘭花辭》獲首屆台灣文學獎散文金典獎，小說《花東婦好》獲金鼎獎文學圖書獎。

消逝的追尋——詹宏志

上星期在這個專欄裡，我寫了一篇關於台中「中央書局」的回憶；但與其說它是對一家消逝的昔日美好書店的懷念，還不如說它是對我自己再也無法尋回的青春時期的悼念。當然那篇文章也遠不足夠寫盡那家書店（或其他書店）對我成長階段所提供的幫助，我們的成長時期其實隱藏各種無法說盡或說明的「貴人」與「因緣」，他們（或它們）以極其不可思議的方式把我們變成今日的模樣。

沒想到我的悼念文章才寄出去，卻又收到出版社寄來的一份書稿，那是韓國知名出版人金彥鎬一本尋訪書店的文集，書中充滿情感地記錄了全世界二十一家獨特的書店，並且透露一種熱情與信心，相信不管時代如何艱困，書與書店永遠會存在著，而且將繼續作為人類精神的重要慰藉。出版社把書稿寄給我，希望得到我的推薦，甚或能夠得到我的一篇推薦文章……。

這當然是一本我會喜愛的書，我也很樂意向朋友推薦它，我自己的書架上也藏了若干愛書家的書店探訪的書，遠的不說，台灣就有一位足跡遍及全球各地的書店尋訪者，那就是寫過《書店傳奇》、《書店風景》的作者鍾芳玲，我也愛讀她的書，沒有什麼理由我會不愛金彥鎬先生的書，何況他書中提到大部分的書店，我也都曾親身拜訪過了呢。

話雖如此，我卻對為書寫推薦文字感到猶豫，主要的困難在於我的生命基調不同；這些熱愛書店的書寫者多半都是樂觀之人，像金彥鎬還不斷在尋訪新的書店與新的可能，他對中國大陸許多新興書店也充滿期待，他甚至相信一種「會客廳式小書店」（個人的藏書變成書店，譬如退休教授和他的藏書作為一家書店）可以是新的文化運動型式。

這種樂觀令人欣羡，他的期許與想像也充滿力量；但我與書店的關係完全不是這種狀態，我尋訪書店的經驗比較像逯耀東先生尋覓飲食店家的經驗，我總是感覺到「已非舊時味」，我戀慕的美好事物都過去了、消逝了，或變質了，我的書店拜訪大部分都是「傷心之旅」或「幻滅之旅」，我昔日熱愛的書店總是關門，或者搬遷或變糟（或者兩件事一起發生），那是一種不斷失去至愛親人似的感傷。

一個半月前我又來到倫敦，這是我買書歷史最久的城市；第一個白天的第一個行程，一如往常，我就信步往柯芬園（Covent Garden）走去，目標是位於Long Acre Street的史坦福旅行書店（Stanfords travel bookshop）；距離不算近，大約要走半小時以上，但出我意料之外，尖頂紅磚地標式的建築物沉寂黑暗，書店關閉了，連櫥窗都用木板釘封起來，門外也沒有隻字片紙的訊息。不會吧，這是我拜訪超過三十年的書店，上一次來也不過只是五個月前，難道它也和查令十字路上若干書店一樣，走向倒閉的命運？

我心跳急促，呼吸粗重，趕緊坐在路旁，用冷得發抖的手指上網查索，發現它還活著，只在一個月前搬家了，距離不遠，還在柯芬園一帶，新址座落在兩條街之外的默索路（Mercer Walk）上。在走往新店的尋覓路上，我的內心還是惶惑不安，為什麼超過一百六十年的老店要搬家？史坦福地圖社成立於一八五三年，趕上大英帝國的全球擴張（需要地圖）獲得成功；從一八七三年它就以Long Acre Street的老房子作為它生產地圖的印製所，從當年的照片看起來和一百年後來到書店的我所看到的房子幾乎沒什麼改變，而從一九○二年開始，這家以地圖起家的出版者就在老房子開起了書店，提供地圖、旅行書和地球儀，一百多年來不曾改變，歷史上的名人像南極探險家史考特（Robert Falcon Scott, 1868-1912）、護士南丁格爾（Florence Nightingale, 1820-1910）都是它最早的顧客，就連虛構人物福爾摩斯都曾在小說裡央派華生醫師去史坦福買份地圖……。這樣驚人歷史的老書店突然搬了家，還能有什麼好消息？

幾分鐘後，我找到了藏在迷宮般街市裡的一個小廣場，一眼就看見依然壯觀而全新的史坦福旅行書店，令人慶幸的，它並沒有衰頹的模樣，反而煥然一新，石牆紅磚的古典房子如今換成了簇新的玻璃帷幕，占據小廣場一個顯著的周邊。等我走進書店，店內設計透光明亮，陳列看起來更為年輕新潮，導遊書與旅行文學都還占據著一層層書架，地圖櫃也還據有店內一個角落，而地球儀、旅行包之類的非書商品面積擴大，恐怕是更搶戲了。

等我再仔細瀏覽書架，我感覺書種變少了，內容簡化了；這也難怪，原來的書店滿滿四層樓，如今只剩一個樓層，這個樓層雖然寬敞方正，但總面積也許只有原來一半不到，能放的圖書的確是無法不減少了。也許從旅行書的需求來看，各個國家、地區、城市或其他目的地，也都還找得到若干品項，工具性的使用者極可能沒有感覺到太大差別；但對我這種老書蟲而言，書種總量降低，出現奇怪冷僻的選題機會就減少，「想像的多樣性」就悄悄消失了。

我在店裡頭逛了一個鐘頭，挑了五、六本書去結帳，店員服務還是好的，也總是親切而專業，但走出書店時我心情低落，這不是我的老朋友史坦福旅行書店，這是一家新書店，從各種標準來看，它仍然是一個藏書豐富、選書精到的好書店，但它遠遠不能和我的老朋友相比了。

你愛上的書店會關門，八〇年代開始我在查令十字路逛書店，本來很有特色的「銀月書店」（Silver Moon），專賣女性主義和女性作家的書，我每次去都徘徊多時捨不得離去，有一天它突然就關門了，如今從它門前走過，還是會渴望出現顯靈的神蹟。查令十字路底一條小巷叫西肅庭（Cecil Court），本來有一家旅行文學舊書店叫「旅行者書店」（Travellers' Bookstore），賣的是各種年代的旅行探險遊記，我曾經和店主通信十多年，經由她買到許多絕版好書，有一天她突然寫信來說：「在這樣萬物價騰的時代，特別是不可忍受的房租，經營這樣一家特殊興趣的舊書店看起來是有點荒謬了，我很遺憾地要告訴您，下個月我們要關門了⋯⋯」還有更令我椎心的是，本來開在查令十字路上、唐人街旁，一家推理迷的聖地「謀殺壹號」（Murder One）書店，我還曾做過一個店主的訪問；那家書店也是持續存在多年，讓你相信這是天長地久的事，直到有一天，也許是店長洩了氣，不願再撐下去，書店就消失了，似乎也很難再回來。

有的書店並沒有消失，它只是靈魂失散了，它長得還像你的舊識，但和它一打交道，你發現它已經不是昔日那個「它」了⋯⋯。

在舊版的「寂寞星球」（Lonely Planet）系列旅遊指南裡，每一本書的「出版者的話」（From the Publisher）的欄末，都會有一段話，說：「萬事變動不居——價格會上漲，時刻表會改變，好地方會變壞，壞地方會倒閉——沒什麼事持久不變。」（Things change--prices go up, schedules change, good places go bad and bad places go bankrupt--nothing stays the same.）

雖然這段警語說得好像頗富哲理，彷彿勸世俗諺一般，但本質上它其實是一段「免責聲明」（disclaimer），意思是說，萬一閣下在書中讀到的資料不正確，那只是世事難料、或人心不古，千萬別找我出版者麻煩。但對我而言，連這段狡猾的辯詞也是古老美好事物的一部分，自從「寂寞星球」二〇一三年賣給了美國媒體集團之後（它本來是一對旅行家夫婦在澳洲創設的獨立出版社），這麼浪漫俏皮的免責聲明也不見了，代之而起的是冷冰冰、毫無幽默感的法律文字（因為真的很無趣，我就不要在這裡抄引了）。

唉，真的，世上事物變動不居，好地方會變壞，壞地方會倒閉，好人會墮落，壞人會凍蒜，這當然是自然之事，只是你也不見得會立刻適應。史坦福旅行書店遷址營業，只是地球運轉中很小的一件事，何況它還兢兢業業，重開一家更新潮、更明亮的書店，更不要說人家現在已經把網路書店整理得非常像樣，上網動動手指就可以輕鬆買書，你又何必說人家書店今不如昔？你根本就不該再去逛實體書店的，不是嗎？

傷心事其實不止於此，讓我再舉一個例子，我也來說說金彥鎬在他書序裡提到的倫敦「福耶爾書店」（Foyles）吧。愛書人金先生在他的《書店旅圖》書中提到「福耶爾書店」時說：「這間書店擁有的書架總長為世界之最，已載入金氏世界紀錄中。福耶爾兄弟無心插柳柳成蔭，不但改變了自己的人生軌跡，也給世間許許多多迷戀書籍的愛書人造就了福利……」

這裡提到的福耶爾兄弟的無心插柳，其實是福耶爾書店的「創世故事」，話說一九〇三年福耶爾兩兄弟都去參加國家公務員考試，雙雙落榜，灰心喪志之餘，乃決定把家中所有考試參考書都拿出來當二手書賣，不料都順利賣出，兩兄弟因而看到一個光明前途，他們聯手開了一家號稱最大的「考試與教育用書書店」，這個切入角度顯然獲得成功，賣書的範圍乃從考試及於各種教科書，再進而及於一般圖書；書店先開在查令十字路一三五號（其實最早在西肅庭），後來營業擴大再搬到一二一號，最後再把隔壁邊間買下來，一路增添建物書架，最後成了受到認證的世界最大書店。

福耶爾書店的全盛時期應該是一九三〇年代一路到了一九八〇年代，這段期間它幾乎做什麼都對，它辦的與作者會面的「文學午餐會」（Foyles Literary Luncheons），一場可以吸引兩千人；它辦了各式各樣的讀書俱樂部（兒童書、宗教書、歷史書、推理小說、羅曼史等），都吸引大量讀書人的目光與熱情參與；它的郵購部門據說一天要處理三萬五千封採購信件；總之，那是實體書店的黃金歲月，而福耶爾書店是當中的天之驕子。

八〇年代後葉大概是福耶爾書店走下坡的時候，正好也是我開始來到福耶爾書店的時候。在我開始每年固定造訪倫敦覓書購冊的時刻（我當時還是一個力爭上游的圖書小編），我就聽到各式各樣關於福耶爾書店的笑話；評論者嘲笑它落伍的結帳系統，你拿著選好的圖書去「開單」，然後帶著單子排隊去結帳，最後再拿著付費收據去領書（如果你是八〇、九〇年代在大陸新華書店買書的人，看到這裡一定覺得很懷念）；評論者也嘲笑它的書架上圖書眾多卻雜亂無章，人們說：「如果一本書福耶爾沒有，你就不用勞煩到別處去找了；但如果福耶爾有書，你也找不到……」

我初次來到倫敦，循線索就來到位於查令十字路的「福耶爾書店」；那時候書店動線詭異（因為是兩棟不同高度與不同布局的樓面打通），結帳顧客大排長龍，木頭書架直頂天花板，架上圖書灰撲撲布滿灰塵，圖書多到幾乎要從書架流溢出來，包含許多奇怪的書名與選題，並且很多書已經被翻到不成人形，似乎乏人整理。

這麼落伍不合時宜的書店，看起來和倫敦作為一個有歷史的老城完全對味，對書呆子如我來說，簡直如獲至寶；我就是害怕書店「井然有序」，那意味著你是什麼「寶」也淘不到的，只有被時間遺棄、遺忘的，才是蒐書者珍愛的寶庫。讓我先跳開來講一個我親身經歷的台灣故事⋯⋯。

也是八〇年代後半，我坐在台北市公館的「金石堂書店」裡的「金池塘咖啡店」寫稿；突然間想到一段可能的引文，印象中似是出自錢穆先生的《中國思想史》，手邊沒有書，我想這不成問題，旁邊就是當時台灣最新、最大、最現代化的書店，幾乎可以當作我的圖書館。我走進書店，在架上搜尋，奇怪的，我竟然找不到；一本重要的書在這家大書店裡找不到，有點不可思議，我只好求助於店員，店員進入電腦檢索，狐疑說：「奇怪了，本來是有的，可能是賣完了。」因為用書孔急，我只好從咖啡店收拾起身，坐了車到「學生書局」（當時是錢氏《中國思想史》的出版者），一進門就看到該書擺在平台最顯著的位置，我拿了一本書準備去結帳，打開來竟然發現書中貼著金石堂書店的「書條」，所以這本書其實是金石堂的「退書」⋯⋯。

這就是「現代化」書店的意義（今天我們可以再加一句，這就是「大數據」的意義）；書店裡有「銷售統計」，如果你不是周轉夠快的書，書店意識到這是一本占了位置不貢獻營收的書，或者庫存太多超過周轉效率，它就要跳出來「指定退書」了，任憑你是錢穆大師也不能留。

同一個時候，我到了當時比較「傳統」（落伍？）的書店，像台北重慶南路書街裡的「三民書局」，在它密密麻麻像圖書館一樣的書架中發現了錢穆先生的《民族與文化》，那是香港龍門書局出版的，本來是港幣定價，旁邊又用鉛筆寫上了台幣定價，但太久沒有賣出去，物價奔騰，所以那個鉛筆定價又被槓去，重寫一個價格，新價格又被劃去，再寫一個價格，那本書從香港出版再運抵台灣，在書架發黃、蒙塵、重寫三次價格，直到被我拿去櫃台結帳，已經度過二十幾個年頭，如果三民書局像金石堂書店一樣「有效率」，這本書早就消滅了，不會有機會來到一位渴慕者的手中……。

總而言之，雖然我年輕時長得像有點「老氣」的文青，但買書之際確實是十足的「老派」（old school）。在八〇年代末期我披著長髮來到倫敦覓書，那家沒有電腦檢索、不知現代化為何物的「老派書店」福耶爾果然很對我的胃口。儘管眾人嘲笑它的老舊與落伍，我卻被它一次又一次的吸引前來，有名的一句嘲笑話說：「如果卡夫卡開書店，大概就會開出福耶爾這樣的書店。」（If Kafka had been a bookseller, Foyles would have been the result.）

但卡夫卡又怎樣？他不正是我輩文青最愛的作家之一，那位寫盡我們所見世界與我們自己人生荒謬的陰鬱深刻作家，他的世界像是黑暗、扭曲、詭異、混亂的哈哈鏡反射組合，我們年輕時候看到的學校、社會、政府也無一不是這樣？啊，我說到哪兒去了？我要說的是，庫存滿溢失控、書封蒙塵褪色的卡夫卡迷宮式書店福耶爾，正是我們心目中的「書天堂」。

把書店搞成這副德性的，本是主掌書店經營超過五十年的女獨裁者克莉絲蒂娜·福耶爾

（Christina Foyle, 1911-1999），這位頑固強勢的創辦人之女，十七歲進書店工作，二十一歲就敢隻身前往蘇聯追帳討債，十九歲就提筆寫信給當時的文壇聞人蕭伯納（George Bernard Shaw, 1856-1950）、威爾斯（H. G. Wells, 1866-1946）、巴利（J. M. Barrie, 1860-1937），希望他們來為讀者演講，她雖然一開始都被拒絕，但她終於成功地辦出了她的「文學午餐會」，最後這幾位文學巨擘也終究都出席了她的讀者會面活動；也許是她的早年成功與她的擇善固執，她上個世紀初的經營理念最後變得與世界格格不入……。

這種格格不入正是迷人所在，我進出「福耶爾書店」已近三十年，我從來沒有弄懂它的選書與上架的邏輯；譬如說福耶爾書店其實有少量舊書（其他都是新書放舊了），偶而在架上可見，我有一次在書店一個角落看見一個旅行作家蕾絲莉．白蘭琪（Lesley Blanch, 1904-2007）的小型舊書展，展出了好多本絕版多年的二手書（策展者顯然是熟知作家的人），雖然這些書況良好的舊書要價不菲，但對書迷如我簡直喜出望外，當場把手中缺的收藏全部補齊了；幾個月後，我重回書店，牽腸掛肚回到那個角落，那個小書展早已不見，連陳設與分類都已經改變，一點跡象都不可尋，彷彿前次相遇只是一場夢中奇景，你必須咬咬指尖才能確定自己實際上是清醒的。

一九九九年克莉絲蒂娜過世，他的侄子克里斯多福．福耶爾（Christopher Foyle, 1943- ）接下了書店的生意；克里斯多福決意要扭轉福耶爾書店走下坡的命運，他做了所有生意人該做的事，提供員工「工作契約」（從前鐵娘子克莉絲蒂娜想開除誰就開除誰），建造書店資訊系統，整理書架上的庫存，重新裝修書店內裝，在其他地區開設書店（也就是變成連鎖店的意思），更打造了如今不可或缺的網路書店（網站的營業額如今已經超過書店的百分之十，替代了它本來頗受歡迎的郵購生意）……。

這些工作緩慢進行，譬如說書店裡的內部裝潢，也是一點一滴改裝，事實上在我探訪福耶爾書店時，很多裝潢工程就在我的頭頂上進行，書店內部立起了鋼架頂住天花板，隔起了隔間木板，書店一面照常營業，改裝工程一面就叮叮噹噹在店內同時進行，每隔一段時間，書架與結帳櫃台的位置都會改變，我每次都要重新尋找結帳的地方。說來奇怪，這樣變幻莫測的結帳櫃台並沒有讓我感覺任何不便，也許雜亂無章或卡夫卡式迷宮，本來就是我對福耶爾書店的期待。

當書店改裝不斷進行，書架上那些奇奇怪怪的藏書也開始更新，破爛與蒙塵的書不見了，它變得更清晰也更有系統，雖然仍保持獨立書店的選書風格；結帳也不再大排長龍，它變得跟其他書店一樣，你拿去的整堆書，店員一本一本刷條碼，帳目就顯示在電腦的收銀機上。我沒有完全警覺，一家我喜愛的古早味書店正一點一滴失去它的面貌與風情……。

不久之後，它隔壁知名的「中央聖馬丁藝術與設計學院」（Central Saint Martin's School of Art and Design）的教學大樓突然被大塊防雨布包起來，似乎有大型工程在裡面進行，但防雨布上卻寫著令人困惑的「福耶爾書店」幾個大字；到了二〇一四年，黃色布幔撤去，一間巨大明亮的新型書店完工誕生，隔壁迷宮似的老書店打烊。終於，百年「福耶爾書店」的住址改成查令十字路一〇七號，進入一個全新的時代。

這個新書店被認為是建築上的傑作（建築師是Alex Lifschutz與Sam Husain），寬敞透光，一個巨大廳廊，兩旁有樓梯上樓，階梯兩旁也都擺滿了書，氣派堂皇，它比舊書店小了點，但仍然有總長達六點五公里的書架，放進了超過二十萬種圖書（舊址曾經放進超過五十萬種書）。英國《金融時報》訪問克里斯多福，問：「為什麼書店要另立新址？」克里斯多福回答說：「我們在原址已經超過一百年了，那個店實在是亂七八糟也沒有效率，它根本是個迷宮。」（We've been on this site for over a hundred years, and the shop is higgledy piggledy and inefficient, it's a maze.）大概是想到這句話可能會傷老粉絲的心，福耶爾先生又不無歉意地加了一句：「但顧客當然總愛一些隱密角落，像是情感所寄。」（But of course customers like the nooks and crannies, the intimacy.）

老先生說話英倫氣息十足，又說higgledy piggledy（亂七八糟），又說nooks and crannies（角落與縫隙），他其實什麼都知道，他也知道這麼做有一些老顧客會難受（像我就是），但世界總要往前走，企業也不是為懷舊而生。「福耶爾書店」在克里斯多福的整頓下，已經重回獲利，贏得新世代讀者，二〇一八年更賣給了水石書店（Waterstone），成為大集團的一份子，按照書店自己的官方說法，書店「如今盛開為一個成功的二十一世紀書店」（now flourishes as a successful 21st century bookshop）。

是的，書店已經成功走進二十一世紀，但我這位逐漸老去的讀者卻走不出二十世紀。我眼見老情人逐漸變得陌生，山盟海誓變得不可辨識，那些披沙揀金的淘書與讀書的樂趣如今都更換了版本（搜索引擎嗎？看倌），這究竟是失去的美好書店經驗，還是失去了我青春時期的寄託？

真的，正如我一開場說的，如今我的生命基調不再是個被書店「激勵」的人，那是我人生的上半場；如今我與書店的關係是「傷感」與「失去」，如同我跟其他我所愛的人與事一樣……。

是的，我曾經受到書店的激勵，並以各種不同的方式。譬如說，在鄉下的成長階段，我尚未看到城裡書店富饒的面貌，我也買不起書店裡的任何一本書，但僅只是架上那些可望不可即的書名與作者名字，就足以激勵我：「總有一天，等我賺錢了，我要讀遍這些作者們的書。」

然後我就來到城裡，我來到中部大城台中市，第一次看到大型書店「中央書局」，它的豐盛與自由（從來沒有店員阻止我翻閱任何書），刺激了我，也激勵了我，它讓我有了擷取豐盛的決心，立志要學會和天上星星一樣多的語言，讀遍世界上各種美好的圖書。這個占有世界的願望讓我覺得可能，不是只有「中央書局」帶給我希望，其實還有「汗牛書局」（一家給學生打很多折扣的書店，猶如今天的「水準書局」一樣）；因為「汗牛書局」的書籍比「中央書局」便宜很多，更讓我覺得夢想距離不遙遠，我願意吞嚥一下口水，忘記發育期的飢餓，把兩頓午餐的錢拿來換取一本「新潮文庫」……。

然後我來到天龍之府台北，它不只是擁有大型書店，它還有整條書街呢。它有最豐富整齊的「重慶南路書街」，其實台灣大學周邊也是個密集的書街，而牯嶺街的舊書攤也還保有最後一刻的風華，台北的豐盛富饒遠勝於台中。我流連徘徊在這些書街，依舊受到激勵；這時候我已經知道世上的好書是讀不完的，注定是有涯逐無涯，但我好像也就與書本建立了一種帶著盟誓的情誼，我希望有生之年能夠不斷覓書讀書，相偕到老，不負彼此。

然後年輕的我（二十六歲）開始走出國門，第一站來到紐約，而且工作並住了下來。這是我第一次通過日常生活見識到「讀書大城」應有的模樣，它不只是應該有活力旺盛的大型書店，像堂堂位於第五大道上的「邦諾書店」（Barnes and Noble）旗艦店；但它也應該有選書獨特、散發神秘氣息的獨立書店，像書如山積、分類邏輯詭異的「史傳德書店」（Strand）；它應該有帶著富貴氣質的高級書店，像原來位於五十七街、與奢華精品店並駕齊驅的「瑞佐麗書店」（Rizzoli）；但它更應該有各種祕密會社一般的專門書店，像原來在城中心擁有一座旋轉樓梯、新舊圖書都賣的推理小說專賣店「神祕書店」（The Mysterious Bookshop）。但這份名單當然遠不止於此，賣左派書的、賣同性戀書的、賣新世紀心靈書的、賣漫畫書的、賣各種外國語言書的，是的，在紐約大城裡鎮日流連，你有看不完的新書、舊書，昂貴書與廉價書，那是永無止境的探索與啟蒙。

然後我到了日本與英國，這是兩個後來我最愛的買書城市（受限於我的語言能力，我終究沒有學會群星般的語言）；一開始，倫敦有仍然繁榮的查令十字路書街，東京也仍有書店最密集的神保町；兩個區域都令買書人著迷忘返，受到蠱惑一般，遲遲無法離去。尋書買書常常讓我腳酸手痛（走太多，提太重），因而我也熟知書街轉角與小巷內的咖啡店，那是我逛書街到半途可以休息補充水分的「綠洲」；八〇年代、九〇年代，在神保町書街小巷裡有一家小咖啡店叫「レオ」（Rio），約莫十來個位置，燈光昏黃幽靜，厚重木頭桌椅，咖啡芳香可口，面容清秀的中年婦人低聲招呼客人，座上都是頂著老花眼鏡的老人，低著頭翻讀剛才在舊書店淘覓的收穫，偶而才抬頭啜飲一口深焙咖啡，唉，是的，是的，我們也許不是能夠角逐世界首富的贏家，但當我們低頭享受尋來的寶藏時，我們內心是富足的，你拿全世界來我也不換⋯⋯。

但我說的那個美好世界是我人生的上半場，然後世界就走下坡了；（還是我就走下坡了？）從七〇年代到八〇年代，我與世界上的書店關係是受激勵、受啟發的，我在不同的城市不斷發現新書店，不斷透過書店看見不一樣的世界；但到了九〇年代下半，這個發現的興奮之情就開始停滯了，我開始「失去」。

有一天，絲毫沒有徵兆，「銀月書店」就關閉了，我在門口失落了許久；然後有一天，神保町那家「里歐」小咖啡店就停止營業了；再有一天，你發現咖啡店的倒閉只是領先指標，神保町一家歷史悠久的英文舊書店「北澤書店」（Kitazawa Shoten）突然失去了它的一樓，只剩面積不足二分之一的二樓；然後我又失去了「謀殺一號」書店，然後是這家，然後是那家；有些書店沒有立刻全部消失，它們可能因為房租而遷往他處，但奇怪的，場所變了，通常風水也就變了，書店的氣味就變了，而變了通常是變壞了。

就像我時時刻刻懷念、擁有一座黑色鑄鐵旋轉樓梯的「神祕書店」，遷到Tribeca的華倫街新址之後，旋轉樓梯沒有了，那充滿神秘氣息、地下會社般的風味消失了，有些人認為它還是很不錯的書店，但對我來說，那是我熟知世界的離去。

有的書店可能是「變好了」，譬如像「福耶爾書店」，管理改善了，書架整潔了，書店明亮了，書店獲利了，我應該為它感到高興；但對我來說，變好了就是「變壞了」，那個雜亂無章的尋寶之地已經一去不復返了。

這就是我一開始說的，近年來，我的書店尋訪大部分都是「傷心之旅」或「幻滅之旅」，那些我戀慕的美好地點與美好事物都過去了、消逝了、變質了，也變壞了……。

有朋友說，不會呀，還是不斷有新的、好的書店誕生，而且還扭轉了書店的頹勢，他們帶來新的經營理念，帶來新的書與人的關係的營造，譬如說，像東京代官山的「蔦屋書店」。是的，也許我的朋友說得對，世界並非靜止不動，舊事物消逝的同時，新事物也在誕生，每個世代都有能力創造美好事物。但問題就在這句「每個世代」，也就是說，對於「正在來臨的世代」，世界正在創造之中，但對慢慢凋零的「我的世代」來說，那些激勵了我、啟蒙了我，最終形塑了我的那些美好事物，它們已經花菓飄零了。新世代的新創造，我已經不能享受，我必須坦白承認，我從來沒有喜歡過「蔦屋書店」，雖然我也會去代官山或Ginza Six的蔦屋書店走走，但蔦屋是不能「找書」的，你只能「碰撞」，它沒有必備書目這種事，它的選書充滿了「觀點」與「態度」，但我並不要別人給我觀點與態度，我希望你蒐羅廣闊，排得像圖書館一樣，讓我自己形成見解，我也不要無意間的邂逅，我要higgledy piggledy（亂七八糟），我要nooks and crannies（角落與縫隙），我要那些已經追不回來的一切……。

——原載二〇一九年四月三、十、十七、二十四日《蘋果日報》

詹宏志，一九五六年生，南投人，台灣大學經濟系畢業。是台灣文化界、網路產業的指標性人物，現職PChome Online網路家庭董事長。為電腦家庭出版集團與城邦出版集團創辦人。擁有超過四十年的媒體經驗，曾任職於《聯合報》、《中國時報》、遠流出版公司、滾石唱片、中華電視台、《商業週刊》等媒體，曾策劃編集超過千本書刊；並創辦了《電腦家庭》、《數位時代》等四十多種雜誌。策劃和監製多部台灣電影史上的經典影片，包括侯孝賢導演的《悲情城市》、《戲夢人生》、《好男好女》，楊德昌導演的《牯嶺街少年殺人事件》、《獨立時代》，以及吳念真導演的《多桑》等。著有《兩種文學心靈》、《趨勢索隱》、《城市人》、《趨勢報告》、《閱讀的反叛》、《城市觀察》、《創意人》、《如何使用百科全書》、《詹宏志私房謀殺》、《人生一瞬》、《綠光往事》、《偵探研究：Study in Detective》、《旅行與讀書》等。一九九七年，獲台灣*People Magazine*頒發鑽石獎章。

港島茶記——洪愛珠

媽媽奠禮後不久，去一趟香港。

周五清早班機抵港，全市綿綿密密地安靜降雨。乘巴士進城，襲自英國的雙層巴士，登階二樓無人，坐首排座位，眼前玻璃高闊如屏幕，視野隨車輕微搖晃。

前方高樓入雲，天色鉛灰，巴士在高架公路上行駛，公路孤懸海上如半空在飛，往下望，海面星布無人居住的碎小島嶼，雨水浸潤以後成濃綠色，像是百餘年前，無太多人，無水泥高樓以前的香港，原是那樣蒼莽野生的熱帶綠色。

香港與澳門，是我媽媽十七歲少女時期，第一次出國旅行的地方。戒嚴時代，出國是大事。是全家盛裝打扮送到機場，主角頸繞花環攝影留念的，那樣不能磨滅的一天。憑外公貿易公司名義申請，少女媽媽得以初次海外旅行，不確定她初抵香港時所見的景色，但是首次離家，乘飛機到達的地方，誰都不易忘記。往後她時常提起香港之旅，我們老是說，香港這樣近，隨時都能再去的。

到底她沒有再來。

巴士疾馳，從朗朗天地，蜿蜒駛進水泥叢林，穿越窄街上巨型店招與川流人群，抵達香港上環。酒店位於西港城附近港澳碼頭旁的高樓，房中布置摩登簡潔，空調送來清冷現代香氛，落地窗外，海面平坦，船隻如默片移動，然而一出酒店大門，與寂冷摩登空間高度反差的，是上環海味街鮮濃的海味乾貨氣味。

上環是香港移民華人最早聚市的區域之一，海味街不僅一條街，而是幾條街交匯成的小區，以德輔道西為主，臨近的文咸東街，永樂街、高陞街亦屬範圍內，售鮑蔘肚翅，瑤柱、蝦乾一類的海味乾貨，亦有中藥鋪，與台北迪化街幾分相似。海味二字用於此，多義而傳神，市街臨海，行走其中，濃濃氣味亦如浪起伏，是大海的鹹腥與甜味。

家族經營貿易生意，外籍和本地的賓客往來，大宴小酌不斷，早年即有深厚宴客傳統。外婆和媽媽都能燒一些做工繁複的台菜，受海外友人影響，有些菜色，並染有一點潮州菜的神韻，海味多用且調味濃鮮。媽媽家中品質較好的海味乾貨，如當代顯得十分政治不正確的排翅、燕窩。或花膠，或乾鮑魚，甚至禾蟲，許多是由外公好友，原籍潮州的世伯，自港小心攜來。樸實年代，舶來品除了新奇華麗，回憶起來尤其如夢亮澤。我深深嗅進一口海味街的空氣，想我媽媽圓圓的、膨潤白皙的臉，能想見她在此街市，那些橘色的燈泡底下，興奮得一臉發光。

●

這一帶有路面電車，叮叮叮叮的響鈴過市，行進速度古老，且無空調，城市的空氣汙染和濕黏雨霧都穿窗而入，人在車中，亦如走在街上，五感清晰。乘叮叮車從上環往中環，在茶餐廳吃一件蛋塔喝杯厚奶茶，然後連續的登上階梯又走下階梯，回上環去尋找茶葉。

媽媽在家族企業上班，從高中畢業的未成年少女，到近六十才因病退休，一生沒換過工作。辦公室是娘家的延伸，老闆是外公，舅舅、阿姨都是同事。辦公室玄關旁的茶水桌上，長年備有一壺鐵觀音，玻璃茶盅裡的茶不能見底，隨時都會補充，彼時還不興辦公室裡擺咖啡機，人人工作到一個段落，就起身倒杯茶喝，因此我媽除了管人管帳管發薪水，還管泡茶。

茶葉來自香港福建茶行的鐵觀音，偶爾喝同區嶢陽茶行的水仙。媽媽有癖，不喝白水，覺得有生味，日常習慣飲茶替水，外公亦從不喝水，午餐和晚餐時固定飲酒，其他時間飲茶，常年如此，全然不健康，但總之是家族頑固。

小學放學回家前，先到媽媽的辦公室，以台語向外公問安：「阿公，我轉來啊。」並觀察外公的玻璃杯，水位太低便要為他添茶，同時要站在桌緣，對外公簡述一天發生的事。台語發音有誤，會被媽媽當場糾正，說不足五分鐘，搾不出話想逃跑或放空發呆，外公低聲哼一聲，媽媽便會令我站直重講，此一儀示是我媽有意識的設計，要和長輩好好說話，並熟習母語。

彼時公司營運已交棒給舅舅，外公退休後，仍每日進辦公室，為一種勤力的精神象徵。正經的老派男子不能不上班，且日日襯衫漿挺，髮乳梳的頭臉光淨。一手創建的公司即是疆土，他必須坐鎮其中。外公不必辦公，因此老在讀報，我說話的時候他都聽著，只是未必抬頭，覺得有點吵了就一擺手，表示我可以住嘴。

替外公添茶和倒酒是我的工作，重點在分寸。外公的一切，都有他自訂的秩序，茶杯是專用厚玻璃杯，有水藍色網印刻痕，不與其他家人混用。倒茶時，水位七分正確，七分半完美，不得超過八分。倒得過滿會被責備，茶都倒不好，那是失家教。整套沏茶及日報的儀式完成，輪我可以倒一杯茶給自己，坐媽媽身邊寫作業邊喝。當年竟無人覺得兒童攝取過多茶鹼有何不妥，實際上我自己亦喜歡，因為那種鐵觀音非常好喝。

福建茶行馳名的鐵觀音，茶葉源自福建安溪，但老鋪自成品牌的關鍵，是創業以來堅持自家焙茶，以保風味。該鋪鐵觀音茶，與台灣如今常見的鐵觀音是兩回事情，是重焙火的熟茶，茶湯呈紅亮琥珀色，入口厚滑津潤，冷卻後仍一點不澀，可以成天喝。自小飲熟茶習慣，養出老派胃口，長大隨人喝包種和金萱這類剔透清香的生茶，有時刮胃，不能多取。

台灣本土自產好茶，而我家日日飲用的茶竟來自香港，必然有故事。外公屬於超級難伺候的長輩，對家人嚴肅，生活規矩族繁不及備載，但對朋友兄弟傾情慷慨，好得離奇，因此交遊廣闊，香港、泰國、馬來西亞各地都有華僑好友，時常來訪。

彼時有一種人情義理，現代人恐怕難以理解，比如把小孩放在我家寄宿，並在台灣就學，與媽媽、舅舅們一塊長大。香港世伯的兩個兒子就這樣一住十年，家長起初可能也寄放一點安家費，但生意起伏若是辛苦，就每回來台探子時，帶一點手信，如魚翅或茶葉、藥膏充數。福建茶行的茶葉當年就是這樣一盒盒搬來的。後來孩子們返港，其後渺無音訊，但十餘年的飲茶習慣已深，不願間斷，就改託我的台商爸爸，從深圳進港轉機返台前，負責到上環大量買茶，攜回庫存。

彼時辦公室有一面落地玻璃窗，下午，強烈的西曬陽光穿過玻璃茶盅，使茶湯深沉的顏色一時輕盈，兒時飲茶的無數個下午，對我來說是凝固場景，場景中我筆直的、威嚴如山的外公總在讀報，媽媽踩著高跟鞋，在工廠鐵樓梯上下奔忙，餘音嗡嗡回響，竟晃眼成昨日事。小孫女長大遠行，足跡比他們誰都更遠，鮮少回頭。先是外公不呼吸，再是磚砌的舊辦公室，擴建成巨型鐵皮工廠，與門前大榕樹一起原地消失。媽媽生病，直到媽媽也消失。一切握不住，時間冷靜，從來是人缺乏覺察。

至今仍清楚記得福建茶行的茶盒，是扁長方形的綠色或粉紅色馬口鐵盒，盒面印有飛馬商標，和中英文雙語產品說明，殖民地風格。媽媽和阿姨將空茶盒，拿來分類會計用章，或收藏從國際函件剪下來的精美外國郵票。電腦前時代，作帳和發薪水是大量人工和紙本作業，媽媽與阿姨的茶盒，是忙碌辦公桌上固定的風景。

阿姨在我媽媽病逝前，堅持退休，於媽媽病榻前輕聲說：「大姊，我退休了。」媽媽點頭眯眯眼笑，表示同意。阿姨收拾打包的時候，什麼都留下，唯把鏽損得厲害，開闔太頻導致盒蓋變形的福建茶行茶盒帶回家。茶盒是戰友、紀念品，是親姊妹併肩工作的三十年。世人有時輕看物質，不知道人生難料，需有舊物相伴，回憶才能輕輕附著其上。

●

福建茶行在上環孖沙街，是條短街，我一不留意走過頭，轉身才見店招。門臉窄長店堂很深，裝修都是幾十年前的風格，看得出年歲，老鋪室內反而淨簡，無雜物招貼廣告，櫃裡僅有茶葉、茶盒和茶具，燈光是日光燈管。掌店的先生，清癯瘦高，長臉深紋，眼神淡定而禮貌。產品種類並不複雜，多數人來問馳名的鐵觀音和水仙茶。福建茶行的鐵觀音分三級，有茶王、特級的和一般的。因為不記得兒時飲用的鐵觀音檔次，只好盡力描述茶盒的樣貌，扁方形、大約這麼大，我曲起手指解釋，盒蓋是綠色、上掀式的。老先生聞言笑笑，表示知道我在二十年前確實喝著他們的茶，告訴說方形盒形如今停製了，改成圓柱形的，但老派描金字型和紅色飛馬商標照舊，一眼能認。我決定買一罐鐵觀音茶王，並詢問泡茶方法。

很簡單的，老先生說。且走到茶桌邊，執起一只掌心大小的紫砂壺，簡潔說明。先燙壺，再擱茶葉，大約壺內的五分之一容量，他在壺身上作勢劃了條線。水滾沖茶，十秒就傾掉，算是洗潤茶葉，第二泡便能喝，泡三、四分鐘，此茶耐泡，六、七回後仍香。簡言之，水滾茶靚，並無花巧。

自茶行步行回酒店，天色已暗，下起滂沱大雨，雨水降在海面，弄糊了對岸的霓虹燈樓。大雨時候，人間反而安靜。我欲泡茶，然無茶具，房裡僅有兩只白瓷馬克杯、茶匙、電煮水壺。開啟茶盒，拆開箔紙真空包裝，聞炭香幽幽，燙杯之後，投一點茶葉進去，茶葉是球形的蜷曲狀，色深黑。用少量水潤茶，再取新水煮沸，沖茶後燜著，成了用茶匙抵著杯緣隔出茶葉，將茶湯濾進另一只茶杯。

酒店的黃色室內燈底下，仍清晰可見相同的琥珀色茶湯，落進淨白磁杯，隨著微量濾不清的茶渣細粉，和來自舊時代的木質香氣一起蒸上我的臉，甜穩氣味讓室外的雨聲安靜，讓兒時光線，轉眼目前。氣味直接鈎引出記憶深處的一塊，抿一口，味道與記憶疊合，在許多年以後，和許多的物是人非以後，茶仍是當年茶，教人深深感激。

當年的許多人已經走遠，就我和茶留下。憑一脈可循，成人獨立後的孫女及女兒，從一個島，到另一個島去找茶，或說找一點時間遺跡。往後多麼思念，也要將自己收拾好，偶爾專心地給自己泡茶，然後生活下去。

——原載二〇一九年四月九日《自由時報》副刊

洪愛珠，一九八三年生，台北養成。倫敦藝術大學傳播學院畢業，平面設計從業人員、大學兼任講師。寫字以記舊時日，家常吃食與經過之人。曾獲第二十屆台北文學獎散文首獎、林榮三文學獎、鍾肇政文學獎。

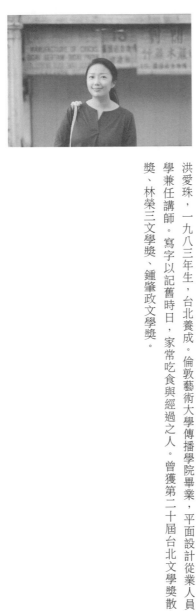

拉薩及其時間地景——徐振輔

漢傳佛教四部《阿含經》源自古印度巴利文的《尼迦耶》，是了解原始佛教最重要的典籍。內容除了試圖逼近真理的教法，《長阿含經》中的〈世記經〉亦描述宇宙結構。

宇宙中有無數世界，每個世界皆為圓柱體，事物存在於頂端平面。平面中心為須彌山（許多人相信岡仁波切峰是我們這個世界的須彌山），四方對稱分割成四大洲、八中洲、無數小洲，大地為海環繞，天有日月星辰。在西藏諸多藝術形式和宗教儀軌中，這種理型經常表現為一個完美的圓，包覆著四牆組成的方城。外緣是火，中央是佛。

這種結構在梵文中稱為曼陀羅（Mandala），意即壇城，或者圓。

時隔數年，我又來到西藏，站在布達拉宮的石階上，展望整個拉薩城。

從這裡就能清楚看出，海拔三千六百五十公尺的拉薩其實是一片平坦河谷，四周群峰高達五千公尺。其間有一條與城市共生千年的拉薩河，侵蝕岩石，積澱平原，帶來流水與泥沙；人們築堤防，挖水道，建造橋樑與渡口。無論哪一群人或自然物，向來無法獨立改變一座城市，他們必得透過對話、協商、索取、退讓，戰戰兢兢摸索某種共生的可能性。城市在每一個時代的樣貌，都是一段互動過程中的暫時性結論。

布達拉宮建在瑪布日山頂，拔地而起一百多公尺，是河谷中央一個突兀的制高點。如果你隨我低頭，視線穿越拾級而上的密集朝佛者，會在山腳見到名為「雪」的古老村落，對面是布達拉宮廣場，矗立著潔白的西藏和平解放紀念碑。接著稍稍抬頭，和拉薩河之間這整個區域，就是所謂的老城區，始建於七世紀松贊干布的時代。雖然現在仍有許多黑、白、紅三色的藏式碉房，但在古舊的表面底下，同樣活躍著酒吧、火鍋、燒烤和歌舞廳。

老城區的心臟是大昭寺，最早的外地商人、手工作坊、客棧、行政機關都聚集於此。它並不只是地理意義上的，也是精神意義上的核心。如果有人來西藏卻不拜訪大昭寺，那樣的旅行如同夢遊。大昭寺中有一尊覺臥佛，據說是二千五百年前，釋迦牟尼將入涅槃之境，命工匠依自己十二歲形象所造，後世見此塑像如見佛陀真身。佛像最初供奉在古印度的烏仗那和菩提伽耶，將近一千年後，在兩晉時期被帶進了中國。到了七世紀，藏王松贊干布迎娶文成公主為妃，佛像才從唐朝宮廷來到西藏。輾轉流離的過程中，祂躲過歷史上的數次戰亂，如今在拉薩供奉了一千多年，其完整、華美、悠久、殊勝，世上沒有任何佛像能與之相比。藏區各地常看到虔誠的朝拜者，用幾個月甚至幾年的時間，從千里外一路磕頭而來，不為別的，就是要朝拜大昭寺這尊佛陀十二歲等身像，這是很多藏人一生最大的願望。

而朝拜佛像本身以外，信眾也會以大昭寺為中心，依循三條路線順時針轉經。最內圈稱為囊廓，是以佛為中心轉大昭寺內殿；中圈稱為帕廓，原本轉的是古大昭寺外圍，現在則是擴建後的大昭寺外環形的八廓街；外圈稱為林廓，繞的是整個老城區，長度大概有十公里。借用英國建築學大師希列爾（Bill Hillier）所提出的空間語法（Space Syntax）概念，如果將建築形制與街道模式皆視為文本，會發現曼陀羅是拉薩離不開的主題、人們透過空間表述意義的根本邏輯。這固執地決定了胚胎時期的城市結構，甚至到了二十世紀中葉，老城區都還沒有任何筆直方正的街道。

藏傳佛教密宗法教中，有一項繪製沙壇城的神祕儀軌，是僧人用彩色細沙造出一座精緻繁麗的壇城沙畫，曠日廢時，使用的工具是一支相當細長的金屬漏斗。沙粒之流如針如墨，從那幾不可見的細口窸窣流瀉，像時間本身疊加出具體而微的瑰麗宇宙，其龐大堪比真正的建物，其細緻不亞於對豆子進行雕刻。這項藝術的美學意義（如果你視之為藝術的話）並不在成果，而是當壇城終於完成，僧人便會將其抹滅，世界傾頹破碎，須臾回歸塵沙。你甚至不及記憶，它便在誦經聲中倒入河流，成為溪床的一部分。

我心中有一本非虛構寫作的典範《到拉薩及其更遠方》，作者是義大利最重要的藏學家圖齊（Giuseppe Tucci），他曾有句美麗的斷言：「建築是依照祭壇的模式來重建世界。」確實如果忽略時間與空間的尺度差異，建造城市和繪製沙畫並無二致。成、住、壞、空。沒有什麼能夠挽回，也沒有什麼值得挽回，它們用自身的幻滅寫下永恆的警句——和合之物，彈指即滅。

如果再往外看出去，曾屬於界外虛空的地方，現在則是高樓林立的新城區。那裡道路筆直，垂直交叉，是近幾十年漸漸生長出來的。要繼續細分的話，新城區當然也有比較新的部分跟比較老的部分，只要你願意，邊界是無窮的。

當我們終於看到平原盡頭，會在山腰發現拉薩三大寺的其中兩座：色拉寺和哲蚌寺。這裡和老城區已經頗有距離，據說是為了避免喧囂俗世，讓僧人清靜學習，畢竟過去很長一段時間，散布在河谷各處的寺院、貴族宅邸、平民聚居區之間都是廣大的濕地與林地。只是現在，新生城市把這些地方黏合在一起，舊的邊界被抹去，新的邊界依循新的秩序而生。譬如以往沒有的眾多武警與檢查哨，在此刻新的意義下，又將拉薩分割成比較敏感的地方與比較不敏感的地方。

啊，剛剛望向河谷邊緣時，不知道你有沒有注意到，西北邊有一塊像是城市刻意割讓出來的蘆葦濕地，與新城區僅以道路區隔，互不侵犯。對我來說，那很像一塊拉薩的時間地景。

時間地景（Time Landscape）是美國藝術家松費斯特（Alan Sonfist）在一九七八年創作的地景藝術品。他在繁華的紐約曼哈頓下城找了一塊二十五乘四十英呎的閒置土地，種植白樺、黑櫻桃、紅刺柏等早期原生於當地的植物，而後放任自由生長，試圖重現紐約三百年前的自然地景。他說，我們應當建立起一種類似於戰爭紀念碑的自然紀念碑，提醒人們這塊土地曾經的樣貌。

確實在更早更早以前，如果站在沒有布達拉宮的瑪布日山頂，舉目四望盡是那樣的濕地與林地。現在若以衛星的視角，從太空中俯視拉薩，則幾乎都是灰白色的城市建物，唯獨西北角有一塊殘存的暗棕色缺口。那裡藏語稱為當巴，意即生長蘆葦的地方，現在的名字是拉魯濕地自然保護區。

我想起參拜大昭寺那天，嚮導曾說，當年文成公主帶十二歲等身像進藏，在冰天雪地中跋涉千里，佛像都是用一輛馬拉木車載運著。當他們終於來到拉薩時，木車卻深陷在一個叫惹木切的沼澤地帶，無論如何拉不出來。所謂惹木切，即是現在的小昭寺附近。

得此凶兆，精通陰陽五行的文成公主經測算，發現西藏地形乃魔女仰臥之相。為了鎮伏魔道，必須在祂十二個關節和心臟處蓋上寺廟才行。後來十二鎮魔寺建成，唯獨心臟是一座湖泊，人們本想用土填平，湖水卻汩汩湧出，怎麼都乾不了。最後只好用木材把整座湖泊覆蓋起來，再將最後一座寺廟建在上頭。

那就是大昭寺。

說完這個故事，嚮導一定會帶客人去看寺中一塊黑色大石頭。石頭頂端有個深不見底的孔道，直通到寺廟底下。他說，這是松贊干布為了向後世證明底下真的有個湖泊而留的，據說只要靠近洞口，就可以聽見湖水的聲音。

記得我當時就走上前去，彎下身子，側頭把耳朵貼近那道石頭的孔道，將所有注意力集中於此，希望能聽見些什麼。

而湖泊就對我說話了。

當然沒有，我久久傾聽，連一點水的跡象都沒有。

——原載二〇一九年四月十六日《鏡文化》

徐振輔，一九九四年生，台大昆蟲系畢業，現就讀地理所碩士班。喜歡旅行、攝影、啤酒、貓。創作以小說和散文為主，獲多項獎補助。最近比較用心的主題是西藏和東南亞熱帶雨林，無奈惰性堅強，首部長篇《西藏度亡經》可能還要一段時間才會出版。

漂流地址——吳鈞堯

街道，與河流有著類似的眉目了。河流左右沖刷、往地底流切，遊覽立霧溪，特別得是立霧溪，這條縱切深刻的河流，導遊會在遊覽車上，說給旅客聽。旅客可以捧讀資訊，說給自己聽。說著，關於移動。從上向下、由西而東，一邊崩毀、一邊創造。我有個楊姓藝術家朋友，專門撿拾漂流木，進行創作。楊說，最理想的漂流木，得有兩個質地，一是時間、二是傷痕。

立霧溪逐年往下切。她的傷，是日夜湍流的美麗。我想像大雨後，山上土石崩動，大小石塊、完整的杉木，一起跌入溪谷。小石塊往下游撞擊，一部分變成更小的石塊，如果轉進一只壺穴，就逆時針、順時針打轉，直到粉身碎骨。一部分變成砂石，偶爾沉澱在崩落處，但多往下游去。碩大的石塊常是顫抖了幾下，就站穩了。除非更大的風災雨勢，不然，大石塊就成為風景。我張望天祥附近的慈母橋底下，一塊像獅子的巨石。三十年前它已崩在那裡了。三十年過去了，許多人看過它、讚嘆它。有人見過它兩回、五次，有人匆匆一見，隔年就往生。我還能見它幾回呢？

楊姓藝術家說，漂流木就像人。人，也充滿時間與傷痕的。楊在師範大學修美術，攤畫紙在膝蓋前的畫架上，隨時舉筆到額前，定焦於一個感官、一道光線。年輕肉體豐盈飽滿，曲線游移如水，非常順暢。以季節而言，當然就在初春雪融。什麼肉體最有吸引力？楊不加思索地說，是女人衰疲的肉身。她們留有女性最原始的美好曲線。但都斷折了。有時候是曲解。還經常猶豫了。至於土石流與崩塌，更是常見。所以，漂流木就像人。

我以為這段話該解釋作，人哪，也是河流。人，在流動、也在浮動。我於是感慨，難怪人，總在與故友知逢，透過打量久久不見的朋友，發覺大家都寬了。男的髮禿，稀少的髮讓額頭明顯地亮起來。肩、胸、腰以及臀部，拉成一直線了。人哪，是河流，是漂流木。它的質地是愈傷也愈寬。人，由窄而寬，不是兩月、三年的事情，這使我們失去戒心，也忘了是否該悲傷。大家都一臉鎮定，外觀的毀壞似乎只是小事。

女生也寬了。身材不說，髮際線寬了，連乳溝的距離，也一併拉寬著。真到了河流的下游，腰圍、屁股、大腿，乃至於手指頭，都寬著。確切但又殘酷地說，是膨脹了。人生這條河流沒有真正的流水，但每天都被流水經過著。大夥在家裡整裝，打算以最傑出的面貌與舊友見，但明白，最美好的時光總在不知道它們的美好時，匆匆度過了。所謂的、最美好的時光，是一個泡影。泡在很深、流得很急的水底。

說好了不悲傷，都接受時間流吧，但見了面，又顯得很不情願，一雙眼睛如賊。

我這一天感慨時潮過往，原因很簡單。我慣常在午後，自己帶杯子，過重慶南路到武昌街，買一杯黑咖啡。重慶南路的綠燈很有意思，有時候從開封街、漢口街一直到武昌街，碰巧都是綠燈，且先開放二十到三十秒時間，專程留給行人。半分鐘的短暫時光中，四線道的重慶南路上，一輛汽車都沒有，讓人誤會這是公園廣場，而非馬路。我站在路口往前看去，空蕩的馬路鼓起一股強大的風，呼呼呼地掃過耳廓。沒有流車的馬路上，我們依然無法真正安靜。

很碰巧、而且非得碰巧不可，在難得的時間縫隙中，一位男士騎單車，剛好繞進了一輛流車都沒有的重慶南路。他成為整個四線道上，唯一的快速移動。這還不打緊，他邊騎車邊唱歌劇。且顯然是花腔、男高音。於是，來者就不只是風，而是風雨已來。我愣在路口，看到一個畫面。那是陳水扁剛剛當了總統，山雨狂暴，八掌溪上，四名工人手牽手，站立急流。河流，很急、很顯得憤怒、很是無可商量。我經常想像，我若是其中一位，會想什麼呢？難道陷身激流中，是因為酒跟黃色笑話都喝多了？髒話也是，出口幹、閉口幹，是這緣故，河流激憤，而我身在其中，是因為報應？

我隱約看見，有一台的新聞畫面，曾經掃描到遠遠的天。很剎那，依然可辨那似漠漠的秋日，西邊畫給了半片胭脂。鏡頭又回來了，照著四個人，以及好多好多攝影機，架在岸邊、這邊與那邊。任是誰，都無法想像人生會溺死在水裡，且現場轉播了，彷彿他們卸下工作服，又會活過來演另一齣戲。往後，我面對透明高粱與醉紅天邊，都不禁會想起，滾滾沙流，八條踩不穩的顫抖的腿。

八掌溪的四個人，被衝到外海，傷，當然是傷的。如果這是四塊漂流木，楊藝術家肯定豎大拇指讚美傷痕的質地。但這是人。我們多麼渴望八掌溪真有八隻手掌。好好托住死者。災難之後，人民才忽然醒過來，換了政府執政，八掌溪依然執政八掌溪，人民開始攻擊、唾棄，扁政府必須手持電影《美國隊長》那張盾牌，把攻擊的力道彈回前朝。盾牌後來放進總統府，扁政府與馬政府繼續用。功效不是百分百，但是有抵禦、有反彈，就有希望。

歌劇男神騎單車朝我靠近。人未到，聲音先到。放膽唱著，如同一條河，理所當然，從上游到下游。理所當然，衝擊著願意聽與不願意聽的人。霸道，如八掌溪。除了霸道，我也覺得是勇敢。左右無人，念天地之悠悠，獨放聲而笑人間。我不知道歌劇男神安哪一種心，把整條重慶南路唱成他家的後花園。歌劇男神經過我旁邊，左手微舉，瞅了我一眼，彷彿質疑我幹嘛站路口發愣。我是看到馬戲團了，不畫小丑臉、沒抹大腮紅，他操縱單車熟稔，彷彿輪胎與把手都在延伸他的四肢。這不只是花園，還是他的遊樂場。雖然極其有限。雖然像瘋了。也很可能病了。或者精神狀態很不穩定。但他滿臉不在乎。不只我愣著瞧，行人也是。路口攤販有的微笑、有的哈哈笑，有的揮手。

歌劇男神轉進武昌街，再一拐彎，他的嘹亮漸漸走遠、黯淡。路上行車一下子多了，排氣聲、引擎啟動與喇叭偶爾按鳴；車水馬龍是常態，覷靜中歌聲四溢，更顯得風狂雨暴。我抬頭看大樓。它們不像大樓，而像高山峻嶺，沿街道兩岸分布。大樓不是不動，人代替它移動。人，從樓梯或電梯下來，都像小小支流，向街衢沖刷，有的淡淡一抹影，不破壞空氣、不吐一口痰，日子非常老實，人也非常認分。有的是反過來。就像歌劇男神，剎那帶來暴雨。但驀然的，大樓又收回了他們。高山訴與大河涓涓細流，形塑一條河，大樓訴與長街紛紛人流，這條街被踩訪了、被換了眉目、被移動的人給移動了，這樣的一條街，它的改變是從上向下，也從下而上了。

我曾經無動於衷地在此打混十多年，上班、下班，鬥爭人事、也被人事鬥爭，我不敢說轉眼春綠秋枯，因為公司入口處，樹啊、花啊、草啊，甚至是人的模樣，都被照顧得妥貼、青春。公司是最不彰顯季節的地方。它的空氣從好多不停旋轉的圓形轉圈打出來，它的光源一按開關就有了，這是一個被隔間、再被隔間的小宇宙，每一個隔間幾乎都有一個太陽。當然，也有地球一般的衛星，以及隕石。根據天文學，隕石又可以分成流星以及掃把星。

算算時間，我窩在辦公室的時間，是窩在娘胎裡的十幾倍了，醒在辦公室以及周遭街衢的時間，又是居家的好些倍。我發現辦公室中，多數區塊與我無關，比如人事部門到了午後，貼心地為自己以及長官煮一杯咖啡時，那個飄香的時間必須是關起門來，咖啡香才能團聚。有些地方永遠只會經過，每次去，不會待滿五分鐘，例如茶水間、公司櫃台，還有廁所。

沒錯，不超過五分鐘，廁所也是，我對自己的腸胃很有信心。尤其漸漸有了年紀，臨鏡時，看到的漸漸不是自己，而是更老去的、以及更年輕的自己時，現實的還有實際的，經常都是光影。我羨慕年輕的男同事，於鏡前一佇立，就如神話裡的那個誰啊，執迷於倒影，眷戀不捨離去。他不斷撥動額前方，一綹往下委屈的髮，彈了、再彈了，必須以適當的力道彈它，利用反作用力，讓髮綹回到滿意的額前。正負彈力，不是編輯校對，沒有一把尺，男同事彈了又彈，很專注。我小解後趨身向前，使用廁所裡唯一的盥洗台，男同事略欠身，讓一小步，繼續盯著鏡子裡的自己。我驚訝極了。我與他當了七、八年同事，大約說過七、八句話，男同事連聲音都窘紅，對這一綹髮、對於鏡像中的投影，卻無比執著。非常堅硬，雖然他的使力很柔，彈、彈，再彈。

我是在一次兩岸參訪，參與寫作探討，才省思我的朝朝暮暮之地，何以連朝、暮，都無以入文。一夥人探討了生活現場、討論了經驗本質。我的故鄉在戰地金門，我深入戰爭與鄉愁史料，寫了幾乎百萬言。當我從窺探歷史，走回當下，才發現好多光影一直在胸口徘徊。過春節了，一個北京的版權公司，翻牆進臉書，問我，怎麼接洽周夢蝶老先生的作品？我聯絡周公終老前，照料他的女詩人，知道版權不是遺產，都在出版社那兒。前幾年，周公過世了，我提前到殯儀館致哀，與朋友聊起周的軼聞，方知周愛好杯中物。我吃一驚。茶、咖啡、酒等飲品，我都酷愛，尤其白乾，我竟沒想過，能與周公好好喝一杯？

我回覆北京，周的版權在兩家出版社手上，處理這一突發事件，我忍了許久沒上廁所，經過門口櫃台。

是啊是啊，是三次、五回，或者更多，周公親拿手稿，要櫃台喊我出來，我接了內線電話，琢磨著是誰啊。作者親訪的事不少，我通常不去想是誰來訪，而直接走到櫃台。「周老師，怎好意思讓您親自送稿過來呢？」我接過手稿。周夢蝶的書法一如他的身形，枯瘦如竹，他慣穿藏青色長袍、戴帽子，咧嘴而笑時，一口牙斑黃帶黑。像斑蝶停佇不動，蝶翼影錯錯，就像周夢蝶的牙。老人哪，身上一股老味，衣服與人一起受潮了，我懊惱，怎麼兩個人站在櫃台前三分鐘、五分鐘，只懂得客套與傻笑？誰等誰開口，喝咖啡？誰等誰開口，喝白乾？我背轉、周夢蝶背轉，我回座位展閱周的詩、他瘦瘦的字；周夢蝶搭著下樓電梯，回到重慶南路上。不知道那一天是好天或陰天？那一天周夢蝶直接回新店住家，還是左轉走幾步，看一眼武昌街口，他擺過攤的位置？

那位置，就像立霧溪、天祥左近慈母橋下，巨獅般的岩石。

但不像巨獅，至今依然占著河床一角，三十年了，文水不動。武昌街頭，周夢蝶的攤位已經撤了很久，那位置，有賣鞋、賣傘、賣涼水的，騎樓牆上的漆，斑駁了又新，新了又舊了，不知道原委的旅客也無從需要知道原委，意外一遊的旅客路過騎樓，或者走訪樓上的明星咖啡館，會意外看到周夢蝶的老照片。乾瘦的老者翹二郎腿，跟旁邊一只沒擺幾本的書攤，據說就是詩的江湖。據說問詩的情況，猶如孔子問訊老子。年輕詩人們，順著詩與路的大河，盯著眼前老頭，虔誠膜拜。周公是老呀，年輕時已長得耄然，他不像我後來遇見的歌劇男神，以喧囂製造風雨，他靜坐，滑動筷子，扒乾便當盒裡的雞腿飯。幾粒米飯黏在頷下，油汁從嘴角滑溜下來，周夢蝶衣袖一帶，一起抹淨。

年輕詩人們的問題多著呢，最糟糕的是問筆名由來。既是筆名，就不是父母的意思，也不是自己的，該是文學。次糟的是問感情戀愛。我輾轉聽聞周公喜歡女人哪，每見到年輕女詩人，都笑得陶醉。持著女孩家的手，不忍鬆。最好的問題據說還沒有出現，次好的倒有一些：怎麼讓詩跟人長得一樣了？如何寂靜？怎麼靜下來，還能發現靜裡的微聲？關於這些病、這些飛，怎麼能夠不以是非觀？年輕詩人們不僅問詩，也疑詩。有人問說，周老師您知道書攤對口城隍廟，眾神前那只匾額，題的是什麼字嗎？

據說周老師打量學生兩眼，笑得噴出了幾撮口沫，你、你……真是愛說笑了。腦袋瓜子，樂得繞轉了半圈，青青頭皮，兜生粗粗黑髮，都修得精短，彷彿頭上長的不是髮，而是指甲。

這些往事，都沉澱在武昌街口——被好幾篇文章、好幾首詩，以及好多人的腦袋，一起記憶住了。這些也被周夢蝶，記得深深的嗎？街道不動，但暗暗將一切移動了，經常看到街頭快速移影的影像，日頭拉斜東邊的樓，再放長西邊的，燈點著了，又沉寂著。街頭，是光游移著，是顏色堆放了，又被移除，周夢蝶親自到重慶南路交稿，當他背轉而去，是站在街頭懷想一個彩色的過往，成了一幅黑白照片？而他望著鏡中自己以及背景，當他伸手彈動肩頭一片粉屑，彈、再彈、又彈，只證明了作用力都在往前，不會產生負的力量，讓一綹頭髮、讓一抹顏色，回到最恰確的位置。

最可能的是，周夢蝶壓根兒沒佇立街頭，不在時光這岸，張望鏡像。最可能的是，張望的人是我。當我走出第一殯儀館，知道周夢蝶愛飲白乾，就抵不住的懊惱。獨飲白乾其實不獨飲，心頭念著許多人，四名工人在八掌溪的激流，他們沒有眉目與神情，他們是數目、是憐憫，是不同意義的「四」。周夢蝶是「五」，他在岸邊、在武昌街頭。我也想和老牌演員葛香亭喝酒。我認識他嗎？不認識。我與他合影過嗎？也不曾。只為了我曾有幾回，走過晨間或午後的重慶南路，看見我喜歡的老演員葛香亭，走過騎樓。

葛香亭個頭不高，反共復國年代，外省出身的他扮演公忠體國、為國為家犧牲的班長非常到位。國字臉、搭兩道經常垮苦的眉，穿黝綠軍服，帽子上藍天白日徽章熠熠生光。他的一隻腳是跛了，必須一隻腳進、拖著另一隻腳走。他的體型不再字正腔圓了，他的表情很暗，他卸下了一切的粉墨，在街頭行走，後頭與前面已經沒有攝影機。他不為誰、不為哪齣戲演著老人，他把自己扮得很老，而且演得自然，而且還會更老。我認出葛香亭，就跟著他，必須扮演間諜，不能跟得近、也不許走得快。走啊走啊，我流了滿臉頰淚水。葛香亭的兒子葛小寶是著名諧星，沒他老爹一臉正氣，盡搞笑。他不靠脂肪已能搞笑，到肥了一身肉，更能搞笑了。但仍在反共復國哪，這一身肥油是不能繼承衣缽了，所以葛香亭之後有了梁修身，繼承螢幕正氣。

我乍見葛香亭，心裡叨念著死了死了，葛小寶死了，所以一個老人，獨自走上重慶南路，他要是走盡重慶南、北路，再轉進重慶東、西路，這便光復大陸了？難怪這城市，永遠沒有一條馬路，同時擁有四個方位，至多就是南、北，再嘛東與西，再嘛不是東西。

反共抗俄會疲憊，口號是要老去的，我沒想到，這些口號忽然壓縮成一個老人，與他病殘的腿，就在我公司的騎樓下，一跛跛，猶如河流進入荒冬，枯槁、沙乾，沒有一滴水能夠維持圓潤、沒有一滴眼淚不是苦澀。我可以透過無所不在的網路，查詢葛香亭逝於哪一年，因為自從那個上午，陽光斜斜映在他一遲一動的身影，我猶豫著沒喊出來，您是葛大哥、葛叔叔或是葛爺爺以後，葛香亭再沒走上重慶南路了。我背轉身體上樓，葛香亭與周夢蝶一樣，背轉或側轉方向，過武昌街與開封街等，我都不知道的。只知道那是斷裂。沒有預兆。

葛香亭最後消失的身影就在公司樓下，一間眼鏡行前，我第一回越過他，直截上樓，因為快九點，我上班要遲到了。

我上樓，當然沒遲到，可沒想到的是第二天、以及無數的第二天，我再沒見過葛香亭了，一跛一走的姿態宛如訣別。若街道正如河流，這些個日子，葛香亭是以秋天的流水模樣，經過重慶南路。沒有聲音，與周夢蝶一樣安靜，沒有人問詩，沒有人索取他的簽名，他走得很遲、很坑巴，如果是流水該是嗚嗚、哦哦，儘管艱困，但依然撞擊出水的火花。水是一股意志。它努力往下流、拉扯漂流木撞上河的兩岸、它激盪許多個山坳與壺穴，這些都是意志。意志只會有大有小，但不會停止，於是一汪細細水流，都能劃開一塊岩石。葛香亭走在我前邊，他的肩線傾斜，再無法掛上班長的軍階，他的腿一拖一進，愈拉愈成了方形，再無法快步跑過沙灘，緊盯著碉堡中一挺不斷擊殺夥伴的機關槍，他必須格斃敵人，或者死抱機關槍壯烈成仁。這兩種英雄葛香亭都演過。這當下，沒有鏡頭、沒有機關槍，葛香亭是他自己。我卻不允許葛香亭只是他自己，我看到了葛香亭不斷地喊著衝衝、殺殺，不停地喊著漢民族的魂魄。

我失了魂的時候，真的殺出來一個人，剎那間，整條重慶南路像起了一陣痙攣，那是我與歌劇男神的初遇。許多人跟我一樣，忘了前一刻忙什麼、走什麼，一律停下腳步，遙望聲音的來源。街道變身歌劇院，有個人非常霸道地占據馬路，舉辦演唱會，行徑囂張，就像《哆啦A夢》裡的胖虎。歌劇男神的歌聲是好的，很清亮、很蒼翠，讓人誤以為沿河兩岸而走，將識桃花源。我絕無此勇氣放喉高歌。我們都好奇他是誰，長什麼模樣，歌劇男神單車溜轉，騎進武昌街，隱約可識年紀中年，個子不高，穿白襯衫，一頭亂髮則很貝多芬。

是哪，那是一道激流，剎那大雨傾盆，落勢凶猛，嘩將過來。這一刻，重慶南路行人跟一些低樓層的上班族，都感受山雨逼至，歌劇男神與他的單車、歌聲，在重慶南路劃下一道記憶的河流。我認識的楊姓藝術家愛用漂流木當素材，楊說，漂流木就像人。絕大部分的漂流木，體型都大過人。楊藝術家拿鑿、拿槌，有時候用鋸子處理，再貫穿以鋼絲、銀線，再以紅以黑以黃澆漆。一個重要問題是漂流木從上漂流到下，它們還是太肥了，這樣的噸數無法架上牆壁，成為一個題目、一種展示，這時候，是鋸子的天下。

楊藝術家貼心地在展區，掛上漂流木的原始照片，以及裁切、創作過後的作品，我對比前、後，發覺一條河流對漂流木所能做的傷害，比起楊藝術家，是微乎其微了。幸好，楊藝術家是有堅持的，留下河流、岩石、流言、政治等等，在漂流木身上種下的傷口，讓一個撞凹的縫口，成為畫像裡男人的咽喉。畫，變成立體了。這幅畫題目叫作〈聽見〉，鼓勵觀眾，湊近耳朵，聽這梵谷打扮的男士說什麼，聽它還沒有成為畫作時，這塊木頭說些什麼？不一定都能為漂流木留下深邃的一道傷，有時候是挫傷，比方說，汗損的幾片豆腐乾大小，正是女人漂亮洋裝的一截毀漬，女人迎著光、迎希望，渾然不知衣襬下，一塊骯髒。這幅作品很機巧，名字叫〈無題〉。

我想，如果有一天楊藝術家撿到了周夢蝶、葛香亭、歌劇男神這幾塊漂流木，該怎麼剉、該如何鋸？得施什麼顏色、要畫成動物、庶民還是政治明星？人，自然無法撿拾，楊藝術家可以在漂流木上創作他們，留幾個適當的傷痕，解釋詩與反共復國，說明重慶南路怎麼奔流，但讓我感到意外的，我真在騎樓下，撿到歌劇男神了。

歌劇男神在重慶南路與開封街口，發放傳單。動作很快。不容你說不、或甩手離開，傳單就塞入你手。他習慣發一份，右腳往前踏一小步，有點踢踏舞的味道了。個子真是不高，恐怕不到一米六，儘管我曾與歌劇男神正面交錯，但從未認出他來。我拿過傳單，走了一會兒路，背後忽然傳來許久未曾聽聞的歌劇高音。我倏然向後看，正是男子發完了傳單，跨上一旁單車，朝整條重慶南路，唱將起來。

我追了出去了嗎？我以為自己遲疑，其實沒有，我無法想像一個發放傳單的男子，怎麼可以跨騎單車，變成另一個人？我想起曾與孩子守在電視機，看莫拉克風災把平靜安詳的知本溪，變作滔滔大水，與孩子牽手走過的公園已埋在水裡。水，沒有止息的意思。它，憤怒嗎？它悲傷嗎？沒有人知道一條河的意思，一條河的想法並不來自一條河，來自季風的移動、洋流的變化，或者如物理學家說的，來自加州的一隻蝴蝶，為了躲避麻雀的追捕，不小心多搧了幾下翅膀。著名的「蝴蝶理論」，或許無法詮釋金帥飯店崩毀如脆弱的積木，但都解釋了水。水，不管綠代與藍朝。我看著螢幕，不禁高喊，倒了倒了，金帥倒栽河水中。沒有其他樓群跟金帥手牽手，一塊倒栽，沖入太平洋。也幸好沒有。

我追出去，看著歌劇男神的背影。果真，白襯衫、貝多芬亂髮，他跨坐低矮的單車，彷彿是為了讓天空離他的視線更遠，然後他唱、又唱、再唱。如果聲音可以反彈，我好奇，歌劇男神唱了這些年，聲音反彈了什麼樣的影像給他？無意、但有幸聽聞歌劇男神的行人與上班族，在風雨欲來的高音中，是淋了風雨，避開街的壞年頭，還是逆著時間，看巍巍大樓如棉亙峻嶺，迎山風如車流、迎急雨如人流，在一切都往前跑、並且崩壞的時候，獨力撐開一些耳目，讓自己，在街頭漂流起來？最理想的漂流木，得有兩個質地，一是時間、二是傷痕。最理想的漂流人，也是時間跟傷痕兩種質地，他的方向是下到上、東往西，他也一邊創造、一邊崩毀。

歌劇男神這回沒在武昌街轉彎，他騎過周夢蝶擺攤的彎角、經過葛香亭一跛一拖的騎樓，他還往前騎，經過第一眼鏡行、星巴克咖啡，再往前，就是台灣銀行跟總統府。有這麼一條法嗎？如果把一條河流，開進凱達格蘭大道，會犯上什麼樣的罪？好奇的不單是我，還有其他路人，都探向路的下游。他及時轉彎了，什麼事情都沒有。

剛剛歌劇男神遞給我什麼傳單呢？我從口袋取出來，印著書店名字與地址，旁邊，則註寫了一行詩。那幾個字，都像水一樣，漂了起來。

——原載二〇一九年四月二十一～二十二日《自由時報》副刊

收錄於二〇一九年九月出版《重慶潮汐》（聯合文學）

吳鈞堯，出生金門，曾任《幼獅文藝》主編，現專職寫作，執筆兩岸等華文傳媒專欄。作品曾獲《中國時報》、《聯合報》等小說獎，梁實秋、教育部等散文獎，以及九歌「年度小說獎」、五四文藝獎章（教育類與小說創作）、文化部第三十五屆文學創作金鼎獎。著作多種，主要有金門歷史小說《火殤世紀》、《遺神》、《孿生》；散文集《荒言》、《熱地圖》、《一百擊》、《重慶潮汐》；童書繪本《三位樹朋友》等。

聖母院火焚碎想——林佑軒

我來到了蒙馬特的山腳，沿著邊坡悠長的樓梯往上爬。盡頭就是聖心堂。樓梯變成了割分陰陽兩世界的界地。左邊，下行的遊客滿臉憂戚的黑氛，一個人、一個人搖頭嘆息。右邊上行的旅客還不知道天地變。世界的真相第一次在山頂上，有待我們發現。

是在眼腦輕靈閱讀文本時得到的消息，立刻目不轉睛。法國小哥顫抖的直播之手對準了燃燒的尖塔，路人行色匆匆，紅通通的目眶鬼魅一般。他的手機成為全世界的眼睛，於是小哥說起了英文。之後我將描寫的，以聖痕之手拿著啤酒的導遊，他在最後一次的導覽中，也達成了同步，從此後無來者。

「同時」，是聖母院火焚的第一碎想。

聖母院還在燒，節目已同時報導。聖母院的烈燄中，電台邀集了木匠、建築師、音樂家、哲學家、中世紀學家進行直播，知性的談話聲中，無時差向聖母院道別。

彷彿聖母院被火轉化了、隱形了，寓於他們平靜的嗓音中。

平常覺得歷史遠。史書上寫著某某建築物於某某年燒掉了，也難得激起幻想。就連金閣寺，焚燬也像上古時代的事了。

九一一是上一次歷史像彗星一樣靠近。可是，九一一的時候，畫質沒那麼高，也沒有手機直播。事件的當下只有主流：各大電視台的連線報導。所有的分眾：職業攝影師、遊客、攝影愛好者、監視器鏡頭等等，都只能在第二日、第二眼、第二時間被挖掘、被發現、被看見。當是時，注意力還沒私有化，由傳播寡頭收繳後集中分配。大電視台拍攝世貿雙子星的角度影響了幾億人的觀點。私人的影像紀錄被權威買下後，以獨家、花邊、祕辛、陰謀論的形式出現。

聖母院的火焚，是以二零一九年的高科技、無限民主的角度，分流、分眾，全方位記錄了毀滅。聖心堂的廣場上，所有人都在直播，畫質全是1080p。

我們被吸納進歷史中，同時也以為自己掌握了歷史、創造了歷史。至少，為歷史創造了高畫質。我們臨在現場：聖心堂廣場上，幾百人被歷史的幽靈船擄去。歷史就這樣忽如其來臨到，我們逃也逃不掉、躲也躲不了——是要怎麼樣的偶然，才會剛好在巴黎看見花之凋萎。

●

樓梯盡頭的山巔，一個美國旅行團於大火中結束了導覽。遠的衝天的煙塵與火光讓近的一切變得不確定，恍恍惚惚的。導覽恍惚地說，「謝謝大家今天的參與。」一群美國人恍惚地鼓掌。

他們在想什麼呢，他們在想，我們究竟觀看了什麼，我們究竟參與了什麼，他們是這麼想的嗎。

他們有想過，他們這一趟再怎麼別出心裁，原也終究不過是二十一世紀無數億規格化旅遊其中一場的出行，竟從此萬中選一，將永生釋放靜電般的詛咒，觸手即燃，彷彿聖母院為了拯救他們無可救藥的平庸而犧牲了自己，將「無可取代的經驗」這一過去的必然、今天的不可能，重新頒給了全人類。當他們導覽到一半，聖母院起火燃燒，他們會覺得這是天啟嗎，世界末日嗎，無垠的荒謬嗎。荒謬是人類為二十世紀下的總結，如今像幽靈一樣跟著我們到了二十一世紀，以紅色和黃色顯現出來。

美國人。是啊，美國人會怎麼想呢，要反恐嗎，要出兵嗎，是國家的戰爭嗎。二十年前我們一同見證了九一一，他們的災難充滿了美式的英雄主義，好人壞人，至善巨惡，跟他們的電影一樣鮮明尖銳。

至於法國，同樣是重大建物的毀滅，這一場國家級災難沒有敵人，原因不明，就好像聖母院走到一邊，逕自燒了起來。不需要愛與恨與理由，沒有一個人傷亡，一件件的藝術品靜靜地、寂寞地，被火攝走、撩去。

至於導遊，我想，他會在他簡陋的小房間中，腦勺磕著牆壁哭泣或大笑。剛剛，山頂的廣場上，他精妙地介紹巴黎時，巴黎正一點一點少去，彷彿他的話啟動了言靈，提及某物，某物就開始亡佚。他還是那麼匠氣十足地待人接物嗎，還是走到這邊幽默，走到那邊知性嗎，還是引用海明威，取悅穿著T恤棒球帽的北美鄉民嗎：他以高雅的語調、精美的手勢，朗誦《流動的饗宴》之最名句。他曉得美國人就愛這味。剛剛，當他熟極如流，以誠懇為業，妙使語言的火把照亮巴黎每一個角落時，火慢慢、慢慢升高，旋轉，一公分又一公分吞噬著尖塔，那也是一種語言，一種說話。塔變成了塔形的彤紅的炭，木炭是沒資格與天比肩的，只能倒場。小災忽生，中災繁衍，大災再無餘地，他做了怎樣的選擇呢，他敬業地視而不見嗎，怎麼遣詞用字呢，可是，對一名導遊來說，目睹八百年來聖母院的第一場大火，視而不見是敬業嗎，怎麼樣才會敬業呢，該說什麼好呢。普通又幸福的導遊人生初次現了天坑，還是說，他努力與火燄並肩齊跑，完成八百年最後一次遊客得以親見實物的導覽呢。過了今天，他還能怎麼辦呢，人生還能怎麼辦呢。這些年來，他的口頭禪會是：

我當導遊這麼多年，每次看聖母院都是全新的心情。

如今真的在火中一片嶄新。他中年已過半，在晚春仍須開暖氣的小房間中抱著頭，人生像塞納河中翻覆的小船，沾滿了聖母院迸落的炭碎與火灰。他賈其餘勇，伸手抄起啤酒，拉拉環時便割傷了手，血填溝壑，聖痕顯形。

剛剛，他發現，原本已靜止在他口中的聖母院的歷史，又醒了、動了起來。卷軸掉在地上，逕自往前推進，出現了一張火燄形的剪紙，旁邊刻了奧祕的古字。於是，他打算冷靜精巧地，說出兩百年後，他不會認識的那些同行將在修復如新的聖母院廣場上熟練分享的大事紀台詞：「二零一九年，聖母院遭遇火焚。」

他第一次沒有落後聖母院，第一次與聖母院的年表肩並肩向前推進，好像他邊走，腳下有紅毯一邊展開。恍然覺得自己是推動歷史的人。

當時不知跟法國將繼續有緣，遂在自以為的法國餘生裡周周跑聖母院。巴黎的勝景都太靠近了，恍然形成一張網，聖母院便是網的扣環，提起聖母院便是整張網的拉升。避開向晚與假日的人潮，戴著潔白的無線耳機，就這樣輕輕慢慢入院去。

參加過一次導覽，和藹的在地阿嬤做義工解說的。當時法文陋劣，聽不懂木作石作宗教藝術的專有名詞，很多細節就模糊著，美美的一團。

離題小談：我們已經到了一個超旅行時代，科技免去了諸多的行程之熵。我們不必再花分秒閱讀紙地圖，不必旅館一間間敲門去。卻變得太快太順了，往往就放棄細節，每個景點都變成美美的一團。

至火焚後一日，我終於聽懂了，也來不及欣賞。

參見得多了，這一團解析度慢慢也高。知道花窗的主題，各窗在各窗的位置，有它們的尺寸與顏色。也拜訪過不少歐陸大教堂，聖母院並非美之最震驚。立面之美，看米蘭主教座堂、翡冷翠聖母百花大教堂；中樞森嚴氣象，看羅馬聖伯多祿大殿；內裡繁光萬彩，看南歐任一中型以上教堂；天人合一、道法自然的新範式，看巴塞隆納聖家堂。在法國，巴黎聖母院也不最老、不最大、不最高，甚至還缺了兩座塔尖。她就是家常中的奇觀，奇觀中的家常，兩者結合的生命物。向所有人開放，一進去就是踏實、篤定的感受。排椅的木頭香。

精微的野心讓我想看遍教堂。看遍，不是掃過去，不是讀文字、聽導覽後看，而是記憶。對，不如就說是：記憶她。為此我鑽研記憶之法、術、勢，希望在心海中收納一座光線投射出的教堂，鏤空的珍寶，以念力三百六十度旋轉。眼睛像雷射一樣緇緇掃過，她無損而我日增。今後，就算離開巴黎，教堂將永駐心中。

火焚前一年，我遵守記憶的禮儀，虛擬的道義，周周赴聖母院研習，以神經元與電位差代替管風琴與玫瑰窗，八個世紀的工程就在我眼睛後方，建成一座沒有重量，需要時可以顛倒夢想的大教堂。

我終究弄混了一件事，就是藝術之間易於互相啟發，難於互相轉換。妄圖背誦整座聖母院，然後以腦為矩陣，將結構之善、器物之美折射為文字之工是不可能的。

可以說，半年間，我所有記憶聖母院的努力都白費了。獲得的只是形象與精神，而非文字。閉上眼，萬暗中，我看見一座細節無限敞開乃至纖毫畢露的教堂。我請她離開物質媒材，移駕符號之中，以文字重建聖母院。

她拒絕了。她說，這是我的極限了，我在這裡很好。

我請她留久一點。

●

幽靈船將我們輕輕放回原地，生活從此微微地不太對。

一塊地磚軟了下去。一群飛鳥叼著人骨。咖啡廳的一個包廂中，無論怎麼微笑，相片洗出來都是黑白。

火焚持續著。聖家堂一公分一公分長高，聖母院一公分一公分變矮。是一種火的平衡嗎？

不，不如說，聖家堂以形式表現有機——花果的雕刻、樹木的結構。聖母院的有機性則在火焚中大彰顯。

●

花名「森林」的穹頂率領著它附近一切的舊，以火為地下鐵，就這麼離開了，在原本是穹頂的地方留下了十字形的巨大空洞。這個空洞是對二十一世紀的邀請。

「可能」，是聖母院火焚的第二碎想。

聖母院既是「善」的概念以物質呈現，在漫長的八百年大建造中，「善」的概念也當然迭經轉變。動土、棄置、修復、焚燬，乃至於將來的再修復，聖母院本身就是「善」的拼裝車，八百年來的「可能」之屋、「有機」之殿，無生命的有生命。

時序兩千零九年的今天，也許穹頂「森林」可以休矣。也許更適合換上太陽能板，或甚至就以輕物質罩著，安上平行宇宙顯影的裝置，每個人以後都能看見自己的穹頂。

一旦做了決定，就從蓄勢待發的無，重回腳踏實地的有。下一次的「可能」，也許是下一個八百年，下一場和平時代的火。

二零一九年的我們，要如何接穩這個「可能」的挑戰？是不是要安裝上我們這個時代的「善」？巧得令人嘆息的，是我們這個時代的「善」，也許恰恰就是，「可能」：可能跨國移動，可能宇宙殖民，可能性別平等，可能種族平權，可能眾聲喧譁，可能行星死滅，可能嵩壽齊天，可能大規模瞬間殺人……

能不能將「可能」安裝上去？

如果我們這個時代的最高概念就是「可能」，為什麼不？如果二零一九年的我們被迫承接了大火的飛鏢，我們可不可以留給後代，後代的後代，一個主動選擇的權力，讓聖母院十字形的空洞成為二零一九年的獻禮？

一場至今八百年的堆積木遊戲到了我們手中。可能我們決定，在這個空洞中，以「可能」填補可能。

●

「自由」是聖母院火焚的第三碎想。

在蒙馬特山頂，我遠眺市區，發現巨大的火光噴發著意義。

早就可以想見：「巴黎末日已近」。早就可以想見：「歐洲文明喪鐘」。早就可以想見：「信仰傾頹之地，大教堂自會遠離」。望災生義讓沒有大教堂的人們滋生了一點自豪。

那麼法國人呢？搞笑新聞網站可沒要共體時艱：

〈號外！杜拜與卡達冠名贊助聖母院重建〉

〈號外！上帝現身巴黎市政廳並表示震怒〉

Youtube上有一則火焚前三天發布的影片，兩位古建築修復師在他們新的任務地——聖母院的鷹架上，暢談關於修復聖母院，他們高雅的願景。他們說：這是聖母院史上第一次。他們說：他們還在猶豫尖塔要塗成深灰還是淺色。

聖母院在燃燒，留言區也一起失火：「他們在那邊猶豫咧，現在好啦，結果是灰色的。炭的那種灰。」「娃，真的是聖母院史上第一次呢！」「娃，又有好多工作機會了！」「猴——誰菸蒂沒熄好？」「讚，這是非常激進的修復手法：砍掉重練。」「不用修啊，很潮耶，現在法國有全歐洲第一座敞篷大教堂了。」

左派批評花大錢修教堂，同時路有凍死骨，證明到了二十一世紀，石頭還是比人命值錢。大家開始追蹤捐贈鉅款的大家族、大集團是否意在減稅。生態主義者則以聖母院火焚起興，反思人類世中的自然環境，個人與集體的層次能有什麼行動……螢光幕上，情緒最近乎失控的，似乎只有職責所在的那一位：共和國總統。

沒有舉國同哀。也不必，這不符法國國情。聖母院已是巨大符號，火焚的聖母院變成中空的、更加巨大的符號，邀請大家代入自我。聖母院剛剛開始燃燒，法國人已經自由地思想、行動起來。

宛如暴雨中撕衣下跪：留學生哀痛逾恆。

工作的、旅遊的、定居的、歸化的，落寞，有的；感傷，有的。社群網路中集體倒地的，是拿學生證的一群人。

因為聖母院，她是「更好」的象徵。「更好」：新鮮的空氣，漂亮的生活，精妙的分析，自由的創作及思想，深邃的理論與實踐。二十四路公車從側面經過，七十五路公車從正面經過，車上的我以稜鏡的目光靜靜包裹她。她不動我動，旅遊書、婚紗店、音樂劇多年來為這木、石、玻璃、金屬構成的訊息系統添加的過於盛大的重要性，因為我終於日日在此搭公車了，就一瞬間釋放出來，在初春冰涼的空氣中開出虛線的花，完成了透明的兩座尖塔。

台灣與法國只有在清法戰爭時擦身而過，接著就在歷史中背對背走下去，台灣在法國的留學生也就異於他們黑非洲與白非洲的同學：我們在此，腦中沒有過去，肩上沒有歷史，沒有任何的真相與正義等待我們。我們平行移動，不像他們在前殖民地／前殖民母國的階序之中升降；我們不控訴，我們不曾被辜負，我們輕飄飄的，沒有血的重量。我們沒有這種立場，我們負責拍照：一個阿爾及利亞人與一個突尼西亞人在網路上公開辯論艾菲爾鐵塔的鐵來自你國還是我國。我們有能力膚淺快樂地欣賞方尖碑、凱旋門、盧森堡花園，心清如波，不生一絲義憤，彷彿這些物事是上天賦予法國人的。與此同時，你來自馬利的同學望著筆直的國界打個結繞過他們村莊，感嘆要不是殖民者畫線畫到一半手抖了一下，他會是茅利塔尼亞人。你覺得他的沉思背後有很深很深的意義，深到你不敢置喙，於是你幫他按個讚。

就好像那些爭先恐後穿馬褂，直播說相聲、寫春聯、包水餃、逛天壇的白種人。「我熱愛中華文明。」他們真的知道自己在說什麼嗎？

一個人來到了不曾欺侮、剝削、凌辱他的國家的大國，本就容易忽略昔日與今天的血腥與陰暗，而歡喜沉浸在物的美麗中，「是隻小小鳥，飛就飛、叫就叫，自由逍遙。」台灣人在法國，就好像白種人在中國——很難覺察，覺察了也難直面這個國家的陰影。生活是馬卡龍，美美的，沒有重量的，五顏六色的。

聖母院是「更好」的象徵，是缺乏歷史縱深的留學生如我，生活中的大錨，拉著自己沉住氣。台灣的留學生搭公車從聖母院身邊拂過，就好像《金枝》提到的接觸巫術——碰到了，就開始生效。

也可以這麼想：不同於居民與遊客，留學生正在追求。居民與遊客是兩個極端，各自穩定著。遊客的巴黎經驗滑順、姣好、同質，像調味乳；居民是熟成完畢的乳酪，各有各的意難忘，味深長，香臭苦。至於留學生：鮮奶到優酪乳的半路。待了十年的學長在掩映的陰影中說：「有些人就是不適合這裡。不，這說不清楚的，就是跟這裡不對盤。他們很快就會打包回去的。」我聽見這句話時剛落地一個星期，從此再也忘不了他咬字的表情，與表情背後的十年之心。每一個沒有麵攤、飯擔、美而美的早晨，留學生不會知道自己終將發酵成優格，或終究只是壞掉。想著想著，留學生撕下了可頌的一小角，安慰自己：優格也是壞的，不壞哪得人愛。問題是，怎麼壞，才能讓風光一路好下去。怎麼壞得深邃，壞得洞亮，壞得鍾靈毓秀，壞得苦盡甘來，壞得在歷史的座標系上開花。聖母院就是這過程裡的，時光之酵母。看一眼，就再繁殖一些，咬緊牙根、袪除魔考，把穩道路在心中。

就這樣，聖母院在留學生心中的比喻，一路從大錨、巫術，來到了酵母。

●

蒙馬特曲徑中。大學城一個房間裡。十三號線終點站旁現代建築陽台上。義大利廣場的圓環中心。大使館領務組外。聖米歇爾噴泉前。宛如暴雨中撕衣下跪：留學生哀痛逾恆。

去年底驚天動地，發現曾經以文明為傲的母國，精神狀態仍然留在中世紀。今天，腳下的遠處揚起了煙塵，真實的中世紀文明一角在火中逝去。

像是一記猛藥對治法國的台灣留學生，逼迫我們長大。

●

阿伯一講解聖母院的木頭是怎麼風乾、油浸才蓋的。旁邊的阿妹說：「就為了今天被火燒。」

阿伯二說：「可惜龐畢度中心完好無缺。」

一群人都笑了。我也笑了。

阿伯三穿著渾身勳章的風衣，倚著他鎖在欄杆上的腳踏車，拿著一瓶啤酒，開始與附近的三個妹子風趣聊天。他有撩人的意思。

有人繼續慢跑，抽大麻，兜售啤酒，輕輕彈琴。

這些都是法國人。

最不需要的就是讖緯式的比附：歐洲之衰，法國之衰。我對他們是有信心的。

以心態史的角度，我們不能說在我身邊的這些人跟十二世紀的法國人有一樣的精神狀態。

不過，也是經過了無數的因緣碰撞，在他們不斷變化的心態中，聖母院滋長出來，如今又毀去一半，又將要重生其中。

●

再見呢，再見。

——原載二〇一九年五月《印刻文學生活誌》第一八九期

林佑軒，寫作者、翻譯人。台灣大學畢業，巴黎第八大學文學創作碩士修業中。曾獲聯合報文學獎小說大獎、台北文學獎小說首獎、台大文學獎小說首獎等，入選九歌《年度小說選》、《七年級小說金典》、《我們這一代：七年級作家》等集，並獲二〇一四年文化部藝術新秀。現定期為《聯合文學》、《幼獅文藝》執筆法語圈藝文訊息。著有小說集《崩麗絲味》、長篇小說《冰裂紋》；譯作《大聲說幹的女孩》、《政客、權謀、小丑：民粹如何襲捲全球》。

個人網站：https://yuhsuanlin.ink

如此這般的心情——彭樹君

1. 每當聽見那樣的消息

不知從什麼時候開始，每隔一段時間，就會聽見某個朋友離開這個世界的消息。

就那樣忽然走了，先前毫無預兆，像是一盞瞬間被「啪」地一聲關上的燈，有一個人無聲地轉身，伸手不見五指的黑暗中看不見他離去的身影，那人從此消亡在冥河對岸，天人永隔。

或許不是多麼相熟的朋友，但總是認識的人，曾經在某個場合打過招呼，說過話，也微笑道過再見的人。在彼此人生中的某一段時空裡，我們曾經交會過，曾經有過一些光亮，閃過一些火花。

但對方忽然走了，走到另一個我還不明白的世界。

畢竟只是偶然的交會，所以對於對方的狀況其實並沒有太深的了解，因此每當在聽聞噩耗的當下，也就更加難以置信。

世事如此難料，生命如此倉促。在彼此揮手道別的那一刻，誰會想到這竟是此生的最後一面？

離開的朋友往往都還在盛年，所擁有的往往也都令人歆羨，但一場急病說來就來，一樁意外說發生就發生，上天從未應允任何人可以永遠無憂無災，誰也不知道明天的一切將是如何。在無常的面前，我們無法不俯首承認自身的有限。

*

前些日子，聽聞某個朋友去世，一時之間我驚愕莫名，同時也想起，上回見面時，我曾經對她說：過些時日，我們找時間來喝杯茶吧。

她也笑著回答：好啊好啊。

而上回見面，數算起來，竟已是兩年之前。

兩年來我們並無聯絡，那杯茶也始終沒喝。但那個允諾我放在心裡，一直記得。

常常想著要來相約，但每每也總是猜想對方是否正在忙著？猶豫再三之後也就一直未約。

然後就聽說了她的離開。

知道消息的那個下午，我陷入很深很深的感傷。

我們對於未來一無所知，總以為後面還有很長的日子，但其實沒有。意外的訊息如此猝不及防，一切就成了永遠來不及見的一場約，永遠來不及喝的一杯茶。

時間從來不會等待我們，於是在不知不覺之間，我們就再也沒有時間了。

多麼遺憾啊！我想，從此以後，我再也不會輕易地對任何人說出「有空時一起喝杯茶」這樣的話了。

如果隨口說出的話可能會成為永遠無法履行的承諾，那麼就不要說。

*

前年春天，我到一個初次謀面的朋友家拜訪。朋友是個藝術家，獨居在陽明山上，過著遠離塵囂的生活。他一手建造的房子充滿藝術氣息，寧靜清幽，品味優雅，而且十分舒服。還記得那天，他一邊煮茶，一邊和我聊著文學與藝術。屋內有笑語和茶香，屋外有竹林與斜陽。那是個美好的下午，雖然初次見面，我們卻一見如故。

也記得那天傍晚，他坐我的車下山去看電影，下車時還跟我說，希望我以後能常常上山與他喝茶。隨時歡迎你來，他說。

而我說：一定，一定，我會再去。

但從那天之後，我們就未曾再有聯絡，而我怎麼也想不到，一個短暫的夏天過去，到了秋天，竟然就接到他因為心肌梗塞而忽然離世的噩耗。

這位朋友的生活猶如閒雲野鶴，他說一天當中最主要的事可能就是下山看部電影，其他時間則散步、煮茶、讀書、畫畫，但即使是這樣緩慢悠閒地過著日子，還是在瞬間倉促離開了。

而我對他說的最後一句話「我會再去」，也成了另一個永遠無法履行的承諾。當我說「一定」的時候，對於未知其實一無所知。

後來我抱著一束百合去參加了他的告別式，坐在最後一排，安靜地送這位只有一面之緣卻交淺言深的朋友，心裡有著難以言喻的感慨。

雖說人生總是一期一會，但誰能想到，初識竟成永別。

＊

是從什麼時候起，每隔一段時間，就會聽見某個朋友離開這個世界的消息呢？大概就是從我開始感覺到時光匆匆的時候吧。

時間如逝水啊，我幾乎可以聽見它從我身旁滔滔流過的聲音。

於是每當聽見那樣的消息，我總是一面為離開的朋友祝禱，但願他從此離苦得樂，一面也再次提醒自己：生有時，死有時，栽種有時，拔出所栽種的也有時，要好好珍惜每一個當下，善待每一段相遇。

能意識死亡的存在，才能好好地活著，因為看見了無常，才會知道此生的有限。

離開的朋友們只是先走一步了。那另一個我還不明白的世界，總有一天我也會去的。

「生命來如花開，去如花萎，無常迅速，逝若光影。」

時時刻刻，我都把這句話放在心上，這樣的感懷不只是對於他人，同時也是對於自己。

人生如此有限，世事如此難料，對於許多事情，許多關係，都要付出真心卻保持淡定；對於許多是非，許多得失，也要盡其在我卻一笑置之。

因為誰也不知道，無常下一個會點名誰？既然隨時都可能離開，那麼就要學會隨時都可以放下，而這就是我在有限的人生裡，可以得到的無限自由。

2.關於生命中的那些失去

我的生活裡有個神祕的黑洞，會把許多東西捲進去，從此不知所蹤，例如筆、髮夾、雨傘……

最近被捲入那個神祕黑洞的是我很心愛的一副墨鏡，它有大大的深紫色鏡片，幾乎可以蓋掉我的半張臉，當我戴著它走在街上時，總有一種整個人隱藏在墨鏡之後的錯覺，那讓我有說不出的安心。那是一副很美的墨鏡，邊緣鑲著小巧的水晶蝴蝶，出自名設計師之手，可是它不見了。而就像所有遺失的物品一樣，當我發現找不到它的時候，已經完全想不起來可能是掉在哪裡了。

畢竟是很喜歡的東西，而且它曾陪著我走過許多城市與國家，見證了我生命中許多旅途中的時光，但我竟然因為某個根本不記得的疏忽就這樣失去了它。我為我的墨鏡心痛了一個早上，然而到了下午卻已豁然開朗。

就是緣盡了吧。

任何有形之物，不是遺失就是毀壞，總之都會失去，縱使保存良好也是有使用期限，我們只是在生命中的一段時光裡借用了它們。

何止有形之物，人生也有期限。每回在博物館裡看見玻璃櫃裡陳列的那些過去的王公貴族使用的衣飾器皿，總是特別有感，古往今來，從來沒有任何東西是真正屬於誰的啊，就算是英國女王頭上的那頂皇冠，總有一天也要拿下來。

物質有時不只是物質，它可能涵括著精神性的意義，例如皇冠象徵的權力，或是那副墨鏡連結的旅行回憶。但所有的意義都是人所賦予的，我們對一件東西感到難捨，往往在於自己所造設的那份意義。歸根結柢，失去什麼其實都是其次，主要的還是我們對那樣東西的認知，而轉換心境可以平撫失去的悲傷。

所以雖然失去了喜愛的墨鏡，但我會想，或許我和它的緣分已盡，因此也就只能放下了吧。從另一個角度來看，還好遺失的是墨鏡而不是手機或證件，畢竟遺失墨鏡只是可惜，遺失手機或證件卻是讓個人資料暴露於危險境地，這麼一想，就會覺得好慶幸，還好掉的是墨鏡。

我經歷過許許多多的失去。失去過筆、髮夾、雨傘……這些微小的失去，也失去過情感、關係、信仰……這些重大的失去，其實人活著就是不斷地在體驗失去：少年失去童真，中年失去青春，隨著年紀漸長必然失去美貌與健康，而總有一天一定會失去生命。但人活著不也就是在不斷的失去中經驗心靈的成長嗎？

接受失去，知道那就是人生必然的經歷。接受失去，其實也就是接受當下的自己。

在波蘭導演奇士勞斯基的電影《Blue》裡，茱麗亞畢諾許所飾演的茱莉在一次車禍中同時失去丈夫與女兒，因為太過悲痛，她拒絕接受這個殘酷的事實，壓抑自己的情感與情緒，也就停滯在某種冰凍的狀態裡，無法往前流動，無法與別人產生新的連結與新的感情；直到她發現丈夫生前另有所愛，而且那個女人還懷了丈夫的孩子，茱莉這才真正面對並接受了自己的失去。結局是茱莉將丈夫留下的金錢與房子全部都給了那個女人和即將出世的孩子，自己一人隻身離開，看似從此她將一無所有，但也代表了新生的開始與全然的自由。

當一個人能接受失去，其實會帶來某種豁然開朗。一切都是會失去的，或者說，從來沒有任何東西是真正屬於你的。我們唯一不能失去的，只有自己。

我也曾經經歷過那種一無所有的感覺，而在那種時刻，我發現自己並不是擔憂、失落、沮喪、恐懼，而是平靜。那像是來到世界的邊緣，先前還以為自己會失足跌落無盡深淵，但其實沒有，反而看見了前所未有的風景，體會了無盡廣大的天空。

因此我從此明白，失去其實並不可怕，人總是要從失去中學習新的可能，知道自己的韌性，自己的柔軟與堅強，然後成就一個和昨天不一樣的更好的自己。

——原載二〇一九年五月《金門文藝》第六十七期

彭樹君，以本名寫小說與散文，以筆名朵朵寫朵朵小語。東吳大學中文系畢業，二十三歲出版第一本小說集《薔薇歲月》，至今共有五十餘種出版物，包括短篇小說集、小小說集、散文集、筆記書、電影小說、電視小說、人物採訪集，最近出版的是散文集《花開的好日子》與散文小說集《再愛的人也是別人》。並以「朵朵」為筆名，出版《朵朵小語》系列，最近出版的是《日日朵朵》。曾經主編《自由時報．花編副刊》二十餘年，目前專事寫作，並開設「朵朵寫作坊」，將心靈與人生以書寫串連，分享文字的療癒力。

看不見的城市——孫維民

1

朋友有事經過嘉義，我請他吃飯，之後用車載他到郊外走走。颱風剛過，環繞蘭潭的路面仍有些落葉斷枝，不過陽光耀眼、水位上升，遊客還是有的。我一面開車，一面向朋友及他的朋友講述外面的風景：那是改建過的涼亭，這是奇怪的公共藝術……說著說著，我發現自己竟然開始描繪許多年前的蘭潭，當時的我只是國高中生。

對於朋友和他的朋友，蘭潭只是眼前的水庫：與其他的水庫相比，它並沒有特別遼闊，也不見得格外優美。不遠的仁義潭水庫就比它大，周圍也沒有墳地散置。朋友的朋友說，他去過仁義潭。他曾試圖從水壩的一頭走路到另一頭，最後因為太長，只好半途折返。他說，沿著仁義潭大壩下方的公路往前開車一小段，就可以連接台三線。

2

這一段騎樓的這個位置有一種獨殊的氣味：皮革、布料、木材、芳香劑，還有某些難以辨識（或者語言未及）的東西，全都混雜在不均勻的冷氣裡。那種氣味像唯一的鑰匙，開啟了唯一的通道，讓我頃刻陷入記憶，周遭堆疊的光影與圖象變得輕薄，漸次消解。

每次，母親和我抵達這個位置，總會在鞋店外的長椅上坐一下。有時店員會過來，問我們是否需要買鞋，有時我們也會禮貌地走進店內看看。有一次還真的買了一雙。

那一雙球鞋，母親穿了很多年，鞋跟都磨損了一層。她過世後，有人建議我去訂製一雙布鞋，以便火化時用。我去一家鞋店詢問，老闆告訴我，讓母親穿她平時的鞋子就好，不必特別訂製。火化當天，我於是為她穿上那雙球鞋。

3

每天，我和其他的人生活在這座城市裡，行經熟悉的路口，觀望變化的號誌。炎夏，我們一樣地尋找陰涼、聽見蟬嘶；雨天，我們同時撐傘或換上雨衣。這座城市不大，只有東西兩區。從中央噴水池向著任何一方開車，只要不遇到太多紅燈，一刻鐘內必定可以穿越縣市交界。

若干年來，這座城市沒有太大改變。連假時，人車照例會多一點，因為出外工作或求學的人短暫地返家；平時，這個城市基本上只有在地人，外來人口很少。也因此，許多人其實都彼此認識。即使不是直接認識，也有共同認識的人。

六年前，我去一家商店買東西，七十多歲的老老闆坐在一旁，安靜地看著晚輩做生意。我跟他聊了幾句，他竟然還記得我們曾是鄰居。他對小老闆說：「他們租房子，就住在轉角的黃家。爸爸做兵，媽媽做老師，兩個都瘦瘦高高的。至少三十年前了。」

4

穿著反光背心、戴著斗笠，正在清掃街道的那個婦人，我認識她，也認識她的三個子女。有一段時間，她推車擺攤，在夜市和廟會賣黑輪或棉花糖。其後兩年，她整日酗酒，清醒時大吵大鬧，揚言開瓦斯自殺。為了她，鄰居曾經多次報警，社工與教會也介入輔導。

當時，她最大的孩子剛念國中。那個女孩不僅要照顧弟妹，還要照顧媽媽。我時常看到她放學之後，騎著單車回家，車把上掛著四個便當。國中畢業，她還順利地考進這裡最好的公立女中。

婦人打掃的這段街道，向南大約五百公尺，有一家歷史悠久的銀行。小時候，母親帶我到市區看病，總會經過那家銀行。銀行頂樓是有造型的屋瓦飛簷。每到春夏，一大群燕子吱吱喳喳、飛進飛出。我們可以看到許多燕巢，高高地黏貼在屋簷下方，像清理不到的污漬，背景是黃昏的天空和雲彩。

銀行斜對面有幾家繡莊，店內的牆上都掛著金光閃閃的衣服，那是給神明穿的，也有三角令旗和燈籠。小時候，我經過那些店，總有些玄思異想，像是到了另一個世界的入口，例如故事書裡的南天門。

5

（那個婦人的丈夫呢？那是另外的情節。除了丈夫及兒女，她當然還有更多的故事。然而，如同壞掉的電腦，那些故事無法呈顯聲光。被寫出來的文字只是被揀選排列的符號，還有符號以外的領域：廣袤的灰黑與寂靜。

卡爾維諾不是寫過一篇故事嗎？P在花園裡工作，聽到兩隻黑鳥鳴叫。起初P想，鳴叫是黑鳥的話語，牠們不叫時是在思索。後來，P又猜疑：如果訊息或意義並不存在於叫聲，而是在沉默中……）

6

為了某種理由——阿里山、雞肉飯、福義軒、管樂節——來到這個城市的人，攜帶智慧手機，操作GPS，通常當天就會離去，像下鄉勘災的官員。他們如何能夠蒐集隱形的碎片，完成無盡的拼圖？曾經到此一遊的外地人（尤其來自大城市的），對於這座小城，大約負評居多：不夠繁華、面積迷你、沒有捷運系統、好玩及好吃的地方太少……這些評論——如同所有輕易歸納的論斷——彷彿在說：「我來，我看，我了解。」啊，怎麼可能在一兩天內（或者一兩周、一兩個月，甚至一兩年）理解一座城市呢？一生住在這裡的人，也不見得完整地、真正地清楚它的樣貌。

觀光客終究是觀光客：東張西望、自作聰明，經常出現在人多吵雜的景點，避免走進偏僻靜深的巷子；總會在明亮的超商借廁所，從未察覺那間店曾是廉價旅社，房客多數是因故下山的原民，旅社附近有個精神失常的男子出沒，我們還為他取了綽號。

——原載二〇一九年五月《聯合文學》第四一五期
收錄於二〇一九年五月出版《格子舖》（聯合文學）

孫維民，一九五九年生於嘉義。輔仁大學英文所碩士、成功大學外文所博士。曾獲梁實秋文學獎散文獎、時報文學獎散文獎及新詩獎、台北文學獎新詩獎、藍星詩刊屈原詩獎等。曾任教職，現專事寫作。著有詩集《拜波之塔》、《異形》、《麒麟》、《日子》、《地表上》；散文集《所羅門與百合花》、《格子鋪》。

說一個政治愛情與道德裂縫的故事——朱國珍

「這時候一定要有一個人死掉。」叼著香菸，身材瘦小的男人這麼說。另一個身材魁梧，留著八字鬍的男人點頭同意：「若沒，這齣戲就歹演啊！」

這是我在長篇小說《古正義的糖》作為開場白的對話，也是全書的核心符旨：一齣即將開演的人生大戲，一個必須死掉的人。

俗話說「殺人不過頭點地」，相較於人死斷氣的瞬間，它的另一面「生存」可能才是個大問題，不只是因為活著的時間忒長，還有活著時「生存的意義」。存在主義先驅，丹麥哲學家齊克果以美學與神學的觀點將「存在」區分為「道德領域」與「美感領域」，兩者之間有昇華有掙扎。美國文學評論家韋恩．布斯在《小說修辭學》裡闡述：「只要我們真正認真地體會故事中的人物，這些人物所面臨的道德選擇，以及我們自身發生的或好或壞的道德變化，我們的生活便會改變。」

從寫作者視角來看，小說中的神聖或世俗、好或壞，都只是裂縫的差距。

所以走到《愛情的盡頭》時莎拉必須死；不忠的《安娜．卡列尼娜》也必須死。

我很少在小說裡以死亡作為高潮的催化劑，除了一開始就設定必要之惡的終結，例如〈慾望道場〉離經叛道的新聞女主播與〈美到這裡為止〉高智商殺人犯。這次在長篇小說《古正義的糖》處死兩位女主角，一方面是堅持《詩學》的信仰，讓悲劇誘發憐憫與恐懼的情緒，達到洗滌的作用；另一方面，也是明白自己老了。悠悠乎已過半百年歲，五十不一定知天命，但凡親身體驗更多至親好友的生老病死，有善終也有暴斃，深深感觸人生愈苦愈惡愈需要一種溫柔的調和劑，姑且稱為「善之必要」。我們在悲劇裡看到高尚的人遭遇不幸，也看到處於不幸之中人的高尚，藉此得以獲得某種陶冶，尤其是在道德上震撼人心的同時激發出理性力量與審美感受。《安蒂岡妮》劇中都是無辜的人死，惡人繼續享福，劇作家索福克勒斯創造出戲劇界與精神分析界天王伊底帕斯，索氏手下留情，讓弒父娶母的伊底帕斯判處瞎眼流浪的徒刑，然而他的獨生女安蒂岡妮卻在違背國法、服從家法、宗教依靠的倫理觀念鬥爭之間殉身，帶著原罪的伊底帕斯家族最終以死亡作為犧牲或救贖的象徵。

《古正義的糖》小說也是如此，讓最無辜的人代替罪人受過，企至悲劇的哀憐恐懼。過去我處理小說人物的死亡心狠手辣，畢竟那是虛構的人事物，與現實生活毫無干係。只是這次我完全沒有想到，啟發我創作這篇小說的原型人物，一位正值壯年的原住民菁英，也在小說完成之後的第十天，驟然過世。

他是我至親的小舅舅，待我如父如兄如摯友。小時候都是他帶我們去玩，在山上教我們騎黑黑的水牛，把我們丟在牛背上要我們抓住牠的角，我第一次摸水牛，發現水牛皮好硬，上面還長毛。他帶我們在一大坨牛大便裡面用引線放鞭炮，有次風向轉變，牛大便炸開後的味道直撲而來，他說這是毒氣戰。在山上，每次看到姑婆芋都警告我們不能用這種植物擦屁股（那個年代的衛生紙很貴，不是一般人家裡用得起），也會帶我們去尋山泉水源，教我們認識水蛭，撿蝸牛，烤田鼠，還有挖竹筍。去溪邊玩泥巴堆城堡和炸彈鵝卵石，看誰把石頭丟得最遠。夏末，我們在河床砂石地撿拾農民遺棄的西瓜，從中間用石頭敲開，直接用手挖果肉吃還把西瓜汁塗滿全身，最後把瓜皮當帽子戴，那時候他就說這是「敷臉」。漫長的暑假，夜晚星星滿天，藉著幾盞煤油燈聚焦，他在橋頭外婆家的露台舉辦歌唱比賽，邀請左鄰右舍的小孩一起參加。我的熱歌勁舞被他這個唯一的評審形容為「不小心吃到辣椒」，害我滅絕明星夢。

有一次他說要去鳳林鎮看電影，騎著古舊的腳踏車從橋頭出發，看完電影回家已經晚上九點多，在空無人車甚至燈光黯淡的台九線，他一直騎一直用力騎腳踏車。我坐在後座的方形鐵條上抓著他的腰睡著了，手一鬆開，他立刻把我叫醒，要我抓緊別摔下去。這件事一直讓我記到現在，因為我不再看晚場電影，潛意識裡總覺得深夜回家的路好遠好辛苦。

他念軍校時有一年送我鑲金紅色絲絨相簿做生日禮物，在封面寫著「不遭人嫉是庸才，能受天磨方鐵漢」。喂！我是女生ㄟ，這樣祝福生日快樂，又讓我記住一輩子。

故事從很久以前就開始了……我的童年寒暑假都在鄉下度過，起初根本不知道這世界有那麼多分類，包括階級、種族與血統。每一次我帶著歡喜飽滿的心情回到台北與同學鄰居分享部落奇聞，卻讓我的朋友愈來愈少，鄰居愈來愈不喜歡來我家玩，在逐漸覺察的差異中，我也愈來愈傾向疏離。長大以後才發現，原來有一種邊緣人，內心永遠充滿恐懼。他必須先戰勝自己，才能戰勝別人。美國小說家雷克萊爾頓創造半人半神的《波西傑克森》獲得廣大的共鳴，反映出許多人在心理層面投射的混血或雜種基因。在台灣，原住民族經過數百年的異族通婚，早已失去血統的純正，現在只剩下符號，然而大多數人，卻是貼著底層標籤的符號。

我曾經在火車站的便利商店，與一個相似的人擦身而過，他個子不高，身材削瘦挺拔，穿著一套深灰色的西裝，藍格子襯衫，搭配鵝黃幾何圖案的領帶，拖著黑色造型質感高尚的登機箱，也因為有這個登機箱，讓他看起來不像個業務員或是銀行職員，而像個商務人士。

但是當我看到他的眼睛時，頓時明白，我們都是類波西傑克森的邊緣人。

他的眼睛深邃且形狀完美，有著西方人式的雙眼皮，烙印在黝黑的皮膚上，線條俐落的五官，堪稱俊美，卻糾結著眉頭，滲透某種壓抑的神祕。他同樣定定地凝視我，當我朝著他的方向走去，那麼幾秒鐘，我嗅聞到血液裡相同的氣息。

我看過太多這樣長相與我類似的男人、女人。他們都有一雙圓廣明亮的眼睛，高挺的鼻梁，稜角剛毅的臉龐，然而他們大部分不修邊幅，衣著撩亂，以駕駛怪手或砂石車，手工剝除桂竹筍硬殼或摘撿檳榔果實零售維生。

那個男人，已經脫離勞動的宿命。他穿著剪裁合身的西裝，梳起油光立體的髮型，聰明地以摩登的拖車式行李代替遠征的步伐，將現代化質感發揮得淋漓盡致，也使得他粗獷霸氣的臉龐上，浸潤了文明的色彩。他儼然是個文明人，不再以出草的姿態書寫身世，就像我一樣，曾經努力漂白皮膚。這一切一切的修飾與琢磨，就是害怕別人沒來由地直觀論述，在來不及認識我們真誠的靈魂之前，先鄙視我們的出身。

《古正義的糖》就是描寫這樣一群不斷奮鬥、努力活下去、渴望向主流價值靠攏，和所有人一樣追求肯定的人。古正義是我小舅舅的化身，他年長我六歲，更早比我體認到力爭上游的艱辛。

原住民部落的一場民主選舉，讓滿懷抱負的古正義進入監獄。都說好山好水，但賄選消息依然浮動於後山偏鄉，立冬剛過，溪河意外鼓譟，滔滔流水翻滾著謠言，鎮日嘶隆作響。古正義的妻說她親眼看見有人收下敵營賄選的鈔票，拜託熟識朋友探詢，那人答：「我只是拿他的錢，票還是會投給古正義。」

肅颯冬季，埋葬祖靈的聖山，抵擋不住季節的殘酷，政治暴風圈襲捲，吹亂公平與正義。怒吼的空氣撕裂呼嘯，淒厲如女巫嘶語，向黎明之前的陰闇咆哮。是預言或詛咒已經不重要，三天後，古正義以二十二票的差距落選。

選舉反映出原住民部落的「現代化」，在此之前，古家的親族，以務農和工地粗活維生。唯一可能光宗耀祖的族人之光古正義，卻被指控賄選，三審定讞坐牢兩年出獄之後，何去何從？這一家人，以及族群部落的命運，又會走到哪裡？古正義曾經是家族唯一的希望，他研究所畢業取得特考資格返鄉服務，踏入偏鄉「政壇」，他是原民菁英，熱心基層服務，他可以安穩領取公俸等著退休金，卻在眾人簇擁與使命感催生下投入鄉長選舉。只有六千多人的偏鄉，同樣上演派系鬥爭的政治戲碼，在人情與利益的糾葛恩怨中，古正義三次高票落選。最後一次被敵營羅織賄選汙名，直到他走進監獄的最後一刻，他都堅持自己是清白的。

我最後一次採訪小舅舅時直視他的眼睛，認真詢問：「你到底有沒有賄選？」他完全沒有迴避我的眼神，同樣直視我，堅定地告訴我：「沒有。我相信『正義』這兩個字直到三審定讞那一天。我始終沒有為我沒做的事情認罪。」

「如果你說的是真的，我會用小說還你一個公道。」這是我和他面對面說的最後一句話。

小說當然不是復仇的工具，它是人物與故事交錯的錦繡精織。政治愛情畢竟沾了愛情的光，還有那麼一點旖旎懷想。若是將政治與愛情分開來看，那就是一門計算金融的學問，涉及風險分析。凡事一旦涉及風險就會激發保護利益的本能，這利益關乎多數人或少數人並不重要，重要的是既得利益者如何繼續鞏固利益，道德的裂縫就在政治與愛情的對價關係中如瓷器開片迸裂。釉層開片原本是窯燒缺陷，然而汝瓷卻創造出獨一無二的藝術珍品，這似乎也隱喻小說中的真相並不重要，因為，故事才是我們主要的道德老師。

不承認賄選罪的古正義坐牢了，古正義的大哥古清輝，只是開著閒置已久的怪手到河床為孫子們堆疊砂石挖出一個安全戲水的小池塘，也被警察以盜採砂石的罪嫌逮捕。生命的輕薄與操弄，人跟人的命運交錯，在故事之間演化。我們都渴望甜蜜幸福，卻常常分不清楚「糖」與「糖衣」的差別。

我始終認為小說有兩種演技：通俗與精緻。但是它只有一個結果：樂趣。愈悲涼愈要懂得微笑，讓眼淚滴落在揚起的嘴角，哀傷就會轉彎。

因此我必須說一個政治愛情與道德裂縫的故事。

——原載二〇一九年五月二日《OPENBOOK閱讀誌》

朱國珍，清華大學中語系畢業，東華大學ＭＦＡ藝術碩士。二〇一五年獲林榮三文學獎新詩首獎、二〇一六年散文首獎，創下史無前例跨文類雙首獎紀錄。曾獲「拍台北」電影劇本首獎，《亞洲週刊》十大華文小說，台北文學獎文學年金。曾任華視新聞記者、新聞主播。現任台灣師範大學、台北藝術大學講師，漢聲電台節目主持人。著有小說《古正義的糖》、《慾望道場》、《中央社區》、《三天》；散文《半個媽媽，半個女兒》、《離奇料理》等；主編《2016飲食文選》。

家貌——鄭如晴

「家」這個字人人認得，每天進出。望文生義，「家」字頂上保蓋遮風避雨，頂下人畜安居。我非常喜歡「家」字，代表溫暖、放鬆、食物與休息。但一般人在談到家的同時，也讓人感覺到有兩股不同的力量在拔河。一道是內心底層的疲憊在抗拒，一道是傳統的古老強大力量在牽引。在抗拒與牽引的糾葛中，憤怒與委屈、諒解與包容，形成兩條繩索。在用力的同時，繩索兩端的人往往滿是傷痕。

我和你的親子關係一向不錯，也是很多朋友羨慕的。這應是一般人的標準認知，開明母親和孝順女兒的組合。但是只有我們自己知道，我們如何在屢次拔河中，跌跌撞撞，最後找到了一個平衡點。從小你是一般人眼中的乖乖女，沒有叛逆的青少年時期，走的是有主見的知性風；而我則是世俗中的好媽媽，全然尊重孩子的選擇，扮演的是民主家長的角色。

直到你進了一個我全然不熟悉的演藝行業，我們大大小小的拔河之爭，開始起起落落。回想過去，你的每一步都很艱辛，星海茫茫，稍有不慎可能墜入萬丈深淵。我除了擔心還是擔心，接著你拖著行李離開台灣，我怕你從此失去了方向。臨行前，我仍在做困獸之鬥：「不要勉強！不適應就回來吧！」與其說我貼心，不如說我私心，仍希望你留在身邊，一個我看得見的地方。

但終究我得收回視線，把它安住在心的深處。就像諸多針對父母提出的三申五令，放手放下，就是其中一誡。就這樣，遠行的小船從家的港灣出發，漸行漸遠，遠到海平面一片空蕩。仍站在岸邊等待的我，只想告訴你，港灣永遠都在，只要小船累了就回來吧！

晚上，我把家裡的燈全開了，等著你的越洋視訊。我想讓你看到，雖然你和姊姊都不在，但我們的家仍是溫暖、明亮，充滿生氣。此時巷口傳來饅頭小販的叫賣聲、狗兒的吠叫聲、垃圾車的匡匡聲，還有機車呼嘯而過的噪音，這些聲音構成了我們繁瑣的日常，好像你們都在家裡。我關上窗戶，擺上碗筷，室內立刻一片寂靜，但我卻無法聽見自己。

我的視線落在餐桌前的櫃上，你周歲生日和姊姊的合照，你戴著滾蕾絲的小白帽，開心的露出三顆下門牙。這應該是你小時候笑得最開心的一張，多數的照片你不是面無表情，就是臭著一張臉。我不知道你在想什麼，相較於姊姊的多話，你是個沉默寡言的孩子，好像所有的意見、所有的看法都被姊姊說完了，長大多年後，你終於說出了自己的心聲。其實你的童年並不是那麼開心，你說你最希望的是，媽媽假日可以帶你們出去玩。每每回想，我就多出一分自責，當時那個被人生困境包圍的年輕母親，身心交瘁，除平日上班，周末還接了語文教學班，自是忙得焦頭爛額。

人的懊惱往往在錯過後，有一回你玩笑的說：「小時候你忙，不帶我出去玩；現在我也很忙，不帶你出去玩！」好似一報回一報之態。

孩子，其實你不一定要帶我去哪兒玩，只要你回家我就很開心！我既不想當一個情緒綁架的母親，也不想增加你親情的負擔。雖然偶爾會用試探的口吻詢問你的空檔，但你幾乎被工作塞滿了，我不是怕沒人一起出遊，而是怕你太累，希望你休息。我可以把自己對你和姊姊的思念搓成一條繩索，抛在彼岸渡我也渡你們；我也可以透過視訊看看你們的胖瘦，重複我那令人厭煩的叮嚀。感謝現代科技，滿足了我或很多父母的關懷。

之前的我，總以人生導師的角色面對你們。然而隨著你們的日漸成熟，我們的角色開始有些互換。像是時序的更迭，萬物的消長，我得承認你們的世代到來了。我只能用欽羨的眼光，看你們對新科技運用自如；我只能抛開自詡的價值觀，裝進一些聞所未聞的新看法。是時代拋棄了我？還是你們已進化到另一個我不熟悉的世代？總之，我像所有家庭中的長者，開始有「遜位」的認命。

不少人好奇我們母女的相處模式，在因過多的關心而爭執後，我也收斂自己，做一個「懂事」的母親，盡量不去表現過度的關懷。你曾透露，對媽媽的關心感到極端疲累，雖然你很愛我。我聽後猛然一驚，突然想起日本作家向田邦子，在講到自己的父親時，那種憤怒又不能怨恨的可憐心情。也是，在你拍片至深夜疲憊的狀況下，還要應付我的各種追問，想必是件相當耗神的事。然而，我也只能在這種你工作結束後的片刻，才能偷得一點時間，聽聽你說話，談談你的工作外的其他之事。

總之，我的「教養期」已過，進而體認到，現在是我「修養期」的開始。

我會努力克制自己，不在深夜「問事」，讓你有更多的休息時間。我會盡量自我節制，壓住滿腹的擔憂，讓你從容自在的伸展。

想起三十多年前在德國，因要上課而把你託付在幼兒園時，你那惶恐尖銳的哭聲，穿過時空穿透耳膜，至今仍像把刺心尖刀，讓我心疼。想起上小一時綁著辮子，跑得滿臉通紅奔向我的你，我好快樂。歲月把許多美好的回憶留給了我，那時的我擁有一個小小的、全部的你。

今後，我會在遠處關心你，我也會做個不讓你操心的媽媽。我會有一群好朋友、一些群組可關心；我會努力運動、爬山，我也會去唱歌，自我娛樂。最重要的，我會閱讀、寫作。我會去完成自己年輕時的夢想，不帶一絲的遺憾。誰說不是呢？我的責任已了，今後的時間完全是屬於我自己的，人生才正要開始精彩！

等你有空了，我們仍可以一起吃個飯，或來趟幾天的旅行，只要你有需要，我永遠等著你來約。

這天，接到你從遠方機場打回的電話：「媽媽，我今天回家，你想吃什麼？」掛上電話，我迅速上樓打開你房間的窗戶通風，立刻查看冰箱的存貨還有哪些，連家具都發出「女兒要回來了！女兒要回來了！」的騷動。

有一天你會成家，你將慢慢體會到，家就像一個沉重的行囊，裝著各種酸甜苦辣，也裝著各項爭執和諒解。提著它很累，丟下它很慌。我們珍惜家圓滿的一面，也需面對它破損的一角，像領受一個既讓我們圓滿，也讓我們失落的人生。

——原載二〇一九年五月二十九日《自由時報》副刊

收錄於二〇一九年六月出版《鑿刻家貌》（時報出版）

鄭如晴，德國慕尼黑歌德學院、慕尼黑翻譯學院研修、台東大學兒童文學研究所文學碩士。曾任《國語日報》副刊主編、毛毛蟲兒童哲學基金會執行長、《中華文化雙周報》副總編輯。現職專業寫作兼世新大學副教授。曾獲大專小說創作獎、中國文藝協會小說創作及藝文報導文藝獎章、文建會台灣文學獎、九歌現代少兒文學獎、「漂母杯」海峽兩岸散文大賽獎等。散文多次入選《古今文選》與小學國語課文。著有長篇小說《沸點》、《生死十二天》、《少年鼓王》；散文《散步到奧地利》、《和女兒談戀愛》、《關於愛，我們還不完美》、《細姨街的雜貨店》、《鑿刻家貌》、《親愛的外婆》；繪本與德文經典童書譯作等二十餘本。

私處——許正平

那雙陌生的手握住我陰莖的剎那，突然，我想起了爸爸，想起此生唯一的一次，我也曾握住過爸爸的陰莖。

我看見爸爸的那裡毛髮稀疏，他像是為此而覺得難堪，嘆了一口氣，說：「吃藥以後，這些毛都掉光，長不出來了。」意思是，本來，當然，不是這個樣子的。

爸爸本來生龍活虎，即便退休了，白日裡仍三不五時騎上迪爵就出門五湖四海去，大半天不見人影。太陽下山以前回家，巷尾空地，遇到鄰居便開講起來，聊阿扁貪汙，聊建仔十九勝，還有周末小外孫要回來了，明天一早得去超市買些他愛吃的零食餅乾——生病吃藥改變了爸爸的外貌，尤其是進入標靶療程後，暴瘦，明明七十未滿看起來卻像個八、九十歲的老阿公，於是開始大門不出二門不邁，他說，怕人家問，自己也不知道怎麼講。

那天深夜，從浴室裡傳來爸爸的大聲叫喊，我聞聲下樓，推門，驚駭，爸爸滿身滿地血癱坐馬桶上，氣虛地說，半夜起來上廁所，結果，結果就變成這樣了。我搶著叫救護車，嗡咿嗡咿地守著他到醫院，路上惶惶思及這些日子以來的擔憂是否終要成真，我就要失去他了，而不住祈求，天啊天啊——

急診室裡，等待醫生前來判定狀況和治療方法的漫長時間裡，我陪在病床旁，爸爸仍不時一陣不適便要排泄，排泄出來那些帶著暗紅色與腥臭味血水的穢物——其實，我完全不知道該怎麼辦——生病以來，爸爸總努力自己打理自己，一個人掛號上醫院，一個人安排大小檢查，一個人承受那已被宣判無可能好轉的病情，如果我們不問，做他後生，我的生活彷彿一點改變也沒有，照常出門上班下班逛街運動，哪裡遠哪裡去，除了要記住看報告的時間，待他從醫院回來後問一聲，還好嗎，答案時好時壞，但總也沒有到最壞，時間長了，竟也鬆懈了，好像爸爸理所當然還能這樣撐著活好久似的——然而此刻，我沒有手足無措的餘裕了，只能拿起便盆，去承接那些可怕的暗紅、難聞的血腥。

我握起爸爸的陰莖，幫他清理那些被血被排泄物沾滿了的，他一向自己打理得很好的身體。爸爸說：「這些毛都掉光，長不出來了。」然後，撇過頭去，像是如今竟落得在兒子面前坦露這樣私密的自己，且是這樣一個萎敗了的再也無能雄偉的自己，讓他如此，如此不堪——我的手也沾上那些血色汙穢了，但我仍繼續清理著爸爸狼狽的下身，我害怕，害怕自己是否洩漏了一絲一毫嫌惡的神色，讓爸爸看見了。然後我聽見自己乾澀地，壓抑著，對爸爸說：「好了。」

我捧著便盆到廁所清理。當那些，我其實完全不想面對的東西，終於隨著馬桶裡的水轟轟然旋轉著消失不見，終於，我再也忍不住開始狂嘔了起來——而後，那雙握住我的陰莖的陌生的手的主人俯下身來，在赤裸的我的耳畔輕輕吹氣，舒服嗎，那聲音說，如此柔軟纏綿，嗯，我悶哼出聲，想著，我啊，真是個不孝子呀——

這裡，是我從未曾向爸爸展示過的祕密房間，或許，那就像爸爸無法對兒子坦露的自己那難以啟齒的私處吧。單身經年，情感絕緣體如我，再如何安於一個人的去來，總也會有那麼一時半刻，那麼難耐，那麼渴望起他人的體溫，如手指輕輕滑過肌膚，如擁抱，如胸與腹無間隙的纏綣纏繞，如只剩溫熱氣息而不多言的交談。這樣的時刻，我會撥打出那一組神祕的號碼，話筒那頭，那個未曾謀面的聲音便會代為聯繫好我在網路照片上選定的那副被刻意模糊了臉容的身體，安排好一個大隱於市而不為人知的房間。我只要在約定好的時間、地點等候，那副身體便會出現（這時我可以看見身體之上的那張臉了），帶引我，穿過昏黃廊道，或是攀爬幾層陳舊納垢的樓梯之後，抵達，那個祕密的，房間。

房間裡，音樂輕柔緩慢，鵝黃小燈不夠照亮無窗空間的幽暗，卻正好化解我和那副身體之間因陌生而可能的尷尬。洗浴過後，我裸身趴臥在房間正中央那張皮質的按摩床上，可以感覺到那身體正逐漸向我靠近，也許就這麼靜默注視著我一下子，然後，我知道，我被碰觸了，久違的他人的肉身，指腹的摩挲逡巡，電光石火，從肩背開始，推揉按揉，一路來到腰、臀、大腿、小腿，並且若有似無的滑過我的卵蛋和陰莖，和我綿長而隱晦的寂寞。我低低呻吟，像是在告訴那身體，是的，我想要。

那身體便朝我俯臥，覆蓋著我，藉剛剛抹上的橄欖精油，推，移，挪，滑，將原本由指尖點燃的慾之星火蔓延成大片的燎燒。我翻身仰躺，陰莖已然堅硬勃起，便有口舌濕潤地舔拭我乳，啟動世界的開關，讓我爽，爽就喊出來，胡亂囈語，既羞恥又淫蕩，陰莖被握住了，熟練而有節奏地被上下抽送，直到高潮，射出——大火之後，暮風吹過的平原，經年亂長的草木燒夷成裊裊殘煙。

這是必然不被父所讚許的情慾日常，卻也是，長期情感失能的我且暫時偏離孤身在宇宙獨自運行的航道的難得瞬間。這樣私密的，不為人得知的時刻，body to body的親狎之中，我幻覺般的感到生之歡愉，至少，有那樣短短的幾秒裡面，活著，不那麼有魂無體了。

自從爸爸離開以後，半年吧，那樣長的一段時間裡，我不再造訪那個祕密的房間——我總是想著爸爸，在這裡或那裡處處察覺爸爸的不在，不管他人的安慰勸勉，執意反覆自問，在那個最後的夜晚，如果我不是那麼如常而無警覺地到健身房鍛鍊，如果我在意過前兩天爸爸曾夜半起床喊痛，或者我就不會只能在隔天清晨，發現爸爸已然在一個我未曾經意的時刻，一句話也不說地，放下他對自己朽枯肉身的所有執著，離開，遠行——偶然湧起慾望的當下，我會念及那個從未曾對爸爸坦露過的隱藏在陰暗樓梯深處的房間，那長大後便未曾讓爸爸見過的自己的私處，卻在那裡和一副陌生的身體赤裸相對了，總有一種淡淡的罪疚感，恍然。

而爸爸，會在意這些嗎？

爸爸走後，這是第一次，我再度來到這個房間——再一次被溫熱地握住陰莖——彷彿是對著自己說，好了，現在你終於好了，你已度過失去爸爸的悲傷，又可以任性胡為地來這個他不知曉也當然不讚許的地方了——卻不知為何在如此赤身裸裎的時候，會想起爸爸——病中的爸爸那萎頓難堪的陰莖——想著，在已然被爸爸一言不發帶走的，如光之闇滅的他的人生裡，是否也有著那些他不願也從未向人坦露的，只有他一個人才知道的私處？

我聽見浴室裡傳來水聲，那陌生身體的主人說水溫已經調好，然後欠身離開，那樣客氣而生分，像不多久前交換的親吻和體液都是多少光年外的前塵雲煙了。沒有光線透進來的房間裡，獨我一人，準備嘩嘩洗去慾望的殘跡。

在我正值青春叛逆的那幾年，爸爸曾有過一段夜不歸營的時光，歸來時總已近天亮，渾身酒氣沖天，醉到步履顛倒——在那之前，爸爸是眾伙眼中的模範生，小鎮家族裡人生的榜樣。貧戶家的長子，聰明，功課好，卻為了早日負擔家計而放棄念省中考大學的機會，選擇公費畢業即就業的師範學校。當小學教員，幫忙負擔將家裡的破瓦厝改建成兩層洋樓，媒人婆看這樣一個大好青年怎麼尚未婚配，介紹隔壁庄人家文靜少言的待嫁女兒，成家立業。婚後不鬆懈，子女成雙，鎮上大興土木那些年蓋的附車庫預售屋也買下一房，趁寒暑假進修，終於拿到大學文憑，考上主任職——姑姑們說人生來到這裡應該圓滿怎麼中年卻變款，阿嬤感嘆從小到大很乖不知道哪裡的魔神仔來牽——徹夜等待的媽媽嚎泣，一度把皮帶纏在頸上，要已然醉醺醺的爸爸用力拉，一把了結她——

有時，我騎著腳踏車狂奔在路上，想去找爸爸，想著媽媽說，莫去這是大人的代誌你跟妹妹好好讀冊就好，想著鄰居嘈嘈的耳語，想著是什麼樣更好的所在讓他可以這麼不負責任把我們把這個他勤奮建立起來的家丟下，想著——我慢了下來，吁吁氣喘，把車停下，夜街上只有我被路燈拉長的孤單身影，其實啊，說去找爸爸，但我根本不知道他去了哪裡——我只是，想，逃走吧，逃離開那個不再美滿又安康的家，離開這個突然間變得跟我想像的完全不一樣的人生吧。

之後許多年，因為感情的失意和落敗，我在彼時服替代役的偏鄉駐所吞下過量的安眠藥倒下，被前來訪視的教官發現，因而被當作做了自殺這樣的傻事送進醫院，大概被洗了胃，醒來後的排泄都是墨一般黑。單位通知家人來領我回家休養幾天，甚至也暗示是不是考慮以憂鬱症申請退役。

是爸爸從南部北上來接我——那天，我們沒有直接回家，爸爸帶著我，走進台北車站附近百貨商場裡的餐廳，那是節省的他平時從來不會去消費的所在，然而，他只是指著菜單上最貴的餐點跟服務生要了兩份——餐送上來，我們各自默默吃著，我抬頭看見爸爸看著我，其實一口都吃不下的我——我以為，下一秒，爸爸就會問我究竟發生了什麼事，那麼接下來我該如何對他迂迴隱藏呢——爸爸說，你知無，我師範學校拄畢業，出來做老師彼幾年，熟識一個女孩子，阮真相愛——關於爸爸結婚前曾有過一場無結局的戀情，姑姑們隱約提過，但我從未聽爸爸自己親口說——爸爸說，愛愈深你才愈了解，咱散赤人的家世予人棄嫌，誰人甘願自己的查某囝嫁過來吃苦，對方厝內信基督教，恁阿公阿嬤也無可能接受一個袂當拿香拜拜的媳婦，到尾啊，就是無可能，真痛，感情的代誌就是會真痛，安怎都放袂落，但是，你知影，自己的斤兩就是什麼都無法度，都做袂到，欲安怎？

抹完肥皂，我看著慾望過後不再勃發的陰莖，那些從排水口旋轉消失的水流和泡沫，想著那時爸爸說完欲安怎之後就停止的話語——後來，爸爸並沒有問我我以為他會問的，那些我無法向他坦白的，或者給我什麼勸誡——吃完飯，他帶著我去乖乖排隊，買好才開通未久的高鐵車票，上車，回家——在車上，爸爸將靠窗的位置讓給我，列車飛箭般掠過島的上空，我可以看見窗外遠處常夏的風景，突然就這樣思想起，爸爸總是終宵不見人影的時光是什麼時候結束了的，末了他終究回到家來如此安於他和媽媽的日復一日了嗎？我想問爸爸，那些你消失了的不在的時刻，究竟去了哪裡？——但最後，我終於也沒有問出口，我們只就這樣懷揣著各自老去或依然勃發的私處，在咻咻疾馳的高速車廂裡，我記得，這時，將夕之陽從透明卻堅硬的窗玻璃外照進來，照亮我們坐在一起的身影。

——原載二〇一九年六~八月《文訊》第四〇四~四〇六期

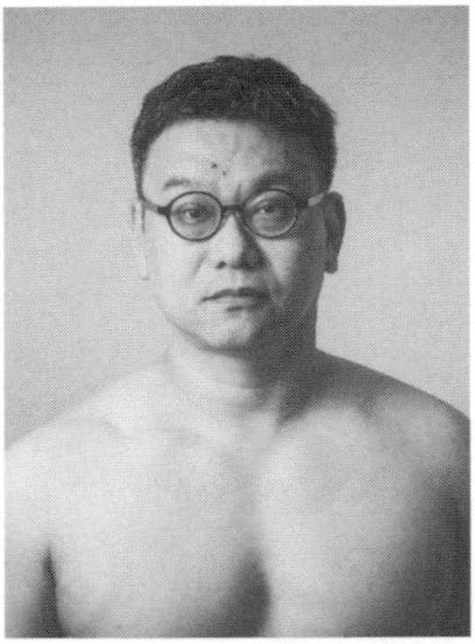
黃煚哲攝影

許正平，台北藝術大學戲劇創作碩士。寫作文類橫跨散文、小說、劇本，曾獲聯合報文學獎、時報文學獎、台北文學獎、台灣文學獎等。著有散文集《煙火旅館》；短篇小說集《少女之夜》；電影劇本《盛夏光年》；劇本集《愛情生活》。近作多為劇場編劇作品，如《愛情生活》（台南人劇團）、《雙城紀失》（香港劇場空間劇團）、《家的妄想》與《水中之屋》（阮劇團）、《櫻桃園2047》（黎煥雄導演，人力飛行劇團）、《退休戲劇教授和戲班子——2018遨莎翁遊台灣》（馬汀尼導演，三缺一劇團）。

怪物的巢穴——胡靖

不久前的四月，世界天文學者團隊公布了一張照片，黑夜的底，中央有一個新月狀的亮環，燃著金色火光。一旁的新聞字幕寫著：人類史上首張黑洞影像。

這則消息公布之後，一時之間所有社群媒體都在傳閱這只發光的環。這張照片之所以珍貴，是因為過去的黑洞影像皆由人類模擬而成，如今終於見到了文明發展以來，分明存在、卻無法以肉眼直視之物。

揭曉的當晚我在練習瑜伽，冥想結束後老師讓我們唱誦三聲Om音，感受身體內部的膨脹與振動。聖音Om，在《瑜伽經》裡代表著宇宙中的第一個聲音，是天地創生時所顯現的表象，有運行、毀滅之義。

在看見黑洞以前，我們也先是聽見了它的聲音。

曾有研究團隊將宇宙間的波動用電子設備記錄下來，發現星體相撞時會發出嗚咽聲，而當兩個黑洞碰撞在一起，嗚咽聲變成了類似於鳥鳴的「啁啾」聲，短促而上揚。

聽見這個聲音的許多年後，人類終於看見了它的形體。見到照片的時候，我不免想起黑洞生成之初的第一聲啁啾。如果生成毀滅是雙生，如果成住壞空起始於一個聲音，那聲音本身，會不會就擁有了創造與毀棄萬物的能力？

關於宇宙中這個神祕的天體，我所能立即聯想到的，往往是過去接收的片面訊息，例如吞噬，例如毀滅，例如漆黑。它無法被製作成亮麗的球體模型，端賴人們的想像而生。初次帶我認識天象的外國老師用「hunger」這個詞形容它。貪婪之星。飢餓的獸。彷彿是天空被剪開了一道破口，從此有了貪求。

前一次黑洞成為媒體焦點，是在二〇一二年的末日傳說。其中一則預言是，冬至前後，太陽、地球、黑洞即將連成一線，黑洞會以強大的拉力將地球吞噬，再堅硬的物體也要粉碎。

這個說法被科學家輕易推翻了。

同是那一年，《科學人》雜誌刊出「黑洞拍照」計畫，敘述研究團隊逐步鎖定人馬座A*與M87星系，開始著手探測兩者的遠近、質量、南北半球位置，嘗試對黑洞直接造影。

造影的困難處在於距離，要觀看黑洞所在的位置，近乎等同於用肉眼觀看月球上的一顆橘子。而這樣的遙遠，不單只是一段長度的延伸，還包含了本質不同所造成的阻隔。

研究團隊在拍攝畫面後，花費更長的時間洗出影像，由電腦一次又一次拆解還原，計算與辨別，才重構出黑洞的輪廓。它的影像難以直接顯現，如同它的聲音，必須經過層層轉換，才能使我們的感官接收。

未知的符碼，未知的物事，在一次次的反覆解讀中確知了它的存在。天際如此，人事也是，有時候我感到自己與外邊世界具有同樣的阻隔，每一段連結太新，而感官太舊，需要一再地修正、辨認，才能開出一條相互通往的窄路。

黑洞以更真實的方式現身之後，人們拋出的仍舊是那亙古的提問：那些落入洞中、被藏匿起來的，究竟都去了哪裡？會有外星生物穿過蟲洞，探測到地球的存在嗎？

早在看見黑洞的許多年前，NASA就錄製了一張航海家金唱片，由太空探測船送往宇宙，為了讓外星物種在未來某一天發現。唱片裡，放入各式各樣的聲音，外星生物即使聽不見音樂，也能從聲音的振動中尋找重複、反轉、鏡像和其他相似性。

前幾年NASA將灌錄的內容公布在音樂平台上，碟片裡一條一條的音軌，是鯨魚的聲音，火車的聲音，哭泣的聲音，親吻的聲音。

複雜的人類文明，被化約成了片段片段的簡單音頻，向遠方的星系訴說：是什麼構成了這個世界。我們是誰。我們是什麼。

而聲音背面所要傳遞的語言或許是愛。

嘗試著告訴星系外的世界，在這個渺小的星球上，有一個稱作為人的物種，在文明、科技演化以後，仍然渴盼著對於愛的感受力。

唱盤裡有這麼一段話：

> 這是來自一個渺小而遙遠的世界的禮物，它表現了我們的聲音、我們的科學、我們的影像、我們的音樂、我們的思想和我們的感受。我們試圖在這個時代生存下去，以便我們也許能進入你的時代。

我們希望有一天可以解決我們面對的問題，加入銀河文明社群。

在每一次的發現和醒轉之中，這個世界漸漸和過去不同了。而這些話語會在什麼時候傳達到宇宙的盡處？

暗夜裡星辰生滅，一切都是未知。

——原載二〇一九年七月《幼獅文藝》第七八七期

胡靖，一九九二年生，桃園人。武陵高中、東吳大學中文系畢業。曾獲林榮三文學獎、懷恩文學獎、桐花文學獎、雙溪文學獎等。目前為報社編輯。

狗狗猩猩大冒險——沈信宏

我跟妹妹小時候常兩個人在家，我跟她差十歲，必須做她的保姆。即使在她不滿一歲的時候，媽媽若假日值班，爸爸照往例是不存在的，不是出門喝酒，就是醉沉沉地在家昏睡。我正是愛玩的年紀，妹妹像爸媽強披在我身上的外套，玩熱就想脫掉。

有天下午鄰居在公寓樓下喊我一起玩，我輕聲走進房，妹妹睡幾小時了，爸爸早上才回家，睡得正熟，窗戶打開，房間依然溢滿酒氣。我靠近時妹妹突然睜開眼睛，炯炯有神地盯著我，我轉身想逃，她叫聲染上哭腔，將我拉進一條空洞的甬道，彼端大水即將湧灌而來。

我抱著拍撫她，安靜地走出房門，又是一場新任務。

我想起剛剛看的電視節目，主人指派一隻叫「小龐」的黑猩猩和叫「詹姆士」的鬥牛犬像人類孩童一般出任務，例如買蛋糕、料理、擠牛奶、打掃之類必定出錯的繁瑣工作。即使牠們不會說話，經過訓練的猩猩如人類一般的精細動作，笨拙的摸索與嘗試，充滿情緒的表情配上生動旁白與擬人心聲字幕，總讓觀眾一起為牠們的任務而感到緊張。

我決定帶妹妹一起下去玩，帶著她的小竹椅，像餐椅，能將坐著的她環繞包圍，有些高度，腳勾不到地。鄰居的小孩正在玩鬼捉人，樓下中間有一小塊空地，更外圍有四、五輛車，我將她放在某輛車的後車廂上，若放在地上怕她被撞倒。妹妹沒有哭鬧，眼珠子盯著跑來跑去的我們轉，聽到我們尖叫便跟著尖笑。

我覺得這真是完美的安排，我可以自在奔跑，妹妹也能出來透氣。但如果我們前方有一片隱形的螢幕，螢幕後有觀眾和旁白，一定正不斷跳腳，想提醒我們即將發生的危機。像當時看的那一集，小龐將好不容易買到的草莓蛋糕拖在地上走好長一段路，旁白遺憾地說：「欸，小龐，這樣蛋糕會壞掉啦。」但牠仍歡快地牽著狗，屈膝蹬腳向前跑，後來送給生日的小女孩，果然已爛成一團，草莓淹沒在白色的奶油和豔黃色的蛋糕裡。

我專心遊戲，躲在一輛機車旁邊，不想被捉到所以縮著頭。突然聽到妹妹淒厲的哭聲，我趕緊探出頭，發現椅子掉落，她的臉朝下躺在地上，腿還勾在椅子裡，使力踢卻掙脫不開。妹妹何時晃動椅子，還是後車廂不平坦，或是椅子重心不穩？我什麼都沒看到，同伴們嚇傻了，定在各自的位置，遊戲暫時停止。我跑過鬼的身邊，將妹妹抱起來，她斷斷續續地哭，有如忘記怎麼哭，有時只是驚恐抽氣，瞪大眼不知看向何方，汗珠一下就浸濕頭髮。我聽見頭上公寓陽台有一些推開門，趿著拖鞋走踏的聲音，我完全不敢抬頭看。

兩隻動物如何能獨立冒險？或許觀眾正是期待牠們出錯。女孩打開蛋糕之後露出遺憾的表情，猩猩慚愧地低頭，悲傷的配樂適時出現，「看吧，小龐，裡面的蛋糕已經不成型了。」

一切都是牠們主人的精心設計，獲取收視率的手段。主人宮澤先生派下任務，充分指導後就讓牠們自行出發，宮澤先生其實始終憂心地躲在旁邊觀察牠們，如果牠們一再失敗，鏡頭會特別放大他焦慮的神色和肢體動作，嘴裡碎碎唸著許多牠們聽不到的指示。可能不想讓觀眾覺得他把這兩隻動物不負責任地丟入人群，仍受到安全的監視與保護。

可是不管牠們闖了多少禍，宮澤先生始終不會真的現身協助，事實上牠們依然孤獨地自食己力，一再摸索成功的方法，他只是站在終點，露出燦爛而欣慰的微笑迎接牠們，配上溫馨的配樂，有如扮演一個默默守候的父親。那集後來，女孩打起精神不再在意，感謝猩猩的努力之後，宮澤先生便寬容地拍拍猩猩的頭，推牠去和女孩擁抱。

妹妹摔落之後，我看手錶，媽媽很久之後才會回家，爸爸剛剛騎車出門。

我立刻抱妹妹衝進沒有任何目光包圍的樓梯間，她一度閉眼，頭向後仰。我仔細檢查，發現妹妹的額角撞凹一處，印上柏油路面的顆粒紋路，像被用力捏壞的黏土。我不知該怎麼做，只能拍她的臉，在耳邊喚她，一直抱在胸前，注意她的狀況。後來她越哭越用力，哭出滿身大汗，我反而安心下來。媽媽以前曾說瘀青要熱敷，能化開瘀血，於是我拿熱毛巾壓住她額頭，她總皺眉撥開。

媽媽在晚餐時間回到家，妹妹的頭脹凸出小丘，又紅又黑。我先前已慌張地和她通過電話，她看過後還是只淡淡地說：「還好啦，沒事。」趕進廚房準備晚餐。晚上媽媽公司尾牙，她說：「妹妹得繼續麻煩你，可能會拖到很晚。要餵的飯在桌上，洗澡哄睡你都做過，而且做得很好。」出門前她摸摸我的頭，真誠地說：「你真是個好哥哥！」我抱著妹妹，微笑點頭，擺出安然從容的姿態。

當時看節目我只隱隱察覺異狀，長大後查資料才知道——猩猩咧嘴微笑，其實代表恐懼的情緒。鏡頭前面親人可愛的小龐做出怪異滑稽的動作，或許是因為找不到主人，感到孤單而想求助。牠總牽著詹姆士，像緊密相依的親兄弟。或許牠其實是累積太多挫折，不相信任何人，不願再面對接連而來的任務，所以用手中繩索勒住這條緊追不捨的狗，狠狠將牠拖行在地。

詹姆士的牽繩每每被粗心的小龐遺忘，小龐自己離開時，詹姆士總癱坐原地，一條腿無力地斜擺，露出鬥牛犬嘴角下垂的寂寞表情。但或許牠心裡正在歡呼，根本不想被繩子綁縛，主人不在身邊，牠只想自在奔跑，四處嗅聞以占領地盤吧？

錄影結束之後，牠們回到宮澤先生的動物園裡，會做些什麼事呢？立刻展開下一次任務的練習？鏡頭沒拍到，可以確定的是，牠們屬於不同種類，不可能同住在一個籠子裡。終於可以休息的夜裡，牠們各自窩起身子，在不同角落的陰影中沉沉睡去，作著太過疲憊的夢。

那天晚上，妹妹可能嚇到，或是傷口隱隱作痛，睡一下就哭醒討抱。我只好將她揹在身後，彎晃著腰在客廳慢走，一邊觀看轉小音量的連續劇，讓她在我身上睡久睡熟之後再放下。她回到床上時，連續劇已經做完，剛洗完澡的我又全身汗，我蹲在床邊拍她，怕她又不安地哭鬧不休。

看著她頭上的傷口，擔心她軟嫩的頭是不是被我震壞了，腦內複雜織結的網路紛紛碎裂。明知爸媽不在時，我必須寸步不離地守候著她，幼稚的我卻做不到。或許此後妹妹將不再能夠忍受被任何人拋下，一旦孤單一人，她的額角便記起抽痛的感覺。

我離開妹妹，把門關上，房裡沉入黑暗。我不敢洗澡，浴室就在妹妹睡覺的房間，水聲會吵醒她。我不敢穿過無光的廚房和走廊，到後面的書房寫作業。家裡沒大人的時候，鬼將伺機入侵，陰著臉浮在角落準備嚇我，好險已提前洗完碗。

汗漸漸蒸發，我發冷顫抖，不斷有冷風吹來，摩擦出怪異的聲響，我的眼神不敢亂飄，不再隨意走動，雞皮疙瘩隨著想像起伏。我坐在客廳冰涼的地上，搬張板凳當桌子寫作業，電視開著沒看，讓喧嘩的人影在頭上流轉。

我越寫越想睡，必須撐到媽媽回家，親耳聽見她對我當晚表現的稱讚。我的頭沉落，手長出意志自己寫個不停，完全沒聽到媽媽開門，抬頭瞥見迷濛人影，嚇到大叫一聲，以為是打扮豔麗的鬼，頓覺這裡是鬼域，不是讓我安心的家。

網路資料標明節目做兩季就收了，爭議不斷。有人投訴猩猩工時過長，剝奪牠繁殖成長的時間。沒寫出詳細的原因，當時我甚至沒察覺節目停了，日本綜藝節目在台灣播放時，頻道往往只買幾集，播一陣子就換上別的節目，或不斷重播，時日一久便被人淡忘。

小龐和詹姆士不用再被牽繩綁在一起，依循固定的劇本和套數，配合旁白上演無言的內心戲。牠們走出鏡頭，穿過手持不同器材的工作人員，回到宮澤先生的動物園，固定在假日公演，牠們有更多時間自由自在地做回一個動物。

我們家也像是一檔做不久的節目，班底成員陸續離開，各自找到比以前更寬廣的空間。爸媽理所當然地離婚了，爸爸飛回自由的天空，媽媽負責養育我們，加倍忙碌。我比妹妹更快長大，結婚後搬出家裡，組織完整的家庭。妹妹考上大學，搬到宿舍，獨立自主地生活。家裡只剩媽媽一個人，她繼續工作，但不用再為我們趕時間煮飯和做家事，她很少開伙，省麻煩又可以瘦身，她用充裕的時間重建生活的秩序。

有次假日我們同時回家，妻子已達懷孕後期，挺著大肚子，呼吸被擠得急促而響亮。妹妹體型瘦削，依然留著遮眉蓋眼的齊瀏海，穿著慣穿的國中運動服，抱膝窩在椅子裡，躲開時間的風浪，像個小孩安靜地聽我們說話。

媽媽跟妻子聊很多懷孕生產的事，她回憶懷我的時候，被車撞落大溝，機車都變形了，胎兒沒事，她的腿倒是斷了，打上石膏，一個人在醫院裡養傷，爸爸始終都沒有出現。她又想起懷妹妹的時候，和爸爸見面就吵，他很少回家，四處欠錢，關係已至盡頭。生活非常艱困，她曾想把妹妹拿掉，但已拿過一個，就咬牙生下來了。

媽媽轉頭對我說：「別像你爸爸，不負責任。」然後她突然想起什麼，得意地對妻子說：「他小時候都會幫我照顧妹妹，很有經驗，應該會是好爸爸啦。」我打了一個呵欠，妻子突然抓我的腿，我嚇一跳，以為是一隻躲在椅下探手的鬼，但她只是朝我露出安心的微笑，餘悸猶存，只笑得我心裡發寒。

等媽媽去廚房準備晚餐時，我們和妹妹聊天，我提起我曾撞傷妹妹的頭，妹妹聽我說過，掀開瀏海指向正確的部位，沒留下任何痕跡。我接著問她媽媽有沒有給生活費，妹妹搖頭說她不需要，靠自己打工賺錢。妻子問她都吃些什麼？她說她不重吃，也不常吃晚餐。我們訝異地勸她好好吃飯，別為省錢苛待自己。她點點頭，全身的骨頭都在搖顫，眼前似乎只是瘦弱的軀殼，她的靈魂被遺棄在異鄉，孤獨草率地飄盪。

最近陸續看到小龐和詹姆士的新聞，小龐發情攻擊工作人員，所以提早退休，不再演出。因為長年被逼著表演，牠終究不信任人類吧。脫下招牌的吊帶褲，牠被展示在透明的櫥窗裡，喝水、睡覺、玩耍等所有生活細節全被眾人貼近觀賞。

懷舊的日本人為老朽虛弱的詹姆士製播特別節目，讓寵物溝通師解讀牠的心聲——牠知道不再能和小龐重逢，因此希望能得到小龐的衣服，回憶牠的味道。牠死後才完成這項心願，衣服整齊地摺在供桌上，沒想到牠最後真的永遠被小龐丟下，遺照裡垂下嘴空留一臉落寞。

我想起妹妹受傷時，我慌亂自責地站在幽暗無聲的樓梯間，想知道到底有多痛，會不會死，頭朝牆壁狠撞幾下，只有一陣暈眩。後來妹妹渾身火燙，我以為她發燒了，立刻用我撞痛的額頭貼上妹妹的。或許就在那一刻，我們兩人凹陷的地方奇異地黏成一顆球，向內掉進各自的身體裡。然後妹妹開始嚎哭，我慌亂地遺忘所有溫度。

即使長大後，離開家，傷口復原，身體堅硬如鐵，那顆球還在我們身體裡叮叮噹噹地滾動，有如招魂的鈴聲。

——原載二〇一九年七月七日《聯合報》副刊

沈信宏，高雄人，現任教職、夫兼父職。清華大學台文所畢業。曾獲國藝會與文化部創作補助、教育部文藝創作獎、全球華文文學星雲獎、林榮三文學獎等。著有散文集《雲端的丈夫》。經營ＦＢ專頁「我是信宏爸爸，偶爾媽媽」。

水鮮鮮——葉國居

那一年隔壁叔公太做仙去了，我讀國小六年級，回家後聽到家屬噭聲如吠，就快哭斷肝腸，暗生憐憫。但又想想，設若人死可以復生，病魔終究還是會讓人抓心撓肝的。究竟什麼東西可以趕走病魔呢？在此之前，母親給我的「醫學常識」包羅萬象：芒草的嫩心，內服可治腹瀉。雷公根在口中嚼碎後，敷在傷口立即止血。茄苳溪畔有一種葉如弦月不知名的青草，以石擣碎，可化紅腫積膿。凡此種種外敷內服的藥草，確具療效。還有一種形而上的藥方，在村莊方興未艾，像是降神附體，藉以作法祛災除病，就超出我年少的想像。

人在無助時，動念求鬼神。老家二公里外的保生廟，不乏有求神賜藥者，藥籤筒有八十八支籤，求之者必須先向神明秉告病況，擲筊杯，經保生大帝「聖筊」首肯後，抽籤，再擲筊，以確認是否為此支藥籤。照常理說來，不同的藥籤治不同的病，是理所當然的事。我默默地觀察神的言行，祂總是不動聲色又不苟言笑。祂不會問診，偏偏求神抓藥者，經常一把鼻涕一把眼淚，口齒不清時，必定含混其詞，神又怎麼能聽得清楚，疑團在我心中竟日滋長。

有一回我患肚疼，抱著肚子駝著背，乘廟公午睡時，進去求神賜藥籤。我膜拜秉明事由，依儀式進行，把籤筒內的竹支籤，大規模攪動後抽出一支。四十四號。再擲筊，確認為神所賜。我走出廟門，在廟埕繞了三圈後，又再次進入廟裡，機心畢露，目的只想證實保生大帝開的藥方，是否對症下藥。設若祂把病況與藥籤胡亂配對，便是欺世。我重新向神秉報一遍肚疼，再向祂求藥籤。擲筊，祂爽朗應諾再次賜籤。這回我把藥籤筒抱起來，像搖呼拉圈一樣。約莫繞了十來圈後，就定。我閉眼在滿滿籤支筒中抽取一支，張眼，四十四號。登時，我怔在神的眼前，渾身顫抖。神就是神，不能用來試的。

相傳保生大帝吳真人，係北宋閩南人士，十三歲時，父病，因家貧無力就醫，父親去世後，他立志習醫濟世。如今，貧者抽到吳真人的藥籤，仍得花錢去抓藥，似乎違逆大帝習醫旨意。我也是十三歲，以微乎其微的機率連兩次抽到同一支籤，冥冥中宛若受到神的託付。日思夜想，在藥籤之外，是否有降格以求不用花錢又能替人治病的方法。那一陣子，我經常在廟裡逗留，想找一事為祂效勞，也為自己的愚昧贖罪。一日，見道士以筆蘸墨畫符，豁然開朗。自我感覺，莫非吳真人屬意我來替天行道。那道士畫的符，雖然複雜了一些，但依我觀之，只不過是老酒瓶，插上一堆紛飛的野草，再加上「敕令」二字，便虎虎生風。我擅依樣畫葫蘆，於我何難哉！

上書法課時，我初試身手以假亂真，收攏眾人的目光。正巧隔壁班的阿元那天悶悶不樂，他們家的土狗「美麗」生病了，「美麗」的歲數和阿元相當，以狗齡論，是不折不扣的老土狗，阿元知道牠的歲數盡了，鎮日淚眼蒙目。也不知道哪個人起鬨的，要我畫一張符紙替美麗治病。

「仙丹水鮮鮮，天靈靈，地靈靈」，當阿元拿到我手繪的符書在手中，他突然這麼唸著。寡言的阿元，我訝異他怎麼說得出這些辭彙。水鮮鮮，客家語，水清清的意思。他回家後，把符燒卻，倒下清水，濾過灰燼後，拌冷飯給美麗當作最後的晚餐。第二天，美麗竟然亦步亦趨跟著阿元來上學。我第一時間聽到這個消息時，眼前一片空白。神，就是神。從那一刻起，我被神化了，老酒瓶上的那堆野草，也在一夕間水漲船高。仙丹水鮮鮮，天靈靈，地靈靈，真的很靈。

治好美麗的病，沒花半毛錢。面對接踵而來的洛陽紙貴，同學都想要一張保平安，就成為我放學後的額外作業。起初，每畫竣一張符紙，就有一種庖丁解牛後的得意。但日子一久，卻有無以名狀的掛憂。萬一符紙被人吃了，沒事就好，有事就不得了。但仍有不乏躍躍欲試者，例如阿元，深信我畫的符書就是仙丹，持有張數也最多，他將「美麗」的經驗如法炮製，治癒了風寒和針眼，大大小小的神蹟層出不窮，我一律置若罔聞，避免星火燎原，一發不可收拾。

風聲漸歇。其後發生數事，雖與治病無關，但都和阿元相牽連。依據我歸納的結果，符咒在他身上發生了加乘、擴張的力量，像一個數字的多次方，更像是荒誕稀奇的神話故事。他總是對符書的神力大肆張揚，我卻諱莫如深。他高舉大纛，我卻低調。他需索符咒無度，我藉故一再拖延。阿元有一個長他數歲的哥哥，是符咒威力見證者，耳濡目染，一日，靈光一閃，他將符紙燒卻後浸入清水，攪拌冷飯、雞飼料，再拿進灶孔門以火燻之，精心手製的魚餌獨步客家庄。他在新屋溪和茄冬溪交匯的深潭釣魚，群魚爭食。從潭裡拉出一條三尺長的大鯰魚，那是客家庄前所未聞的奇事，神龍見首不見尾的鯰魚，深居簡出，在客家庄較為少見，怎可能這麼大的一條鯰魚被拉出來呀！我聞風而至，鯰魚像是對我露出微微的笑，牠的出現彷若無關釣技，更像是意亂情迷自動送上門來，我仔細端詳許久，牠持續笑得很陶醉。

從治病到誘餌，看似兩條不同路線，卻一脈相承。彷若客家庄的動物，都愛水鮮鮮的符書味。阿元兄弟穿鑿附會的想像力無遠弗屆，讓符咒的神力廣大無邊。夏夜，他們家屢屢被俗稱臭腥母的南蛇光顧，侵門入戶把他們家的小雞囊括成為腹中物。其實這也不是什麼稀奇事件，我們家母雞生的蛋也是不翼而飛。但是同樣的事情，阿元兄弟一個心眼就把腦筋動到符咒來。既然我畫的符咒，能讓鯰魚如此陶醉，他們異想天開要我畫一張大一倍的符書，把它們家中的臭腥母，引誘到離家十公尺外的電線桿旁一網打盡。計畫是這樣的，他們要趕在黃昏臨暗前，將符書灰燼貼掛在那支電線桿上方，讓夏夜的露水濕透符紙，把臭腥母引誘至此，以竹編的捕蛇竹籠一網打盡。我私下覺得這個計畫天衣無縫，算是為客庄除害。

既是為民除害，我也積極參與，畫好符咒，主動拿去學校焚化爐燒卻，將灰燼用紙包裹。但一時找不到阿元，索性就把它放進褲袋，中午我們一起沿著茄苳溪，各自回家吃中飯後，再返校繼續下午的課程，我們像是瞬間失憶，把這事忘得一乾二淨。回校途中，頑皮的阿寶，在路旁草叢抓起一條蛇，捏緊尾巴甩起圈圈來，他還要求大家接力甩，交到我手上時，我從蛇身上發出的味道中，驚然發現是臭腥母，緊張得滿身大汗，眼看校門口就到了，眾人要我把蛇甩出去時，我方才意識到淋漓的汗水，早已濕透褲袋中的符咒灰燼，不祥的預感襲上心頭。

我不敢放手，深怕臭腥母摔到自己的身上來，捏緊蛇尾，繼續甩圈走進校園，膽小的女同學見了驚惶失措。上課鐘響了，這一票同學擔心抓蛇進校園犯了校規而被連坐，圍著我，急得團團轉，要我趕緊放掉手上的那條蛇。緊急時刻，訓導主任從穿堂走出來，慌張中我傾力一甩，那條會飛的臭腥母，在頂上盤旋片刻，不偏不倚地掉到我的身上來。眾人裹不住驚呼，一股濕濕的黏液在胸膛，我在大熱天發起冷顫。

神就是神，早已被甩得失神失智的臭腥母，依舊擋不住水鮮鮮符書的誘惑，這是我和蛇最親密的一次了。或許，一切荒唐都出自連串的巧合，但卻是我刻骨銘心的十三歲。

——原載二〇一九年七月十三日《聯合晚報》

葉國居，逢甲大學財研所畢業。曾任新竹縣稅務局長、文化局副局長，現任台中稅務局副局長。曾獲二〇一五年台灣文學獎創作類金典獎，二〇一四年九歌年度散文獎，二〇一三年聯合報文學獎散文大獎，第十九屆金曲獎最佳作詞人入圍。兩度獲得梁實秋文學獎散文獎，兩度獲得台北文學獎散文獎，兩度獲得林榮三文學獎散文二獎。書法典藏台灣美術館、國父紀念館，曾獲大墩美展書法部首獎兼大墩獎得主。著有散文集《髻鬃花》、《客家新釋》；音樂專輯《屋下的娘婆花》；與鄭朝芳合著《髻鬃花詩歌音樂專輯》；與王志中合著《咕咕咕，相片肚雞公啼》繪本。散文獲多家出版社選入國、高中讀本。

南十字星——翁禎翊

什麼是你生命中最害怕的一刻？

我在十歲的時候因為搬家而轉學，在原本的學校分班升上三年級，好不容易新認識了一批人，很快就被迫來到另一個環境，全部從頭開始。

在新學校最先和我變成朋友的是小良，因為我們兩個家住得很近。發現這件事也不是透過互相問候你住哪裡、我住哪裡而來，而是純粹出於意外。學校圍牆外面沒走幾步路就有捷運站的出入口，很多小朋友放學後就順著手扶梯緩緩下潛，揮手和午後的日光說再見，搭車直接被運往日暮已經抵達的地方。我以為小良也是其中一個。好幾次看著他跟著人群走入捷運站，然後我在那個路口轉彎、過馬路，照著爸爸媽媽教我的路走回家。

家裡和學校在同一站，但完全不同的方向。某天放學快要到家的時候，我看見剛剛走進捷運站的小良，竟然又從這一側的出口走了出來。我和他說，以後一起走吧。他說好啊，但他習慣的回家方式是穿過整個捷運站，因為感覺近很多。

長大後的我，除非迷路或下雨，不然在任何捷運站根本不會這麼做。從一側的出口移動到另一側，光上上下下就有夠麻煩了，哪來比較近比較快。

不過在小學三年級的時候，我只想到：交到新朋友了，而且是獨一無二的那種。

小良似乎沒有要改變他既定路線的意思，那我就跟他一起走捷運站吧。那時候不知道，這其實是個危險的念頭。危險就在後頭。

我坐在司法官口試的預備區再一次想起了這件事。超過一小時的漫長等待，身邊的人每個都正裝筆挺，大多反覆翻閱著手上最後的資料，口中唸唸有詞。大概都是一次又一次背著自我介紹，或者考古題的擬答吧，可是我雙手空空的，雲霄飛車逐漸攀升到頂點那樣，緊張一點點，不耐煩和期待也各自一些些。乾脆讓腦袋放空。而一空下來，從前的事就像洗牌發牌，冥冥之中自己精篩揀選、排列組合起來。

在我小的時候爸媽遇到通靈的人和他們說，要小心這個兒子為了朋友而走歪學壞。不知道是真有憑有據還是神棍話術，現在回想起來，最貼近那句敘述的事件，就發生在我十歲和小良一起回家的路上。

再讓時間回到那個時候。我們家和學校所在的這個捷運站，和其他站都不一樣，如果要走到完全反方向的出口，非得要進站不可。小良每天放學就拿著悠遊卡刷進刷出，扣款十六塊；爸媽沒有給我悠遊卡，也沒有多餘的銅板零錢，因為走路上下學用不到。於是小良想出一個辦法：他刷卡，我們同時通過剪票口。

某天放學，我們在出站的時候被站務員給抓到了。

如果有看動漫，常會發現有時小孩子的角色身高和大人不成比例。哪個小學生會只有成人膝蓋的高度？

告訴你，那時候站務員擋在我們面前時，就是那麼高。

他先問，你們兩個是誰刷卡的。我看了看小良，站務員看到他手中的悠遊卡，就說：你可以先走了。

以一個懂法律的大人來說，這個舉動荒謬極了。如果真的是搭車逃票，幫忙掩護的那個人怎麼會沒事？刑法上共犯的規定不是裝飾用的吧……如果我是那個站務員的主管，還不把他電到飛天？

但他就是讓小良走了。然後繼續把我攔著，講出一句讓我害怕至極的話。

「我會叫警察，還有通知你的父母。」

而小良一直都沒有離開。我們就兩個人站在那邊，站務員轉身要進去打電話，我不知道小良在想什麼，只記得自己什麼話都說不出來，連拜託求饒都擠不出口。如果還能有什麼念頭，那一定是：要不要趁機逃走。

後來我再也沒有和小良一起回家過了。那天的事像從沒發生一樣，我們沒有再提起，也沒有誰說出去。

十二年後，二十二歲大學畢業前的我認識了念管理學院的ＹＪ，她查了查共同好友，問我為什麼認識小良，我和她說：國小同學，我們三、四年級同班。她說原來如此。以為話題在這邊就要結束了，我不知道哪根筋不對，接下去和她說了和小良在捷運站發生的事。當下莫名有這種感覺：如果不說，大概以後也不會和誰說了吧。

ＹＪ聽到最後問道：所以你們就被警察帶走了？

我說，沒有。

站務員轉身準備要去打電話時，忽然又回頭問我：你們從哪裡搭來的？我說不出完整的句子解釋一切，只能照著問題簡答，硬是說出了站名。就是我們當時身處的那一站。

站務員就放我們走了。

ＹＪ說，你不知道只要和站務員拿通行證，就可以不花錢穿越捷運站嗎？我說，知道啦，高中才知道。

她於是發表了感想：真是一個虎頭蛇尾的故事。除了小良很有義氣以外。他還留在那邊陪你……我說，沒錯，就是這樣。半開玩笑地接著：如果虎頭虎尾的話，恐怕我現在也不會在台大和你說這個故事了。

ＹＪ和小良一起在外商銀行實習，後來，她跑去問他還記不記得這些，小良說完全沒有印象。沒印象也沒關係，我們之間因此重新有了點聯繫，畢業典禮結束的傍晚，小良特地從指南山下來到公館找一些朋友時，恰好也碰到了我。我們也合照，簡單聊了天，而且不是過度禮貌或疏遠的那種問候。

不過，終究沒有辦法用什麼「熱絡如當年」加以形容。即便是回憶，如果回憶不起來的話，同樣會消失。好險好險，雖然久遠，還是有些輪廓。

十歲、不再一起走回家的我們並沒有生疏。簡單來說的話，我的轉學生活過得還挺不錯的，時間久了，和我最要好的除了小良，另外還有小逸和小黑。應該是小逸取的名字：「四劍客」，因為我們每節下課都打籃球，去打專門給高年級使用、最高的籃球框，我們是班上最愛打也最會打的一群了。至於籃球和劍客的關聯性在哪，我也不知道，或許就是沒有關聯。這麼小的事，小逸本人也有很高的機率沒印象了；他在高雄念醫學系，現在和以後應該都會滿順利的吧。

「那你知道小黑現在在幹嘛嗎？」要離開前小良問了我。我說不知道，反問了同樣的問題，他也搖搖頭。

我們彼此間互相確認了一則流言的真實性，關於小黑的。結果小良同樣輾轉聽過這件事，版本也差不多。結論就是：那件事發後，就再也沒人聽過關於小黑的消息了。

那件事我聽到的時候是十七歲。

我在漸暗的天色裡和小良說再見、掰掰。

●

司法官口試的萬年考古題之一便是：你為什麼想來當司法官？大概各種類型、各種場合的面試，都會遇到這樣的問題，沒什麼特別，但要講得不至於太空洞或太矯情，就真的很難。

口試是集體面試，五個考官對上四個考生，總共時間八十分鐘。一一自我介紹後，換考官提問，每個人都得輪流回答，誰先開始，由提問的考官隨機決定。每一輪回答都像即席演講，第一個被點到最刺激，還來不及構思就得開口暢言三分鐘；最後一個也沒比較好，因為前面三個人幾乎把能講的都講完了。而考官始終是五雙心事重重的眼神，他們會在不應該皺眉的地方皺眉，在沒什麼好點頭的時機點頭。

經過第一次模擬面試，我就意識到了，如果直接按著提問申論般地回答，要嘛不知所云，要嘛人云亦云，語速還一直比心跳要快。所以決定，講故事好了。考官不一定會有興趣，但至少沒辦法往死裡追問。於是我為每一個考古題大致安排了回答的起手式——問工作上的情境：你身為法官如何和國民法官講解無罪推定原則？我會回答：大家以前念書時，有遇過班上東西不見而誤把某個人當成小偷嗎……問專業問題：你對勞動法院設置有什麼看法？我會回答：一個空服員在班機起飛前的準備時間是五個小時，為什麼我知道……問人格特質：看到有人插隊你會出面制止嗎？我會回答：某個下雨的禮拜五晚上，我在忠孝復興站一直擠不上捷運……

在這樣的準備方向下，「你為什麼想要當司法官」似乎就不是什麼特別難應付的問題了。真正暗藏陷阱的地方是，不論如何回答，都一定會被反問：那為什麼不當律師就好？

這些我都想到了。其實，在我心裡，這樣的問題都指涉著同一件事：什麼是你生命中最害怕的一刻？

我會這樣回答：在我小學的時候有個很要好的朋友，雖然我不確定他現在還是不是把我當朋友。那個時候我們上課分組都在一起，下課形影不離，每天一起打籃球長大。後來我們升上同一個國中，幸運地被分在同一班，卻愈來愈陌生。

我們讀的是一所升學學校，在那裡學生只分成兩種：會念書的，和不會念書的。不會念書的他被當成問題學生，國二以後就被學校隔離了，大部分的時間都不待在班上，和其他班的一些人統一由訓導處管理。我們在上課的時候，他們或許是在被罵，或許罰站，也可能是做些愛校服務。

還有幾次，他們在訓導處的走廊，警察也在那。

畢業典禮的那天，我們連說聲再見也沒有。

再一次聽見關於他的消息，是我高二的時候。他去工地工作，和主任還是工頭吵架，憤怒之下，拿起了磚塊往人家頭砸去。

砸成了重傷害。

「這是真的嗎？」和我一起練習口試的組員聽完這樣的擬答，問了我。

「如果我高中聽到的消息沒有錯，那就全部是真的。」

「那後來呢？感化教育？」

我說，也許吧、不知道。故事就到這邊了。

我們在法律學院的交誼廳忽然有了那麼一小片段的靜默。

●

故事裡的「他」就是小黑。不過，與其說這是他的故事，我更希望這樣描述：這是我們的故事。

說出「我們一起長大」這句話，當下只要幾秒鐘，背後卻需要無數的笑容和眼淚。我笑的時候剛好你也在笑，我哭的時候你也跟著哭，這才叫「一起」。並不是坐在同一間教室那麼單純而已。

而三分鐘的回答時間，這些沒辦法全交代清。

我在三年級後半近視，配了第一副眼鏡，結果某次被籃框彈出的球砸壞，當下大家都傻了、不知所措，是小黑拉著我去保健室。下一節課他坐在位置上花了大半時間，試圖幫我把斷掉的鏡架暫時黏起來。

四年級的時候，我和小逸搶著當模範生，要不是小黑來來回回在我們之間傳話，又勸說又哀求，兩個人應該就翻臉了。

之後，樂樂棒球比賽我當捕手，漏了好多球沒接到，些微的失分讓全班被淘汰。體育課大家檢討戰犯，小孩子赤裸的真心話最傷人，老師也不知道如何是好的時候，小黑大聲說：「這樣不公平吧。比賽又不是他一個人的。」

那天一下課後我就躲去廁所關上門。小黑跟了進來，我說不用理我、一下就好了。他只回了一聲嗯。後來打開門，他還坐在門口。

然後就是國中了。國一，段考後班導師把大家兩兩分成一組，讓成績相對好的那個人，去幫助另外一個。下次段考哪組進步最多，就先選座位，並且免寫一個月的周記。小黑和我分到同一組，公布時，他傳了一張紙條給我，上面寫著：我會加油，不會拖累你的。

接下來一兩個月的時間裡，放學後我花了很多時間幫他檢討小考，或者重新講解上課沒聽懂的地方。我不知道是什麼原因或力量驅使著小黑，總之他比我還積極。四點放學我們常常拖到快天黑才回家，順路經過超商每次他都要請我吃東西，儘管我說沒關係、不用了。

而最後我們沒有得到獎勵。

小黑又寫了一張紙條給我。裡面重複最多的是對不起，還有讓你失望了、下次會更努力。這兩張紙條我至今都還留著，壓在書桌的桌墊下。歷經高中、大學，好幾次整理房間都沒有丟掉，像是牢牢為某段沒人相信的往事，守著證據。

紙條上的字很好看，很工整，像是電腦裡的少女體。

記憶裡他的人也是，有著好看的五官，國中後半遠遠看著他頭髮又燙又染、然後掛著耳環，都感覺是《改造野豬妹》裡的山下智久。雖然那樣的造型，是學校不允許的。

我那個時候收到紙條，有回傳些什麼吧……應該有的，我記得。常常我在想，和他說了很多加油、沒問題的、沒有關係，這樣是最恰當的嗎。又或者，這些話這樣的留言，有讓他眼神裡的憂鬱或愧疚，少一些嗎。

那是多麼美麗卻又複雜的眼神。暗夜裡又近又遠、沒有逃避的星星。往後在班導師面前、在訓導主任面前，甚至在警察面前，小黑再也沒這樣過，那之後的渙散或者不屑，任誰看了馬上都會明白。

什麼是你生命中最害怕的一刻？

是聽到要報警的時候，還是面對不夠好的自己的時候？是站在法院上的時候，還是想起在乎自己的人的時候？

「很多人，可能一輩子和法律扯不上關係，那是最好的。可是也有很多人，捲進了法律裡，有著說不出口、說了也沒人想聽的故事。」

「對那些人來說，他們可能去找律師，律師也確實能夠陪伴他們走一段路。但這沒辦法改變身為人、對於權威感到害怕的事實。當然也可能，他們其實根本不害怕權威，不害怕懲罰或者貼標籤。來到法院之前，他們早就見過許許多多類似的人和事情了。」

「真正讓人害怕的不過是：當你還相信這個世界的時候，卻不被這個世界所理解。這就是我想要來當司法官的原因。」

「我長大的過程中，好幾次被溫柔地接住；我會一直問自己，做了這個工作，會不會也是努力了解他們的其中一個人？」

從位子站起身，扣好西裝扣子，我和自己確認了這樣的擬答和心情。

要走進口試考場了，為什麼來到這裡，要無比誠實的話，我會說：因為錢比較多。想賺錢的心是真的，可是想起從前的事，對誰有一些些憤怒、對誰有一些些感謝，那樣真切敏感的心，也是真的。希望永遠不要忘記這樣的自己。南十字星總共由四個端點、四顆星星組成；橫豎各兩顆，像是十歲的時候我們下課打籃球，拆成兩兩一隊那樣。

四顆星星裡面，有一顆在北回歸線以北的台北，是看不到的，但它是最亮的一個。那是十字架二。我們看不到，也只是因為大部分的我們，只會站在同一個地方、同一個角度看星星而已。

——原載二〇一九年七月十四～十五日《自由時報》副刊

翁禎翊，一九九五年生，台灣大學法律系輔修日文系畢業。現就讀台大法研所民法組，白天是研究生和助教，職業教民法、家事事件法、強制執行法；晚上告訴自己要安靜寫點東西，繼續說故事，努力當作家。喜歡懶懶熊和忠犬麻糬，覺得愛不是只有一種形式，遺憾與美麗往往是一體兩面的同義詞。與恩師凌性傑等人合著旅遊書《慢行高雄》，當過台大學生網路媒體《花火》的專欄作家。曾獲建中紅樓文學獎、台大文學獎、余光中散文獎、林榮三文學獎。作品散見《聯合報》副刊、《自由時報》副刊、《印刻文學生活誌》、《幼獅文藝》等。

慢了半拍的五十年代——楊澤

人的回憶是奇妙的，看似單純與一己有涉的私情，放到時代洪流上衡量，固然是渺滄海之一粟，細細考察起來，倒也不盡然那麼虛無，倘你不介意以情感的長綆從容引之，索之，則歷史的老井不單充滿回音，也常淘得到好些被遺忘的寶貝玩意兒，大可拿來和眾人分享。

有一點亟待澄清：「年代」（decade）其實是外來的概念，某種舶來品，戰後台灣的五十年代，六十年代，再怎麼說，怎麼看，都無法與歐美的五〇，六〇完全重疊。不過，有趣的是，五〇，六〇之交，台灣發生了幾件事，先是六一年，李敖在《文星》雜誌發表〈老年人和棒子〉，新世代朝舊世代開了第一槍，吹響所謂全盤西化或現代化的號角；同年，台北中華商場落成啟用；隔年，台視正式開播。上述事件多少營造出某種專屬於台北六零的「現代氛圍」，也大大拉開了五〇與六〇的社會心理距離。

但「時間差」一直都在。歐美之於當年的台北，正如台北之於當年的台灣。交通的阻隔是普遍性的，台北之外的台灣，幾乎是另一個世界，台北的新聞傳到「外地」時，難保不早成舊聞。這也正好解釋，為何南部城鎮早期播洋片，同步首映者少之又少，總是某種二輪，甚至是一再重播過的三輪。

交通重重阻隔外，軟硬體也是落差關鍵。這方面，台北中華商場的興建有其代表性在，既是現代化一大指標，同時也宣告此前各省難民暫居的棚屋從原地徹底消失；光從這點看，我生長其間的南部（「下港」）山城嘉義，其現代與前現代的分界點，難免是後發後至的。記憶中，原嘉義女校，崇文國小一帶，過往垂楊路大河溝旁，最早也有一落落棚屋，整排外省陽春麵，芝麻乾麵的店面是我童年舊遊地，不過這些來歷雷同的違章攤棚可就幸運多了，一路延續到八十年代才凋零殆盡。我底下要說的五十年代，因此明顯是慢了半拍的。

一九五四，韓戰後一年，我出生於南台灣，北回歸線邊上的嘉義市。

往前或往後看，那都是個過渡之秋，號稱決定東亞冷戰結構的韓戰雖已正式落了幕，離徹底底定海峽情勢的金門八二三炮戰，猶有不長不短四個年頭，世道人心底層仍有那麼一份「杌隉不安」。

古老的中文字，每以其視覺效果著稱，像上述「杌隉不安」四字，則又多了層集體記憶的投影。我已記不得，何時在學校課上學到底下，烤物串般令人心頭一凜的類似方塊字：「兵荒馬亂」，「烽火連天」，「戰雲密布」，「杌隉不安」，「匪氛未靖」……個中印象最深，投影也最怪奇的，就屬「匪氛未靖」四字。

首先，純是無技可施吧，面對號啕不止的愛哭小童，上世紀的大人每愛祭出這麼一招：再哭，魔神仔就來了！

爸媽用這招恫嚇自己小孩不稀奇（「魔神仔」之外，還有警察及虎姑婆，恫嚇等級明顯有別），倒是左鄰右舍的大人，固定觀眾演久了，不甘一逕地「旁觀者清」下去，有意無意竟又發展出，另一更有說服力，也益發不可思議的說法來：再哭，共匪仔就來了！

稍長識得幾個字，略知一二所謂「保密防諜，人人有責」，「匪諜就在你身邊」諸如此類攸關國家人民安全的標語口號後，我一路接觸到的，「匪」字其他用法都頗驚心動魄，除了上述嚇唬小兒的「共匪仔」，還有同樣掛在大人嘴邊，也出奇琅琅上口的「土匪仔」。說來很妙，只要我一聽到爸媽說起，哪家小孩不讀書，不上進，如何如何「匪類」時，心頭絕對還是死有餘辜般的一凜：「匪」字作為視覺，聽覺效果皆屬一流的超強方塊字，我算是早早就領教了。

其次，從小固定幾個月往返爸爸台南老家的旅途中，在那下行的台鐵縱貫線上，有一個叫「南靖」的小站，幾分詭異地吸引了我的注意力。

入學前，我的識字工夫得力於南來北往的火車站甚多。三尺童蒙如我，看著車站內外寫得斗大的站名方塊字，一開頭不折不扣是如對天書，可這一點也並不礙事，在一回生兩回熟再三打過照面後，反倒益發壯大我心底那股默默，想「破解」這些神奇符號的動力。

「南靖」站筆畫，不似大人們最早要我記牢的「嘉義」站那樣，多而繁，也不像它的上兩站「水上」那樣，少而簡（「水上」站，介於嘉義與後壁之間，何等美妙的地名，而北回歸線直直穿過此地），不過搭車往返經過，默默端詳久了，可以確定的是，「南靖」中的「南」我認得（同「台南」站的「南」字），可底下的「靖」字呢？

左邊的「立」我曉，右邊的「青」也識，合起來大人說要念成「敬」或「靜」同音字的此一少見字，這就考倒我了呀！搭車往返，每愛貼坐窗邊往外看的我，老盯著「南靖」二字瞧，看它們孤伶伶地立著，在向來沒那麼多人上下的小停靠站，儼然有一股他站站名絕無僅有的「不怒而威」的殺氣，像極了我在城隍廟見過的「肅靜」「迴避」執事牌，其意指又為何？

細究起來，「匪氛未靖」幾字所以予我莫名既識感，原因當不止這些。

上世紀二戰結束後，外來人口湧入台灣，統計有超過兩百萬人之多，而五十年代正是本島人與「外來者」初初打照面，打交道，互相認識，求磨合的第一階段。這些來自遙遠故國的不知名陌生人，被迫離鄉背井，跨過巨大的時間差，文化差，語言差，抵達海島；這些不明所以，忽忽來到眾人眼前的異鄉人，操著各省各地方言，以其未修飾的鄉音系譜，逐漸為本島人所辨識，指認。最早進入福佬小男孩我的生活世界者，則是——完全不知何方神聖——那夥開始以濃濃鼻腔沿街叫賣包子饅頭，五香茶葉蛋，稍後又在我家巷口開起燒餅油條豆漿店的「老山東」們。我和燒餅油條豆漿的史前羅曼史也就誕生於此時。

的確，從不復憶記的史前時代始，朝朝燒餅油條配豆漿且日日樂此不疲的結果，之於家中閩南人原來萬世一系的清粥醬菜，區區在下小毛頭的我，堪稱是徹底的移情別戀，頭也不回地叛逃了！也因此，不用等五十年代告終，也不等我來得及對此有明白自覺，我老早嚴重偏離了本省小孩原有口味，以至於，幸或不幸，有一天，我竟聽到老媽朝著我，明顯是氣急敗壞的喊道：「這麼愛吃豆漿燒餅油條，不會乾脆就去給外省人做小孩算了！」

此事又有一插曲，證明我乃是個身上帶了印記，一度被火，不，被滾燙的豆漿紋身的小孩。原來，巷口老山東一家就住我們長巷尾，一早天濛濛亮，便在院子一角煮豆漿，煮好了再由老山東兩個後生一起抬著，運到巷口店面來，一個早上至少來回三四趟跑不掉。事發那日，兩個臭小子走了兩三趟，一見穿開襠褲的小毛頭我閒坐家門口無事，就嘻嘻哈哈地停下來逗弄我，一不注意，竟把大半桶豆漿，直直的傾倒在我身上……倘非老媽眼明手快，及時反應，立馬拿了瓶麻油遍灑我全身，才沒留下事後疤。

整半個世紀後的現在，我對燒餅油條豆漿的愛未減，注定了是一輩子不解之緣。不過，我懂我老媽，她當年在意的，不見得是燒餅油條豆漿本身，而是另有其物。這就說來話長了。

我家在嘉市中心點，離中央噴水池不遠，巷口朝中山路，路對過則是那棟已從原地消失，歐風建築樣式的老台灣銀行（百分百今日打卡地標物——被惡整過的新台灣銀行，同今天噴水池，貌寢且不提）。出巷口右轉，往中央市場及噴水池方向，商家鼎盛，騎樓下人潮如流；左轉，往西市場及火車站方向，同樣是騎樓店面，氣氛卻怪怪的，迎面但見一大排拉下門的屋子，被棄置在那。

位處鬧區黃金地段的屋子，為何長期任憑崩壞，直到六十年代中才在一一八大震中毀於一旦；等長大後，發現產權屬於對街的台灣銀行，也就懂了。我只記得，屋後那片荒涼的天井，有一棵不見開花，只見結果的土芭樂樹（花小，藏在大大的網狀葉中，小孩看不見），我們小孩常在樹下徘徊，因為芭樂果長不大，但個頭結實，鳥啄過的熟透者味道尤好。

天井和更後頭的台銀員工宿舍隔道矮牆，我們進得去偌大的天井或廢園，便是外省工友龔先生一對兒女開的路。弟弟小我一歲，姊姊和我同齡，如果你不懷疑，學前小孩也懂得對異性有好感，她就該算是我懵懵懂懂的初戀吧。

話說回頭，也許已有讀者秒猜得到，我媽何來那雷霆之怒了。除了豆漿燒餅油條之屬，我對外省食物初開竅，便是在龔家餐桌上。在那克難型長條桌旁（本省人家只有圓桌），我第一次吃到水餃和酸辣湯，見識口感，顏色，造型都令我難忘的青椒紅椒鑲肉，更重要的，嘗了生平第一口，到今天想來都覺不可思議，何等濃郁，鮮美的牛肉湯！

家道中落，時尚生日蛋糕沒了，供我進幼稚園大班的錢也有困難，加上生於年底，同齡小孩紛紛背起書包上小學去，被迫晚一年就讀的我晃來晃去，學前時光益發漫長。而正好就在此時，老媽發現了，我和「姊姊」一家人越走越近的蛛絲馬跡。

認真說來，五十年代正是大江南北，方言鄉音盛行，眾聲喧譁的時代。至少在山城嘉義，我們今天知道的國語，標準或不標準，尚未真正誕生；人與人間的溝通，通常只有「雞同鴨講」，和「雞不同鴨講」兩種。龔家人之為鴨，我家人之為雞，此雞之不同彼鴨講，殆無疑問。

語言溝通外，二二八種下心結尤其難解。作為一個「番薯仔子」，我的「不解世事」，看在老媽眼裡，無疑是件惱人的事。嘉市是二二八受害慘烈之地，飯桌上往事重提——火車站前陳澄波兩顆彈孔的屍體等等——常有噓唏之聲，雖然這並非我等囝仔人當下所能知（「囝仔人有耳無嘴」，這是我從小聽到大的），但這筆帳亦不好隨意加在任一人頭上。

我家家史第一章，寫的是底下兩大條：一，莫談國家大事，二，勿到人多地方；這兩條之所以遭我媽懸為厲禁，原因在於，倘非媽力勸，當初爸參加二二八勢在必行。四七年發生的二二八事變影響爸一代人至鉅，牽連甚廣，故鄉佳里有名的草地醫生林桑是爸至友（五哥學名即林桑所取），事後流亡東京，多年後溘死異鄉。

作為一個日本時代小有名氣的企業家，如今的「倖存者」，老爸的失落感不言可喻，同時卻也無言可喻。老爸生於一九〇八年，小笠智眾四歲，小津安二郎五歲，不似戰後小津電影的經典畫面所見，笠智眾和一干故舊圍坐一起，大唱海軍軍歌解憂愁，老爸的積鬱久久不化，爆點常是悲壯得不得了，也滑稽得不得了。我記得有一回，不知誰大清早就惹老爸惱火，他反而遷怒到他愛賴床的學前么兒（我）頭上：你怎麼（可以）一絲絲的日本精神，帝國精神都沒吼？日本精神，帝國精神云云，光看字面，即是不可承受的重，不小心冒出這樣迂闊的話來，猜老爸當下也被自己嚇到，小毛頭如我，大夢初醒，心中的OS則是，啊我都還無「精神」呀（台語同「醒來」）……

長大後，想起老爸及他那代人，身處語言與政權轉移之歷史旋風的本省男人，所有的內心吶喊，說不出口的失落與哀愁，像極了那些從日文改編過來的五，六十年代台語老歌，如〈落大雨彼一日〉，〈悲情的城市〉，〈黃昏的故鄉〉。想到二二八帶來的寒蟬效應，不啻將他們中間的每一人，都變成「只有半個面孔」或「沒有面孔」的可悲人種，不免心酸酸。

回憶是奇妙的，寫此文的一大快事，便是得以從家人處再次「確認」，我其實富有得不得了，擁有甚多記憶片段，或不成片段的細節，可一直追溯到我三，四歲（虛歲），甚至更早的嬰幼時代。

五八年，八二三炮戰同年的春天，我被媽拎著坐火車北上，不為回她娘家板橋省親，而是大老遠跑去桃園探看未來的媳婦，我後來的三嫂（保守年代，某種非相親的相親）。神奇的記憶片段一，走過垂柳如絲的小橋流水，在小店人家見到正和姊妹淘學做裁縫，美絕，美得讓人心醉，連小毛頭我都很有感的十七歲少女郭森（三嫂名）。記憶片段二，隔日回程搭海線，經過通霄附近的長長海岸，火車幾乎傍著海邊走，整張小臉貼在窗上的我，驀見夕日，如紅氣球般，慢慢掉入海中，驚呼連連。三哥學工程，也寫新詩，此時短暫供職於桃園水利會，因一度向三嫂友人家租屋得以相識相戀。兩年後當兵回，他考進五十年代最重要的水利工程隊，投入石門水庫興建，直到六四年完工才離開。

次年，五九年仲夏，中南部發生戰後數一數二的八七水災，大雨從八月七日一路下到九日，造成三十萬人受災，三萬間房子全倒，死傷失蹤近兩千人。嘉義市相對沒大災情，但九日早上，出生即過繼給阿姨的四哥，忽然出現家門口，媽見他一身飢寒，馬上帶他去吃大餐進補，買新衣整裝，不在話下。

時在台南師範就讀的四哥，因道路沖毀，客運鐵路停駛，暫時回不了佳里老家，只好和同學找便宜小旅館窩了兩晚；九日一大早，決意搭七點鐘，「開得很慢很慢」的台鐵試乘車，朝「母親的方向」，也就是嘉義的方向，直奔而來。這一天目睹四哥狼狽樣（包括聽他懊惱自己一時心慌，沒想到拿腕上那粒九成新的精工錶去典當，救自己，也救其他同學的急），第一次啟動了我生平那根多愁善感的筋，想到四哥亦為母親所生，大風雨的夜晚獨有他一人流落在外受苦，不禁一陣鼻酸，眼淚簌簌掉下來。

四哥學文，新詩，散文都寫，出版詩集，懂德奧古典樂，各方面興趣都啟發我，不自覺走上了跟他類似的路。長大後，慢慢發現家中有不少五十年代舊雜誌，《野風》，《拾穗》，《藍星詩刊》，加上周夢蝶的第一本詩集《孤獨國》，楊喚遺作《風景》，皆是他特意留給么弟的精神食糧。

五哥大我整整一輪，則是我認得的第一個，愛看武俠小說的非文青，一個乒乓球界的後起之秀。五七年，他初三那年，代表嘉市參加省運，既是省運有史以來最年輕的選手，又一舉打贏全國冠軍，一炮而紅。學校校長室，家中公媽桌，擺滿了他後來南征北討贏回來的獎杯，金杯銀杯，數也數不完（其中包括：六六年亞運男單銀牌）。據他說，我一出生就在嘉市各大桌球間，飛來飛去的小白球前晃蕩，尚未滿月，就被他抱到噴水池旁的民眾服務社看打球，不單不哭，而且很融入。

五〇，六〇之交，我和我姊（排行老六），成了家中剩下唯二的年紀最小蘿蔔頭。最期待的就是，五哥從遠方參加比賽回來，為全家人帶上稀奇的吃穿玩意兒。硬殼007旅行箱當時還不多見，我們圍繞著它，盯著它看，像在膜拜不知名商品神般，一打開，所有來自異地的「奇貨可居」之物，即刻滿溢到小客廳地板，眾人眼睛也馬上被點亮了，台中貨，台北貨，亞洲貨，美國貨，不誇張的說，在那封閉的時代，我們是這樣學會擁抱世界的。

無法肯定，只能說，六二年台視開播，嘉義電視用戶少之又少，電視機亦然，記憶中至少花了好幾年才稍見普及。老姊大我七歲，乃是一個標準的小影迷。五九年，香港邵氏推出李翰祥的《江山美人》，席捲亞太影展絕大部分獎項，是黃梅調電影的開山之作。姊姊先和女同學，手帕交去看了兩三遍，不過癮，又帶我去，片中正德皇帝和少女李鳳（鳳姐兒），酒保大牛三人對唱的〈戲鳳〉橋段，很快成了街上小孩互相逗樂的最愛。也因此，等到六三年，《梁山伯與祝英台》風靡全台，我不僅第一時間學會唱全本〈十八相送〉，更似懂非懂地跟著大人們爭看報紙，電視，一起瘋凌波（梁山哥）登台的特別報導。

難以確切推算，「匪氛」何時開始慢慢淡去，而我那慢了半拍的山城五十年代，又是怎樣正式走向終結。只記得，時代速度逐漸加快（所謂「工商社會」的形成），過去農曆年，在鬧區中山路兩旁公然設賭，喝雉呼盧，玩四色牌，玩「三卡蒙特」（Three Card Monte）的攤子越來越少，某一年遂自動走入歷史（究其實，是往鄰近規模略小的城鎮偏鄉流竄，這也是「時間差」向另一端移動的證明）。我在嘉市升學率最高的崇文國小升小三，馬上被迫面對，班上有三分之一強同學決定參加課外補習的冷峻現實。六五年，我升小五，在延宕兩年後，不得不選擇向潮流屈服，開始固定，一個禮拜五天，到級任班導開的補習教室報到。

保守估計：繼六三年的《梁山伯與祝英台》，六五年同樣轟動全台的好萊塢音樂片《真善美》，也許是山城五十年代宣告不再的最後一站吧！這回，全城的男男女女，老老少少都被電影動員了起來，宛如共同集結在二戰反納粹（中共之外，當年另一邪惡象徵）最驚心動魄的一個轉捩點上，眾人情緒被放在根細弦上，緊隨著銀幕上的劇情及音樂起舞，象悲亦悲，象喜亦喜，被搞得神魂顛倒。殊不知，這些拿俊男美女，能歌善舞來宣揚愛情神話＋田園理想的流行片，敲響的正是舉世田園的喪鐘。

然而，深藏在我記憶中，猶有底下二三事，不吐不快。

從六一年上國小起，老媽固定給錢要我中飯自理，也因此，讓我後來和大河溝旁的棚屋店家結下一份情。大河溝源自八掌溪，原是灌溉埤塘一部分，戰後埤塘改建為市公所，河畔植滿楊柳，河溝卻發黑發臭，加上民間盛行「死貓吊樹頭，死狗放水流」風俗，此地慢慢從護城河變成化外之地，直到八十年代初，嘉市升格省轄市才加蓋填平，消失不見。

棚屋店家以賣麵食為主，單純為了省錢買更具吸引力的零食及其他，我幾乎經年累月，天天吃陽春麵充飢了事。陽春麵當年一大碗兩塊錢，加份滷蛋或香腸，也才兩塊五，就這樣，去掉寒暑假，算算我至少吃了千碗以上的陽春麵，也因此對那兩三個，常年下麵，煮麵，端麵給我吃的外省大叔，在整個連動過程中的一舉一止，可說瞭若指掌。即使到了今天，閉上眼也彷彿得見：那擺在小蘿蔔頭我面前的，大大一碗公，俗稱清湯掛麵之物，上面幾滴香油正慢慢暈開來，四五片超薄無比的香腸浮沉其間，似在奮力游呀游。和本省黃麵比起來，外省麵寬寬的白麵條富有嚼勁，不知為何百吃不膩，我相信，我身上一輩子永遠也洗不掉的，第三世界窮人家小孩的印記，便由此而來。

另方面，和我當初對外省食物的愛扣在一塊的，正是我對「非我族類」的外省人的一份好奇。從小在市街長大，本省升斗小民，將本求利，實事求是的「實幹」性格是我再熟悉不過的，而外省人在這點上不啻是一大「異數」。我得很快補充，這裡說的外省人是個五十年代的概念，也就是，更接近異鄉人，外來者的概念。外省大叔賺的是自食其力的辛苦錢，這道理，即使我小小年紀也不會不了解，不過，讓我在這麼多年後，仍然念念不忘的，則是一種比錢，比辛苦或貧窮本身，都更接近形而上，接近大寫的命運的東西。事隔多年，每一思及，我仍一如舊往，被那幾張粗粗獷獷，卻處處刻寫著「茫然」的異鄉人臉龐給感動了！

無從確定，但底下極可能是，最接近此生記憶源頭的兩個畫面。畫面一，我被母親抱在手上，在快速行駛於蒼茫暮色的一列火車上，車廂內部的頭燈突然亮起，我看見，三四個穿戴帥氣的年輕軍官，把我們母子倆團團圍住，其中一人正笑咪咪示意另一人，拿吃的在我眼前搖呀晃。畫面二，我在屋裡迷迷糊糊躺著，聽見外頭腳步雜沓，人聲倥傯；原來，和媽一起去看晚場電影回來的鄰女，驚覺她們一路被「形容猥瑣」的外省阿兵哥默默尾隨，氣炸了，遂作聲大喊：伊敢走進巷子來，阮就提掃把去便所裏屎尿，一把將他轟出去！

「匪氛未靖」的五十年代，本省人和外省人本質上是互為「異類」，甚至是互為「匪類」的吧！「匪」：不是這，不是那；「匪類」：這不是這，那不是那——我不是我，你不是你，一種全稱的否定性。的確，二二八之後，內戰以降的五十年代，注定了是個方言與標準語並存，內核卻喑啞失聲的時代：一個外省人失鄉，本省人失憶的時代。我忘不了，那群對我們母子釋出「陌生人的善意」的年輕軍官；我更忘不了，那被留在暗夜巷口，我永遠來不及去認識的另一個，和我老爸同樣「沒有臉孔」的人。

——原載二〇一九年七月十六～十七日《聯合報》副刊

陳建仲攝影

楊澤，上世紀五〇年代生，成長於嘉南平原，七三年北上念書，其後留美十載，直到九〇年返國，定居台北。已從長年文學編輯工作退役，平生愛在筆記本上塗抹，以市井訪友泡茶，擁書成眠為樂事。

重慶印象——葉儀

睽違兩年，我再次踏上了山城的背脊，這次來是終於明白，他不會再回來了。

重慶是座老城，老，複雜而難以捉摸，像個深諳世故的女子，呼出的煙成了罩在上頭的霧紗，媚著眼靜看人們在階梯間來回穿梭。新與舊在城間交錯，古老的建物隱祕在市裡的角落，綠樹鑽進樓房的空隙蔓生，新長的商業大樓春筍般依傍在江邊四起、群長，巴在山的一側，一樓進門九樓出來。闊別兩個暑假，我首次在五月造訪這座闊大的都城，沒有第一印象的悶熱和刺痛的豔陽，江邊橋上的水氣凝重，大街上花椒麻香、市井餐館的油煙氣味，更是滯留在空氣裡不動了。

父親來接機的時候已經拿到居住證，上車時他說：「我現在也是城裡人了。」

他們搬回繼母的故鄉兩年有餘，在那之前，他已經在蘇州住了五個春秋，一待就是我所有的青春期。而今他們與繼弟同住在渝中區的精華地段，公寓樓下便是徹夜未眠的商圈，二十四小時都彌漫著老火鍋與串串的香氣，小販的吆喝熱鬧但吵不了高樓上的住戶，一個小區囊括食衣住行育樂，生活機能很是便利。

還在台灣時繼母就曾預言：「凡待過重慶的都會愛上，她是一座會留住人的城市。」

想起座落在桃園鄉間的三十年透天古厝、晚上九點過後一切歸於寂靜的街道、住在裡頭的祖父母和我，我開始質疑「留住」一詞改為「偷走」是否更為恰當。

「難得來，就當自己家吧。」父親在領我進門的時候這樣說，替我把行李箱搬進收拾乾淨的客房，我唯諾地應了聲好，反芻著他舉動和言語之間的矛盾與迂迴。

我以為他只是來這兒上班，可在意識到真相以前，他早已習慣了渝菜的麻辣油香與江邊繁華的燈火倒影，在重慶，他毋須惦記什麼，該有的都有了，五子登科，如解放碑商圈那樣五光十色，霓虹招牌在夜裡猖狂地閃，全新的生活、全新的五子，更加讓人妒忌的是，兼具傳統與革新的山城，要是受不了都市的忙碌嘈雜，還有幾處靜謐的園子和咖啡館可以避難。

他說，他最喜歡在晚上從新家的陽台上往下看，眺望橋上不息的車燈匯集成一道長河，右邊道次是車尾燈，紅的；左邊是車頭大燈，黃澄澄一串，細水般流轉。

每當他多稱讚這片土地一遍，我便開始懷疑自己是否也變成他想揮別的一部分。

他常叮囑我不要成為如母親一樣的人：喜歡穿深色寬大的衣裳、事事鑽牛角尖又多愁善感、成天待在臥室囤積腰間的脂肪、對他的一舉一動過度猜疑像隻戰戰兢兢的老母雞。我太暗了，舊家太暗了，無味又單調，然而我偏像母親，生起悶氣像台灣開春時的南風天，愛哭濕黏，要熱也熱得不痛不快。某次我穿上媽媽買的灰色連衣帽，他蹙著眉打量，讓我多學著阿姨挑衣服的眼光。

繼母是會穿著洋裝在廚房裡燒菜的人。我記得那件洋裝，亮黃色的，當她在冰箱和瓦斯爐兩邊兜轉時就像朵金絲海棠，柳腰回身一次便綻放，永遠不會謝。

我想，他是真的愛上她們倆了，愛得比什麼都還要深，愛得可以拋棄一切重新來過。

然後我驚詫地發現，一個人和一座城竟可以那麼相似，個性同樣鮮明嗆辣，輪廓深邃，有夏日的剛烈熱情也有夜晚的溫柔嫻靜，偷走我父親的是人是城，她們是那樣好看、永遠四射著活力與豔色，卻仍有秋霧一般的嫵媚溫婉，起爭執時燒燙得像火爐，火爐好，水滾了就算把話說開了，啵啵啵啵啵，說開了就好了，不必瞎猜吵架的原因，燙一下總比被關在三溫暖裡悶著滴汗要好。

這兩年間，我們語言漸漸分化，他讓我看抖音的視頻、問我要不要吃土豆、有事的話發條信息，用微信聯繫，那些屬於異地的用詞，不知不覺間又將我拒於城門之外。

晚飯時我們挑了一家街角的串串，一鍋辣油擱在圓桌上，串著鮮食的竹籤都黑了，直到繼母夾了一塊牛肉到我的碗裡，我才猶疑地動筷，一入口，果不其然一股麻竄上舌尖，隨後而來的是燒灼的辣，我趕緊灌了冰水下去，嘴裡的戰爭卻還沒平息，正要吞下第二口水時，父親忽然拍了下我的胳膊，笑著說：「哎呀，怎麼覺得你突然就變那麼大了？」

我感覺嘴裡的辣就要竄上眼眶，又開始責怪身體裡面來自母親的那一半脆弱。

我從沒跟他說過我最驚恐的惡夢是回到他們離婚的那一天，夢裡，他沒再問我要選擇跟誰走，我留在家翻遍了三個樓層的每個角落，奈何怎麼樣也找不到他，正要放棄之際他走進我房間說，我是多出來的小孩，他不要了。明明現實裡他一樣缺席了我的大半生命，我還是會哭著醒來，虛實之間，唯一的差別是我仍握著一些能找到他的線索，只要點進微信撥號給他，我就能聽到他的聲音、看見他的臉，他沒有不要我，只是離我很遠，一直都很遠。

再過兩個月就要踩上十幾歲的尾巴，他看我長大成人只是一夕之間，可在成年那場盛大的轉折之前，我總覺得日子好長，糾結在一起的日曆難以撕下，他們在二零一二年離婚，從此我的傷口停留在十二歲，想起來就流血。成長好痛，孤獨好痛，憑什麼只有他能投奔另一座城市的懷抱，找另一個人陪他癒合？

這些年來我不是沒有試著掙脫，我扔掉了那件灰色帽T、建立起運動的習慣，成長的一切範本是用來形容母親的相反詞，唯有她留在我身體裡的雨還在下，對於稀釋酸楚的心情一點幫助都沒有。

「你女兒今年都要上大學了，我們一年才見幾次面啊。」我低頭撥弄碗裡的碎肉，此時餐館外面的霧氣凝成了從天而降的水滴，中和了一點從火鍋裡飄出來的熏人辣氣，我趁機抹了一下眼角，坦白說我已經難以分辨那究竟是來自刺痛的味覺還是湧上的情緒。

餐後我們淋著雨走了回去，一淋漓便是四個鐘頭，倚在他們新家的陽台，我看見父親說的那片風景，可一切都變得濕漉漉的，只有燦爛的摩天樓照樣將繁花、群鯨與飛鳥投射在玻璃帷幕上，燈河在大橋上緩緩流動。

我覺得想笑，怎麼五月的重慶會跟我一樣，眼淚說掉就掉。

「漂亮吧。」

突然他拉開陽台的落地窗，與我一起趴在欄杆上，他向遠方四處比劃，教我辨認燦爛的迷宮，他指向哪裡我就轉向那。正前方是解放碑、左後方是前年住過的民宿、右手邊是往紅崖洞的方向，被樹叢擋住、有粉色LED燈的是大劇院。

「住這裡是挺方便，但偶爾還是會想家，你和阿公阿嬤最近還好吧？有沒有聽話？」

把「我以為這裡才是你家。」給哽了回去，我答了聲「都很好」，彼此都陷入一潭沉默，我們待在陽台上吹了一陣子的風，直到細雨終於停下，空氣頓時清爽不少，雨水淨洗過後的山城宛若一盒珠寶在夜裡熠熠生輝，這城市的天際線，到了此時才漸漸分明了起來。

此刻的這座城市誰也不像，如同一個全知者以慈悲的姿態凝視漫步在她身上的行人，市民的祕密在她體內蒸發，凝結成霧露飄下，怪不得這座城市美得那麼神祕，因為無論是誰，江河和山脊都會接納他們的過去、現在，與未來。

他大概是不會回來了，我是知道的，過去曾錯過的和將來即將錯過的，都不會回來了。

可是我又能怎麼樣呢？

「你喜歡這裡嗎？」恍惚間我聽見他問。

噢重慶，美麗、悲傷，一如既往。

我輕輕地嗯了聲，不知道他有沒有聽見。

——原載二〇一九年八月四日《聯合報》副刊

獲第十六屆台積電文學獎散文組首獎

葉儀，桃園大園人，斜槓青年，兼職豆花獵人、雞蛋糕獵人、愛玉獵人等等。中大壢中青年文藝社社長退役，現就讀中央大學。喜歡奇怪的網路用語像是尬電。曾獲台積電青年學生文學獎及桃園市高中生文學獎。能寫到現在真是超級book思議。

貓膩——楊佳嫻

豐子愷愛貓，漫畫作品中常見貓。比如畫大耳朵白貓對住一碗魚，題字曰：「春節人人樂，我吃魚一條。年豐穀倉滿，防鼠有功勞。」這是貓的口吻，意思是過年了我確實該吃這麼一條魚，畢竟平常幫你們人類抓了老鼠呀。又畫過黑貓叼著一尾魚跑掉，廚娘模樣的人追在後頭，題字曰「貪汙的貓」；或貓打開了捕鼠器機關，小老鼠慌忙跑走，叫作「解放」，頗具時代性，類似資本家的悔悟之類的（欸，似乎過度解讀了）。

這些貓畫寄託了人類的情感，線條那麼簡素，特別展現出一種和美。至於豐子愷本人，當然也留下了愛貓家的照片，伏案時肩頭上擔著小貓，斂眉讀書時帽子頂也赫然一頭小貓，看了實在羨慕。羨慕多年，終於出現實踐的契機！大貓還小的時候，掂量著好像跟豐子愷照片裡的貓看起來差不多，試著放上肩膀，結果根本坐不住，下一秒就往前一跳直接蹦上電腦鍵盤，砰匍踩過，順腳踢倒茶杯，揚長而去，當然更不要想放在頭上這等不可能的任務了。

倒是小貓來了以後，熱愛攀爬人體，喜歡癱倒在我們懷抱裡。不大理牠，還自己來勾肩搭背，舔手咬腳趾，非得讓人放下手邊工作來抱抱不可。小貓最常做的，是從我座椅背後一躍而上，顫巍巍地蹲伏在因為披掛了大量外套層層烘托出厚度來的椅頭，側身緊挨著我的背，軟綿綿地呵氣在我頸後，觸鬚這裡點一下，那裡點一下，若有似無，簡直變態。不過呢，小貓日漸長大，身長體胖，這椅頭牠往往立不了太久，最多三十秒，看是牠先跳走，還是我先掙脫。

大貓如此冷淡，小貓如此黏膩，配合得天衣無縫。走廊那頭，大貓遠遠坐著，舔舔腳掌，看書房裡小貓臉頰仔細蹭過所有家具，到處標記，早晚重複，從不厭煩，彷彿快樂的守財奴，一次又一次確認牠的財產清單。

——原載二〇一九年八月五日《自由時報》副刊

收錄於二〇一九年十一月出版《貓修羅》（木馬文化）

高雄人。台灣大學中文所博士，清華大學中文系副教授，台北詩歌節協同策展人。著有詩集《屏息的文明》、《你的聲音充滿時間》、《少女維特》、《金烏》；散文集《海風野火花》、《雲和》、《瑪德蓮》、《小火山群》、《貓修羅》；編有《台灣成長小說選》、《九歌一〇五年散文選》；合編有《青春無敵早點詩：中學生新詩選》、《靈魂的領地：國民散文讀本》、《港澳台八十後詩人選集》。

餘震——石曉楓

許多年之後，人們將記憶那場地震是台灣二戰後傷亡損失最大的天然災害，而正確時間點也將如魔咒般一再被複誦：一九九九年九月二十一日凌晨一時四十七分。然而在劇烈搖晃的當時，我們顯然不會知曉自己正經歷著歷史性的一刻，持續長達一〇二秒的動盪裡，我只記得意識朦朧間，身邊的人火速將棉被覆蓋住彼此頭部；而在倏然驚醒之際，我則反射性掀開棉被，跣足奔向數步之遙的嬰兒床，那裡頭睡著初生甫半年的嬰孩。像深恐脆弱的玻璃應聲碎裂般，我撫摸懷中幼子粉嫩的臉頰，查看是否有受到驚嚇的痕跡？小嬰兒沉睡方酣，我抱著他坐回床上，一時間沒有主張。

一〇二秒之後，男人決定立馬下樓，我們仨倉皇出逃。住家附近即民權西路捷運站，我清楚記得半年多前同樣的凌晨時分，如何在此搭上排班計程車，匆促趕往附近的馬偕醫院。時值春節期間，羊水卻無預警來襲，我拎起早已置備好的衣物袋，一邊顫抖著坐進車裡，一邊擔心胎兒是否早產，凌晨的冷空氣像碎裂的冰塊般，在我齒間切切剁咬著。

之後當然是場驚天動地的撕扯，然而半年前體內的戰爭，在半年後轉為外在的震盪，那一夜，整個台北市瞬間被扯斷了線，通訊斷絕、漆黑一片。我們和其他家人通不上電話，只能與捷運站附近道途相遇的陌生人們相濡以沫，彼時路人即親人，大家互相吐露內心的驚懼與惶惑、關懷與善意。難熬的一夜辰光裡，聽遍長吁短嘆之後，我起身推著嬰兒車，在暗黑的小空地周遭四方盤旋，一回又一回。我反覆思量著自己是如何走到這裡的？跋涉了許多道路，經歷了愛之創痛與彌合、絕望與希望，在將臨的而立之年裡，這場地震意圖為我搖搖欲墜的人生帶來何等啟示？

此前，生活其實已開始有了些微妙的變化，婚姻對女性而言，本就是場難以逆料的震盪，帶著二十多年來從原生家庭得到的教養與習性，走入另一個全然陌生的家庭，重新學習另一套教養與慣習。原來有些人家餐桌上的話題，是菜價換算、烹調手法與口味鹹淡，如何準確說出盤中菜肴名稱、精肉部位？我回答得好拙劣。離開餐桌，進入下一道習題，那些本土長壽劇裡上演的家族紛爭如何看待？婆媳關係如何引以為戒或見賢思齊？什麼時間點我該做出適當的回應？太難太難了，我向男人抗議，為何獨留我在空曠的客廳裡進行模擬考？男人嘻皮笑臉說，為了讓你早點習慣。

那麼忙著不斷補考，下一份測驗卷又提前開啟。我曾以為那是全新的體驗，多麼認真地研讀了新手媽媽教戰手冊、新生兒養育指南，多麼誠懇地向前輩們請教考古題，然而當我興致勃勃，準備迎接新生命時，主考官推翻全局，重新擬定作戰方略。彷彿誤闖了中古考場般，生活裡一片時空錯亂。然後就在感知失調的窘境裡，真的迎來了四分五裂的震盪。

一切打散再重建，在那樣漆黑的夜晚，終於，我在小廣場裡靜靜坐下，回顧了愛之消亡、怨懟之起，凝視著眼前的婦孺壯者、青年佝僂，多麼魔幻的瞬間聚散哪，人與人之間關係的聯結，原來是如此隨機而隨緣。然則我們仨難道不該堅守住自己的小宇宙嗎？危城傾圮的末世感裡，我暗暗許下這樣的心願。

那時我並未意識到，地震搖晃原來可能是板塊早已移動的證據，而動力來源一旦開啟，生活裡大大小小的剝落便在所難免，一時粉塵飛揚，一日魂飛魄散。我眼睜睜看著牆上的裂痕不斷地加深擴大，牆右方安居著如如不動的男人，他指認了家庭的和諧美滿，有妻有子有父有母，瑣事全盤照料，他便無後顧之憂。然而持續位移到牆左方的我卻感受到了生命的強烈震動，臂膀太瘦弱，立足之地太逼仄，我懷抱著嬰兒，承擔著家庭、親子、職場每一種新身分，卻仿如孤島般，一再被推擠到世界的邊緣。隔著不斷加大的裂痕我遙遙呼喊，聽到的卻永遠是自己微弱的回聲。

於是每個夜晚，在燈火輝煌的家庭歡聚之後，我開始習慣推著嬰兒車，重複地震夜裡小空地周遭，一回又一回的四方盤旋。路燈微弱的光線底下，再沒有當時喧嚷的人聲，再沒有從每盞燈火後走出的魔幻人群，然而我感到安適而自得。黑暗中我對著嬰兒車裡的稚子，聽他咿呀含糊的呢喃，俯身嗅聞他身上浸泡著奶油的乳香，捏弄著米其林輪胎般圈養的大腿和肥嫩引人垂涎的小腳丫，感覺這是我此生最大的成就。然而我好累哪，寶寶，除了彼此相依於孤島，我沒有任何奧援，母者的身分令我驕傲，然而生活裡其他的角色扮演，卻都太過蹩腳，我意識到自己原來是錯置於家庭板塊中的不和諧之音。

在推著嬰兒車惶惶奔走的時日裡，並沒有人察覺到燈火背後，一名母者挾帶的長長陰影。寶寶在移動的車裡逐漸酣眠了，我將他抱回安穩的床上，偶而望著濃密的睫毛和鼓漲的嬰兒肥雙頰，也會滿足地睡去。然而更多時候，我起身離開，獨自走到街角的星巴克，在二樓氤氳的燈光裡，書寫著滿紙忿悶。手札裡再沒有年少時觀照生活的敏銳和餘裕，一如彼時在空間裡所感受到的莫名生疏，夜談文學的青年們、角落品味單人閱讀的中年男性，咖啡香與樂聲流淌，這些都已經消失在瑣碎世界的一隅。近在咫尺的兩處空間，展示了截然不同的人生景況，卻都沒有我容身之處。夜更深了，我拖著尾隨不散的陰影，回到道路另一端的「家」，書房裡男人伏案的背影巍然不動，臥室裡小小的嬰兒吮指微笑，並沒有人意識到一名女性的暫時脫逃。

所以，如果我就此永遠離開了呢？天地倏然間又一震盪，我望著嬰兒床上的孩子，機伶伶打了個冷顫。火山要噴發了，板塊又要開始撞擊了，衝決網羅間，牆上粉飾的裂痕斑斑剝落，「你就是讀那些女性主義讀壞了」，被堆置於客廳一角的書架在重擊中哐啷解體，美杜莎的笑聲迴盪於荒寂室內，寫給年輕女性主義者的信散落一地，自己的房間從來就是神話，何處是女兒家則在角落哀嚎，戀人絮語已支離破碎，還有什麼解讀瓊瑤愛情王國抓起頭髮要飛天紛紛失效，女性主義經典無法解釋我在親子關係婚姻生活裡所面臨的掙扎與困境。

耶誕夜，我們在中山北路上的小診所裡，又經歷了一場精神與肉體傷害。走出婦產科時，望著沿途飯店大廳裡閃爍的聖誕樹，耳裡聽聞聖善夜天使報佳音，一切如夢幻泡影，彼時我唯願帶著嬰兒返回故鄉海岸。離島能接納破碎的我，我渴望生活在他方。

冬天過後，從故鄉歸返，小空地四方盤旋的時日終於走到了盡頭。據說地震是地球生命力的自然表現，我們無法避免災難，但災難之外，是否也有生命力釋放的可能？我在隔年隆冬，離開居停了近三年的中山北路，然後開始更多年走過中山北路，接孩子共度周末的椎心之痛。

曾有一個深夜，我被電話告知孩子整晚排著玩具小汽車不睡覺，他說，他要搭車去找媽媽。在凌晨飛奔於中山北路的計程車上，我止不住滾燙的淚水，一路看著掠過車窗的馬偕醫院、法國巴黎婚紗館、麗嬰房、蕭繁雄婦產科，還有更遠一些，路盡頭的星巴克咖啡館。宛如一場年輕歲月的縮時攝影，我在此經歷了生命的幻夢與失落、狂喜與悲哀。我彷彿看到孩子也將走過中山北路，從稚幼的身形慢慢長成高挺的青年，然而我再也不能陪在他身旁，一如往日推著嬰兒車的夜間散步。

那一年的生命經驗是永遠的痛，中山北路成為一種物質標誌。許多年之後，人們將驗證地震並無法摧毀某些巍巍然矗立的高聳建築，鋼骨結構、銅牆鐵壁，那比人心還堅硬。然而它們也日日折磨著崩摧的人心，馬偕醫院法國巴黎婚紗館麗嬰房蕭繁雄婦產科星巴克咖啡，潛藏在我體內的餘震，一直試圖粉碎這些物質所帶來的記憶，它們在我心中所引發的動盪，始終沒停過。

——原載二〇一九年八月十七日《聯合晚報》

石曉楓，福建金門人。台灣師範大學國文系博士，現為該系專任教授，研究領域為台灣及中國現當代文學。著有散文集《無窮花開——我的首爾歲月》、《臨界之旅》；評論集《生命的浮影——跨世代散文書旅》；論文集《文革小說中的身體書寫》、《兩岸小說中的少年家變》、《白馬湖畔的輝光——豐子愷散文研究》；另與凌性傑合編《人情的流轉：國民小說讀本》。創作曾獲華航旅行文學獎、教育部文藝創作獎、梁實秋文學獎、全國學生文學獎等。

另一種語言——陳柏煜

1

在馬槽或現代醫院出生不由嬰兒旅客決定（比如我，是在出生後再也沒有踏入過的台安醫院），他們或多或少是乞丐王子、安那塔西亞，只是他們並不知道，上帝保佑。某些生物出生後會緊跟隨身邊最大的移動物體，視其如母；顛倒過來，如果見到綠頭鴨就會有綠頭鴨母親，自動吸塵器——自動吸塵器母親。多可怕呀，被這樣隨機擺放，產生出隨機卻自認為深情的親子關聯，這震撼了生物課堂上的我。這還不是幸好，當時我身旁的是人類不是其他；幸好，她就是我親生母親。我並沒有錯亂地在某隻倒楣的寵物狗身上瘋狂找尋乳頭。母親在我身邊向道喜的親友說話，母語等於媽媽在說話。它擺在出生的我身旁。我注定自然地跟隨中文，就像一隻搖搖擺擺的綠頭小鴨。

我不大會說台語，說得不好，也不太願意說。台語和中文許多地方如此相像，可是又會在我認為理所當然處鬧彆扭。不相符、落空的地方，彷彿突梯的玩笑，彷彿在阿姨身上看見了母親的淡眉毛、圓臉——卻有一只高鼻子，我特別介意那鼻子，使得我與八成相似母親的阿姨疏遠了。後來課堂上學到台語保留了唐朝古音一事，阿姨就進化成姨婆，自傲地堅守過時的品味與美德。我也想到一代女皇武則天；中文則是有一些任性與囂張的小燕子。

比起聽懂台語，開口說才是真正的災難。我台語的聽力其實不壞，而這只讓情況更糟：在腦海中先掌握正確的發音與內容，默默排練暗喜萬無一失，一開口，句子如蘋果被削皮，顯現不知何時撞到的瘀傷，坑坑疤疤；對話的溜冰場上，發音不是站得太僵直就是頻頻摔倒；我像胸懷滿漢全席卻燒不出菜脯蛋的廚師。我想起高中時，叛逆地背棄從小到大的古典音樂訓練，進熱音社學電吉他所面對接近羞恥的挫折。

國小到高中，我都是班上（甚至全年級）那個最會彈琴的孩子。從來沒被質疑過的天分，變得十分可疑。在同學與學長厚重的期待下，我幾乎覺得自己是名詐欺犯。高貴的勳章格外輕盈，像隨便一片小碎紙別在胸前。（其中一個勳章：小五，對面那一邊（五年六班到十班），傳說中的鋼琴天才約我到音樂教室「決鬥」；雙方各奏一曲，他騎士般地承認落敗。另一枚勳章：小二，班上才藝表演結束，又到隔壁與再隔壁班「巡迴」，導師踩著風琴踏板讓小小的我彈莫札特奏鳴曲，尊榮如高力士為李白脫靴。）

同學沒有收到我一夕轟動、竄起為社團明星的消息；學長沒有捕獲天賦異稟的學弟。第一次社團課驗收，我實在稱不上順利的表現，使教室籠罩一片尷尬的烏雲，好像我的失敗，不只使他們的期待落空，還損害到了他們的「自尊」。若鋼琴鍵盤是光滑的水面，我的雙手就是幽靈般敏捷的水黽，尤其左手，敏捷又有力；吉他指板上，左手瞬間淪為臃腫的牛蛙，橫衝直撞——打亂節奏生態系的不速之客。我逼迫自己接受這隻不討喜的新寵物，悶著頭在不會有人出沒的校園角落練習半音階「爬格子」——對，就像練習語言一樣，結結實實地在稿紙上吐出一個個字，慌張又不耐，邊練琴邊吹著二樓的冷風，底下是籃球場與鬥牛的男孩，我懸掛在他們上面，我的手是笨拙蜘蛛，不會結網。

學第二語言就是學第二樂器。原先裝載在身體裡的內容，成了憋在內裡無法宣洩的東西，灼熱地翻攪，逆流食道。不多久，我就將台語束之高閣。（在客房、被撇清、彷彿非我所有的電吉他。）它還在我的裡面，但異物被新肉掩藏，密室的密道毀棄，共生互不打擾。生鏽而僵硬脆弱的絃是我台語的舌頭。

2

我聽得懂台語。周六晚上八點鐘，就在看完中視最新一集神奇寶貝後，媽媽會和住台中的阿嬤通電話，自大學時代開始，至今已經連播千餘集。她們講的台語是客廳角落的「方言」，電話是田野記錄的機器，阿嬤住在機器裡面。我讀小學時，阿嬤一段時間就上台北住一陣子。下午四點，她到鋼琴教室接我，問我要吃什麼點心（用國語，因為不常使用它，口氣和情感都變得小心翼翼）。這隻訓練有素、不會自己討食的小狗，往往不動聲色；我們會有默契的散步到國中對面的便利商店。她知道我吃魚漿做的龍蝦棒會特別小口（想像它是從千百道關卡後，石槽中取出的神祕食物，吃了能學會瞬間移動；想像它是真龍蝦肉）；她知道我想要彩色小抱枕般的零食包，她以為我和別的孩子一樣喜歡零食。或許她知道我喜歡的是贈送的神奇寶貝鬥片。阿嬤過世前對我留下的最後三個印象：第一個，還沒上幼稚園的我把家樂福取名叫「零錯角」；第二個，我對著她無限反覆唱著一首叫「山洞洞洞洞……」的歌；最後一個，嬰兒的我第一次吃副食品，她拿小湯匙餵我水蜜桃，我對這個世界感到不可思議的表情。我們透過便利商店的落地玻璃窗看到大門口兩隻大白獅子，媽媽在辦公室裡改作業，爸爸教理化課，不久他們會因為升遷大吵一架，我和妹妹會躲在和室棉被裡，感覺自己是塞在大紙箱中、去留未定的小貓。我和阿嬤正享受「下午茶」（只有我在吃），她心裡打算為我買一架鋼琴，兩年後，我黑色的大玩具會從想像的世界完完整整地掉進頂樓加蓋的「二樓」。舅舅已經搬離「二樓」結婚買房，我和妹妹是花童。當時阿嬤還記得我所有小事，我反倒糊里糊塗，只記得對她（無聲）許的下午茶願望；任務完成，阿嬤又會消失（大人不會告訴小孩他們的行蹤，這實在非常不公平），回到她的電話神燈中。

媽媽歪在沙發扶手上講電話。大人以為我忙著看電視，其實我在偷聽媽媽講電話。（小心平時聒噪跳躍如乒乓、有時卻穩重深沉如保齡球的孩子！）她（們）——線索只有一半，我習慣它一半的樣子，就像月亮，我們得相信它。我們總不會就認為月亮是臉盆型的吧（凹進去的月球背面住滿了電話另一端發話的人）。

她們談論親戚，就像我們私下談論同學，富同情心又帶著刻意營造的距離感。不熟識的親戚在我腦海中，原本只是節目單上短短的角色簡介，現在經過合唱隊提要，頭頂上掀開了布幕。褒貶論斷後，家庭悲喜劇盛大演出：木偶的臉上就畫著代表的性格。從此參加例行的家族聚會，我就能向上偷窺關係串連的樣子（上頭的提線會被綁在一起）。這是旁觀者的歡快心理——她們談論的內容多半不愉快，是煩惱、忍耐、無處可訴之委屈。汩汩流出泉水的石壁的客廳角落，媽媽貼在上面如壓低聲音的青苔。還好她們以為我聽不懂。有句話說，小孩有耳無嘴——大人全神戒備對付最白目的口無遮攔，卻低估了暗地接收訊號的小耳朵。

即使內心小劇場，我（裝在電視兒童裡面的我），還是併攏膝蓋，保持神情嚴肅，得到獎賞卻不能喜形於色——這是旁觀他人痛苦的第一守則。有時她們也聊購買日用品的心得。有時她們會聊到我。外頭看起來，我還是待在原地看電視，但真的「我」早已變成兔子，往身體最深處的小洞穴鑽進去啦！

3

我的台語是偷聽媽媽和阿嬤講電話學來的，一周一次空中廣播教室，我只聽得到媽媽這邊，空白的時候是留給學生複誦的時間。從現在回望過去山丘，無論尖酸批評、苦楚、話家常都蓋上一層淡紫色的霧靄，內容迷濛不清，只有語言的韻律在霧中上下起伏；一陣風把那座山丘上竹林的聲音帶了過來。

阿嬤失智兩年了。媽媽從每周六打一次電話到天天通話，無意間透露出疾病的進程。星期二沒跟她講話，她就閉上嘴巴退化成花草，像她為客廳畫的四君子圖（她聊齋地走進去）。星期三打去，她還待在畫中，記憶沒法解壓縮成立體世界的形狀，她困擾的神情，像接到陌生人來電，對方卻堅持沒有撥錯。「陌生人」得小心交涉、以溫和的肯定替這株起疑的梅花澆水，讓她曾經熟悉的話題導入樹根——希望這使「她」星期四能夠回來，希望月亮能從影子裡回來。

另一種世界，在畫裡面，語言是什麼狀態？阿嬤能對自己說話嗎？還是入畫就像暈眩，被丟到某個咖啡杯上旋轉一陣子？她「回來」時，家裡的人都不敢問，不敢和她說，她剛剛不在這裡……我想起，不知道從哪一次消失開始，爸媽不再問我，連續幾天不回家到底跑哪去了。他們害怕說破讓她傷心恐懼，也害怕吵醒專司遺忘的白色的鬼，繼續停工的占領行動。我於是在這個男朋友與下個男朋友的住處為期數天至半月不等地流連，阿嬤在局部損毀與數位修復的記憶間徘徊。家人自動剪掉他們不認識的部分；我們「在家」的時間，前後被黏續起來，自成一條時間線。

阿嬤的情況惡化了。來來去去的不再只限於事物的記憶。她的台語開始破碎，意思無法被區辨，說出令人費解的謎語，斯芬克斯擋住了她，擋住讓她來找我們的路。這是一組糟糕的雙簧搭檔，她在後頭說的話，都被牠的爪子抓得四分五裂；台語是她懷裡被貓弄亂的毛線團。

小學一年級，我白天學注音符號，下午放學回家，小老師就在客廳對阿公阿嬤教正音。我唸一次他們複誦。阿公在嘴裡把玩「題目」（如稀奇的小玩具），嘻嘻笑，全部的心神被快樂的情緒占領，「題目」就扔在一旁，課堂常常因此不了了之——小老師不大欣賞這樣的態度。阿嬤是好學生，她總自豪自己的國語比其他老人，尤其是阿公，標準得多。她認真、不大放心地和我確認自己在「水準之上」。講一口好國語——在她想來該是挺摩登的吧？——她年輕時就「跟得上時代」，用日本雜誌上流行的樣式做衣服。（看相片才知道，她替三歲的我做了小背包、帽子、連身卡通青蛙裝。）

我教阿嬤一句繞口令。我說「粉紅鳳凰飛」，她說「混紅閧黃灰」。是粉不是混，這是進階題，小不點的我安慰阿嬤。但是……是飛不是灰。（一來一往重複，熟練需要不停的咒語。）後來一講到小時候的「正音課」，「粉紅鳳凰飛」就成了課程的代名詞，長大的我對自己小朋友時代的好為人師十分害臊，像隻隨時要鼓起來打架的河豚，阿嬤一提，我就鐵青著表情掩蓋漲紅的臉。這時我最怕她加上最後一根稻草，將全場焦點轉向我：「所以，混紅鬨黃灰，這樣唸對嗎？」——我離地飛走，羽毛不剩，從樓上傳來：「對啦對啦，很標準啦。」

把大人遠遠甩在過去的時間裡。這時，罹患阿茲海默症兩年的阿嬤正試圖掌握新的語言，掌握自己，拿回主控權。同時家人判定阿嬤不能好好照顧自己，請來了印尼籍的看護安妮。他們告訴阿嬤，安妮是來幫忙打理家務的。安妮會說中文，中文包覆在她的國語與（對我陌生的）方言裡，表面彎彎曲曲，像黃綠色的熱帶水果漂在水面上，像甘美朗演奏〈茉莉花〉。來台不久安妮還不會台語。她接下阿嬤在家裡的工作：上市場買菜、準備三餐；也包下先前阿嬤不用做的事：打掃透天厝裡外，看護她所被託付的老人（阿嬤本人）。當阿嬤說話行動靈便時，她是祕書、學徒、華生或桑丘——規畫行程與備忘、上市場下廚房、蒐集某個不存在的「小偷」的線索、對抗冰箱櫥櫃廁所無預警的造反。安妮的身分在阿嬤復發時收攏回一名印尼籍看護，她是影子似的輔具支撐阿嬤，是懷抱耶穌的聖母；安妮是一名好丈夫，與她共享一間臥室。

阿嬤試圖運用吃力又困難的新工具表達自己。她說台語，像我們在陌生的國度開口說外語：尷尬、詞不達意、面紅耳赤。初抵外國，語言表達的失能，不僅使別人誤解我們，更反過來改變我們的性格，有一陣子我們任它擺布，語言像手捏著黏土任意地揉塑思考的形狀。阿嬤感到無力時（伴隨連續數日的嗜睡），就開始大肆攻擊安妮不標準的中文，呼嚕呼嚕聽攏無。（遇到更嚴重的指控，安妮百口莫辯，在「另一種語言」中，保持沉默。）阿嬤不信任安妮，雖然姑且與她「共事」（安妮仍是祕書、學徒、華生或桑丘），卻也時時刻刻「監視」她，當心中的小偷、害蟲和安妮的形象重疊在一起，阿嬤自雇為安妮的「看護」。

家裡的人也不信任安妮。這部分我所知甚少，因為我從來不在家人的「討論群組」。他們不知道從小我就是竊聽專家，不特意也會（職業病地）蒐集資訊拼湊故事。線索都在席間的隻字片語、逸散門邊的悄悄話；他們說安妮並不如以為的那麼沉默。這些討論以台語進行，仍然，這是同盟的語言……是嗎？我懷疑。

但各種說法並沒有停止，一年之後，沒大我幾歲的安妮被辭退了。

4

白天學注音符號，下午就教給阿公阿嬤。我唸一次他們複誦。阿公在嘴裡把玩「題目」，嘻嘻笑，課堂不了了之。阿嬤是好學生，她自豪自己的國語比其他老人，尤其是阿公，標準得多。

（過了時好時壞的幾年，一天晚上，阿嬤中風在家中跌倒，送進醫院加護病房，陷入昏迷。手機訊息中，爸媽已經在前往台中的路上。阿嬤先前也跌倒過，休息一陣子復原了，因此我搭高鐵轉接駁車至醫院時，並沒有準備好接到阿嬤可能不會再回來的消息。）

我教阿嬤一句繞口令。我說「粉紅鳳凰飛」，她說「混紅閧黃灰」。是粉不是混，這是進階題，小不點的我安慰阿嬤。一來一往重複，需要不停熟練咒語。

（我到醫院時，媽媽哭了，之前我只看過她因為氣惱而哭；媽媽在拉著我陪她去買飲料時無助地哭出來。家族成員意見不合起爭執。我不知道接下來的幾小時內，會發生什麼、看見什麼。大家都在講話，但不知道自己在說些什麼。我被暗示阿嬤……

探訪一次只允許兩個人進去，媽媽帶我到阿嬤的病床邊。她已經收起眼淚，看見阿嬤時，她露出某種驚奇的表情，就像床上躺著一名綠皮膚長手指的外星人。她彎腰對病床上的人正式而扭捏地介紹我。就在外星人又要變回阿嬤時，她趕緊要我對阿嬤說說話。）

我像隻隨時要鼓起來打架的河豚，我最怕她等著我說，把全場的焦點轉向我。是混不是粉。是灰不是飛。阿嬤。

「粉紅鳳凰飛！」

——原載二〇一九年八月二十六～二十七日《自由時報》副刊

陳柏煜，一九九三年生，台北人，政治大學英文系畢業。曾獲林榮三新詩獎，以及道南文學獎現代散文、現代詩、短篇小說三類首獎。作品入選《2018台灣詩選》、《九歌107年小說選》。木樓合唱團歌者與鋼琴排練。著有散文集《弄泡泡的人》；詩集《mini me》。二〇二〇年將赴印尼執行「流浪者計畫」。

初戀是句小小的髒話——楊婕

所有初戀都是粗魯的，跟寫作一樣。

國二在校刊上先讀到那首詩，再看到他的照片後，我就沒忘記了。

校刊是那時最重要的讀物，我一拿到就迫不及待打開來，翻到高中部文藝獎，有一首高二學長寫的詩，寫理想——我不太懂可讀了一遍就喜歡，因為那樣的東西我寫不出來。除了文學，好像還有一點社會關懷什麼的，太酷了。

詩作旁附了一張學長的照片，好有書生氣質。得獎感言提到一個人叫「薩依德」，我不知道薩依德是誰，但崇拜薩依德好像是很厲害的事。我停在那頁好久，後來每翻一次校刊就深深看一遍。

熬完晦暗的國三，一年後我直升，學校設立輔導制度，請剛考上大學的學長姊回來帶我們，其中幾個台大、交大的學長特別熱心，他們是群神采飛揚的怪人，高二就在封閉得要命的校園裡創了學生組織「士」，都要畢業了還在想怎麼傳承，把我們幾個準高一小女生召集起來，定期聚會。

聚會總在隨便一間空教室裡，每次談的東西都不一樣，社會正義、資本、政治學……學長希望能雙向交流，但一群小女生有什麼可以跟學長交流的？與其說聚會，其實更像上課，好多詞彙我都是第一次聽到，頭脹死了。

現在唯一想得起來的，是某次一個學長問另一個學長，怎麼不跟我們談陳列的《地上歲月》？學長擺一擺手說：「她們看不懂啦。」我好不服氣，心想，我怎麼看不懂？我國文很好耶！

不過，那時我對知識確實沒有多大興趣，只覺得直升後好無聊——放棄外考，表面上輕鬆又開心，比舊同學提早解放，但心底那股失敗者的情緒是壓不住的。失敗了，就逃。

跟這群學長的聚會成為當時的避風港，我說服自己正在吸收知識、在做有意義的事。學長們是披著知識羊皮的大玩具，他們在台上口沫橫飛講傅柯講涂爾幹，我們只管替他們取綽號，坐在台下胡鬧。

有天下午，閒聊的時候，他們的朋友走進教室，好瀟灑坐上桌緣。那個人白白的，灑到臉上的陽光也白白的。那五官真眼熟。我愣了幾秒，對著他大叫：「你是不是○○○？」

他喜歡文學，我也喜歡。他寫得比我好，我崇拜他，理所當然就熟起來。傳訊息時，他叫我妹妹，當時還不知道，世上所有乾妹妹都只是女友未完成，只覺得能做他的妹妹也心滿意足。

畢業典禮那天晚上，學長傳簡訊問我要不要跟他交往，我猶豫了——再過兩個月他就要去台大，我也要上高中，初戀就碰到年齡、距離、環境差異，這有可能嗎？

但文學掐在我的咽喉上，好想當他的女朋友。爸媽禁止上大學前交男友，就騙他們是去補習班。

沒人教過怎麼當女朋友，出門約會前，我先在紙條記下等等可以聊的話題，塞在口袋，一個一個照著講。好不容易找到可以擁抱的地方，也不知道該怎麼擁抱，枕著彼此好久，脖子痛也不敢說，有一次看到他偷偷面目猙獰地按肩膀，才知道他也不會擁抱——接吻更是關卡，第一次親吻前，我覺得口水噁心，要他不准伸舌頭，乾乾地撞了幾次門牙。

界限是用來超越，也用來退卻。長大必須一步一步來。對高中女生而言，從指尖到背，從臉頰到頸項，短短幾公分就是地球到月亮的距離，每多一寸都像觸電。初戀就是一起忍耐電流摘月亮的人。

有了他我就能看到天空，儘管天空是顫慄的黑色——他總告訴我我能寫，我不知道自己能不能寫，但他寫給我的每首情詩都很美，被寫的我，好像也變成寫作的人。

他父母都是音樂家，從小和他談藝術、談哲學，那群學長的聚會上，他總帶小提琴，低低緩緩地拉。他是革命派裡的浪漫派，其他人說他過於浪漫，可他的浪漫就是我世界裡的革命。

他去打工，下班回到家傳簡訊給我，說工作壓力大，正在畫油畫紓壓，畫名叫「彩虹的種籽」。收到這簡訊時，我腦袋冒出超大串驚嘆號，但我不能表現出震驚的樣子，震驚就太ㄙㄨㄙ丶了——他朋友都問他，怎麼會喜歡上一個小妹妹，我不想再給他更多不喜歡我的理由。

國中生跟高中生的距離，就像從陽明山到雪山。越級打怪，其實很吃力。

比方去買衣服的時候，我試穿無袖覺得不自在，不停把肩帶往衣服裡塞，他總說：「這沒什麼，我同學都直接露出黑色肩帶啊。」他舉出某某學姊和某某學姊，怎麼穿小背心、有什麼款式的內衣。我沒錢買新內衣，只好學著不要在意露出來的膚色肩帶。

他常有意無意告訴我，那些學姊是怎麼當女人的：例如他說起學姊們和男友愛撫。地點在哪？他說：「就在廁所啊。百貨公司廁所、公園廁所、補習大樓廁所，下次我們也可以去。」但廁所不是尿尿的地方嗎，那陣子，每次去上廁所，我都邊蹲邊想這麼臭的地方真的可以談戀愛？

初戀總是不斷趕進度。他爸媽不在，跟他朋友去他家，我進他房間睡午覺。那房裡有溫暖的木地板和滿室樂器書籍畫作，央他拉小提琴給我聽，他說沒心情，然後就把我抱到地鋪上了。事後他告訴我，那群平常跟我談社會正義的學長問他做了沒有？他淡淡回他們，只是愛撫而已。

有天下午我們在公園聊天，旁邊坐著一個衣衫襤褸的男人，頭髮又長又亂。那男人跟我們搭話，我沒聽懂，那男人重複問一次，比出往樹叢的手勢：「打野炮嗎？」我沒反應過來，他拉著我走開，等我意會到是什麼意思，覺得非常可恥。

不是那男人可恥，是自己可恥。

我逼自己做其實做不到的事，告訴自己這就是戀愛。

他去台大報到前一晚，我們在學校輔導室旁的走廊接吻，很暗很暗了，我可以感覺到這次親吻跟之前不同，兩人都預期要發生什麼。他脫了我的上衣，但我一點興奮的感覺也沒有，而我知道他也沒有。

連親吻怎麼換氣都不會還能做什麼？好久好久，我們因為缺氧攤坐地上喘氣。終於像作夢醒來，牽手去操場散步時，他說了一句：「還是穿上衣服比較好。」那句話讓我對自己的身體自卑很多年。走出校門時，警衛把我們攔下來，說好幾次看到我們下午進去、晚上才出來，再看到就要通報學校。他客氣地道歉，告訴警衛：「好，謝謝你提醒，以後再也不會了。」對，再也不會，因為交往之初，就約定好把握最後兩個月，等他去台大便分手。

可是，他是我的初戀，怎麼可能說分就分？剛去台大前幾天，他還常傳簡訊給我，然而大學比一個十五歲的小妹妹好玩多了。我簡訊傳了好多則，他終於回我一句：「不是說好分手了嗎，為什麼要把你的混亂轉嫁到我身上？」

高二我成了校刊社主編，每期印好就寄給他，希望他看見我也開始寫了，他總是沉默。段考完和同學坐客運到台北逛獨立書店，我太想見他，寫電郵藉故跟他借腳踏車。他拿著一本書，將腳踏車客客氣氣牽來就去上課了。那台車不能雙載，我們借了也不能騎，請同學幫我在台大校門跟腳踏車合影留念。

高三畢業的暑假，他知道我考上中文系，得了第一個文學獎，寫長信給我，向我陳述這三年。他說，跟我結束後幾個月，曾和另一個高中女生在一起，是他媽媽的家教學生，他形容她是「未來的豎笛天才」——我才懂，其實不是因為我小，而是那時我寫得不夠好。

那個女生很美，文筆很好，但為憂鬱症所苦，天天打給他哭。他曾傳訊息問我，這個女生比較敏感，可不可以先把妳刪好友？

初戀是人生裡最乾淨的詞，也是最髒的詞。曾以為會寫詩的愛情就是真愛，很晚才搞懂，真正的戀愛是不寫詩的那個門派。戀愛起於欺瞞，終於誠實，文學則相反。

那些意氣風發的學長，就像夜景的燈海一樣，從我的青春期沉下去，很久以後，當天亮和夜晚沒有那麼大區別，才又重新浮起來。

——原載二〇一九年九月《印刻文學生活誌》第一九三期

楊婕，牡羊座，三十歲，著有《房間》、《她們都是我的，前女友》。還在思考作者簡介寫什麼比較好。

軍用品專賣店——楊富閔

豐田轎車急速駛過軍用品專賣店，兩邊的土芒果樹給出遮蔽，夏日傍晚的林蔭，時常我們是要去大圳邊的外公家。四點。父親母親下班，學校剛剛打了鐘響。父親這台老車，開了二十年，二十年後我度過三十歲，還是習慣在行經軍用品專賣店，趴在車窗，看看那個男孩是否會在店口的長凳子等待。

我記得這店純粹因為門口植過一根公車站牌。它在車班並不密集的偏鄉山區，每個整點都有一班公車停靠。二十世紀最後十年，此地密集上下通勤的學生，要去市鎮採買的婦女，以及老邁的榮民。軍用品專賣店往前與往後，水泥磚牆平行交錯芒果林蔭，狠狠刷過你的雙眼。我想告訴你的是，我們也正走在一座營區，只是我們算在營內或者營外呢？這麼想著車子突然完全駛離了芒果林。

常說從小依著曾文溪水發育，當放山雞一般的被養大，其實我更是依著營區野生野長的小孩，年復一年，迎著少年新兵的到來，並且歡送他們下到未知的部隊。那時想吃什麼奇巧的食物，總是期待著懇親的好日。熱熱鬧鬧沿著營區磚牆，攤販全都擠在芒果樹下。這是一座時間並不固定的漂流市集，而我老遠騎著一台破鐵馬只為來買一支烤小鳥。

我的生命駐紮至少一支浩浩蕩蕩的軍隊。我始終過著營區的生活並不自知。原來我是有人在守衛。

車子駛離營區，我就正式走出一個始終牢不可破的敘事。眼前是寬敞四線大道。還有建造中的快速道路。我可以感覺身後一列軍隊逆著日光，向後緩步涉入曾文溪水，他們要去尋找一具溺斃多年的遺體，風災剛剛過去；而一台搖搖晃晃的老客運尚在評估是否廢線，班次大幅縮減。只有那軍用品專賣店讓人安心。門口長凳有人在等。當年那個同班的學生男孩，據說已經有了三個小孩。

我要離開一個牢不可破的敘事，揮別多年縈繞在我書寫的親族網絡，再過不久，父親豐田轎車將會壞在路肩，車上坐著術後的老母。我還在接受她的生病。世界很快要我一人獨自上路。

故事暫且回到那個男孩。上世紀的數學課，國立編譯館，有次課程要上多面體，老師鼓勵我們從家中攜帶一種等邊等長的四方體，我的那份是二爺爺幫我買的。出門採購之前，我還翻出課本複習：正方形是長方形的一種，但長方形並不屬於正方形。隔天，早自習同學們禮物拆封般的攤開帶來的各種四面，極其慎重：用現在流行話來說就是開箱。四面體的內容物，曾經裝著腸胃藥與花肥皂、糖果與文具，花樣百出，其中一名同學，從家裡帶來味王味素，結果使用中的味精忘記拿出來，大家笑歪說她阿嬤等一下就會衝到學校來；還有一名同學，好似帶來壯陽藥的盒子，盒子外觀一對西洋面孔赤條男女，表情看來非常痛苦。大家的盒子方方正正。住在營區附近的男孩，帶來一個空蕩的紙盒，並不明白它是不是四邊體。確實形狀十分奇怪。大家傳來傳去，目瞪口呆。紙盒包裝外觀寫著臂章名條。他是在公車站牌撿的。

這時同學紛紛圍了過去，熱議與比劃，最後判斷它不符合四方體的標準，男孩隨即嚎啕大哭起來，數學老師相當嚴格，沒人可以幫他解圍。我想將我帶來的火燒膏四面體送給他。另個同學建議他去合作社或者回收區找個新的比較快。

二十幾年前的事情了，想著還是會忍不住笑起來。我在教室內品鑑著不同的四面體，抽象的立體的剖面的，像是在找哪裡才是最好的視點，獨一無二的敘事觀點。去年冬天，偏鄉學校的小學生運動會，親子遊戲時間，發現那個男孩正在進行一場親子趣味競賽，笑顏牽著兒子走在等距呆立的三角錐草地。他們雙手滾著一顆七彩大球，身形彎過來又彎過去。

男孩住在營區附近，有著相當好聽的姓，六年級下學期，隨著親友說要搬去基隆，全班並且替他辦了一次歡送party。我們在黑板塗鴉與氣球環繞的水泥教室，輪流獻上祝福的話。那時對我來說，最大的困惑是他才去新的學校，換上新的制服，再過不久又要畢業，初來乍到的他，是否也會依依不捨？剛剛抵達就要離開，或者根本沒有意識自己是在路上。如同童年不得不的早起，等在軍用品專賣店前的長凳，在茫霧山區守候早班客運，以為只要打著瞌睡，搖搖晃晃之後又會回到市區喧鬧的小學。

這個春天，許多親友消失在我的眼前，我卻不知故事是否已經結束。當我再次坐在父親的豐田轎車，車上母親急著要去看胃疾發作的外祖父，車過營區聚落，答案它就慢慢浮現了。關於去留與往返，歷史衍生的千頭萬緒，離散與日常生活的關係……置身其中的你只能用自己的方式，踩著自己的腳步，給出屬於二十一世紀的長長的答覆。

於是我看見營業中的軍用品專賣店。路上遇見採買的士兵，我們從小騎車都與軍用貨車平行；牆緣打掃的少年兵，來自島嶼東南西北，營區鐘聲與國校鐘聲交錯在半空中，那邊鳥群排成阿拉伯數字隊形。

這個春天我們一家三口坐在車上，遇見一行軍隊頂著日頭正在行進。父親不敢超車，因為隊伍綿延特長，只能緩緩跟在後頭。父親曾說早年田裡還能撿到營區練習發出的彈殼；我讀小學的時候，也能聽到遠方的砲聲。悶悶的。小學男孩住離營區最近，他聽到的絕非這般的響度，他一定從他的父執輩聽過更多的故事。

芒果林蔭因著道路拓寬消失了，現在換我坐上一班行軍營區的客運，沿著當年男孩上下學的路線，最後在軍用品店按鈴刷卡登登而下。

所以我需要一些迷彩的衣飾作為身上衣，紋路越碎越好，讓它遠觀就像一面QR扣的黑點點，彷彿只要手機掃它一下，便能拉出一個遠端介面，彈指一點，就能與我思念的誰超連結。

我還要浮水印著緣與夢與愛的信紙，巧手折成一支飛行器。我要仔細刻寫各式各樣的他鄉各異縣，各式各樣的輾轉不相見。然後告訴你忽覺在他鄉的故事已經來到二十一世紀的第二個十年。

一支軍隊正在路上。我時而身在其中，時而逃逸在外。歷史的行伍正在向你走來，你身懷許多炙熱故事，現在需要一種全新的視野，不同的格式，鋪寫屬於你的天大的代誌。

一支軍隊正在路上，內海的征戰，甲午的祕密，父輩的漂移，亞細亞的一九四〇。地上的母親。角色將會輪番登場，人臉辨識般看得清清楚楚。

二〇二〇年就要來了。交流道出口處，南北車流從不息止。黃色拖車拉起父親拋錨的老豐田，車身呈現四十五度斜傾。他與母親坐在上頭，畫面看來有點滑稽，不常笑的這對夫妻，意外有了屬於自己的包廂小約會。

我不知這算不算是一種出發。我的父母隔著車雙笑著向我揮手。我也在路邊，笑著對他們揮揮手。

——原載二〇一九年九月《皇冠》第七八七期

楊富閔，一九八七年生，台南人。台灣大學台文所碩士班畢業，哈佛大學東亞系訪問學人，目前為台大台文所博士候選人，台大中文系、清大中文系與東吳中文系兼任教師。著有《花甲男孩》、《解嚴後台灣囝仔心靈小史》、《休書——我的台南戶外寫作生活》、《書店本事：在你心中的那些書店》、《故事書：福地福人居》、《故事書：三合院靈光乍現》。編選《那朵迷路的雲：李渝文集》（與梅家玲、鍾秩維合編）。作品曾獲改編電視、電影、漫畫、歌劇。

兩十年前這裡仍然是海——羅毓嘉

「兩十年前這裡仍然是海，」他說。我們站在當時還顯嶄新的中環新碼頭，並肩讓風吹著。他說你相信嗎？中環絕大多數的商業地帶，都是建築在填海造陸的新生土地上。那是新的政府大樓，遮打道，金鐘大會堂，海富中心，遠東金融中心，那些你我所熟悉的港島樓廈。那是中環菲律賓女子們聚集的騎樓和空橋所在，嘓嘓喊著小馬尼拉的地方。超過一百五十年的填海歷史，一吋一吋，一呎一呎，填成了當今的香港。

十年了。我們的愛，十年時間在個人的生命裡顯得很長，然而相較香港的、城市的、歷史的歷史，卻短得微渺。

●

我不禁這麼想——相較於十年前、二十年前，每一次造訪香港，都覺得，港是否就在前方了呢？而港啊，它越填越遠，可容船行的水道越來越逼仄。

這富麗之城，華美之城。填海之城。

其間我能知曉物之存有，卻不能逼視未曾打其中流轉的我的記憶、生命、血脈。由是，物有系譜，而無有歷史。今年的六月，以為香港即將有所改變之時，敘事突然變得紊亂而嘈雜，我便醒悟過來，過去兩十年間畢竟香港已經變得與我小時候所想像的香港，不同了。全然不同了。開始書寫香港當然並非一件難事。可是，不寫或許更是。而愛呢？

兩十年前的我們在哪裡？

海兩邊的日子，在看得到海的地方我從香港的高樓廣廈之間抬頭，凡過了正午便沒有陽光了。日子往常很慢，分隔很長，相聚又短的日子啊，十年來，它是爐火，煎著我們雙手。

若不是他我不會來到香港。或許我不會看見在每個禮拜天，那些菲律賓女人坐在中環地上，這麼隨便地交談著，聽收音機，嚼麥當勞。我不會看見有一個男人穿著套嶄新的西裝，手裡提著剛買的大衣，從菲律賓女人身邊走過。若非他，我不會有一份香港的工作令我一再航行，彷彿我一個人，是那樣輕，那樣淺。像海。像風。吹過便散了而港邊陌生的女子說著我陌生的語言。我聽了，似明，唔明，但那也是他的語言與他有關。於是它與我也有了關聯。

他說，兩十年前的香港，其實人們也並不懂得，革命與抗爭的意義。

那時候的一九九七，馬照跑舞照跳的一九九七。海岸線還沒有延伸得那樣遠的，一九九七。而我們的愛挺過了二〇一四，來到了二〇一九年的中環。中環依然是中環。海越來越淺而航道越來越窄，彷彿再過去一點點，港島就要與九龍半島相連了，就要與中國大陸相連了。

一九九七才不過是過了二十二年，馬照跑舞照跳的五十年承諾過了不到一半，兩十年前誰會想得到，香港已經成為現下這副光景？二〇一四年以降的五年之間，兩波巨大的民意浪潮，尚未能夠撼動港府吃了秤砣鐵了心的決定，尚未能夠撼動北京一步步收緊對香港控制的意志。

填海工程依然在持續著。

●

逢抗爭夜晚過去的每個早晨，我會在上班途中搓著手心傳訊息問他，一切還好嗎。他說，還可以。

他總是這麼說。語氣淡淡的可是很深。我問，看來你今天得從家裡坐計程車到港鐵香港站呢。他說，也不是，地鐵還是照樣開，未曾被封鎖，催淚瓦斯都沒有進到地鐵站裡。沒事，他說。他在那港，日常的日常。非常的非常，股市一樣開市。

想起我們站在中環的土地上，他說，兩十年前，這裡仍是海。而今滄海桑田，海已填平，生成土地。

中國的暗影如台北今日不散的霧霾。他說，封鎖的區域是官署啦。他們不可能封鎖整個城市。他們就算封鎖了城市也封鎖不了我們。

就算封鎖機場，也封鎖不了文明，封鎖不了人們火炬頂端那微小的星光。

就算黑警在防毒面具底下殺紅眼毆打抗爭的民眾，就算黑警鐵了心不流淚，亦不能封鎖我們。

他哼了一下，說香港人是這樣，我們啊，要的東西好簡單，就是民主。我們一直都想要民主。那是香港特別行政區基本法第二十五至二十六條：香港居民在法律面前一律平等。香港特別行政區永久性居民依法享有選舉權和被選舉權。第二十八條：香港居民的人身自由不受侵犯。第二十七至三十八條：香港居民享有言論、新聞、出版的自由，結社、集會、遊行、示威、通訊、遷徙、信仰、宗教和婚姻自由，以及組織和參加工會、罷工的權利和自由。

自由，民主。他說。

香港人要的其實好簡單，他說。香港回歸廿二年，什麼也都變了。也不需要王家衛的2046。

●

簡單，但是難。

我們總是在別的城市場景中找尋自己熟悉的氣味。好比旅人們總喜歡拿西門町比喻旺角太子，又說九龍某個段次像極了台北何處的風色——倏然回身，城市依舊是同一座城。但兩城的風色，又怎麼可能全然相同。

比如說革命開始的時候——那是二〇一三年的送仲丘，是二〇一四年的太陽花，台灣民主社會造出了一個又一個的神明，然後再將他們一一推下神龕。

那是二〇一四年的占中雨傘革命，以及二〇一九的，反送中的鬥爭還在持續著。

若我們彼此迷失在人群裡，他會抬高了右手，指尖旋轉之處，我就能分辨他矮的身形在哪裡等我。好比在機場快線的月台上，我會看他不高的身形，站在那裡等列車駛出月台。也看著他的方向。直到列車加速，直到再也看不見他。

而海越來越窄。兩十年前，你我所立定之處曾經有著海洋。有著民主，有著自由。這一次的香港抗爭，幽微地反映著台灣未來兩十年、甚至更長遠的方向。民主自由可能會毀滅，也可能會更強大。

不論結局是哪一種，我們不可能閃躲的歷史的詰問：當時間開始運轉的那一天，你們在哪裡？你們在做什麼。

兩十年前這裡仍然是海。

兩十年後呢？海還會在嗎？

——原載二〇一九年九月《新活水》第十三期

羅毓嘉，一九八五年生，宜蘭人。紅樓詩社出身，台灣大學新聞研究所碩士。現於資本市場討生活，頭不頂天，腳不著地，所以寫字。曾獲文學獎若干。著有詩集《嬰兒涉過淺塘》等五種；散文集《天黑的日子你是爐火》等三種。

敢於質疑批判——恩師潘重規教授教會我的事

廖玉蕙

成年之後，我就一直待在保守的學院裡，孜孜矻矻研究經典，從事語文教育，跟社會不免略有脫節。中文系特別講求「溫良恭儉讓」的溫柔敦厚倫理，課堂上，重視尊師重道與記誦、傳承，幾乎老師說了算，即使心裡有不同的想法，也少有跟老師相互辯詰的場面出現。我所教書的軍中，更是強調紀律與服從，不讓學生甚至老師問「為什麼」，最好乖乖聽命就好。

當時，每個禮拜四教職員集體在大禮堂上莒光日，我雖然不怎麼認真收視，卻還是聽進了許多。螢光幕裡的人總告訴我們，那些從事反對運動的人「居心叵測」；那些追著萬年國代轎車敲玻璃的人「沒有禮貌」、「造反」，我也不加思索地相信了。

一九九一年，我上博士班，國學大師潘重規教授在我家裡給同學補課。課程結束後，打開電視機，電視上出現立委跳上議事桌扯掉麥克風的畫面，我正想說：「這些人好差勁！把我們的孩子都教壞了。」還沒開口，潘教授說：「若要讓既得利益者釋出手中的利益或權力，沒有用非常的手段是萬萬行不通的。」我瞿然大驚，心裡彷彿有了那麼點什麼東西被啟發了。

屬於潘教授那一輩的中文系老教授，若非身受也曾聽聞白色恐怖之痛，這讓他們充分知曉噤聲的必要；所以，潘教授其實在課堂上是從來不跟我們談論政治的，他身體力行的是學術上質疑與挑戰的精神。但我後來回想起來那個午後，老師這番不經意間逾越他平日尺度的言論，其實才是他人格的自然展現。

在學術研究上，潘教授一輩子不順服，跟無數人打過筆墨官司，無論是多麼崇高地位的學者寫的文章，他一有疑問，就秉筆直書，跟他們打筆戰。最為人所熟知的是《紅樓夢》的作者到底是誰的辯證。在學術界幾乎一面倒地跟隨胡適先生的觀點，認定作者是曹雪芹；幾乎只有他跟蔡元培站在同一陣線，頑強對抗主流，認為這部書是「在悼明之亡、揭清之失」，作意既是反清復明，作者當然不是曹雪芹，而是另有其人。幾十年來，他和胡適及紅學專家們發生無數次的辯論，也寫了好幾本書來闡述他個人的論點。

在課堂上，他理直氣壯跟我們談論這段公案，他舉出許多的線索證明《紅樓夢》是一部運用隱語書寫亡國隱痛的隱書，好像每個例證都說得很通透。我們聽著、聽著，幾乎都被說服了；但一走出教室，學界也好，一般人更是，人人都說是「曹雪芹的《紅樓夢》」，我們變得進退失據，莫知所歸。

雖然如此，但潘老師「自反而縮，雖千萬人，吾往矣。」的理直氣壯，卻深深撼動了我。他好學深思，絕不人云亦云。他研究《敦煌學》、《紅樓夢》、《聲韻學》，寫作無數論文。一次，下課閒聊，他逸興遄飛地跟我們談論他正研究的《龍龕手記》論文。《龍龕手記》坊間並不常見，我們好奇問他：「老師，我們都找不到研究題目，你是怎麼找到這樣一本冷僻的書來研究的？」老師笑著說：「要看書啊！」我們聽了，都慚愧地低下頭。是啊！就是因為書本看得不夠多，所以才找不到可以研究的題目。就好像我在教書時，每回問學生有沒有問題，學生不是低頭，就是說：「沒有」。沒有問題才是大問題，沒有閱讀，或者閱讀後生吞活剝，不加思考，看似沒有問題，其實是不知問題之所在，問題最大。

潘教授還告訴我們：「做學問要在不疑處有疑。」他舉明代嶺南學派大家陳獻章所說：「學貴知疑，小疑有小進，大疑有大進，疑者覺悟之機也。」只有敢於質疑，重新審視固有的定論，好好扣問一下「為什麼」，學問才會有進境。

聽了這番言論，我回家想了好久，做學問如此，處世又何嘗不是這樣。於是，我逐漸觀察所處的環境，進而思考起來。那些年，我認真埋首寫論文，每年幾乎都拿到國科會的獎助；上課的評鑑成績也相當不錯；學校又年年仰仗我幫忙撰寫各式各樣文宣和長官講詞、文告，服務成績當然沒問題，卻始終無法拿到升等的「門票」——占缺。系裡只要一開缺，就開始改變占缺規則，主管的政戰主任甚至找我去密室協商。攤開好幾張上級長官的八行書，要我體諒他的難處：「你看我這壓力有多大，今年你就讓讓他吧。」每年的「他」都是不同的同事。讓了之後，「他」幾乎都寫不出論文，十幾年來，我就這樣蹉跎下去。後來，實在說不過去了，學校乾脆開特例，恩准我先把論文送到教育部審查，不過，有但書：「如果教育部通過了副教授升等，你在學校裡還是只能領講師薪水。」就這樣，我很快得了教育部核發的副教授證書，卻還持續領了近兩年的講師薪水。雖然感到萬分委屈，我卻只是乖乖就範，不敢有異辭。

潘教授要我們勇於質疑的聲音逐漸隨著歲月飛逝而在腦海裡壯大，終於在一個關鍵時刻爆發。一九九六年，中央大學和台大的教授一起組團去南京開學術研討會，邀我一起去發表論文。暑假，我向學校申請，學校不假思索，一口回絕，理由是軍人不能赴大陸，但我又不是軍人。當時，我在學校裡跟政戰官請教、舌辯好幾日，不得要領。不知從哪裡來的勇氣，我一通電話直撥到國防部政戰相關單位詢問。

一整個午後，電話轉過來、轉過去，跟十幾人交手。我問：「我非軍人，只是教師，軍中任何機密我一概不知，只負責教書。請告訴我有什麼理由或法條規定我不能去大陸？」那些參謀官反問我：「但又有什麼法條可以讓你去大陸？也請你出示。」我啼笑皆非，這就好比你已經活了大半輩子，卻要你出具活著的證明。天色逐漸轉暗，電話又轉回到最先那位竇上校的手裡。我無奈告訴他：「我決定要投書報紙控訴。」當年，我已在報上發表幾年文章，也出了幾本書。那人聽說我要上報申冤，應該有點緊張，趕緊去通報他的長官。事情峰迴路轉，竟然不到十分鐘，電話捎來准許的訊息。我打蛇隨棍上說：「軍中公文繁瑣，被你們這一糾纏，恐怕等到你們公文旅行過後，屆時都趕不上買機票了。」不知道是這位竇上校神通廣大抑或擁有權柄的上級指示，國防部一通電話到學校，次日我就拿到通行證，結果順利登陸。

這件事真是讓我大為震動！原來，世界的公道不是唾手可得的，理直氣壯地爭取，絕不是一件該慚愧的事。從那之後，我膽子越來越大，不再一逕溫良恭儉讓。我越來越相信這個世界需要有人參與推動公義，只要能力許可，誰都不該袖手旁觀。

一回，家裡附近的法院宿舍改建，單行道的杭州南路，紅磚人行道被圍起來施工，等到塑膠布拆下後，竟然發現施工單位將人行道圈進圍牆內。孩童上學，沿著騎樓走，到宿舍那段，竟然要走到大馬路上與車爭道。我嚇壞了，不敢相信最高檢察署如此霸道。開始回家畫海報，標題：「法務部知法犯法」，將版上監造人劉景義的電話公布，呼籲鄰居注意孩童行的安全，最好打電話去抗議，才能眾志成城。我自己也沒閒著，一個下午打了幾十通電話，逼著主事者不得不出來對話，並派人員前來勘查。最後，這棟大樓又被重新圍起，等幾日後打開，圍牆已然退到人行道後方，我眼淚都掉下來了。

接著，發現外子向某藝術有聲學校租借藝文講座錄音帶，該校向外宣稱是公益單位，免費租借，借去聽的錄音帶只要如期歸還，保證金三千元就會璧還。外子聽了三期講座，錄音帶都照規定奉還，九千元竟然無影無蹤。外子還要繼續租第四期，我覺得這樣的姑息養奸是不對的，立刻加以阻止。經過一番電話及現場折衝，原本他們還虛辭狡辯，藉故拖延；後來眼看我不肯善罷干休，只好訕訕然退費。但我還是警告他們：「做公益要誠實，不要掛羊頭賣狗肉。除了還錢給我們之外，其他的人也該比照辦理。我會持續監督，不是把我打發了就行。」但我後來去學校或文化中心演講，談到終身學習理念，還是有好多教師跟我埋怨這個學校，根本是訛詐，保證金有去無回，他們拿著學生的錢買下樓下的屋子開咖啡店。

這些年，接了幾個專欄寫作後，我更專心針砭國事，聲援反對國光石化的建置；在太陽花運動時勇敢上台鼓勵學生；支持婚姻平權法案、參與反課綱微調，不計個人得失，支持年金改革；到偏鄉義講，和語文教育的老師切磋教學方法；督責公家單位的老大卸責的毛病；當然也撰文鼓勵優秀努力的公務人員並報導社會角落動人的風景。除此之外，還夜夜伏案寫作臉書貼文，希冀溫暖的文字能稍稍有移風易俗之功。

有時想想：經過大半生的努力，我過著退休後的好日子，有屋、有車、有子、有孫，應該可以自在生活；但我也知道，若沒有努力督責，不但我的兒女、孫輩將來日子不好過，我今生的努力也許也將泡湯。無論如何，如今身為職業作家的我，不想只躲在書房裡用著華麗的辭藻設想或編造人生，或慶幸終身俸保障了我的餘生；我得用腳站立在真實的生活裡，深切感受吃苦的人過著什麼樣的生活，並將心比心。只有幸福的人也一起下去努力，才能得到長久的幸福。

每個時代都不乏傳統迂闊勢力的存在，看似牢不可拔，因為潘老師鍥而不捨的質疑批判身影在前示範，我開始相信：不合理的制度終將輸給溫柔而堅定的毅力。我曾在軍中巨大的謊言機器裡待過十九年，脫身出來後，向前瞻望並回頭審視，除了欽敬先知先覺、慚愧自己後知後覺外，也慶幸總算沒有不知不覺。於是，從事文學教學工作，我逐漸從文字的斟酌、情節的鋪陳、結構的設計中轉向思考的重要。文學，不管是閱讀或寫作，都是在某種程度上協助我們建構人生，它需要有質疑的精神，反抗的力道，還有讓所有的人，無論貴賤賢愚都要過得幸福的社會焦慮，這是我在潘老師的課堂上學會的事。

——原載二〇一九年九月《鹽分地帶文學》新刊號第八十二期

梁惠明攝影

廖玉蕙，東吳大學中國文學博士，台北教育大學語文與創作學系退休教授，現專事寫作、演講。曾獲吳三連散文獎、吳魯芹散文獎、台中文學貢獻獎、中山文藝獎等。多篇作品被選入高中、國中課本及各種選集。創作有：《穿一隻靴子的老虎》、《家人相互靠近的練習》、《當蝴蝶款款飛走以後》、《汽車冒煙之必要——廖玉蕙搭車尋趣散文集》、《送給妹妹的彩虹》、《後來》、《在碧綠的夏色裡》、《教授別急！——廖玉蕙幽默散文集》、《純真遺落》、《廖玉蕙精選集》、《像我這樣的老師》、《五十歲的公主》等四十餘冊；有聲書《母雞奶奶說故事》；閩南語數位有聲書《火車行過的時》、《人生哪會遮爾仔譀古》、《講一个故事予恁聽》等。編寫《文學盛筵——談閱讀教寫作》、《寫作其實並不難》、《古典其實並不遠》等二十餘種語文教材。

日落，在北方大道——羅任玲

傍晚六點，你到父親的房裡為苦丁茶加熱水，颱風的雨勢漸歇，滴滴咚咚打在遮雨棚上。不知哪戶人家正烹煮著滷味，氣味飄散化入雨中，你深深吸了一口氣，好香啊。黃昏從雨幕中一絲絲滲進來，你抬頭看了一眼日曆，才想起，今天是二姊離開整整六年的日子。離開的人，就永遠不會更老了。

從前二姊總在固定的時間打電話回家，問你們好不好？她的聲音始終那麼好聽，彷彿永遠也不會老。如今你的年紀，都已成為二姊的姊姊了。對於這個多年不見的妹妹，你很想問她「過得好不好？我們都很想念你。」

●

二〇一三年夏天，你和母親在紐約住了十八天，不是因為旅遊，是為了帶二姊的骨灰回來。去的時候盛夏，離開時已有北國秋天的涼意。也一直到離開前，你才知道浴室牆上掛著的點滴瓶是貓咪Cooky的，不是二姊的。

Cooky是一隻患了憂鬱症的流浪貓，你從沒親眼見過她，只知她總是坐在廚房幽暗的一角，神情愁苦。你們到紐約時，Cooky已經不在了。廚房墨綠地板上擺著乾淨的水，和四隻貓的飯碗，分別是Sinba、Angel、Bibi和Mical的，四隻都是繼Cooky之後，二姊從外面帶回來的流浪貓。二姊最愛老大Sinba，但你卻覺得她最像Angel，因為Angel最美，更因為二姊個性善良，彷如天使。

二姊很美，一張鵝蛋臉，五官細緻清秀。學士照曾被政大對面的相館當櫥窗宣傳，放了好幾年。她政大新聞系畢業後，立刻被延攬到*China Post*當記者，英文說寫流利的她，深得社長器重。後來二姊要到美國念研究所，社長很捨不得，還特別設宴餞行，告訴她拿到碩士要立即回來，報社等著她。

三十年過去了，二姊終究沒有回來。

二姊過世後不久，你夢見她坐在老家客廳裡，望著牆上自己的學士照，神情落寞。四周牆壁都剝落了，燈光異常昏暗。

這是一個失敗的生命故事嗎？

在最後幾年，二姊的生活幾乎只剩下流浪貓。每日黃昏出門餵貓，直到半夜才回家。紐約治安敗壞，天黑之後街上就少有人跡，更何況是半夜？許多年後你才知道她曾遇到一個自稱警察的歹徒，跟隨她到家裡，門才關上就意圖對她施暴，二姊情急之下差點從七樓窗口跳下。後來好不容易掙脫，衝出家門，歹徒又在後面緊追不放。二姊在深夜公寓的長廊裡狂奔，拚命敲著每扇緊閉的大門，終於有一戶人家打開門讓她躲進去。凶狠的歹徒回到二姊住處，把所有物品砸得稀爛才揚長而去。

當你再度踏上這條迴廊時，二姊已經不在了。有幾次深夜你刻意走入這裡，家家戶戶大門深鎖，幽暗無聲，分明是噩夢才有的質地和色澤。你倚靠在牆上，定定凝視這午夜的詭夢，彷彿二姊的身影仍在這暗無盡頭的長廊上狂奔，敲門。而無人應答。

異國的孤獨究竟是怎樣的孤獨？你想像二姊從黃昏到深夜敲著罐頭在異國街頭呼喚流浪貓的樣子；想像她獨坐窗前，看拉瓜底亞機場的飛機掠過晚霞絢麗的天際；想像她開門、關門，看見一屋子的黝靜。

因為太孤獨才與流浪貓為伴嗎？你在二姊闃靜的屋裡，一回頭，就看見四隻貓分踞四個角落，無聲地望著你。你從沒聽過牠們發出任何聲音。沉默得彷彿與這世界沒有任何關聯。

沒有關聯的豈只是流浪貓？二姊的留學簽證早就過了期，沒有固定工作又沒有永久居留權，這意味著一旦美國政府查到，就會被驅逐出境。但只要二姊不離開美國，政府當局也就睜一隻眼閉一隻眼。「回台灣吧！留在那裡有什麼意義？」你不只一次勸她。

你們這一代人，求學時正是兩岸最緊張的年代，中共血洗台灣的傳聞從來沒停止過。留美後想辦法找到工作，申辦永久居留權，再幫家人申請綠卡。留在美國彷彿是最安全的。大姊、姊夫，舅舅、舅媽，都在那個年代到了紐約，也找到安身的工作，落了腳。然而二十五歲那年你在紐約待了一個夏天，就確定自己不可能喜歡這個城市，以及這個國家。

二十八歲那年秋天你第二次到紐約，為了採訪紐文中心的啟用典禮。你一直記得那天記者會後，發完稿，遠遠便看見從法拉盛搭了近一小時地鐵的二姊走來，右手袋子裡裝著她特別為你做的巧克力餅乾。那時拿到新聞碩士的她一直沒有適合的工作機會，居無定所又不願回台灣。每隔一段時間就搬一次家，當然是租房子，租最便宜的房子。你在採訪空檔去了一下她的蝸居，她和兩個韓國人分租的小公寓。韓國人不准她用廚房，她趁那兩人不在時「偷偷」去廚房做了甜點帶給你。「憑什麼不准你用？你就用啊！」雖然是姊妹，你和二姊的個性完全不同。

你一向不愛甜食，卻始終無法忘懷那天的畫面。你也一向不愛紐約，雖然它總有看不盡的藝文展演。多年來眼看它從盛極到衰敗。除了治安差，早就老態龍鍾的地鐵，如今更加破舊。月台上有醉鬼流浪漢，軌道上有奔馳的老鼠，夏日滯濁悶熱不堪，而且沒有廁所。在那裡你總想念台北光潔明亮的捷運洗手間，到了紐約，才深深體會台北的好。以為理所當然的潔淨，其實是多麼幸福奢侈的一件事。

●

幸福是什麼？你從沒問過二姊。

你也從沒忘記這一天。二〇一三年七月二十六日，溽暑的第五大道，穿越重重為仰慕夢幻城市而來的觀光客，終於找到那不起眼的門牌號碼：駐紐約台北經濟文化辦事處。你早已不是記者。來這裡，是為了辦妥手續，才能把二姊的骨灰帶上飛機。漫長的等待中，恍惚間你又看見二姊提著裝滿巧克力餅乾的提袋，從遠遠的那端走來。烏黑長髮映在敞亮陽光裡。

一直一直走，就會和過去的時光重逢嗎？

終於從辦事處出來，盛夏陽光亮得扎眼，你獨自穿過喧鬧的遊客，緩緩走著，不想立刻搭地鐵回住處，往事卻連番來到眼前。記憶中來了這麼多次紐約，竟沒有一次是和二姊同遊第五大道的。除了此刻。袋子裡一張薄薄的死亡證明書。

沒有特別目的，無意間已走到了紐約公共圖書館。高大沁涼的建築裡正舉辦童書與繪本大展。你信步走進一間空寂的展室，牆上只有一幅巨大插畫，畫中一個小女孩靜靜飛翔，裙襬飄揚看來如此快樂，下方則是燈火燦爛的紐約城：「Dreams never seem too big in a place like New York.」你站在畫前，一遍一遍看著這段文字。良久，終於模糊了雙眼。

回台灣的前兩天，你的眼睛忽然紅腫不堪，點了隨身帶的金黴素，狀況卻愈來愈糟。眼看再這樣下去可能無法上飛機了，只好就近找了一間華人父子開的眼科診所。掛了號，等了四小時才叫你過去。護理師指著一台機器，要你先去做檢查，你問：「做什麼檢查？」她說：「看有沒有青光眼。」你又問：「費用多少？」她說了一個數字，你立刻回答：「不必了。」她說：「不擔心眼睛可能失明？」你說：「沒關係，明天就要上飛機了，回台北再去看眼科。」進到診間，冷冷的兒子醫師再度要你做昂貴的檢查，你把剛才對護理師說的話又重複了一遍。遊說不成，兒子醫師的態度更加冷淡，開了單子讓你去領藥。櫃台人員給了你台灣藥局都買得到的，一瓶三十元台幣的眼藥水，然後說：「這次看診費總共只要九十美元。」

終於踏出診所，早已超過和大姊約定在殯儀館見面的時間。你快步穿過人潮擁擠的Main Street，夏末的悶熱把下水道的腐臭全部蒸騰上來，混雜著各種廢氣，令你暈眩欲嘔。腳步卻不能停歇，匆匆趕往殯儀館所在的北方大道。

殯儀館早已關門了。陌生的大街上，遠遠的，大姊正提著一個墨綠的盒子向你走來，盒身用美麗的緞帶繫著。北方大道的夕陽就要落下，金色光芒刺得你睜不開眼睛。

你接過沉沉的盒子，走過長長的好幾條街，夜色昏暗時，才回到二姊住處，將盒子放在她的床頭。這是二姊三十年來在紐約的最後一晚了。你望著窗外依稀的燈火，一切是那麼安靜，只有偶爾拉瓜底亞機場的飛機劃過夜空，打破了沉寂。

二姊這時也靜靜看著夜空嗎？還是想對你們說些什麼？空蕩的屋裡，你輕輕唱起那首歌。二姊和你年少時都愛的：

Hallo darkness my old friend. I come to talk with you again. Because a vision softly creeping. Left its seeds while I was sleeping. And the vision that was planted in my brain. Still remains. Within the sound of silence.

●

臨上飛機前，母親拿出在台北買的湖水綠大絲巾，把盒子包起來。二姊愛美，湖水綠的衣服適合她。

二姊終於要和你們一起回台灣了。

昏睡十幾小時，從桃園機場出關時，天色濛濛未明，父親早已在接機大廳守候多時了。前一天他才獨自過了父親節。

上了計程車，父親坐前座，母親和你、二姊在後座，直接開往大溪寶塔寺。半年前你們才在同一條路上送別了哥哥。你想起更久以前，這是全家過年總要走的路，那時沿途都是芒花，映襯著一家人的笑語。彷彿還是昨天的事……

父親默默看著報紙，是副刊。你瞥見了斗大的標題——〈讓青春嬉戲在墓門之外〉。車子已接近大漢溪，朝陽在溪谷間徘徊，金黃的色澤，就要入秋了。母親望著窗外，始終沒有說話。你接過父親遞來的報紙，一下就看到這段：「當我死去的時候，親愛的，別為我唱悲傷的歌……讓蓋著我的青青的草，淋著雨也沾著露珠……」

●

兩年後的初夏，母親住院要做肺部穿刺的前一晚，睡在一旁的你擔心會有危險，一直無法入眠。模模糊糊中你看見也穿著病人服的二姊，長褲又大又寬鬆，都穿到喉頭來了，模樣很滑稽。二姊一句話都沒說，只是對著你一直一直笑。當時你想，母親一定可以安然度過難關的。

後來你回想起這個意味深長的夢，還是覺得二姊並沒有騙你。或許因為她知道就要見到母親了，所以開心吧。

送母親遠行的那日，冬天的陽光穿透雲隙。一樣的山路，一樣的金黃溪谷，這次你抱著母親的骨灰，想起她堅持要和你一起去紐約接二姊回來的那個如夢夏日。而這條路，你們一走再走，愈來愈像一場空蕩的夢。

母親走後，你夢見她無數次，卻從未同時夢見她和二姊。只有一次，母親開車載著你和二姊（但母親從來不會開車的啊）。空曠昏暗的大街像極那條北方大道，二姊不知為何打開車門，掉下車，落單了。你在後座急忙要母親停車，母親卻充耳不聞，繼續往前開。你回頭凝望在北方大道上奮力追趕你們的二姊，她的身影愈來愈小，表情愈來愈模糊，終於消逝在視線之外。

你在夜深的房間裡醒來，望著漆黑一片的遠方。想起很久以前，二姊剛到美國的時候，有一次她打電話回來，說夢見你在夢中取笑母親的客家國語，嬉笑著，嬉笑著。

然後她就醒了……

——原載二〇一九年九月十五日《自由時報》副刊

羅任玲，台灣師範大學文學碩士。曾以組詩〈沉默的日常〉獲二〇一七年度詩獎，散文〈鰲的黃昏〉、〈雪色〉獲第六屆及第十二屆梁實秋文學獎散文獎，長詩〈孤獨手記〉獲師大文學獎新詩首獎等。著有詩集《密碼》、《逆光飛行》、《一整座海洋的靜寂》、《初生的白》；散文集《光之留顏》；評論集《台灣現代詩自然美學》。二〇二〇年將出版散文集《穿越銀夜的靈魂》。

海邊的房間——馬翊航

今年台北電影節，重新播映了陳俊志的《沿海岸線徵友》與《美麗少年》。當時的情人在《沿海岸線徵友》軋了一角，藍色水族箱燈光的趴場裡扮演跑趴眾男之一，削瘦身軀與爆炸頭髮型，與影片中的主流男同志形象有點落差。一閃而過的幾個鏡頭，讓他有點像孔雀魚群中的海鰻或水母。第一次看《美麗少年》則是一九九八年的冬天，我在花蓮讀高中。二十年過去，影片中有早逝的大炳，鏡頭外有早逝的陳俊志。片尾KTV段落，有胡BB跟旻婕兩人搞笑互撕，把彼此臉頰推歪的鏡頭。我研究所時期看過胡BB重出江湖的舞台劇，深深覺得如果台灣有扮裝皇后在小酒吧的脫口秀，他只能是第一人。旻婕則是我跟朋友演《豔光四射歌舞團》時的服裝設計，替我們做了幾套瘋癲俗豔的戲服，後來他以這部片拿下了金馬獎的最佳造型獎。這些事當時是不可能想到的。

那是一所藍色的男校。深藏青的冬季外套有種苦修氣質。水藍襯衫平板像卡紙，灰藍長褲則偏向老鼠的尾巴。少年們的制服因為新舊與質料，出現色譜的細微變化，有時也暗示擁有者的家庭環境。放學與上學時段，鱗藍色的小魚群時密時疏游過路口。前門通向山丘，後門通往海岸，有些川堂牆面下方也漆成水藍，校園就像是被海水占領或洞穿。老師們說這間學校出過許多作家，楊牧，陳克華，王禎和，陳黎……你們也有機會。國文課文裡面我只喜歡高二的〈山谷記載〉，我把書局能買到的楊牧慢慢蒐集起來，模仿或手抄《昔我往矣》裡〈JUVENILIA〉刻意收入的一些少作。嘆息了呀。河水。渡船的人。懸吊的星。預言者。我有個老師教過吳岱穎，說我喜歡寫詩，寫的字小小的，跟他很像。陳克華的〈海岸教室〉寫，從前的花中學生午休會向海邊跑，下課就拎著一袋鮮豔的熱帶魚回來。升上了三年級我們也到了最靠海的建築，但我羨慕二樓自然組的風水。與海的距離被組織壓縮，水線吃著微塵的窗台，手往窗邊伸去就能得到波浪的吻，海的真正方位並不重要。

接近靠海側門的和平樓則是有鬼的。他們說，你知道和平樓三樓的廁所，為什麼鏡子被拆掉了嗎？為什麼整個樓層的教室都封起來了？問題追蹤著找答案的人。鏡子反射出的是原來應該在此，或者不應該在此的。有人看見一隻鞋子留在廁所裡，另一隻出現在遠方的海岸上，人從此消失在廁所了。另一個傳說是，夜間無人的教室會有人吹著小喇叭，旋律是德弗札克的〈念故鄉〉。廁所的水管怎麼通到海邊，吹小喇叭的人又為了什麼而吹。地面留下空白巢穴，藍色的身體滾動成虛線，把還沒消失的故事圈起來。

年少不是知識與經驗的匱乏，是空間的匱乏。海岸並不是一條線，與海岸相鄰的路附著一些空間的毛邊，數目與形狀不均勻的碎片。舊車棚。榕樹。矮圍牆。乾燥的堤防。冷靜的公車亭。消波塊削弱海浪，消波塊與消波塊之間騰出了房間，補足少年與少年的愛。我的一些美麗同輩，擅長在校園裡製造一些戀愛的騷動。我親耳聽見傳說正流傳，但那句子很美：他們下課都去消波塊那裡。「那裡」是一個車頭，後面跟著動詞的車廂。有的溫柔，有的不堪。少年與少年們一陣一陣造火車。突突南下，好興奮。研究所時候為了申請軍訓抵免回到高中，朋友指著海岸說，你看海岸線已經後退了，以前大家都是在那裡——

但我在那裡嗎？

同班同學L從瑞穗來，在花蓮市區租了一間房，對於我們這種更南邊來的住宿生來說是上流階級了。有天下課他要我陪他去圖書館借書，他借了一本《聯合文學》雜誌回來。他斜斜靠在二樓教室外面的走廊，沒有跟我說為什麼要借這本書。……同志……文學……愛戀……除了《花蓮青年》與校刊，我沒有看過太多文學雜誌。直到下課鐘響前，那本雜誌都停靠在他胸口。陽光清白斜打在水藍制服。潔淨，沒有任何折線的風景，小魚在鈕扣與鈕扣間游動。

我住的宿舍圍牆有刺。白鐵圍籬，花苞與花萼形狀的三叉尖矛。水泥陡坡往上是磚牆再往上是刺籬，高牆像過重的判決。牆外是一排雅靜住宅，手書春聯，九重葛，發財樹，花貓與白狗。細小爬藤繞轉在圍籬上，餐廳後面的一小段尖刺處被折彎削平，學長們留下來的破口。都說打蛇要打七寸，教官十點晚點名，專打少年們的七寸。「奉勸各位同學，晚點名之後就好好自習，睡覺，不要偷翻牆。以前你們有學長啊，翻牆回來卡到蛋蛋——」少年們發出哄笑，笑聲裡鑲嵌淡淡不安。不敢爬，沒懶蛋。爬了以後掉懶蛋。我不在意懶蛋。L打電話來，問我要不要去他的房間讀書過夜。我決定翻牆，隨之而來的是一連串障壁。要保持浴後的香氣，輕鬆乾淨的睡衣內褲，收受室友們恭賀與嘲弄揉成一團的起鬨，繞過教官與值星學長的眼目抵達餐廳後方，後退五步助跑踩上（前人放好的）小椅子一口氣蹬上水泥牆握緊銀白色的欄杆如同握緊你從未真正握緊的他人……翻牆出去的時候，花貓在牆的另一端。被驚動之後竄到車底，留下一對警戒的金眼珠。雖然蛋蛋是保住了，但現在回想，還是有種可疑的，身體懸掛在銳物上的幻覺。愛果真是需要力量與僥倖。

《美麗少年》在花蓮放映的時候是冬天，是我第一次看紀錄片。視聽室陰暗冷涼，但因為螢幕上的少年，在二二八公園掏出粉餅補妝像平實奔放的夜來香，夜暗的酒吧扮裝擺動泡棉觸角，是嚴厲美豔的星際女王，讓我看了人在洞穴心在汗。《美麗少年》有其嚴肅的一面，當年在文化中心主持紀錄片放映與座談的陳黎一定有點出的。少年的疾病恐懼，性／愛的焦慮，大螢幕出櫃的緊張感（我這樣夠漂亮嗎！）。但我一心想當北部美少女，記憶裡總是削弱了紀錄片的論辯張力。不能說是情有可原，是我太想要自己的房間。

鯨向海的〈徵友〉寫，「我二十四歲。／趨近於楊喚詩裡白色小馬的年齡」。我二十四歲的時候也有了自己（租）的房間。房間裡躁進幽沉的情人，意外成為陳俊志《沿海岸線徵友》裡的某條奇異游魚。我待在自己的房間，情人的房間卻很開闊。他說不會也不能跟我綁在一個房間。契約是會帶來傷害的——他的文學理論。他與我分享他在其他房間的故事，說不定也期待我去探索。他去的那間房間，書櫃裡有詩集有小說，主人讀書，令他覺得安心。他們吃令人開心的小糖果，音樂從身體裡湧上來後就出發。因為他愛我，所以他誠實。我在自己的房間裡邊聽他的故事邊想，壞柚子色的燈打在他清白的鎖骨。我掛在牆上，以為自己知道要轉向哪一片海。

——原載二〇一九年十月《印刻文學生活誌》第一九四期

馬翊航，一九八二年生，台東卑南族人，池上成長，父親來自Kasavakan建和部落。台灣大學台灣文學研究所博士，現任《幼獅文藝》主編。著有詩集《細軟》；合著有《終戰那一天：臺灣戰爭世代的故事》、《百年降生：1900-2000臺灣文學故事》。

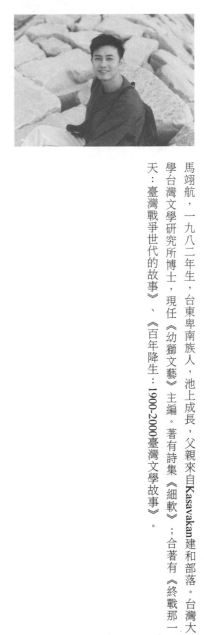

甜蜜蜜——王盛弘

1

大三下學期，住了幾年的理二舍沒抽到籤，新學年就要搬到校外了，正探聽著房子，學姊饒千惠找上我，她畢業後打算回台中，問我要不要承接她住的房間。

學長學姊很多，但千惠和我有「直屬」之誼。直屬學長姊對直屬學弟妹總是格外照顧，隱隱約約像有一條血脈連通，若直屬學長姊忙著打工或只是生性疏離，便會聽到有人說他們的直屬學弟妹「可憐」，用一種小貓小狗乏人照料，帶著母愛的語氣說出口的「好可憐喔」。

千惠長我一屆，一夥人窩在一起看《龍貓》，看著看著，她越來越往電視螢幕靠，原來她默默流著眼淚怕我們發現了。再長一屆的直屬學長叫賈孝國，台東人，不諳台語，幾個人圍一桌吃火鍋，趁他離席時我們說好了要捉弄他，告訴他肚子叫「尻川」，他現學現賣，吃飽時撫著肚子無限滿足說：啊，我的尻川好飽啊。眾人笑成一團，孝國學長也跟著笑，很開心跟學弟妹打成一片。幾年前他拿到金鐘獎最佳男配角，謙稱自己的影視資歷淺，其實他在學校時就拍戲常獲獎，我還在他執導、主演的短片裡客串過一角，有一場戲是溯溪，發現溪岸邊有一朵盛開的白百合。準備收工時，毫無預警地低空緩緩飛過一隻白鷺鷥，他熱刀切奶油般俐落地指示攝影師捕捉畫面，隨即又補了個鏡頭是我仰頭張望天空看見飛鳥，臉上露出微笑。至於比我小幾屆的直屬學弟妹我也都還記得，丁碧蘭、宋松齡、周明儀，一念出名字形象便具體地出現在眼前。

千惠學姊畢業後即將騰空的房間很多人要，但是她想先讓我看看。我們約了時間參觀，那是泰山明志書院後方，山腳下的邊間公寓二樓，前有陽台、客廳，後有露台、廚房、浴室，一條通道自正中央劃開屋子，左右對稱地各隔成兩個房間。屋子又老又舊，蒙著一層灰，好像灰塵也是值得好好保存的文化，浴室地磚脫落失修，沖水時馬桶像犯了嚴重哮喘似地咳著喘著就要斷氣了。這屋子勝在租金便宜，學姊還推薦：室友都很好喔。

我們住這裡都不鎖門的，學姊說著，打開其中一個房間，米色窗簾在風中盪漾著小波浪，椅背上披一件青色手染布上衣，這裡住著一個叫作子儀的西班牙語文系女學生。另一個房間，撿來的五斗櫃權充衣櫥，倒放電纜大木圈當書桌，桌上散置著貝殼、乾燥花，牆上有一張披頭四大海報，住著另一位大傳系學姊叫秀美。

又一個房間，門一打開，霉味驀地撲鼻而來，透著汗漓漓一股陳年的酸腐，我歙了歙鼻子，探頭張望。這個房間像剛進行過什麼儀式：床前貼著手繪符咒，天花板四個角落都給各黏上一撮捲曲蓬鬆的毛髮，牆壁漬黃，畫著男女性器交合的圖案，而電源插座四圍，以鉛筆塗繪女陰張著大口就將要把人拆吃入腹。書桌上則攤開一本厚重的中國古代春宮畫精裝畫冊，還有幾本東洋色情漫畫散落一旁，蜜桃也似的少女們暴露著成熟軟香的胴體。

淫靡、頹廢、敗德，好像在哪兒見過呢我搜索著記憶，而千惠學姊還在介紹著這名沒有現身的室友，因此我知道了，他是法文系四年級的學生，不過，還在修大二的課，看來是要延畢了。學姊說，一開始可能會覺得是個怪咖，不過，相處久了就會改觀。學姊說起他的語氣有點兒興奮，好像天上的月亮是他掛上去的。

書架上有張照片，我湊近端詳，光面相紙上，影中人留一頭雜亂的鬈髮，戴塑膠黑框眼鏡，鏡片底是鼠灰色眼窩。他的臉色蒼白，同樣削瘦的是作怪似地露出一片青色薄臂。喔，我想起來了，這簽名式般的爆炸頭我在校園看過，怎麼能忘記呢，印象更深的則是在女生宿舍一樓大廳舉辦過的一場展覽。

失序、無序，幾個看來故作放浪形骸的男女學生在會場上毫無忌憚地聊著天，一架報廢了的揚琴任人敲擊彈撥，黏了一牆的衛生棉寫著夢囈般的字眼，全都指向性與威權政治，精液、淫水、陽具、乳房，或蔣中正、蔣經國、毛澤東、鄧小平等名字的造句。我與一名女同學停步一件作品前，這件作品是一面玻璃窗掛在透光處，玻璃上有兩三道已經乾涸了的，緩緩流淌而下的蛋白濁黃積漬。媒材上寫著「玻璃窗，日本色情漫畫，精液」，還記錄了時間。

校園裡的這場展覽，對許多人來說，價值或許還比不上能引一把火燒光它的一根火柴吧，但是當時初解嚴，拆政治的磚毀禮教的瓦，性是等著被推倒的高牆上一個昭昭然的象徵，許曉丹啊侯俊明啊都有備而來，他們放的不是救國團營火晚會的篝火，而是烽煙四起的野火。儘管激進、逾越，但我並未被冒犯，自小被鼓勵著當一個美聲合音，把自己隱藏進看似和諧的團體，講究的是內斂、含蓄，留白與餘韻，要乖要聽話喔，囡仔人有耳無嘴，學習自謙自省，甚至自責——竟然是自責著過日子。解嚴了，上大學了，鄉下老鼠進城了還是鄉下老鼠，但新世界鋪展於眼前，這不正就是驅使我負笈北上的動力？

看過了房間，我和千惠學姊來到露台。鐵窗外一座小山坡，山坡上錯錯落落長著一片竹林，日光在枝葉間停佇、彈跳、翻飛，熠耀閃爍。竹林下這裡一叢那裡一簇洋繡球，因為光照不足而秀秀氣氣的，正是花季，也開著秀秀氣氣的淺藍色花朵。熱天午後，風從山上吹來，穿過竹林，穿過洋繡球，穿過飛鳥與草花、剛冒出土的筍尖、落葉上的蛺蝶與石龍子，一層一層濾去了悶與熱，吹在身上，清新、沁涼，帶著一股善意。

2

期末一退掉學校宿舍，我便搬進明志路小公寓，我在《藝術家》雜誌暑期實習，秀美已經供職於出版社，加上子儀，三個人安靜地過著日子。

子儀茹素。我還沒做出反應，她便膝反射地說，不是為了宗教也不為還願，就只是想吃素。顯然有太多人預設了吃素的理由了。子儀解釋：吃素以後，大便比較漂亮。她不為詞彙分美醜、定高低，反倒我愣了一下。戒嚴令已經解除，但是，大概我的心理尚未鬆綁，我是不會大剌剌把大便這樣的字眼掛在嘴上的。說出這樣的字眼總帶著點心虛，犯了什麼禁忌一般，何況子儀是那樣一名清秀美麗的年輕女學生。

秀美長我一屆，小小的個子、扁扁的體型，常露出好奇的、驚喜的、狐疑的等各種豐富的表情，帶給我天真、善良而又迷糊的印象。有個假日午後自她房間傳出一聲巨響，我急敲房門，學姊，怎麼了你怎麼了？一會兒後秀美開門，一臉無辜說，沒事啦，我在椅子上靜坐，結果睡著，就跌到地板了。

有一次，秀美比平日晚回家，露出疲憊的神態說，累死了，走好遠的路。怎麼會走好遠的路呢我們問她，她說：提早好幾站下車。為什麼提早下車呢我們又問她，原來是，她搭公車，坐末排正中間位子，搭著搭著打起了瞌睡，冷不防司機一個急剎車，她便被拋出座位，咕咚咕咚像顆失手鬆脫的保齡球，只差沒有用滾的，穿過一整條走道，最後停步司機旁。司機冷冷看她一眼，她倒還機靈，脫口說出，司機，我要下車。司機不帶情緒地回她，下次下車要先按鈴。

又有一次，她把摩托車騎上高架橋快車道，一時不知所措只好停在分隔島上。怎麼辦呢這該怎麼辦呢？最後是交通警察前來關切，護送她下橋。秀美嚷嚷著丟臉死了丟臉死了，我們卻抱著肚子笑得前俯後仰，告訴她，這就是會發生在你身上的事啊。

暑假接近尾聲，我在房間準備開學物件，秀美在客廳敲著揚琴，久久才落下一個音符，一牆之隔子儀的房間傳來歌聲：古早古早，阮家住在今嘛耶忠孝東路。我停下動作傾聽：出門步步就愛靠走路，三張犁走到火車頭，一趟路就愛走歸晡。緊接著，在不同空間的子儀和秀美同時放聲高唱：忠孝東路，擱卡過去，擱卡過去，擱卡過去擱卡過去就是墓仔埔……歌聲繼續，好像還聽到，忠孝東路，今嘛已經一坪三四十萬塊……三四十萬啊，什麼時候手頭才會有三四十萬塊錢呢？

突然，客廳傳來一聲尖叫：其蔚！秀美咯咯地笑著，回應笑聲的，是低沉、慢緩的「嘿，嘿，嘿」。我探頭張望，他的爆炸頭，他的長手長腳，坐地上都會刺得地球唉唉喊痛的削瘦，不就是傳說中的室友嗎。不過，比起作品的敗德壞俗，其蔚本人有股天真未鑿的孩子氣，相處久了，有時還會覺得他像假期一樣討人喜歡。

或也就是這份天真，讓他站上道德的邊界，一不小心便誤入禁區。

他布置了一座無水水族箱，泥土鋪底，擺上枯木、青苔，又放了一具塑膠玩偶，讓它有超現實的趣味。水族箱裡養了兩條蜥蜴，一開始是興沖沖地餵食，很快地有一搭沒一搭，最後簡直就是棄養了。我看不過去，幾番提醒，換來：拜託，你給牠們的也不一定就是牠們要的，何況野外也不是天天有大餐。關在水族箱裡這兩條蜥蜴，簡直像戰犯，成了奄奄一息的餓俘，最後，即連屍體也找不到了。

他又打算拍一支劇情片參加比賽，主題是，嗯，主題是「吃狗」。他津津有味地分享計畫，如何在街頭抓一條狗，帶到海邊，以利刃劃開牠的肚子，掏出五臟六腑，烹調，食用。我聽得匪夷所思，一再勸他千萬不能這樣做。誰知春節過後回到小公寓，一打開冰箱竟發現雪櫃裡多了一袋袋冷凍肉。我嫌惡地問他那是什麼。他嘿嘿嘿地笑著，告訴我，這是當道具給演員吃的，不是狗肉，是豬肉。幾天後，他又煞有其事地跟我描述，一夥人在蕭瑟、沍寒的淡水海邊殺狗、燙狗拔毛、吃狗肉。我受不了了，叫他不要再講我並不想聽。他翻了白眼，丟給我一句「拜託——」拖著長長的尾音。

可以用土方巽評價阿部定的話來為他開脫嗎？土方巽是日本暗黑舞踏大師，阿部定是《感官世界》裡割下愛人陰莖的女人的原型人物，土方巽說：「我認識阿部定，她是個藝術家。藝術家得像個罪犯，必須使人流血。」詩人可以豁免於約定俗成的文字邏輯，那藝術家呢，藝術家有道德豁免權嗎？果汁機裡被打得血肉模糊的金魚、光束下被釣魚線懸在半空逐漸枯死的小樹……弔詭的是，它的爭議正凸顯了它訴求的議題。

常被敲得錚錚鏦鏦的揚琴是撿來的，養過兩條蜥蜴的水族箱是撿來的，秀美房裡的櫥子櫃子桌子椅子，甚至幾本雜誌看來也都是撿的，其蔚也常在垃圾堆裡撿破爛，東西帶回家，他動手整復，客廳牆上的畫框、他房裡的書櫃，都是自己釘的，另還有一把破吉他安上一支爛麥克風，這把「電吉他」他十分得意，特別秀給我看，自得意滿說，不用花一毛錢，全部都是撿來的。有一個傍晚，其蔚和子儀散步返家，說起哪裡丟了一座紅眠床，當天晚上幾個人便騎上摩托車，一趟趟地將床拆解載回，幾個人對著一片片木雕一幅幅玻璃畫，興奮莫名，惹得樓下老人拿他的拐杖咚咚咚地敲著他的天花板我們的地板，我們互相把食指豎到唇前低聲說「噓」，卻又忍不住爆笑出聲。後來其蔚敲敲打打在客廳墊高地板，唉，不知老人受了多少罪？

就在這個和式客廳裡，有個晚上房東嚴先生前來收租。木訥的嚴先生一反往例地，拿了租金卻不走，喝著我們為他倒的茶都見底了，嘴裡淨說些不著邊際的話，支支吾吾、期期艾艾，良久才起身告別。他是打算調漲房租卻擠不出話吧我們這樣猜測著。過了半小時，嚴先生再度現身，仗著薄薄的酒意終於說出口了。他急著解釋，說大兒子在外讀書也租房子，知道學生沒什麼錢，但一個月五百元四個人分攤，負擔應該不算大……唉呦，這個人怎麼這麼可愛啊，他不知道，其實我們都為他終於開口而鬆了一口氣。

3

公寓前有道排水溝，堤岸上一叢木芙蓉，被拿溝底的沃泥餵養，又覆上一層層的蛋殼。木芙蓉的闊葉烘托著花朵，清晨初綻是鮮甜的粉白，隨著日光推移，浮泛一抹初醉的紅暈，午後，酒意漸濃，轉趨軟熟，到了傍晚，花瓣閉闔、皺縮，刻劃著深深的紫色紋路。花朵凋萎後，花萼一日日膨脹，終於有一天，成熟、鼓脹、乾燥的果實守不住祕密似地，迸裂了開來。

我常在傍晚閒坐花樹下，公寓前空地上三三兩兩的孩子追逐嬉戲，樓下老人拄著拐杖散步，是我多心嗎——他看我的眼光裡有一種不高興。我坐水泥砌的堤岸上，赤腳踩在地面，溫溫的，在體內流動，被撫慰，被療癒，哪怕是這樣微小的細節，都讓我感受到大自然的善意。

常常我的手裡揣著一個信封，報社寄來的。不必打開，拇指、食指輕輕搓動，感受內容物的質感，便知道是退稿或剪報。若是直接以回郵信封回寄的郵件，會有一個截角，不知是誰告訴我的，投稿時，信封剪一個角可以當印刷品寄送。我透過截角偷覷裡頭裝的是什麼。經過幾年的嘗試，退稿的機率已經不大了，收到剪報卻還是雀躍，趁天色轉黯前把發表在報上的文章再讀過一遍。心裡有個模模糊糊的憧憬：會不會寫著寫著，有一天就變成作家了？

信箱裡還常發現寄給藍博洲的ＤＭ。前一年，《幌馬車之歌》剛問世，和他的第一本著作《旅行者》我都讀過，因此對這個名字很熟悉。藍博洲長我十歲，畢業於輔大法文系，曾經擔任過草原文學社社長，《旅行者》收六個短篇，就有四個是寫於他就讀輔大期間。

初進輔大，我曾想找個社團參加，傻乎乎地隻身前去位於校門口的焯炤樓探看，長長的甬道旁有許多小房間是一個個社辦，先是看上了廣播社，但木門深鎖，門板上貼一張紙條，紙上有個繞口令。意思大概是：如果連這個都說不好，那就打消加入的念頭吧。我默唸一回，從此記住了它：楊麗花發明非揮發性化學花卉肥料。雖然沒加入廣播社，但後來我主持過一個校園廣播節目：《電影人》，專門介紹電影人電影事，還邀請過當時讀中文系的聞天祥上節目談侯孝賢，前一年他以《悲情城市》拿下威尼斯影展金獅獎。

又挑了嵌進「文學」的社團，草原文學社。木門虛掩，我怯生生地推開，光線自氣窗射入，彌漫的煙霧在光照裡捲動翻騰，幾名男女學生或半臥或欹斜著，氛圍十分慵懶。若是六〇年代背景的美國電影，這幾個人就該互傳著哈同一根菸，臉上氤氤氳氳洋溢著迷醉與微笑。幾雙眼睛看著我這個灰撲撲的土包子，讓我渾身不自在，但在退出前還是問了一句，請問有招收社員嗎？有人心不在焉回我一聲「嗯」。我又問，這個社團主要做什麼？他噗哧一笑，漫不經心說，不做什麼，閒聊、打屁，不必做什麼。我看他沒有意思多搭理我，便尷尬地輕輕將門闔上。

後來，我什麼社團都沒有參加，倒是「自創」了一個踏青社，穿Converse的All Star高統帆布鞋，斜揹大背包，常在當時輔大還為數不少的草原上溜達。這個社團的社員只有我一個，但常有同學陪伴。

草原文學社並不是一個「閒聊、打屁，不必做什麼」的社團，它的歷屆社長除了藍博洲，還有張大春、曾淑美等日後知名的作家。草原的光譜偏左，放眼阿多諾、傅柯、馬克斯等文學批評，又凝視台灣文學，與台灣的現實處境相參照，不僅在書桌前用功，也走上街頭。多年後其蔚接受專訪，為草原文學社定位，說這個社團對輔大學生來說，是相當恐怖的，像狼穴或策畫暴動的所在，一群心理偏差的激進分子的俱樂部。比較起來，我簡直正常得有病。

其蔚的朋友們常在明志路二樓小公寓聚會，有對小夫妻，熱天正午來了，其蔚不在家，我請他們稍等。兩人看看四周，不坐椅子卻落坐地面，我請他們上座，妻子委婉拒絕，沒關係，地板就好。我說，地板好髒。妻子堅持：地板就好。這對小夫妻，吳中煒與蘇菁菁，九三年秋天在羅斯福路小巷子開了家店叫「甜蜜蜜」，是搞劇場、搞學運、搞地下音樂，這些又甜又刺的年輕人的蜂巢，其蔚在這裡幫他們策畫活動、發表作品，不過只維持一年就頂讓出去了。

在為一家咖啡館命名前，「甜蜜蜜」是一本地下刊物，挑釁威權、挑戰體制，嚎叫、發洩、嘔吐出苦悶與慾望，自信自戀自瀆。《甜蜜蜜》自稱「全國第一本專業色情刊物（小學生適用）」，「版權沒有，歡迎盜印」，子儀曾為《甜蜜蜜》寫過稿子，秀美帶著其蔚的手稿到坊間的電腦中心，因為不諳電腦打字，請來指導員幫忙，對方一看內容，臉色大變，逼問秀美這是恐嚇信嗎。而我，則因其蔚害怕筆跡洩漏身分，而替他捉刀謄抄過，並協議由我帶數份雜誌到大傳系上分發。那一天我一大早就出門了，趁著文友樓悄無人聲，隨機挑幾間教室擺一本雜誌在講桌上，心裡很是忐忑。

常到明志路來的還有個女學生，神經兮兮的，其蔚說她曾在天橋假扮乞丐要錢，又搭計程車不付車資，沒錢就是沒錢不然你想怎樣？擺出一副無賴姿態，因此鬧進警察局。最後呢？最後司機自認倒楣，算了。我聽了，沉吟半晌，這個嘛，該怎麼說呢？

女學生每回都會帶來一兩張她發表在報紙或雜誌的文章，內容充斥著原慾。她問我的想法，我老實回答，看不太懂，還要再慢慢體會。我讀高中，就常在救國團辦的地方刊物發表文章，縣境的國中或高中女同學讀者常會給我寫信，但是上了台北、進了大學，很快我就明白，每一所高中都會有這樣一個被叫作才子的人，不，也許是每一個年級甚至每一個班級，在這裡，我一點都不特出。一旦看出這點，就再也無法無視，儘管名字已經頻繁見報，仍有點自卑，感覺自己程度差他們一大截，小心翼翼問：你怎麼看那些刊在報紙副刊上，文字流暢的文章？女學生回我：那些啊，那些都是高中生的習作，我們是大學生了，要寫大學生的東西。我聽了，默默退回房間。

他們在客廳說話、吃飯、喝酒，我就在我的通鋪房間裡，床板上擺一張同學朱陳琪借我的淺色原木矮几，趴几上寫字。我喜歡這個角落，臨窗，有風輕吹，窗外與鄰居隔一條小路，小學生上學放學，風中傳來童言童語，音調裡有種嫩芽初萌的清新。我不討厭其蔚的朋友們，我甚至喜歡他們、羨慕他們，只是覺得格格不入，我無法放鬆，就是無法，慵懶、隨興、自在，像初進大學闖進草原文學社那樣，我覺得我們不是同一夥的。

那是一九九二夏天開始之後，到隔年夏天開始之前，前網路時代，沒有PTT沒有新聞台部落格與社群網站，身邊也沒有寫作的朋友，或許不是沒有，只是我不曾抬頭張望尋找，甚至不知道同樣讀大傳系，隔壁班廣告組就有個高手。獨學而無友，僅憑著一股熱情，透過閱讀想像文學的模樣，中學生習作般，以文字當積木構築它的具體形象，態度接近於虔誠。或許正是我的無知為我織一層結界，保全了我的夢想。

如今想來，我畢竟是幸運的，有那麼幾年時光，自己陪著自己，安靜地等待著自己長大。

4

其蔚向室友們預告，他即將參加在輔大舉辦的ICRT青春之星歌唱比賽。其蔚會畫畫，做裝置藝術，但我不知道他還唱歌。他嘿嘿嘿地笑著，回房間拿出一捲卡帶，表情不知是詭異還是得意地說：讓你們聽聽傑作，剛錄好的，嘿，嘿，嘿。收音機傳出的是亂無節奏、毫無旋律感的噪音，粗暴粗糙，被激怒的音符化作冰錐刺進耳膜。我聽著，很為難，不曉得該做出什麼反應，翻看盒子轉移注意力，看見一行稚拙的字寫著「零與聲怪獸解放組織」，這是其蔚和德文系的劉行一、哲學系的香港僑生Steve合組的樂團，無論如何，再怎麼伸展觸角都無法和主流品味的青春之星沾上邊。

十一月初，我剛在文友樓開完一個小組會議，走在校園，遠遠地發現中美堂燈火輝煌，才想起其蔚的邀請，進到禮堂，看見秀美和子儀在對我招手。聽過幾段甜美的歌聲後，輪到零與聲了，秀美和子儀早就興奮地拿著V 8和相機就定位。一團三人木偶般走上舞台時，引起一陣騷動。這三個人，主唱穿孝衣，臉上塗白，鼓手戴了安全帽，其蔚是吉他手，著衛生衣、腳趿拖鞋。他們手上拿著鍋子、盆子，破吉他與爛麥克風組裝的「電吉他」也派上用場。台風穩健的主持人不管問什麼，幾個人都平平板板回應以「不知道」，無奈之際他只能拋下：好吧，接下來就看你們的演出了。

唱的是〈喔，媽媽〉，吟哦，嚎叫，碰撞，打滾，是被媽媽逼到後無退路，瀕臨崩潰了嗎？一名評審索性摘下耳機，莫可奈何看著他們，觀眾席瀰漫著不安的情緒，陸陸續續有幾名女孩離席。這個情形我並不陌生，電影社主辦的電影欣賞，社長聞天祥曾選大島渚《感官世界》、巴索里尼《索多瑪一百二十天》、庫柏力克《發條橘子》在文學院文華樓二樓放映，教室都窸窸窣窣中途有人離席。

噪音或是音樂呢？如果是噪音，我知道，就是noise：「不想要的聲音。」十三世紀《牛津字典》言簡義賅定義了這個字。有人不知哪裡找來它的本義：「暈船而產生噁心想吐的感覺。」而中文，噪自「喿」演變而來，喿是枝頭上眾鳥喧鬧，現代都會生活中，若得眾鳥齊鳴，應該視為吉兆，大自然的恩惠，但是多了一張嘴，噪，指甲刮過黑板、刀叉劃過玻璃，三天兩頭喚醒我的鄰居裝潢工程的電鑽聲，三姑六婆老在社區必經之地的嚼舌根，不想要的、不喜歡的聲音，都是噪音。但噪音作為一種音樂或是藝術，嗯，我說不出個所以然來。

緊接著十二月初輔大校慶，零與聲又報名參加了歌唱比賽，這一回我沒在現場，我去發選舉傳單。

已經進社會的學長姊若有什麼工讀機會，會透過助教將訊息張貼在文友樓的告示板上，我去當過電視廣告臨演，去做過電話民調，去謄錄演講逐字稿，去餐館盛飯煎蛋，去當家教，還與同學搭著巴士到學姊當執行製作的電視綜藝節目錄影現場當觀眾，不過，這是沒有酬勞的。這一回，我要去幫一個叫盧修一的候選人發傳單，一九九〇年三月的野百合學運催化下，「萬年國會」終結，九二年立法委員全面改選。幾名同學約我去看電影，我說沒辦法耶，一聽說我要去發傳單，四、五個人乾脆微調行程，幫我在我負責的區域裡，一個信箱一個信箱地塞傳單，收工後剛好趕上傍晚的電影。當時我並沒有強烈的政治主張，只是把握住每一次掙一點生活費的機會。

事後，其蔚跟我說，可惜你沒來。秀美和子儀轉述了當晚的情形，她們說零與聲被安排在最後一場演出，主持人倒還幽默，表示：這是為了方便觀眾離場。據說有憤怒的觀眾拿起麥克風質問：你們到底想表達什麼？零與聲回應以：Nooothhing。如果你也問我，你懂他們表達什麼嗎？老實告訴你：我也不懂。不過，不懂的事情還會少嗎？我不反對，甚至我支持他們的演出。當然，這並不表示我就願意醒在零與聲裡，哪怕它被稱為藝術。

點畫一般，總要隔著些距離才能看出它的全貌，當時只道是尋常的生活點滴，逾四分之一個世紀後回顧，全有了它在座標上被註記出來的意義：有人說，這兩次大場面的演出，是其後十餘年台灣噪音／聲音藝術的開端。

然而，藝評人游崴指出：「『聲音藝術家』是如今林其蔚最常被描述的方式，但這不是一個令人滿意的頭銜。在整個一九九〇年代，林其蔚身處台灣地下噪音運動的場景之中，並不把聲音當作一種藝術類型，而是一個對主流文化體制進行鬥爭的工具，聲音緊密地鑲嵌在身體政治的場域。」

「『零與聲』的成員從不認為他們在做音樂，而僅僅是『使用』樂器。當藝術作為一種干擾（intervention）還未能在台灣文化語境中被辨識的年代，『零與聲』的演出只能被大多數人理解為鬧場。但已完全體現他們如何將噪音所具備的反音樂姿勢，武裝為一種拆解主流文化體制的策略。透過情境主義式的干擾手法，凸顯音樂不只是藝術化的聲音形式，還是一種特定的美學政體。」

在翻覆顛覆、破舊立新的世紀末九〇年代，零與聲發出了格外尖銳的聲音。

5

推土機轟隆隆地開進露台後小山坡，這些竹子長在這裡，十年、二十年，或者更久的時間了，但只消一個下午，摧枯拉朽，便被夷為平地。據說在沒有人為干擾的自然環境中，地表上植物長得有多高，地底下的根就扎得有多深，秋風掃落葉般竹林被鏟去了，也許它的根部還渾然不知，仍汲汲營營在吸收著水分。

夜裡，我窩在矮几前謄抄稿件。白天，思緒如懸在窗口的風鈴，警醒得一有風吹草動便叮噹作響，筆記本裡密密麻麻都是鉛筆寫的草稿，睡前抄到天鵝牌六百字稿紙上，寫兩個信封，一個寄出一個寄回，用剪刀裁一個角，貼足郵票，封緘。走出房間時，其蔚看到了，老跟我說：文學家要去作睡前例行的散步了。聲音很溫柔。但莫說文學家，叫我作家我都覺得羞愧，知道自己配不上這個頭銜。將稿件投入信箱後，掀掀彈簧片確認沒被夾在投入口。若當天有收到剪報，便在附近小攤叫一碗陽春麵犒賞自己，若沒有，吞吞口水，散步回家。

守著本分過日子，也許，說自己上進也並不為過，充實，踏實。天空灰濛濛的，這是黎明的前兆。

但也常有痛苦到想死的時候，想像教徒拿荊棘鞭笞自己的身體，讓肉體的痛楚掩蓋住內心底的苦悶，足以反噬自己的黑洞般的空空洞洞。不過，死亡來臨之前必得努力活著，沒有厭世的念頭因為沒有厭世的本錢，站在懸崖上的人必須扎穩腳跟，否則就要跌入深淵了。

在一個大霧籠罩的夜裡，我困於蛛網的小蟲似的煩躁不安，便跨上摩托車，蜿蜿蜒蜒爬著山路騎到明志工專，夜半的操場，隱隱約約只看得見四圍高樹的黑影，風輕輕搖晃著它們。我脫了鞋子在跑道上散步，逐漸加快速度疾走，撲面是飽含濕意的冷空氣，後來，我將身上的衣物全部剝去，赤身裸體跑了起來。霧很濃，夜很黑，我看不見遠方，但我把握住了方向，把握住了每一次踩出的一步之遙。如果有個嚮往的遠方，縱然你還看它不清楚，但只要朝向它，每一步都不踩空，就有抵達的一天吧。我這樣相信著，那時候我不相信命運不相信運氣，我相信要比盡本分再多做一點，未來才會照料它自己。

黎明之前，天空還是灰濛濛的。初進職場，壓力和疲憊寫在秀美臉上，一提及工作她便有輕輕的一聲哎——拉了長長尾音的嘆息，求生意志越來越薄弱。一晚，她說隔天想請假，但是該用什麼名目呢？事假、病假，一般人也就找個信得過的人幫忙打通電話，他有事想請個假喔、他人不舒服今天要去看醫生，也就過關了。《四百擊》裡安端為他自己編的曠課理由是，媽媽死了。老師指責他：「我們都知道你是個必要時，會犧牲自己親人的人。」我還讀過新聞：有義務役小兵請喪假，自己印了訃聞，幾個月間爺爺奶奶接連過世，三途河上舟楫相連，即便早已大去的外祖父母也相繼加入往生的行列。然而秀美，光請個假都讓她傷透腦筋。

最後，秀美決定「感冒」，不是捏造個理由而已，而是她打算讓自己真的感冒。大冷天裡她洗了個冷水澡，然後，不顧眾人勸阻，一身單薄去窩在露台鐵窗一角。冷風咻咻，抖瑟瑟地秀美流下兩行清鼻涕。秀美如願著了涼，隔天一早才以濃濃的鼻音去打了電話請假。有誰，有誰可以告訴我，一個人在好好活下來之前，要先死過幾回？

秀美終於痛下決心辭職。離職當天下午，幾個人瞞著她笨手笨腳地布置屋子，寫大字報，又下廚準備食物，開同樂會似的。傍晚，一個人守住陽台隨時回報：秀美在樓下了秀美上樓了，噓，在掏鑰匙開門了。大門一開，我們持著海報大喊歡迎回家。秀美一愣，睜大眼睛像隻夜裡突然被強光照射的貓頭鷹，問我們發生什麼事情了。接著她就一邊咯咯笑著，一邊流下了眼淚。

——原載二〇一九年十月六～八日《自由時報》副刊

Fengwei Yang攝影

王盛弘，彰化出生、台北出沒，寫散文、編報紙。散文曾獲二十餘個獎項，為各類文學選集常客，多篇文章入列高中國文課本、大專院校通識科教材；著有散文集《十三座城市》、《大風吹：台灣童年》、《花都開好了》等共十本書；主編《九歌一〇六年散文選》。目前為《聯合報》副刊副主任，曾獲報紙編輯金鼎獎。

愛是以恆常對抗無常——《鐵道員》的佐藤乙松

馬欣

人生中必然的失去，化為了一個挺拔身影。他日復一日的恆常工作，看似沒有任何改變地承受著各種巨變，這樣的人，比斜陽的光暈更能感染一切，這就是《鐵道員》的後座力。

時至今日，我還記得高倉健飾演的鐵道員佐藤乙松最後在幌舞站的身影。

當他抬起頭來，雪正下著，他即將退休，守了一輩子的幌舞站也即將關閉，小鎮將消失；回到鐵路開通前的荒野。此時，他仍認真確定發車前的每個環節，如他在工作日誌上寫的：「今日一切如常。」儘管一切無常。

但他駐守的就是一個「如常」，一個象徵社會運轉的常態。你不會注意到他，但他消失後，卻提醒你這世上沒有什麼不會消失。

但這部電影將這些微不足道兜攏起來，讓你眼淚無意識到的倏地掉落。這北海道小鎮上的雪不斷落下，日常中最微不足道的，失去後往往最是鋒利。你甚至相信，以後很難再有《鐵道員》這樣的抒情佳作了，如此靜緩長遠地紀念一個普通人的失去，留下他一點黏在平凡人生上的信念。在他人眼中，他的堅持可能如一個超黏的口香糖，但一個該死的信念，就如同也是你的。

他的工作曾代表日本經濟復甦的榮耀，但這份價值已不在。與他記憶有關的人事物也逐漸消失，他所相信的都已物換星移。他就是一個時代更迭下的小人物。而這些對行將老去的人都很正常。當你年輕時，你會覺得時代是漫長的無改變，但當你年老時，時間就會變成拋物線，只是被拋走的是你，你於是抓住那尾巴，終於承認了那份時不我予。

但為何這樣一個小人物的故事會帶你走到遠方？把你留在北海道那冰雪的小站上？彷彿佐藤乙松站長的身影為何至今還在傍晚的薄荷色中搖曳著信號，讓你緊緊跟著，發現自己也是歸人。乙松那身挺拔的鐵道員服，如同松樹般挺立在月台上，是在蒼茫大地上的黑色人影，渺小而堅持，一如往日沉穩地喊著「後方正常」、「信號正常」，即使你知道他在做白工，明天就封站了，他在你心裡卻仍跟幌舞站在一起，停格在那一幕，好似你也在幌舞站上，想起自己堅持過什麼。

如今這身影變成了一份情懷，一份座落在遺忘上的堅持。電影的一切都非常安靜，定焦在一個即將被抹去的時空，你看到他的鄰居陸續搬離；他在那發光的小屋煮著紅豆湯；某個年夜飯與即將改行的老同事喝酒，他卻無法喝醉的那份清醒，在那將天亮的夜，他眼神閃過的茫然與寥落，他說：「我不後悔，但我感到無能為力。」

鏡頭帶往了過去，那個小鎮曾因採礦而人口興旺，乙松與他的同事載著煤礦，差點因煤氣中毒身亡。但他們仍一身藍褸地說：「我們載著更多鎮上年輕人出外工作了。」那是個沒得商量的年代，小鎮雖因煤礦繁榮，但礦災讓你看到了事情的前兆，被煤燻得灰撲撲的人在餐館裡打架，鐵道員以為自己一輩子都洗不掉煤炭味。一名礦工死了，生前沒有照片，他兒子為他畫張肖像畫貼在牆上紀念，那天陽光還大好，那孩子在這煤礦小鎮上孤零零地並沒掉淚。

你發現那時候是個沒有眼淚的時代，於時間與體力上都奢侈。鐵道員的太太生了重病也沒有掉淚，她反笑得更多，只是笑得疲乏而已，那裡大部分人的時間都拿來「活」。只有在一剎那，你看到鐵道員乙松與火車中前往住院的妻子道別時，手貼著玻璃窗與妻子告別，就一秒，妻子的眼神才有了變化，但他只能照時間喊發車，連妻子最後坐上的這班車，都是自己喊的：「出發前進。」

這些人根本來不及悲傷的悲傷，才是真實。一個在外工作的遊子對乙松說：「你當時對我們來說，你是總送著我們出門與回家的人。」那地方是能走一個是一個的邊陲，以及最後終是有「家」歸不得的消失座標。

所有的失去都在這電影裡理所當然，曾肩負重任的D51氣動火車的被淘汰，讓人力大洗牌。已找到工作的老同事其實不願到度假村鞠躬哈腰，他為乙松打聽工作，年齡就是一大門檻，這群以往被視為進步榮耀的鐵道員，跟如今即將中老年的一代一樣，面臨的是大幅度的時代改變。但乙松那個仰頭，卻讓人想起他仍熱愛這份工作，無論時代如何淘汰自己，在任一日就有一日身為鐵道人的驕傲。

平凡人生不足以成為悲劇，卻不是無解。才氣導演降旗康男給予了詩意般的拯救。乙松死於襁褓中的女兒，變成女孩來造訪他。那在快荒蕪的城鎮，昏黃的燈光中，女孩三番兩次的出現，讓少沾人煙的乙松感到開心，以為是鄰居的孩子。直到廣末涼子穿著學生服出現，像是鐵道迷討論著D51火車的過去，並為他做了火鍋，乙松冰天雪地的人生處境才現了真貌。這個看似不倒的人，這時才感受到溫暖，凸顯了之前他與老友喝酒後，曾懼怕天亮的絕望。女孩的出現，他脆弱的一面開始崩落。

但那崩落是美的，是終於得救的姿態。他後來發現是他女兒，隔了十七年後，她讓他看她長大的模樣，或許是乙松的幻想，也可能是鬼。但這善意太溫暖，女兒的出現終於讓他無法在死前陪伴妻女的自責化解。這一幕是對一個人最大的救贖，女兒戴著他的站長帽，向他敬禮，尊敬他的工作，並且在他痛哭時說了「我很幸福喔」，無論「她」是否真的「來過」，都解脫了主角的各種身不由己。

鐵道員佐藤乙松在幌舞站要廢站的最後幾天，仍在鏟雪道剷雪，確定發車後信號正常與否，如同十幾年前這煤礦鎮上人口還很興旺的時候。他日復一日的做著，無論外在世界的潮起潮落。身為「鐵道員」，他守著的就是一份他人的「如常」，於是在工作日誌上，每晚他都慎重地寫上：「今日一切如常。」即使那天他的妻小離開人世。

如果愛有一個形貌，那是乙松在雪地裡恆常的佇立的身影，近二十年不變，吹著哨子喊：「出發前進」，與迎回再也沒有遊子歸鄉的列車，直到封站為止。至今他在鐵道月台的身影仍留在影史中，不可磨滅，因為那一幕始終說明著：這世上沒有什麼不會變的，除了愛的恆常外。

多麼謝謝高倉健，沒有他末代遊俠的氣魄，怎能演得出每個人行將老去時的蒼茫天地。

——原載二〇一九年十月二十二日《OKAPI閱讀生活誌》

馬欣，世新大學新聞系畢業。曾任職中時網科、《GQ》國際中文版，現職為自由文字工作者。曾擔任金馬獎、金曲獎、金音獎評審，專欄文字散見於《鏡週刊》、博客來《OKAPI》、《幼獅文藝》、《自由時報》、《聯合報》、《端傳媒》、《美麗佳人》國際中文版、《VOGUE》國際中文版、《娛樂重擊》等。著有《反派的力量》、《當代寂寞考》、《長夜之光》、《階級病院》。

二十四歲的夏天——

郝譽翔

一九九三年的暑假，我二十四歲，剛讀完台大中文碩士班二年級，該修的學分都修完了，正準備開始寫碩士論文的時候，恰好我的指導教授曾永義老師的好友，在美國惠特曼學院執教的魏淑珠老師回台灣開會，詢問是否有研究生願意到美國擔任她的中文教學助理？為期一年，食宿和機票全由學校公費。

我一聽說這大好消息，立刻把論文拋到一旁，向魏老師應徵，沒有絲毫的遲疑。而這個機會也來得太過突然，不到兩個月後，我就獨自一人拎著行囊，從桃園搭飛機到西雅圖再轉搭十幾人座的小飛機，越過美西的高山和沙漠，抵達華盛頓州邊境的Walla Walla——一個人口只有兩萬多，比起台大學生總數還要少的小鎮，在惠特曼學院展開了我人生中第一次的異鄉生涯。

當初為什麼會有如此巨大的衝動，暫停課業，遠走他鄉一年？我的朋友多半不認同，以為把碩士論文寫完才是正途。然而台大雖好，我卻明白自己一直渴望「走異路，逃異地」，二十四歲大好青春，總不甘心就這樣被困在一座又小又擠，人際關係複雜因此充滿了蜚短流長的台北。於是當一扇大門忽然在我的面前打開時，我就迫不及待像隻籠中的小鳥飛了出去，毫無心理準備，就落入了一個全然陌生的環境。

惠特曼學院是一座小而美的貴族學院，全校只有一千多個學生，上課全是十人左右的小班制，學費昂貴直逼長春藤大學。生長在台灣的我，從來不知道大學也可以如此，即使曾經在楊牧老師的散文中讀過他對於惠特曼學院的讚美，認為這是他心目中最理想的大學，但直到有一天自己親臨此地時，才總算是大開眼界。不是正規學生的我，拿的卻仍是學生簽證，按規定必須修八學分的課，完全免費，所以我選了兩門與碩士論文相關的「語言文化理論」和魏老師的課以外，其餘就是任憑喜歡，於是我大膽地又修了鋼琴、繪畫和游泳，打定主意要在這兒過上不食人間煙火的小日子。

卻沒想到開學才一周，「語言文化理論」課就要交沒完沒了的大小報告——我在那一年寫的報告總數，居然比起在台大四年還要多得多，第一份報告得了個大C-，我這才體會到美國大學原來一點也不好混。游泳課也是一場災難，我自詡是個游泳好手，然而第一次上課整整五十分鐘，老師就要我們在池中來回不停地游，同學們游得飛快，只剩下我一人在後面拚命追趕，差點溺斃在池中，下課後第一件事就是趕緊退選。繪畫課的狀況更慘，是身心的雙重折磨，每周都得交兩張畫作，帶到課堂上給大家公審，下了課還得去學校的工廠鋸木頭，做畫框，學如何裱褙畫作。我這才知道美國大學和台灣大不相同，每一堂課都是扎扎實實，難怪一學期修四到五門課就已是極限。

於是我過文青小日子的美夢，就在來美國不到一個月後宣告破滅。我必須誠實面對自己能力的不足，不只是語言，還有表達、思考和批評的嚴重困境，到了後來，居然只有鋼琴課是我最大的慰藉。我在台灣從沒學過鋼琴，一切從零開始，相當於幼兒園的水準，卻照樣可以在惠特曼學院選修音樂系教授開的一對一鋼琴課，這在台灣聽起來簡直是天方夜譚，但美國教授卻毫也不以為意，果真從零教起，而且不打馬虎眼，規定每堂課我都必須背譜，期中考和期末考在音樂廳舉行，儼然像是一場小型的音樂會，而我上台演奏，台下就坐著一排教授幫我打分數。

出乎意外的，我在美國居然一頭栽入鋼琴的世界，發現十指在黑白的琴鍵上跳躍滑動，彷彿什麼都沒說卻又什麼都說了的抽象音符，竟讓我一顆惶惶不安的心全都安靜了下來。於是我每晚自動到音樂館報到，小鎮的治安良好，好幾間獨立的琴房二十四小時從不上鎖，我一人關在裡面，每每彈一兩個小時都不嫌累。冬天到來，落地玻璃窗外雪落無聲，就像是旅人夜半不寐默默流下的眼淚。

就在那一刻，我終於重新認識了自己，在英文尤其寫作的洗禮下，我才發現我們慣用的中文，竟有如此多不合文法、虛詞臃腫，以及邏輯不清的問題。不管是在課堂上或與別人的交談中，我彷彿一再被逼問：你到底想說什麼？我也才恍然大悟自己在使用中文時，經常以文溢於情的漂亮辭藻虛晃而過，因此早就習慣言不由衷，但那真是我想要說的嗎？這就像每星期我為了繪畫課的作業，不得不面對空白的畫紙，絞盡腦汁不知該畫些什麼？最後往往只能找來畫冊，照樣描摹，送到課堂上面對同學的批評時，總是心虛得不敢抬頭。美國的教授問我：你到底想要表達什麼？我啞口無言，彷彿穿了國王的新衣，卻被人拆穿原來不過是騙局一場。

在一九九三年的惠特曼學院，我是唯一的台灣人，整個學校只有中國大陸來的交換學者H和我有類似的處境。H長我十歲，已經是雲南大學外文系的教授，但惠特曼給她的同樣是學生簽證，也必須修課。H不像我天馬行空，而是硬碰硬選了大一新鮮人搶修的「寫作課」和「演說課」，而類似的課程台灣也沒有，卻是這裡公認最熱門卻也最困難的課，就連身為外文系教授的H也修到叫苦連天。

但H天性不服輸，報告寫得比誰都用心，期末居然拿到全班最高分，激勵我也得加把勁，別丟台灣人的臉才好。我和H就這樣彼此打氣，相濡以沫，兩人都是第一次獨自離家遠行，H更是拋家棄子來到美國，思鄉之情比我更苦。課後我們經常一起逛街散心，當時台灣正值經濟顛峰，台幣對美金是二十五比一，不管走到哪，我都不禁大喊美國的物價實在太便宜了，但H不同，中國才剛改革開放，她處處儉省，下課後還去學生餐廳打工。為了陪她，我也一起加入打工的行列，學會了洗碗的流程，但最苦的是餐廳打烊時刻，我和H得先把沉重的木頭椅子一張張搬到桌上，吸完地毯的灰塵後再一張張搬回原位，累得我回到宿舍總要癱在床上好久。

放長假是最快樂的時刻，我們開著一台借來的車去黃石公園玩，H為了省錢不肯外食，堅持自己煮，於是我們沿著溪流前進，一路野炊，偶爾時間耽擱，天色已黑，只好開著車燈在溪邊煮飯洗菜，而對岸就是一群群野鹿在啃食青草。這一趟旅行下來，我們不知喝了多少黃石公園的河水，回來後說給美國同學聽，他們大驚失色，說那河裡全是寄生蟲。我們不知是真是假，也不害怕，只覺得好笑，這種事一輩子難得經歷一次，若非H，當時頗沾染了台灣人財大氣粗心態的我，恐怕無法體驗。

如今時光一轉眼，悠悠二十五年過去，我與H自從美國一別，就再也沒有機會相見了。前些日子我忽然接到H的e-mail，說她已經從雲南大學退休，要和丈夫一起來台灣自由行，從網路上找到了我的聯絡方式，希望可以在台北見上一面。H篤信伊斯蘭教，所以我們約在一間清真餐館見面，重逢時都是乍然一驚，對方怎麼一點都沒變？一九九三年好像才是昨天，往事栩栩如生如潮水般湧來，然而分明是二十五年將近一萬個日子過去了，就在一瞬之間。

我和H也彷彿調換了位置，台灣早已不復當年的氣盛，而大陸更是今非昔比，二十五年可以改變些什麼？我成了安分守己的媽媽，但H卻是年紀越大玩心越重，居然成了走遍世界的自助旅行家，然而一談起在惠特曼的時光，我和H卻不得不一致公認，那是我們生命中暫時脫離常軌，以致衝擊改變最大，卻也玩得最瘋狂、最難忘的一年。

我們好像從那時開始，才蛻變成了一個真正的旅者，從此在人生中勇敢向未知去探索，直到如今才又在台北重逢。夜深了，我和H從餐館走出來，街上人潮已散，小巷格外冷清，我和H擁抱著道別，她緊緊抓住我的手說：「你一定要來昆明找我！不要再等二十五年！」我拚命點頭，轉身離去時淚水卻在眼眶裡打轉，想起二十五年前我離開Walla Walla時，H紅著眼睛相送的那一天，而如今的情景彷彿依稀，卻又是一次的道別，然而再見不知何時？人生又能有幾個二十五年呢？唯一可以確定的是二十四歲的青春只有一次，逝去了，就是永遠。

——原載二〇一九年十一月二日《聯合晚報》

郝譽翔，台灣大學中文博士，現任國立台北教育大學語文創作系教授。著有小說《幽冥物語》、《那年夏天最寧靜的海》、《初戀安妮》、《逆旅》、《洗》；散文《回來以後》、《溫泉洗去我們的憂傷》、《一瞬之夢：我的中國紀行》、《衣櫃裡的祕密旅行》；電影劇本《松鼠自殺事件》；學術論著《大虛構時代——當代台灣文學論》、《情慾世紀末——當代台灣女性小說論》。曾獲金鼎獎、中山文藝獎、時報開卷好書獎、時報文學獎、中央日報文學獎、台北文學獎、新聞局優良電影劇本獎等。

浪人行——阿布

最終，我又回到了海上。

對我來說，海不只是一個特定的名詞或地點，反而像許多感官互相堆疊干涉所構成的一種經驗的整體。海是陽光灑在背上的熱度、是腳底踩著沙子的觸感、海浪打在沙灘上的聲音、也是空氣裡總是飄散著隱約的防曬油味道，與海水受熱蒸騰的淡淡的腥味。

宜蘭烏石、苗栗新埔、墾丁南灣、約旦紅海、猶加敦半島，很奇怪，世界各地的海灘看起來是這麼不同，但眼睛閉上以後，其他的知覺經驗卻如此的相似。海浪規律的聲音，熟悉的溫度與味道，啊是的，我又回到了海邊，不管哪裡海都共享著同樣的記憶。

有一陣子我非常著迷於衝浪，常和游泳隊的朋友有空就翹課去宜蘭海邊衝；即使到現在仍衝得不怎麼樣，回想起來卻無比懷念那段時光。冬天的台北總是陰雨，但車過了雪隧彷彿穿越到了另一個世界，一陣陽光刺眼，雲層裂開，縫隙透出陽光與藍色的天。風是涼的但並不寒冷，裡頭隱約帶著暖意；像是從沙灘往海裡走去時，剛開始海浪一波一波打在身體上時簡直是冰的，但當你繼續走得更深更遠、全身被海水包圍以後，會發現海其實蘊藏著一種穩定的溫暖。

那是黑潮。海有溫度，有流向，海甚至有自己的心情與意志，或許浪也是海意志的表現之一。

適合衝的浪不是每天都有，大部分的夏日平靜無浪，冬天時東北季風太強，把整個海面吹得亂浪紛飛，也不適合衝。真正的好浪可遇不可求，長長一片又厚又高的浪壁依序崩塌，高手駕著板子遊走其上簡直脫離地心引力，那樣的自由，幾乎是飛翔。

飛翔會讓人上癮。浪人平日在城裡謀職，周五下班後就往海邊跑，衝久了索性在離海不遠的地方便宜的租個小房間，簡單布置過，有個架子可以放浪板、有張地墊衝累了可以在上頭睡覺就好。清晨聽著遠方海浪的聲音醒來，開車載板子去附近的幾個浪點巡巡，挑一處浪最好的地方下。此時天才剛透亮，距離日出還有一段時間，遠處的龜山島還藏在灰濛濛的背景裡，海面上已有兩三個早起的浪人坐在板子上浮浮沉沉，等待今天的第一道浪。

●

趴在浪板上往海中央奮力划去，潛入水裡避過一道一道迎面蓋來的浪花，然後海漸漸變得安靜了，那是已經到了離岸邊較遠的「outside」處。在outside基本上就沒有那些白花花的碎浪了，浪在這裡只是從遠方經過的波。浪來時海面忽然高起又落下，然後回復到原本的平坦；浪只是安靜的經過，並不帶走什麼。

在outside的衝浪者通常會坐在自己板子上，並排浮在水面等浪。遠方有浪來時幾個人同時奮力的划，追得到浪就是你的，沒追到也只能怪自己反應太慢或臂力不夠。追浪像是一種原始的狩獵，用海裡練出來的肌力與浪肉搏，速度追得到浪就有機會起乘，從浪頂最高處張開雙臂優雅的滑下去，像一隻海鷗低空掠過海面，翅膀的羽毛沾上幾滴水花。

有人覺得這是一種征服，憑血肉之軀的力量駕馭一道被自己追上的浪；但對我來說，追浪更像是匍匐在浪的跟前，盡量展現自己的努力。當你的速度被一道路過的浪所看見、所肯定，或許他就願意載你一程。那騎在浪背上與海風一起短短幾秒鐘的飛翔，是大海的賞賜。

即使是有好浪的日子，浪人大部分在海裡的時間也都是坐在板子上等浪。遠方的雲層裂開，露出陽光，陽光灑在海面、灑在衝浪者身上，與海共同鍛造著浪人的膚色與肌肉。有時光看身體線條就能知道這個人是真的有在衝浪，還是偶爾假日到海邊和浪板合照而已。身體是騙不了人的。衝浪者的身體大多非常美，不論男女年紀；衝浪需要用到大量的核心肌群，無論是在海面划行越浪、起乘、維持平衡、駕馭腳下的浪板在浪頭翻騰等等，一次衝浪下來肌肉的鍛鍊量毫不亞於一場激烈的重訓。衝浪者的肌肉又和陸上特意用重訓練出來的有所不同，鮮少給人粗壯的感覺；那是把海的剛與柔鎔鑄在一起的線條，浪人是海神的族裔，為了浪而生，而不為了向誰展示。

浪人衝浪，很少是為了在他人面前展現自己的技術。如果可以，浪人更愛在人少的清晨衝浪，沒有觀光客、沒有趴在泳圈上漂浮的比基尼女孩、沒有站在海中央茫然四顧的新手，海面上的浪只屬於我一人，不需要與誰競爭，也不需要誰來注視。

曾經看過紀錄片，傳奇浪人萊爾德（Laird John Hamilton）與他的夥伴們有好幾年的時間都待在夏威夷，只是衝浪。他們總愛去一個稱為鬼門關（Peahi）的海邊，那裡有著他們見過最大的浪；Peahi的存在是個祕密，彷彿兄弟會成員之間的切口，理由帶著一點守護，也帶著一點私心。除了不希望有技術未臻熟練的人在危險的巨浪中受傷以外，或許更重要的，是希望這個浪點能永遠只有幾個密友獨享，而不是和大浪搏鬥時還要分神閃躲布滿海面上的其他人。

除去浪漫的想像，衝浪畢竟還是有危險的。像萊爾德那樣的衝浪者——經歷過多處骨折、肌腱斷裂、臀部嚴重拉傷，早就以海為祭壇，預支生命獻給了浪之神，以籌換一點一滴自己在大浪上翱翔的時間。

海並不殘忍，但也不會特別眷顧誰；與大自然的力量共舞，只要些微的閃失，一個重心不穩，很可能就會被浪給反撲。萊爾德專門衝數層樓高的巨浪，每次出海，都像是與死神跳一首腳步繁複的雙人舞。他和朋友曾經在衝浪時出過嚴重的事故，被巨浪重擊，同伴幾乎喪命在海上。萊爾德用盡力氣把重傷的同伴拖回岸邊送上救護車後，第一件事竟是拿著浪板掉頭回到海裡，繼續衝浪。事後有人問他難道不怕嗎？他說不能害怕，因為看過太多浪人經過這樣的生死交關之後，就再也不衝浪了；他必須在最恐懼的時刻回到海裡，他征服恐懼的方法是直接奔向它。

他當然會怕，但他的生命就是衝浪，無法想像沒有浪衝的生活，所以死亡已經是他生命裡不可切割的一部分；他並不特意追求死亡，也不會刻意忽略它，死亡的陰影一直都在那裡，他只是毫不閃避的直視著它。

但幸好台灣大概很少有這麼凶猛的浪，造成受傷的大部分原因，是和其他衝浪者相撞。畢竟衝浪是高速且充滿碰撞危險的運動，若是被浪裡激射而出的浪板撞到，輕者皮開肉綻，重者甚至可能骨折。也因為靠近他人太過危險，所以遠離人群，是衝浪者的默契之一。

因此，衝浪是孤獨的，浪來的時候沒有隊友，沒有同伴，沒有輸贏也沒有比數，天地之間只有自己與浪。

浪人一整天在海與岸之間不斷來回，才剛乘著浪回到岸邊，隨即又趴在板子上划了出去。不像游泳或賽跑等競技運動，在浪上的時候速度沒有意義，距離也沒有意義；浪人只是重複著同樣的動作，他們不與旁人競爭，甚至也不和過去的自己競爭，每一道浪都開啟一個全新的可能。當浪人在廣大的海上選擇了一道迎面而來的浪，而浪也選擇了自己，接下來就剩下怎麼樣在有限的時間裡，享受和浪一起飛翔。

●

浪從遠方的海面來了。他們總會成群結隊的出現，像草原裡警覺性高的野生動物，等浪的人需要有野外攝影師般的毅力在海面等待，不躁進，卻也不猶豫。一道浪該不該追？會不會追不上而錯過了接下來更好的浪？是追到浪卻後繼無力，或還沒追就崩在身後？如何選浪每個浪人都有自己的經驗，有時候甚至就只是單純的直覺：啊是了，這是一道屬於我的浪，即使追了代表必須放棄後面可能更好的浪頭。浪從不抄襲彼此，海裡的每道浪都是獨一無二、永不再來的；浪人不會花時間在惋惜錯過的浪裡，他們只專心衝好自己選擇的每一道浪。

沒有兩道浪完全相同，也沒有浪能夠永久存在。衝浪的本質是一個暫時、而且成就很難被保存的運動（除非衝浪的身姿剛好被攝影機拍了下來）；因此浪人總是活在當下，在浪上的那段時間的夾縫，就是衝浪的全部。不為了勝過誰，也不是為了留下什麼、或超越什麼紀錄，衝浪的過程本身就是理由。

在浪上，浪人讓自己成為經驗的載體，那些絕美的迴旋、轉身、甩浪、從翡翠色崩塌中的浪管裡高速鑽出，都注定成為只屬於自己、無法複製的私密經驗；即使外人能夠旁觀這一切，但濺在臉上的水花、浪的推力、速度感、飆過耳際的風等等，幾秒鐘內因感官急速銳化而穿過自身的大量知覺，都讓腦內的神經傳導物質像煙火同時引爆，全宇宙只有自己一人目睹這極致的美的時刻。那樣一瞬間的經驗像是強光一樣曝曬在生命的底片上，成為永恆。

因此浪人們結束在海裡的一天之後回到岸上，相約去鎮上吃小吃，喝著啤酒，在晚風中分享今天又衝到哪些好浪，然後早早就寢。

因為明天還要早起，明天，永遠有許多浪等著去追，明天浪人又將再次回到海面上。

——原載二〇一九年十一月十三日《聯合報》副刊

阿布，東華大學華文所碩士生。曾獲聯合報文學獎、時報文學獎、香港青年文學獎等。著有散文集《來自天堂的微光》、《實習醫生的祕密手記》；詩集《Déjà vu 似曾相識》、《Jamais vu 似陌生感》、《此時此地》。

天上白雲飄蕩——張曼娟

天上白雲飄蕩，地上人兒馬蹄忙。我為了一腔俠骨柔情，流浪走四方。啊，不怕風和霜，啊，只怕情絲亂，想把兒女私情放，誰知偏又不能放，為什麼我對他，總是情難忘？

沒完沒了的保鑣

晚間八點一到，村子裡家家戶戶都傳出這首主題曲，在巷子裡玩耍的孩子也紛紛跑回家，他們都在看華視的連續劇，沒完沒了的《保鑣》。今天會遇見鐵衣衛嗎？趙燕翎喜歡的到底是歐陽無敵？還是司馬不平呢？為什麼古代的人很多都是複姓？如果我也是複姓，是不是就可以行走江湖？不用被困在這個小樓上，為注定失敗的聯考而閉關？

小學畢業後，升上國中，迎來了第一場考試，所謂的分班考試。將新生分為好班、中等班和壞班。壞班又叫作「放牛班」，就是放牛吃草，不管不問的意思。我知道自己不可能進放牛班，卻覺得中等班也不錯，不上不下，壓力不大。可是，剛剛考完就知道，乾爸已經和國中教務主任喬好了，會讓我上好班。乾爸是我的小學老師，乾媽教我彈鋼琴，乾爸為我補數學，他們夫妻二人非常疼愛我，可惜我沒學好鋼琴，數學依然很爛。教務主任和乾爸一樣，都是流亡學生，所以，把我安進了好班。這個明明該進中等班的學生，自此開啟了倒數生涯。不是倒數第一名，就是倒數第二名。

不斷抽高的是我的身形，一點也沒長進的是我的成績。這兩件事都讓我的自卑感日益升高，成為一個很不快樂的女孩。

聯考一天天接近，父母請了大學生來家裡為我補習，小小的書桌前堆滿參考書，玻璃墊下的表格是讀書進度規畫表。「嘿！其實你們知道的，我根本不可能考上，為什麼要假裝很有希望呢？」每當我練習許多次卻還寫不出正確答案，家教老師眉頭緊鎖時，我總是很想這樣說，或者尖叫。但我什麼也說不出來，只能搖搖頭說：「對不起，我忘了。」

父母親可能覺得自己還不夠努力，於是，某天晚餐時正式宣布：「從今以後，我們家裡再也不看《保鑣》了。」「為什麼不可以看？」弟弟立刻表達抗議。「因為姊姊要聯考，她需要安靜的環境，專心念書。」父親說。不是這樣的，一切的犧牲都無法改變事實——我考不上聯考的，我不是念書的料。我在心裡吶喊，卻只能愧疚的垂下頭。已經看了好久的《保鑣》，在我家停播了。每天晚上，當我在窗前讀書，聆聽著四面八方傳來的《保鑣》主題曲，都只能嘆一口氣，發三秒鐘的呆，然後繼續寫練習題。

就在聯考愈來愈逼近，使我喘不過氣來的春天，一九七五年四月五日，比落榜更加劇力萬鈞的大事發生，總統蔣公「崩殂」了。怪不得前一天風雨交加，原來是國有大喪。所有正在播放的電視節目都要停播，家家戶戶都看不到《保鑣》了，彩色電視退化成黑白的，整天播放著哀思與懷念，有時直接放上蔣公頭像，表達無限的悲傷。我們都剪了黑紗，戴在手臂上。隔壁班在練唱〈先總統蔣公紀念歌〉，我們在讀〈黑紗〉，當年影印機並不普遍，是導師手刻鋼板印製的，全班同學一邊朗讀一邊哭。說實話，在那樣舉國同悲的時刻，我曾經偷偷的想：「發生了這麼嚴重的大事，聯考應該取消了吧？」然而並沒有。我也就毫不出人意表的落榜了。

大喇叭與小喇叭

逃離了私立高中，為的其實是想逃避大學聯考，我堅決要念五專，父母無可奈何，只好讓我進了世新。雖然也要穿制服，也有髮禁，對我來說，卻是一個桃花源，將我的類憂鬱症療癒了。班上許多同學都帶著吉他來上學，下課或是午休時間，便一群群聚在杜鵑花或是大樹下彈彈唱唱。那正是民歌的年代，中美斷交後，從〈龍的傳人〉到〈一條日光大道〉，天天都在唱歌。

從幼稚園到小學再到國中，一直和我同學的小美，品學兼優，理所當然考上北一女。她念到高中才發現「人外有人，天外有天」，過得很不開心。有一天，她對母親哭訴，說她看見我在路上和同學一邊談笑一邊走著，只提著一個輕便的袋子，她卻要背著沉重的書包，再帶著各種補習講義，天還沒亮就出門，天黑了還回不了家。她問她的母親：「為什麼都是十七歲，人家可以過快樂的生活，我卻覺得生不如死？」她的母親在市場遇見我的母親，於是轉述了以上對話，說著，小美的母親忍不住落淚了。

母親並沒有直接告訴我，而是在我們去找裁縫阿姨的時候，阿姨說：「你們家女兒現在真的很不一樣喔，會笑了，看起來很有精神。」那個年代成衣還沒那麼普遍，處處都有裁縫店，每年總要被帶去做一、兩件衣裳。聽到阿姨說了我的改變，母親才轉述了小美的話。我當時正盯著雜誌上的喇叭褲樣式，到底要做一條大喇叭褲還是小喇叭褲呢？又或者是像那些漂亮學姊那樣，做一條很短的熱褲，配上羅馬鞋？

多年以後，我與小美重逢在街頭，我牽著失智的母親，她身邊的外籍看護推著輪椅上的小美媽媽。母親剛去社區關懷中心上音樂律動課程；小美媽媽穿著依然光鮮亮麗，還戴著珍珠項鍊。小美說媽媽中風之後失智了，整天都不動，坐在輪椅上生氣。我鼓勵她帶媽媽去上課，她愁眉苦臉的說：「沒辦法啦，她哪裡也不想去，除了看醫生，根本不願意出門。」我們揮手作別，走了兩步，小美忽然叫住我：「我已經離婚好幾年了，都是命運啦。現在跟你一樣單身，覺得單身原來很不錯！」我笑起來，對她揮揮手。現在的一切，哪裡是當年公車上的她，和行走在道路上的我可以想像的呢？說穿了，不也是殊途同歸？

我曾為她許下諾言

在我的五專桃花源裡，最快樂的就是租書店時光。幾位愛閱讀的同好，約好了一起去租書店裡租小說，從嚴沁到玄小佛，從瓊瑤到卡德蘭，從古龍到金庸，就這樣一本一本的讀下去。租書團的書是相互交換的，付了一本書的租金，卻可以一個星期讀完五、六本書，真是一件很划得來的事。

當時，距離學校只有幾站，有一家「光明戲院」，放的是二輪電影。我和同學在這裡看了好多捲土重來的黃梅調電影，從《梁山伯與祝英台》、《七仙女》、《江山美人》到《秦香蓮》，每一部都追看了，直到李翰祥的新作，由林青霞和張艾嘉主演的《金玉良緣紅樓夢》。雖然這不是黃梅調，而是紹興戲的調子，可是林青霞反串賈寶玉完全迷惑了我，她的容貌與身段；那股清新的靈氣；通身嬌弱的貴氣，活脫脫的一個賈寶玉，從書裡走了出來。我和同學到公館的文具店裡買了許多明星小卡，都是賈寶玉的各種造型。

作為一個影迷，那時候能做的也就是剪報和小卡蒐集了，但我總覺得還不夠，於是又去了西門町的中華商場，在唱片行裡翻翻找找，將電影原聲帶買回家，放進電唱機裡，一遍又一遍的學著唱，終於把整部電影的對白和唱詞全都背起來了。於是，沒有吉他伴奏，我們也能聚在一起，從〈十八相送〉唱到〈黛玉葬花〉。每當我開始唱，就有同學聚集過來，這是我頭一次感到自己也可以閃閃發亮。

那應該也是唱片與電唱機最後的歲月吧。電視台的歌唱節目愈來愈多，明星的偶像氣質愈來愈鮮明。白嘉莉主持的《銀河璇宮》已經美侖美奐；崔苔菁擔綱主持的《翠笛銀箏》更是台灣第一個帶著歌星出外景的節目。我心中的第一位男神偶像，既能唱又能跳，舉手投足充滿魅力，眼神更是勾人魂魄的劉文正，在螢光幕上大放異彩了。不管是什麼款式的衣服穿在他身上都那麼俊朗照人，他並不是陽光男孩的典型，那明亮中彷彿掩映著陰暗；純真的笑容裡欲隱還露著邪氣，層次如此豐富的氣質，是我在往後多年的眾多男神身上未曾見到過的。「我曾為她許下諾言，不知怎麼能實現？想起她小小的心靈，希望只有那麼一點點。」他的第一首成名曲是〈諾言〉，專注而深情的咬著每個字，段落處尾音拖長加重，像是從肺腑中吐出一樣真摯。

在我成年前的少女時代，某一個夜晚，左鄰播放著劉文正，右舍播放著黃梅調，像競賽似的愈來愈大聲，都是我喜歡的。我站在陽台上，看著深藍色的夜空緩緩飄蕩的白雲，心滿意足的嘆了口氣。

過了許多許多年才明瞭，不管什麼樣的江湖，都不是我的；而我曾經努力護持的那場鏢，是無敵的青春，保全了青春，才能成為一個比較好的大人。

——原載二〇一九年十一月十五日《聯合報》副刊

張曼娟，中國文學博士，具文學作家與大學教授身分，現為東吳大學中文研究所教授。一九八五年出版《海水正藍》，獲選為影響台灣四十年來最鉅的十本小說之一，三十年創作約四十餘本，出版發行擴及全世界華人地區。近年開拓中年書寫，以《我輩中人》一書獲得廣泛共鳴。

童仔仙——李筱涵

我記得，有一個版本是這樣。那年夏天，母親穿著一身市場隨處可見最樸素的那種棉質寬鬆孕婦裝，大腹便便，緩緩移步前往正裝潢到一半的家屋現場。據她所說，那是監工。六月盛夏溽暑，我那極度怕熱的母親，竟甘願揮汗如雨，窩在木屑隨電鋸聲四散飛揚的施工現場，見證客廳隔板一一按照設計藍圖生成現在的模樣。噢，略有霉味的木台當時仍亮麗如洗。木工師傅手勢俐落明快的抛光，層層磨亮我們對未來的想像。

新居入厝時，陽光穿透玻璃窗的紅紙，灑落一片豔紅。我還沒來得及習慣房間那股新漆的氣味，我妹就突然來了。甚至等不及我爸從外地工作崗位趕回，母親撐著豐腴身軀站定在講台，強忍腹肚翻攪間歇疼痛，等，那個遲來的下課鐘聲。（光想到每個月的子宮痙攣我不得不佩服我媽）也許有昏厥，總之她被一干嚇壞的老師簇擁著，手忙腳亂給送到醫院。推進手術房當晚，命運隨著我妹墜落人間，她沒有哭聲，嚇壞我們。無言以對，是迎向命運的初始。

自從妹妹出世，我才知道，每個人的時間軸有時差。有些人，看似過著與常人一樣的生活，其實早被遺忘在未曾前進的時間裡，像活化石，仍如常呼吸。說白了，不過是徘徊在十歲前後的狀態，周而復始，過著節奏如常的日子。

彷彿不那麼好也不特別壞，肉身有些細胞依然成長老去，她的身體時間無間斷往前，心理時鐘卻從來沒跟上節拍。旁人總是問她的心智年齡，大概三歲？五歲？或許十歲有了吧？提問者總未意識到問題本身有多荒唐，我們的肉身歲數或樹木年輪何曾探知靈魂感知？然而在世俗醫療制度裡，循環似的檢測就是如此安放我們的認知。依照「魏氏智力測驗」，治療師抽起一張卡牌，像童蒙教學後的考試；詢問她關於數字、顏色還有其他看似簡單，但我也不確定是否只能這樣回答的問題。醫院的診斷書像粗糙的解答本，我總抗拒接受它宣判妹妹的狀態，無論重度、中度還是輕度，生活的障礙怎麼會有等差？

因為腦中語素的缺席，她說不了太多話。又或者，總是說話的時候，我們接不住那些失序的聲符。只能在她憤怒的情緒發洩裡感覺到一種失語的沮喪。下垂的眉眼，可能掩藏了更多祕密。然而，這個秩序如此緊鑼密鼓的世界；失語，會不會反而是人生更好的狀態？

有時，我仍不免會想，怎麼會這樣？

人生苦難從來沒有什麼原因，突如其來。馬奎斯筆下，那只是來借個電話的女人早已幫我們透視醫療體系的荒唐；她一生最大的苦難，來自那一瞬間跑錯了地方。哪裡出錯了呢，我們的人生。是不夠勤快早起跑遍醫院，掛上已排定幾個月後的罕見疾病門診？還是上輩子做錯了什麼？可能我過早體會無解的徒勞，突然覺得不知道確診病名也未嘗不好。坦然接受某天你就是必然與她連上血緣之線，日子也繼續流淌過去。但終究是懷胎十月之故，我輕易越過的那些，卻緊緊牽絆著娘親。臍帶輸送的情感總比手足體己得多，橫豎跨不過的這道檻，像胎膜層層張開一道道幾世因緣的羅網，網住母親從現實掉落的心。螢幕上說法的師父們變成一根根浮木，苦海浮沉，看似每個漩渦都道盡你意外苦難的人生。我想起封神裡的哪吒，出生時生作一團肉胎，相貌醜陋而被父親嫌棄為討債鬼。父親總是在接受這件事上，比家族的女人們更遲緩一點。母親則從土地公廟拿回一本本善書，早晚絮絮叨叨，關於那些不在此世就在來生的冤親債主的追討與償還。

彷彿遙遠的神話。

哪吒也是不長大的，然而周圍親人卻苦不堪言。

那鍥而不捨，雙腳勤於奔走在廟宇間的母親，在念經、參拜與魚鳥放生的儀式裡，屢次展現她生命絕佳的韌性。我幾乎要忘記，在這個虔誠而原始的迷宮裡，她曾是一名國中老師。我一度以為啟蒙知識和宗教迷信是一條分向兩頭的路，然則生命不然，胡攪蠻纏才是人生實境。文明理性填不起某種無以名狀的無助罅隙，命運的深處需要有光，才能有希望。

一切驚魂還是來自醫院。

隔著保溫箱與透明玻璃，黑黑一團小粉肉球，緩緩蠕動著。那是我妹。醫生說她早產，胎毛還未落盡，頗類猿猴。

（往後某師父說她上輩子是猿猴轉世，而爸媽是惡質的養猴人，因此這輩子該來討債。那我呢？師父說我可能是一旁偷餵牠食物的那個憐憫者，所以日後的確每次我妹發怒都朝著爸媽丟東西，獨獨對我挺客氣。彷彿都讓師父說中了，這樣的前世今生？）

原來藍光可以去除黃疸，醫療儀器重新排組了我對色彩對比關係的認知，光照下，纖毛的色澤從黑裡透出肉色的微光。一張藍臉，讓人恍惚想起傳說裡的金絲猿，優於人類的靈長類，更多的其實是未知。彼時，我們還不曉得，日後每月餘為她刮除不斷生長的體毛，竟是一場日常輪迴。

日子過得慢一點，也好，沒關係吧，健康就好。我們都接受了這個事實。一直到她二十幾歲，青春少女，年華正盛；慢熟的果子未有戀愛煩惱，身子骨倒隨著充盈的血氣方剛，一日日精實起來。她停格的少女身體沒有月事，極少染上急症，像自足的無菌室。反而是我這個虛胖的姊姊，每一季天氣驟降，動輒感冒暈眩；每月受足女人病翻騰絞腹的子宮侵擾。

屢屢進出醫院、月月吞食藥草的我，和智能發展遲緩但身體強健的妹妹；我私以為這是上天公平的交易。

你選擇健康的肉身，還是正常的心智？

我們姊妹各得其一，已是完足，不然還想怎樣呢。我們終究是凡胎肉骨，無能完整。我後來無聊的發現，無論哪個宗教都暗示著，人為戴罪之身。人生有缺憾，是無法磨去的罪愆。或許我只是比別人更早一點體認生命的殘缺和它的不可逆瞬間，在我足六歲，剛上小學的時候，變成一個特殊兒童的姊姊，改變我一生的關鍵。

彷彿一切如常，但誰都曉得，一切也非常。

還是在那個儼然如新的大廈窩居。那天之後，母親開始述說各種自咎的故事。又有一個版本是這樣的。那年夏天，我媽穿著一身你所能想到最樸素的那種，棉質的孕婦裝，大腹便便走到我們正裝潢到一半的家屋現場。據她所說，木工師傅當時提議順便修整冷氣架。（她篤定，一定是那個關口走錯了檻）外婆事後說得信誓旦旦，家裡有孕婦怎麼可以大興土木？鐵則一般的禁忌。婦人懷孕，家裡千萬不能打釘。敲壞床母、驚擾胎神，就會生下畸形兒。我們觸犯了，鐵則一般的禁忌。

我對這個說法不置可否，如果是這樣，生物課還需要上什麼遺傳學？然而許多年以後，我也對人類用話語建構的生物學感到懷疑，到底一切誰說了算。意外可能是石頭裡蹦出來的吧。悟了這個無常，也就如常釋懷。悟空，原來是這樣。我無所用心的聽著母親訴說那每一個關於母性的禁忌，甚至不曉得爸媽是什麼時候才真正接受事實。可能是渡過那個我抱著妹妹，隔著衣櫃聽見隔壁房爭執著誰要跳下去的嘶啞喊聲之夜；窗框被磅一聲摔上，彷彿一切沒事安靜下來，黎明之後，秩序又回到日常。

總是這樣。母女仨流浪在一家又一家有罕見疾病科的醫院，清晨六點排隊掛號。抽血，物理治療，早療，檢驗。好奇，驚嚇，尖叫，憤怒，哭泣。所有的歷程和情緒，一次也沒漏掉。母親是那樣堅韌的女人，硬氣，一肩擔起所有。答案等得太久好像也變得無所謂了，我仍然沒接到台大或馬偕任何一通關於送檢國外化驗的結果。我妹的幾管血液究竟到底流落在何方，已然變成一大顆時空膠囊，悄無聲息，沉入大海。

最先發聲的醫院，最後對我們無聲以待。

沒有答案的人生，只能一步步走下去。

要面對的難題更在自身之外。

你曉得哪吒為什麼要大鬧龍宮？他天生就是個愛搞事的壞小孩嗎？讀了《封神演義》我才知道，

他就是個孩子。天熱就下水洗澡，沒想到攪亂一池龍宮水。後面一連串莫名其妙的打鬥，不過都是因他防身自衛而起。可是社會卻說他叛逆。他是一個不受法律約束的大孩子。法律可以安放所有人嗎？我記得那時，妹妹的手還小小軟軟，我牽她去社區的溜滑梯。至今我仍清晰記得那些童言童語如何攻擊她非常人的外貌。一個眉清目秀的女孩皺眉看著她，一臉嫌棄和身旁的同伴私語：「矮額，好多毛，像猴子一樣的怪胎，竟然還穿裙子。」妹妹當然是聽不懂的，她只是想要有人能陪她一起玩；我來不及阻止她熱切向前踏進那個赤裸的惡意，一個轉身，她被旁邊的小孩一把用力推下去，幸好地上是軟墊，不見血，只有疼痛。我很生氣，要向那個小孩理論的時候，他的家長竟然瞪我，說我們是壞小孩，邊碎唸拉走他的小孩，直說不要靠近我們。小孩的世界有律法嗎？如果規則都是大人訂的，大人走歪的時候，這會是個怎樣的世界？這是個怎樣的世界，人情冷暖，還是小學生的我已知道得一清二楚。小孩最天真，大人身上的善惡，如實投映出人性。社會，就是這樣的世界。猴比人可愛得太多，成為人類，何其扭曲。

十歲以前，妹妹把我拉近人性邊緣，直視它的深邃。心魔相生，對他人，也從自身，出其不意。在我大伯還在世的某年暑假，他曾帶我們姊妹倆去野溪玩水。我坐在巨石上，看著水底扭曲而蒼白的足，看著妹妹的紅色小裙浮在水面展開，像荷花。野溪之所以野，是因為岩石之下暗流潛伏。越放鬆，越危險。天熱水涼，妹妹小臉粉白，因快樂染上紅暈，灰撲撲的覆毛之下，藕色修長的雙腿擾亂了底苔，驚動魚群。莫不是龍宮有神靈來尋仇？沒人記得是誰先鬆的手，一陣強勁水流拉走了妹妹。從河流中段，像一顆肉球似的撲通幾聲，滾到了下游。遠方傳來母親的驚呼和求救。我無法分辨自己來不及反應的心思是漠然，還是竟然偷偷慶幸了一刻才猛然驚醒，隨著大人們跑到下游，看我那可憐的妹妹。

往後午夜夢迴，我曾屢屢逼近那個童蒙的黑暗時刻，想著，會不會那一瞬間，我感覺到某種姊妹心靈感應的，終於即將逼近那個令人想哭的自由？世人眼裡愚昧的肉身，怎麼能困住這樣一個澄淨的靈魂？假如當時那片裙真成為水中的紅蓮，會不會用一種形體的消失作為骨肉相還，從而度化了我們？

然而紅裙終究承接住妹妹的求生之欲。

而紅蓮，雙雙成為外婆與母親在佛壇之上，日夜供養的，執念。

——原載二〇一九年十一月十八日《自由時報》副刊

獲第十五屆林榮三文學獎散文首獎

李筱涵，國北教大語創系、台灣大學台文所畢業，現為台灣大學中文所博士生。曾獲林榮三文學獎散文首獎。詩、散文與人物專訪稿散見《聯合報》、《自由時報》、《人間福報》、《中國時報》副刊、《幼獅文藝》、《聯合文學》、《文訊》等雜誌與「鏡文學」網路平台。著有《廖玉蕙老師的經典文學：聽說書人講故事》，散文集《貓蕨漫生掌紋》預計五月出版。

花人——高自芬

那時，花開在巷口迸裂的圍牆上。

W先生交疊雙臂，坐在我剛插好的花前面。黑色陶盤裡有白玫瑰和淺色的石竹，花和葉子都插得很高。正午街頭空蕩蕩的，小巷悄無人聲，偶爾一陣蟬噪夾雜同學們剪刀的咔嚓，敲響青田街的巷弄。

「やり直して下さい！」

說著，W先生摘掉我插在劍山上的花。

地下層的教室開了一排透光小窗，光線呈條狀射入陰暗的樓板，點點細塵游離，滲入的微風帶來一絲庭院盛開梔子花的甜香。

我看著被摘下的花朵，彷彿它們長出隱形的翅膀。

第一次插花是大一升大二的暑假，「你太懶散了，要『雕一雕』！」媽媽說，於是想到她蘭陽女高時代必修的「花道」。

上課那天我穿過街弄轉入小巷，遠遠地，幾棵大樟樹糾疊的綠蔭下，女孩子三三兩兩進出插花教室的紅色木門。門開，庭院屋簷垂瀉粉紫九重葛，一棵鬍鬚飄飄的老榕樹站在旁邊。

「嗨！遲到啦。」

W先生笑著把最後一份花材交到我手上。

濃眉大眼的老師看起來不太像日本人，但一開口就洩漏了鄉音。

「關於插花，」W先生拿起一朵百合，「千利休曾說，按著花的生長情形，把花插在瓶子裡。夏天的時候使人想到涼爽，冬天的時候使人想到溫暖，沒有別的祕密。」

她張大眼睛看著我們。

天氣很熱，教室角落嘎嘎轉動幾支電扇，風徐徐吹來，輕拂老師微白的髮鬢。我打開舊報紙包著的花材，把小菊、紅玫瑰、百合和一些不知名的葉子，依照老師示範，用剪刀修成「真、副、體」三個役枝和一些補枝，完成「盛花」入門。花香裡，百合花好像又開了一點點。

「お稽古有りがとうございます！」

下課後謝謝老師，我抱著花踏出教室沿著小巷走回家。

太陽快下山了，熱氣隱隱蒸散，整排日式房子在大樹與濃密的藤蔓交織下閃著綠光。聽說這些木造建築是日據時期的官員和大學教授蓋的，光復後成為台大、師大教職員宿舍，很多有名的人都住在這裡呢。我一邊漫步，一邊看著一棵棵高聳的楓香、芒果、大王椰子、麵包樹，想像學者們在黑瓦屋簷下閱讀、沉思，散發智慧的力量為小島構築精神城堡。

其實，以W先生當時在花藝界的資歷，學費並不算高，她曾說，不想從大自然中獲利；這和她的先生是一位植物學教授有關嗎？

忽然一隻貓跳下，垂掛牆頭的九重葛晃一晃，小貓一溜煙不見蹤影。

很快地，花兒綻放了。

家裡客廳角落每周都有一盆插花作品。

從基本的「盛花」、思考天、地、人的「生花」、恣意揮灑的「自由花」、將山水凝縮在一瓶的「立華」和輕盈的「新風體」，它們靜靜立在桌上，陽光穿透紗簾撒上花瓣和葉子，空氣香香的。幾天後，花瓣開始發黃蜷曲長斑點，慢慢凋謝，最後垂下頭來。我摘掉腐爛的葉子把發臭的水倒掉，在一旁喝茶的媽媽輕輕拿起茶碗，輕輕放下，柔緩的動作彷彿看穿我疑惑散亂的心。

「いけ花」和喝茶很像呀。

媽媽說，茶葉從新生到炒熟，經歷了一個「死過去」的過程，當茶葉遇到水，便又「活過來」；花朵被我們剪下也「死過去」一次，插花就是讓它在我們手中再一次「活過來」。

那是多久以前呢？當年學插花的媽媽也曾參與花展。

初夏寂靜，燕子花高高立起。媽媽把修長的葉子分解、組合，用兩片一組長短參差的葉型，表現燕子花夏日自然姿態。綠葉映襯紫色花瓣的柔軟縐褶，像囁嚅訴說著什麼，記憶中，常常有一抹迷離的霧紫飄盪。

我輕啜一口媽媽遞來的熱茶，舌間濡染清香，芳香粒子撞擊黏膜，彷彿所有的知覺都被放大了。

「今日より若い日はありません」（沒有一天比今天更年輕）

牆上掛著的媽媽的書法，看起來好像特別秀逸了。

太陽安靜地升起。

我手握花鋏，在白釉U字型花器插上煙霧草、茴香，金黃小鸝鳥和鐵線蓮點點錯落，捕捉朦朧春光。

夏天來了，山百合插高，粉繡球剪短襯著淡藍玻璃廣口瓶，好像有風吹過呢。

一陣秋雨，加深了斜插在土釉水盤芒草、小菊花的寒意。

有時用乾枯的紅葉鋪滿黑色陶缽，綴上白茶花，拉出雪柳長長的線條迎接冬日天空。

「皆さん！注意花和葉子的空間配置。」

W先生在教室踱來踱去幫大家修改作品，「看看日本國旗呀，把它反白後可以聯想成什麼呢？『磅空』！」她露一句台語，轉身修掉同學一片葉子，「還有吶，那個黑黑的和服下襬，走著走著跑出內襯的一點點紅——這就是創作強調的『眼』啊。」

忽然她靠過來，看著我剛插好的花，點點頭，讚許的眼神好像說，「可以教你些難的了！」

不久前，W先生剛經歷一場大手術。

腦瘤細胞在她頭顱內開了一朵花。術後恢復比預期快多了，病榻旁，老師精神奕奕聊著早年在日本的學習歷程。

「從磨剪刀開始。」

她盯著我，「一如刀是武士的靈魂，花鋏是花人意志的延伸；重要的不是剪出想要的花型，是除去不需要的葉子和枝條……」

我抱著花走回家，小巷的老樹輕輕篩漏陽光，閃亮的意志披掛在枝枒上。老師曾開玩笑，「噮啦，身體裡有一點花香，死後便不會下地獄。」

我不知不覺笑了。

但，春天還沒過完，震驚國內外的「林宅血案」發生了——就在距離插花教室大約兩個足球場的信義路小巷。

那天，一九八〇年二月二十八日，林義雄先生黑色的一天。

六十歲母親身中十四刀（前胸六刀、後背三刀、右手一刀、左手臂三刀、頸部一刀），倒斃於自宅地下室樓梯旁。

七歲的雙胞胎女兒各被刺一刀，由後背貫穿前胸當場喪命。

九歲長女被刺六刀（前胸一刀深及肺部，後背五刀）身受重傷，逃過一劫。

而那天，正好是軍事法庭第一次開庭調查因「美麗島事件」被警總軍法處以叛亂罪起訴，時任台灣省議會議員也是黨外運動菁英的林義雄。

離頭條新聞有一段距離的安靜小巷突然沸騰了。

到底是誰幹的？

隨機闖入者？

經常上門採訪的外國大鬍子？

林家親信？

還是傳聞中，執政黨特意選在二二八派出殺手血洗教訓？

「要虔誠，可不只一條路。」有人說。

但那時候就只有一條路。

那時參加的人都相信，他們的身材並不魁梧，他們的手也不算大，可是他們的身與手卻足以擁抱流血的花。

我收好包花材的舊報紙，把「林宅血案」摺疊起來。上課了，剪下一朵天堂鳥，插上黑白紋樣水盤，耳邊忽然響起祖孫三人的尖叫聲。

一片百合花中她們在奔竄。

亂刀剁砍，阿嬤的鮮血像蚯蚓似地淌下來，濺濕了腳下的石頭和石頭下面的嫩草。

兩個小孫女驚慌哭嚎，突然，背後一刀貫穿前胸，她們無力地躺下，百合花被噴濺的血滴重壓紛紛垂下頸項……

雖然是春天，但林先生內心就像塞滿枯乾的藤蔓，充斥著悲涼吧。

「兄弟，那是一場謀殺。」

那天上完課，我從青田街巷口遙望信義路方向。

革命者可能很蠢，革命者可能很狂熱，革命者忙了半天可能一無所獲。像眺望黑洞一樣，那時的我們總覺得缺少些什麼，但我們知道它究竟是些什麼嗎？

天邊有一點太陽，卻下著雨。雨斜斜飄落，遠方隱約閃現一抹彩虹。

「有一天，我們會作主人。」

林先生在母親和女兒的葬禮上用眼淚承諾。

他挺直身子，站在從窗格透進來的暮春陽光中。聖詩輕揚，淚水灌溉綴滿靈堂的野百合，花心泛著淡淡的綠，像月光下祖孫三人安靜棲息。

一陣，又一陣，波浪打入海灣。

「我們真的要住在這裡嗎？」

小孩興奮地問。

羅斯福路上，春天一到紛紛爆炸的木棉花幾度開落，我離開城市，出國、就業、結婚，隨著丈夫的工作遷居花東。北上探望W先生時，才發現青田街老宅拆了，插花教室改設火車站前，和一家小公司日夜共用辦公大樓某一間。窗外，城市夕照一片人車滾滾，侷促的空間似乎還殘留著白天的菸味，在這裡，花兒會不會哭呢？

忽然，我瞥見老師十指交握坐在窗邊發呆。

W先生累了嗎？

或者只是和我一樣，剛好想起從前那間有著小小庭院，被大樹圍繞的日式平房？

漸漸地，家務瑣事終於暫停了我維持十數年的插花。天氣好的時候，和家人郊遊踏青，摘野花，一邊聽著小孩和外婆的童言童語。

「阿嬤，你能不能活到一百歲？」

「阿嬤不能活到一百歲啦。」

「阿嬤你不要這樣說，」小孫子哭了，「你這樣說我的眼睛受不了……」

「好、好、好，」阿嬤說著把孫子摟在懷裡。

「阿嬤答應你活到一百歲！」

但，民國一〇〇年，母親因車禍頭部重創，昏迷不醒。

那一刻，來自少年飆車手的猛烈撞擊，金屬毀滅轟鳴中，媽媽卡在死亡座，黑色瞬間降臨。

彷彿被祭司點召，去參加一場神祕儀典，媽媽沒有停止心跳，但倒下之後再也沒有醒過來。

她開過四次腦部手術的光頭貼滿紗布。脖子圍頸圈。手戴綠色病人環。左腳綁一支垂足板護木防止腳ㄚ變型。右手無名指的塑膠指環紅光閃爍——監測她的含氧量。她的床頭陸續出現大悲水、金剛咒、媽祖宮平安符、袖珍本聖經。爸爸甚至大半夜趕到某深山古剎，求一張畫滿靈咒的超大金符讓媽媽的頭躺靠，結果發燒好幾天。

不知不覺，醫院廊下的盆栽隨著季節從粉山茶、白香蠟梅、紫藤、孤挺花、杜鵑一路開到大紅雞冠。和媽媽約好秋天去六十石山看金針花，永遠無法實現了。

我貼靠媽媽身側，看著她靜止的臉龐。

荒蕪的腦海正流瀉宇宙的神祕樂音嗎？

快三年了，媽媽不休息地睡眠，手心像被一種柔弱的植物纏繞生命線，再怎麼握都涼涼的。

她已經成為另一個人；但又仍然是同一個人。

我輕輕翻動母親久臥的僵直身體，測量肩寬、身長、手圍、袖長和頸圍，為她準備「老嫁妝」。

「等到那一天，我想穿綠色的斗篷啊！」

幾年前媽媽笑著說。

裁好的翠綠絲綢壽衣，波浪緄邊好像荷花葉子飄盪，彷彿W先生上次花展的作品「蓮」。

大葉子承接朝露，葉片輕飄飄像頓生頓滅的煩惱，在空中搖曳；

蓮花綻放低矮的水際，凋萎的蓮蓬伸向後方；

乾涸又捲起來的枯葉子把風景盡收眼底，中間藏一支淡粉的花苞。

——過去、現在、未來，聚攏在「蓮花一色」中……

告別式上，獻花給媽媽，我在她常用的漆盒裡放一些水，把媽媽最喜愛的白色梔子花和花苞，一點、一點揉碎，隨意飄落水溶溶的盒面。花影細微，像時間的碎片，遠方故鄉的海天渲染一片淡薄霞光。

跪接母親骨灰時，不知是否沾染了絲長衫的纖維，那抖掉靈魂迷夢的粉末和灰燼呈現一股嫩綠，彷彿新葉的顏色。

或許，陣陣梵唱裡母親將想起。

很久以前，她是一朵花。

——原載二〇一九年十一月二十六日《自由時報》副刊

獲第十五屆林榮三文學獎散文佳作

高自芬，出生於台灣基隆，台灣大學中文系畢業。曾任教師、雜誌編輯，目前自由寫作。曾獲時報文學獎、梁實秋文學獎、林榮三文學獎、蘭陽文學獎、花蓮文學獎、葉紅女性詩獎、基隆海洋文學獎、國藝會散文及小說創作補助等。著有散文集《吃花的女人》、《表情》、《太魯閣族抗日戰役》（合著）；插花小品《花顏歲時記》等。書寫基隆、花蓮的散文集《港邊的長髮女孩》、《夜航》，出版預備中。

遇見手作鐵道師傅——劉克襄

十幾天綿密陰雨後，終於放晴。被戲稱為「龍貓小徑」的運煤鐵道，依舊靜謐地平躺於森林邊緣，彷彿荒廢了般。

從十分老街降煤廠走上山，抵達候車處。再沿狹小的鐵道轉個彎，遙望著這條伸向遠方五分山的鐵道，原本期待米黃色的獨眼小僧，亮眼地緩緩駛來，但落空了。

不過，空蕩蕩的森林盡頭，還是有一輛小車停泊。只是長相甚為奇特，彷彿日治時期的檯車。但現今怎麼可能有此交通工具，仔細瞧，真的是輛檯車耶，而且旁邊還站了一個中年男子正在推動。

難道檯車要重新在此復駛？我正狐疑時，那人已緩緩拉著檯車接近。再認真端看，原來是修理鐵道的師傅，檯車上放了許多工具，諸如柳葉鋤、十字鎬、拔釘器，以及鐵鍬。木箱子裡還有幾十根枕木釘，以及許多碎石，加上一根廢棄的鐵軌。

這位年紀和我相近的師傅正在檢視和維修軌道。最近常參與手作步道，因而對此修路功夫和器材特別敏感。一個人推著檯車的狀態，或許，可以稱為手作鐵道吧。

前幾日連綿大雨，按過去的經驗，鐵道周遭難免有鬆滑，有些泥濘之地可能局部塌陷。惡劣天候一過，往往是鐵路巡查員最忙碌時，大部分工班都得出去巡視，走完全部路段，檢視是否安全。此條運煤鐵道也不例外，雖然不運煤了，只剩幾部獨眼小僧載著旅人偶爾去來，但安全至上，還是不得疏失。更何況，小火車是新平溪煤礦的重要賣點，沒了它，旅客恐怕更加不會到訪。

從一個鐵道迷的角度，看到這位手作師傅的出現，毋寧是更加興奮的。畢竟這是碩果僅存，唯一還在行駛的運煤小火車。若沒鐵道師傅的巡查和修理，獨眼小僧便無法從森林彼端的礦場駛出。

獨眼小僧是運煤木車廂的火車頭，最大特色是駕駛座前方，有一大圓孔，因此得到如是綽號。它是由台陽公司從日本採購，昔時用來拖拉礦車。目前煤礦園區內還有另外三部火車頭，都是複製品。

一九九七年時，我來此攀爬五分山，那時新平溪煤礦接近尾聲，礦坑封了，獨眼小僧不再行駛，擺在坑口荒廢，雜草叢生。又過十年，經營者從觀光旅遊角度，才重新恢復，行駛路線從採礦的坑口一直開到一．二公里外的候車處，駕駛人都是在地阿嬤。據說，她們以前便是駕駛這些運煤車的老員工，但知曉的遊客並不多，或者，始終未受到遊客青睞。

獨眼小僧過往是電氣化小火車，主要動力仰賴二二〇V電壓，推動兩顆大馬達。現在的獨眼小僧，因為是複製品，改採電瓶供電。集電弓接觸電力線發出電光和滋滋響聲音的年代，早不復存在。我們佇立的鐵道上，因而僅剩一對對如門柱的生鏽通電柱，有序地間隔著，跨立鐵道上。

手作鐵道，跟手作步道有些施作手法和精神相近。這位走路有些蹣跚的老師傅沿著鐵道逐一檢視，遇見鬆軟之地，便使用碎石填補，或者再將枕木穩定。碎石可分散列車駛經時產生的震動，石頭間的罅隙可吸收噪音，甚至迅速排去雨水。

鐵路運輸系統中，以碎石承托軌道，乃常見的道床結構，此一工作叫道碴。

但道碴路軌不及混凝土堅固，被壓碎的道碴產生空隙，路軌難免因列車壓力而移位。這條鐵道使用枕木的路段零零散散，多半直接埋入鐵軌。因而只要連綿幾日落雨，或是颱風過後，恐怕都得好好巡視和維修，校正路軌位置，並篩換、補充碎石，或是清理雜草。但維修的方式相當克難，旁邊有水泥護溝的環境，還得以相思樹頭頂住鐵軌，不讓它位移。

再說枕木釘，由於運煤的鐵軌狹窄而簡易，運煤使用的枕木比一般的短小許多，均長不及五公分。枕木釘主要是用來固定鐵道上的枕木與鐵軌。最常見的枕木釘是鉤頭道釘。頭型似勾子，藉以固定鋼軌的底部，近年因枕木水泥化，早已逐步遭到淘汰。在鐵道旁，我便看到四、五根遺落的枕木釘。它們彷彿是五分車沒落的象徵。順手拾起那一刻，同樣不捨。

在龍貓小徑上，看到獨眼小僧行駛，興奮裡難免摻雜一絲落寞的情境。但一個手作鐵道老師傅推著檯車巡視，這種風景愈發荒蕪，隱然有種歷史消失的痛徹。遠了，還凝結成某一空曠的孤寂，清麗又淒涼。

——原載二〇一九年十二月三日《人間福報》副刊

劉克襄，作家，現於中央社任職。晚近較具代表性作品為《11元的鐵道旅行》、《十五顆小行星》、《虎地貓》、《男人的菜市場》，以及《四分之三的香港》，新近代表作《早安，自然選修課》。二〇一九年獲聯合報文學大獎。

白狗一夢——李桐豪

前任和我的掌心皆抄著同一個咒語，「唵，普隆，娑哈。唵，阿彌達，阿優，達底，娑哈」，什麼意思啊？不知道，老鳥領隊僅說：「這是尊勝佛母心咒，你們照著念就是了。有情眾生持咒一千遍，能除無明障。畜生臨終前聽聞此咒，來生將不落畜生道。」

我坐旅館樓梯台階小聲念咒，前任陷在大堂柔軟的沙發裡滑手機，臉上微笑若有似無。領隊清點人數：伊通街畫廊經理坐沙發另一頭讀書，讀遠藤周作的《深河》，ＯＬ三人組在旅館中庭花園拍照打卡，歷史系教授夫妻和花旗銀行退休高層還在餐廳用餐，瑜伽老師和她的學生已經躲在車上擦防曬乳，文山區阿嬤跟冬山河阿嬤去洗手間，「ＯＫ，人到齊了，準備上車囉，檢查一下，護照錢包相機假牙都帶齊了嗎？」領隊催促眾人上車，「欸，馬大哥咧？馬大哥怎麼不見了？」「高山症，昨天晚上量血氧不到七十，我們的導遊連夜送他去列城的醫院了。」

上車，出發。本該三人坐滿一輛四輪驅動吉普車，卻少了一個人吶……我低頭念念有詞，「唵，普隆，娑哈。唵，阿彌達，阿優，達底，娑哈。」這件事情是這樣的：前任和我參加一個兩個禮拜的北北印旅行團，旅行的第四天，在喀什米爾前往拉達克的山路上，我們所搭乘的吉普車疑似撞死了一隻狗。

其時，我坐前座，見一道影子從路上閃過，看上去像是一條狗，我不確定，隨之聽見一聲悶響，司機小哥和我對看一眼，彼此眼神皆流露驚惶神色。下車檢查，車子、輪胎無血跡，一條山路往前、往後各走了五百公尺，山溝裡、草叢中，什麼都沒有看見，「撞到東西了？」我聽見自己的聲音在發抖，司機小哥搖頭。搖頭在印度人肢體語言是「YES」，但我不明白他的搖頭是以印度人的身分回應我，還是一名洋化的旅行社司機？活未見狗，死未見屍，我們可能撞死一隻小動物，可能是幻覺，跟老鳥領隊講這件事，他便傳授了尊勝佛母心咒，說念了就能消災解厄。

印度小哥健談，整趟旅途中能侃侃而談他在斯里納加成長的童年趣事，也能說印度人和喀什米爾人瑜亮心結。這一早才剛上車，他便笑咪咪地問我昨天晚上睡得好嗎，今天早上做了什麼？我一早醒來又跑去阿奇寺（Alchi）。這座佛寺由大譯師仁欽桑布興建於十一世紀初期，千年古剎名氣很大，大得足以成為拉達克的代名詞，但它規模也很小，小得跟尋常農家院落沒兩樣，一個佛塔、三座佛堂、十來棵杏桃樹，整座寺院快步繞一圈不過五分鐘時間，但佛堂裡不厭精細的壁畫我可以看上大半天。

早上八點鐘，寺院僅我一個人。風吹過樹葉沙沙作響，空中有鳥鳴聲，有一顆杏桃自樹梢掉落地上清脆聲響。三層堂（Sumtesk）內，光線自窗櫺斜斜射下來，三千大千世界碎裂成眼前一片金色塵埃。近看牆上壁畫，鼻頭簡直要貼在牆壁上了，仁欽桑布建廟時，神佛造像量度尚未被嚴格規範，寺院畫風融合波斯伊斯蘭教和印度教風格，文殊菩薩神似濕婆，綠度母臉上一抹詭異微笑如伊藤潤二筆下的富江，漫天神佛，造型天馬行空，諸相非相。

然而那廟堂氣氛實在莊嚴，不由自主在菩薩塑像面前盤腿念《心經》，迴向給那隻冤死的動物，往昔所造諸惡業，一切我今皆懺悔——家裡的貓貓狗狗死掉，我都是這樣做的，「觀自在菩薩行深般若波羅蜜多時，照見五蘊皆空……」閉上眼睛一字一句念下去，念到「無苦集滅道，無智亦無得，以無所得故」反覆跳針，因為以往總是拿著手機一邊看著螢幕一邊念經，「以無所得故」下一句是什麼？我忘記了。

早上做了什麼？我早上就做了這些事，但不想對司機小哥言明，隨口胡謅賴床睡覺，睡到自然醒，便低頭念咒。一旁的前任側過身，指尖在手機飛快地指指點點，眉頭深鎖，面色凝重。這一早，沒有誰有交流的意願，整輛車異常安靜。車禍那一日，前任坐後座，什麼都沒看見，衝擊沒這樣大，但他並非不愛狗，手機那頭與他LINE來LINE去的男孩恰好是個犬顏，我與他結伴旅行，面對良辰美景，他心思總在手機那頭，旅途中始終存在看不見的第三個人。

一度，身邊人的名字是另一個咒語，他給我極樂世界，也給我阿鼻地獄。在一段不對等的關係經百千劫，心深傷透也曾暗暗發誓：「從今以後，只要能夠傷害你，讓你痛苦的事，我都會盡量去做。」若干年前，我從上海出發，橫越南疆，抵達喀什，來到紅其拉甫口岸，在中國、巴基斯坦邊界，等於用一趟遙遠的旅行解開了這個人下在我身上的咒語，到如今我們在喜馬拉雅山脈的另外一頭，他這一秒微笑，下一秒皺眉，為了另外一段感情患得患失。

他被另外一個人下咒了，時間傷害了他，也讓他痛苦，已經不需要我動手了。

一段旅途，他在網路漫遊，我在公路顛簸。喀什米爾通往拉達克的山路雖以高速公路名之，但多數路段是未鋪柏油的碎石路。視線瞥向窗外，拉達克是印度、中國、巴基斯坦三國交界，火線邊防，沿途是一個又一個的軍營。漫天風沙中，迎面駛來的軍用卡車灰頭土臉，殘破如牛車、馬車，工人手持原始的鐵鋤和圓鍬施工，若說他們正在蓋金字塔或萬里長城我也信，但這裡不是埃及或中國，這裡是印度，沿途交通號誌古怪的標語如同幸運餅乾籤詩：「Star early，Drive slowly」，「East or west，Drive safe is best」，「Train hard，Fight Easily」，印度人古怪的幽默感從來不會叫人失望。

這個夏天即將結束的時候，我們從印度教的德里出發，抵達回教的喀什米爾首府斯里納加，在達爾湖船屋住兩個晚上，隨之是索瑪、卡吉爾、阿奇，一路開往拉達克。沿途風景從清真寺廟變成五色經幡，旅途第七天，終於抵達列城。這個海拔三千五百公尺高山小城人口約三萬，卻是拉達克最重要的城市。它是古絲路上貿易重鎮，玄奘取經取道該處，拉達克王朝建國，亦定都於此。九到十二世紀列城為吐蕃領地，故而風俗與信仰與西藏相同。印度現今佛教信仰人口僅零點七，九成佛教徒又都居住在拉達克。

列城大小寺院近二十座，善男子善女人來此是為了到黑美寺（Hemis Gompa）、提克西寺（Thiksay Gompa）禮佛，但我和前任脫隊，在老街上喝茶曬太陽，我們在此逗留兩天，終日無所事事地閒晃。辦公室如囚牢，每一場旅行都是一趟保外就醫，旅途中，沒有什麼非看不可的景點，非做不可的事，不必看到某些人、開某些會，已然是度假。

列城繁華不過一個井字大街，路上紅袍喇嘛來來往往，沿街商家賣法器賣銅雕，也賣香料賣茶葉，佛國淨土充滿著咖哩的氣味。在一家古董店駐足，門口懸掛各色唐卡，視線落在一幅六道輪迴圖。閻羅咬著巨大法輪，六道眾生受困其中，生死流轉，子曰，「未知生，焉知死？」但佛教徒反過來，你想怎麼死，你就得怎麼活。瞥見古董店門口睡著一隻狗，旅途中的第十七隻狗。在佛教的信仰裡，這些狗上輩子都不知道幹了什麼壞事，所以此生落入畜生道，但也因佛教信仰的緣故，列城人護生，路上遇到的每一隻狗皆長得英俊帥氣，健康美麗。安靜的下午，白狗酣睡馬路旁，暖烘烘的太陽曬在白狗身上，尾巴壓住了光陰的一角，列城能容下一隻酣睡的白狗，又或者我們眼前一切繁華皆是白狗一夢也未必可知。

按著TripAdvisor的推薦，找到觀光客評價第一名的館子喝可樂吃披薩，大快朵頤之際，前任突然抬起頭，一臉嚴肅地說喀什米爾戒嚴了。我們來時經香港轉機，港人因反送中條例，占領赤鱲角機場。去時離開斯里納加，印度總理取消喀什米爾自治權，進駐數萬名武裝部隊，全境封鎖。人生好比網路，都被命運的大數據算計著。譬如手機點開一則泳褲或殺蟲劑廣告，臉書就會給你更多更淫蕩的內褲，與更狠更毒的蟑螂藥。太平亂世裡，極權模仿著極權，一隻牲畜的死亡，召喚出另一隻牲畜的死亡。

我與前任說，臨行前，家裡養了十八年的貓因為慢性腎衰竭的緣故，死了。生命末期，食欲變差，狀況不斷，獸醫院進進出出，吃藥、皮下輸液、人工灌食與靜脈點滴，用盡一切現代醫療為他續命，但他變得好瘦，渾身肌肉全流失了，只剩一層皮黏著骨頭，一身華美的皮毛萎頓成一條破敗的抹布。老貓最後一次拒絕進食送醫檢查，住了兩天院，打針灌藥，血檢報告肝腎指數居高不下。醫生說，帶回家吧，接下來任何的醫療都是無效的。我把他從保溫箱抱出來，老貓的肚子摸起來脹脹的軟軟的，全是藥水。他張著眼睛望著我，眼神全無光采，我對他說，我們回家吧。

在他最鍾愛的角落鋪上一床被褥，他安安靜靜側躺在上頭，張大眼睛凝視黑暗，神情又茫然，又潰散，茫然悠長而艱難的呼吸就是漫漫長夜。跟他說了一晚上的話，說謝謝他的相伴，我們好聚好散，老貓的耳朵抖動，他懂，他什麼都懂，他喵了一聲，也許用了生命最後的氣力來回應我，隨即急促喘著，嘔出藥水，然後，斷了氣，「我至今仍想不明白瞪著雙眼凝視著黑暗的神情是什麼？求生，還是等死？明明不吃不喝，生命都在關機了，硬要灌藥打點滴，我總是會想最後一刻抱著他，他的肚子脹脹的，像一顆水球，裡面全是藥水，是在急救還是求刑？」我盯著桌上的披薩，飛快地說著。「不管怎麼做，你都會後悔的，你應該放過你自己，在死亡面前，不管怎麼做都是失敗的。」前任勸我，但我後悔開啟這個話題，只要不去談，不去想，就會忘記貓已經不在了這件事，故而顧左右而言他：「你覺得我們需要買一罐氧氣瓶去班公措嗎？」

對我而言，這趟印度之旅的目的是中印邊境的班公措。有人旅行收集溫泉旅館百選，有人追米其林星星，我則無法抗拒任何的邊境小鎮。Ushuaia。滿州里。宗谷岬。喀什。無論是地理的邊境，或情感的盡頭，旅行或者做人，開到荼靡，推到極致，都是何等驚人的成就。當然，邊境都不是太好抵達，清晨從列城出發還要一百餘公里的車程。車子在海拔三千到五千公尺的高山兜兜轉轉，視野所及，是最陡峻的峽谷，最高聳的山脈，光禿禿，赤裸裸，大概是覺得自己倘若被如果被丟包在此，必死無疑，因而覺得人身渺小，覺得世上有神。

忉利天。夜摩天。兜率天。化樂天。他化自在天。吉普車繞著山轉，一重一重轉上三十三重天，然後，暢拉隘口（Chang La Pass）到了。海拔五千三百六十公尺的隘口是世界第三高的高山公路，我們在此下車尿尿，拍照打卡。前腳才踩地，太陽穴突然猛烈跳動，深吸一口氣，感覺周遭空氣都被榨光，胸口似有人拿匕首捅進來，並且用力一擰，一陣劇烈的疼痛。啊，傳說中的高原反應終於來了。

我上衣口袋的單木斯是解藥，但現在服用為時已晚，氧氣瓶放在車上，走幾步路回車上我就得救了，但我還不打算用，我想知道高山症是怎麼一回事，這一關過不了，他日怎麼去爬珠峰大本營？我只是緩步走到隘口休息站，整個人癱坐在門廊上深呼吸。

休息站外有幾隻藏獒一樣的毛毛大狗徘徊，荒山野嶺這些狗平日大概都靠著往來的遊客餵食，其中一隻灰黑色大狗朝我走來，咧著嘴友善地對我搖著尾巴，旅途中的第二十一隻狗。狗看著我，我看著狗，一人一狗對峙著，沒有誰有更進一步的表示。想到領隊那個萬能咒語有病治病沒病強身，大狗走上前，在我身上嗅著，我伸出手，大狗的舌頭在我的掌心一撇一撇地舔著，我的身體頓時湧起奇異的暖流，不舒服的感覺消失了。想起口袋裡有吃剩的麵包，拿出來餵狗，毛毛大狗一口吞食，大口大口地咀嚼起來。拍拍他的頭，對大狗說：「我明天會再回來，如果你有空，請你再過來，我會把剩下的食物給你。」

抵達最高的山巔，接著只有一路下坡的份了。福愛天。廣果天。無想天。無煩天。無熱天。善見天。善現天，吉普車一圈一圈轉下山，於是，海拔四千二百五十公尺的班公措就在眼前。從清晨出發，在黃昏抵達，無遍地琉璃，無遍地白銀，無遍地黃金，所謂天堂，只有藍天白雲和平靜如鏡子的湖水。電影《三個傻瓜》最後一幕男孩女孩多年以後在此相聚，因為一段愛情的美麗結局要有美麗的風景相襯，電影帶動觀光，班公措成了印度人的熱門景點，然而一個天堂各自表述，中國和印度對該湖歸屬有爭議，現中國控制該湖東部約三分之二，印度控制西部約三分之一，美麗的天堂同時也是軍火彈藥庫，導遊說，列城人口不過三萬，但光班公措就有六、七萬軍隊駐防在此。

過夜的帳篷面對班公措，面對湖景第一排。放了行李，沿著湖的邊緣走，天地有大美，藍天，白雲，黃山，翠湖，構圖極簡，極簡得像一個數學算式，像一段巴哈的十二平均律。路的盡頭就是西藏了，人在風景一步一腳印地走著，覺得自己跋山涉水抵達絕世美景，非常有成就感，心撲通撲通地跳躍著，時代也許凶險，人到了四捨五入的年紀，已懂得趨吉避凶。坐井觀天，不高不低的生活等同歲月靜好，但日子過久了，也就不生不死，生活中唯一的例外是旅行，唯有人在囧途，跌跌撞撞，才知道自己的血是熱的，心臟會跳動，但年紀大了，在戶外冷風吹久了，頭會痛，識相地走回帳篷。

天堂裡沒有網路訊號，早早吃過晚飯，和前任兩個人在帳棚裡相看無聊，只好互問最近好不好，前任說起目前狼狽的感情生活，他自嘲地說，游泳池更衣室裡，男孩脫下泳褲都是美麗的曬痕，唯獨他拿下蛙鏡，徒留深刻的壓痕，人到中年事業有成，年終獎金買得起一隻沛納海，但自己的時間再怎樣都不值青春寶貴，不對等的關係，回去也該散了。旁聽他人的痛苦，我得用力咬著下嘴唇，以防自己笑了出來，「變老也並非沒有好處，人真要好好養生，好好活著，活到見傷害你的人被他人傷害，那真是全天下最快樂的一件事。」但見他哀傷得像一隻狗，又不忍心勸慰著：「你又不是陳綺貞，不要妄想一段旅行就可以離開一個人，人過中年，還能像少年一樣哭著、笑著、勃起、失眠，我羡慕都來不及了，你又有什麼好戒斷的呢？」

荒山之夜，我們聊著聊著，模模糊糊地睡去，突然有人把我粗暴地搖起，要我默寫《心經》。不明就裡，一字一句地默寫著，寫到「以無所得故」腦筋一片空白，掌心都是汗，打了個寒顫，回過神發現自己躺在床上，對啊，「以無所得故」下一句是什麼？翻來覆去都是那一句「唵，普隆，娑哈。唵，阿彌達，阿優，達底，娑哈」，病死的老貓，毛毛大灰狗，古董店酣睡白狗，還有被撞不知是生是死，是冤魂或幻影的狗，腦海無數畫面跳動，如露亦如電，善男子善女子來此追求覺醒，我卻只剩無盡的失眠。

見旁邊的人呼呼大睡，恨死了，於是把他搖醒，問他以無所得故下一句是什麼？可憐的傢伙被我吵醒，搞不清楚狀況，好無辜地說：「菩提薩埵，依般若波羅蜜多故啊……幹嘛啦。」眼前頓時大放光明，是菩提薩埵，是菩提薩埵啊，腦筋頓時清明，心結打開了，就是一路暢通了，「菩提薩埵，依般若波羅蜜多故，心無罣礙。無罣礙故，無有恐怖，遠離顛倒夢想。究竟涅槃。」喃喃念經咒，是大神咒，是大明咒，是無上咒，是無等等咒，能除一切苦，真實不虛。念著念著就睡著了，安安穩穩一覺到天亮。

清晨醒來，湖邊再走一遭，吃過早餐，又得離開了。良辰美景匆匆一瞥，我們只能不停地趕路，心裡掛念著毛毛大狗，然而回到隘口什麼都沒看見，心裡一陣悵然。荒山來去，心底好像有一些什麼改變了，但好像什麼也沒改變，手機又接得上訊號，前任指尖在手機飛快地指指點點，喜上眉梢。望著他的側臉，那人鬢角已見風霜雪白，心裡想著，真的不要妄想一段旅行就可以離開一個人，離開一個人真的要很久很久。

見過最壯美的風景，重返列城便無話可說了，再勾留了兩天，採買了香料茶葉，寫了明信片，便可以收拾行囊準備回家，值得一提的是要離開這一天清晨，旅館聽聞飛機此起彼落的聲響，打開窗，一架，一架，又一架，蔚藍的天空被戰鬥機割裂得支離破碎。搭車前往機場的路上，吉普車被一列軍用大卡車隊擋住了，一輛，一輛，又一輛，算了算，我在旅途中見到的軍用卡車比狗還多，戰火天堂，兵連禍結，怕是有大事就要發生了（三個月後，印度當局於西洋萬聖節當日宣布，將過往喀什米爾地區劃分成「查摩與喀什米爾」、「拉達克」兩個中央直轄行政區，由德里統治，中國外交部發言人耿爽很不爽，說此舉將「中國拉達克」畫入印度行政區，挑戰中國主權，這一做法是「非法、無效的」，印度政府好樣的，等於是中國和巴基斯坦兩個國家一次得罪）。

面對太平亂世，我們也不能做什麼，我們是最自私的觀光客，拍照打卡，購物消費，然後乘著飛機離去。從印度到列城，來時顛簸了七、八日，回程只有一小時。飛機在跑道上緩緩爬行，隨即加速前進，掙脫地心引力，衝上雲霄，機身搖搖欲墜，簡直就要解體。空無邊處天，識無邊處天，無所有處天，非想非非想處天，我們飛上三十三重天外的三十三層天。鼻頭貼著機窗俯瞰風景，異地眾生和壯闊大山渺小如草芥，手機拍照留念，相簿圖庫滑動檢查，不小心滑到老貓臨終前側躺被褥，那個凝視黑暗的神情，未知是求生還是等死。或者那個眼神正是一個旅行者的眼神，在得知飛機誤點或火車延誤該有的茫然和空洞。如同我當下處境，老貓的靈魂是一架飛機，衝破殘破肉身，飛上九霄雲外，自由自在，他都好了。

——原載二〇一九年十二月四～五日《自由時報》副刊

李桐豪，一九七五年生，台南人。復旦大學新聞學院畢業，二〇〇二年開明日報個人新聞台「對我說髒話」至今，紅十字會救生教練。出過兩本書《絲路分手旅行》和《綁架張愛玲》，OKAPI專欄「女作家愛情必勝兵法」、「瘋狂辦公室」作者。

我不知道如何去愛——讀《成為一個新人：我們與精神疾病的距離》

張亦絢

我對精神疾病有多少了解呢？

很多年前，我曾前去聆聽在巴黎舉辦的「精神疾病與民主」國際研討會。在那裡，第一次聽到義大利的學者報告，由巴薩格利亞醫生領導精神病患融入社區運動的方法與始末，在聽到「監禁一個人，就是監禁整個家庭」這句話時，我深受震撼；會中有個講者，在答覆關於法律與精神疾病的關係時，毫不妥協地指出，法庭的首要任務並不是安慰任何刑事案件中的受害者或家屬，而是要公正。這並不意謂受害者不應受到支援，而是法庭是所有人的法庭，也是精神病患的法庭。社會中該有照顧受害者感情的機構，但法庭不能將滿足任何受害者的感情，擺在公正之前。會中對確保精神病患人權的論述，可說極其嚴肅、深刻與敏銳。

儘管先前有過這類接觸，《成為一個新人：我們與精神疾病的距離》這本書，仍然再次打開我的視野，並深深啟發我。——以完全不同的方式。

帶有感情的導覽

姑且將上述研討會的學術氣息，定位為精闢說理與堅強戰鬥的混合體，《成為一個新人》，相較之下，柔軟許多，甚至可以說，它不帶有太強的雄辯與說教性格，而是恰到好處地，以平實的口吻，為大眾進行了一趟，資訊豐富，觀點清晰，帶有感情又不至於過於激情的導覽。你不會擔心因為若干沉重的主題，讀者就陷入陰沉的情緒中；也不會煩惱什麼太艱澀的理論，讓人感到陳義過高——這是一份淺白，但卻隨時都有縱深的書寫。

這個著眼在台灣在地精神疾病史的調查與寫作，接近了許多重要機構（如「玉里」與「龍發堂」）與著名事件（如「小燈泡案」與「台中牙醫遭刺死案」）的現場。由於久居木柵，我對於作者張子午重建安康社區歷史的能力，特別有感。上一次讓我對作者抓住「地方魂」印象深刻，我記得，是在讀鄭清文的小說〈春雨〉之時。在閱讀《成為一個新人》中，我再次感動於作者張子午那種，「只用三兩地點幾句話，就令地方特點躍然紙上」的功力。這種書寫風格，令很容易陷入過分抽象或內向的主題，有了更立體的時空感，可說令人耳目一新。

天使也在細節裡

在此同時，作者也非常善於處理細節，一度令我產生這樣的感想：「如果說魔鬼藏在細節裡，天使原來也藏在細節裡。」作者似乎具有一種特殊的信賴能力，使得他的「鏡頭」不會只對準在單一人物與部位。

以「台中牙醫遭刺死案」為例，我們不會只看到專家與病患家屬的表述，就連受害者家屬，牙醫遺孀王太太痛苦與懷疑的聲音，也以尊重的態度記錄其中——這既不是為了激化對立，也不是犬儒地以「各說各話」來消解問題，更不是把衝突當成戲劇化的資源，相反地，如同「我們與精神疾病的距離」的這句表達，作者確實做到了不時併呈「不同的距離」。

——這種素養，容我以宮地尚子在《環狀島效應：寫給倖存者、支援者和旁觀者關於創傷與復原的十堂課》中，對「位置性的設問」的解說加以描繪：「……沒有抱持『全面性同一化』的幻想與願望，而（是）承認彼此的他者性。就算遭到批評，也不會將它視為一種全面性的否定而立刻離開。」且也是如下的態度：（是對）「只要有人設問，溝通就存在的這件事，抱持了肯定的觀點。」——因為並不是以提出「最完美說法」的目的在掌握主題，不強求一步到位，結果反能在懸而未決的認識上，看到現象遠處、深處，尚未成形的問題脈絡。

朝向總是學習的新世界

「成為一個新人」的這個祈願，來自林奕含。林奕含對改變精神疾病者在社會中的處境，十分掛念，她的思考或許早已比你我要深。我以為，訪問過她的作者，也吸收了她的見解，循著她的思路，而能讓書寫立於新的基點。這個基點在書中，並未開門見山地說出，容我斗膽加以詮釋：在這個概念中，不只預示了，必須有更多的個人，朝向擁抱精神疾病作為「病弱」與「意志」的雙重主體，更呼喚一個前所未有的「新知新世界」。在其中，需要變得無障礙的是環境，對身心「障礙」者如此，對精神「障礙」者也不例外——不設藩籬的「通用原則」，不是「福利」，而是理所當然。這個「別人的生活，也就是我的生活」的精神，常在書中閃耀，也是非常值得我們深思之處。

三浦綾子有本書叫作《我知道如何去愛》，這個書名頗有鼓舞之意；在閱讀《成為一個新人》時，浮現我心中的聲音卻是：「我不知道如何去愛」——相信這也是許多人，面對自己或他人的精神疾病時，會因其「不確定性」與「不透明性」而有的複雜感受。——也因此，「我不知道如何去愛」，其實意謂著接受未知，而願意「總是學習，總是準備，總是重新開始」。這是這本書教會我的事——或許，這也是回到愛的，更好的方式。

——原載二〇一九年十二月二十三日《OPENBOOK閱讀誌》

張亦絢，台北木柵人。巴黎第三大學電影暨視聽研究所碩士。早期小說作品曾入選同志文學選與台灣文學選。著有長篇小說《愛的不久時：南特／巴黎回憶錄》（台北國際書展大獎入圍）、《永別書：在我不在的時代》（台北國際書展大獎入圍）；短篇小說集《壞掉時候》、《性意思史》（二〇一九OPENBOOK好書獎，鏡文化年度好書）；中篇小說集《最好的時光》；書評集《小道消息》；推理小說評論集《晚間娛樂：推理不必入門書》；影評集《看電影的慾望》。以電影劇本《我們沿河冒險》獲國片優良劇本佳作；《幼獅文藝》專欄「我討厭過的大人們」獲金鼎獎最佳專欄寫作獎。二〇一九年北藝大駐校作家。

沙發——夏夏

有十年的時間裡，我幾乎三天兩頭就經過那家修理沙發的店鋪，裡頭傳來釘槍霸道果決的碰碰聲響，劃破街口喧騰的車聲，像是截斷了習以為常的流動，嚴嚴實實釘成一片突起的風景。

店鋪外頭疊著成落的沙發骨架，有些上面還殘餘著舊海綿墊，發黃起皺，在太陽底下在風裡剝落。不多久，客人挑好布料，在師傅巧手下，塞上新的填充料，復又嶄新，誰也記不得它前些日子的老邁。在等待客人取貨時，它們排在店門口向著街上探頭探腦，像是穿著一身簇新衣裳等待父母接放學的胖娃兒。也有的特地繃上復古花料，好似大戶人家僅存的閨女，藏起身世在市井中低調度過餘生，卻掩不住風華。有趣的是，這些沙發通常是單人座。

我也得到這樣一張沙發。

寬椅面，無扶手，圓弧寬椅背。朋友給挑了黑色皮面，坐了一些時日，搬家帶不走就送到我住處來了。常說舉家搬遷必得面臨耗損，不禁搬的與搬不走的都需割捨，才能換取移動的本錢。輪到我搬家時，總覺得這是朋友託予我的一則無聲的囑咐，無論如何不能捨棄。

現下，客廳裡還擺著另一張長沙發，二至三人座。

忙起來時，一天過去都沒機會往沙發上靠一下。一回家就得趕快整理剛買回的菜料、替孩子洗手換衣，張羅每分每秒。幸好沙發是敦厚的，永遠弓著飽滿身軀，像不吵不鬧的小獸，等主人撫摸。

偶爾能趁著飯菜煮好、家事做完，家人回來前的片刻，躺在沙發上，卻一不小心就陷進濃稠睡意中。黃昏如一襲誘人的薄被，輕手輕腳覆蓋，放送著催人意志軟化的倦意。掙扎著醒來時，天光像被突然抽去了一大截亮度，暗下許多。

將醒未醒的恍惚之間，有時會想起日本青年歌人石川啄木在潦倒、孤獨、疾病中寫下的俳句。

為什麼
我會在這兒
有時突然感到驚訝凝視室內

此時的沙發是一列路中暫停的列車，在空間與空間的銜接處，窗外是荒蕪、遼遠，天際與曠野並不打算發聲，只是沉默等待。還不明確的時間是鐵軌鋪排而成的虛線，也許在等待將從遠處疾奔到來的會車，也許等候此時月台上延遲發車的車輛駛離才能繼續進站，或是等待一隻於歸途中逗留在鐵軌上野生動物，逃離。

登上高山山頂
什麼也沒做揮揮帽子

下山了

這時也會感到異常脆弱。生活中的瑣事之繁多，每天如高速列車迎面駛來，拖延不得。鐵軌為列車而生，為列車延伸，日常的運轉是排好的班次，日復一日維持循環，不可怠工。

好像等待著沒來由的金錢。
睡覺、起床，
在這之間又過了一日。

這些，沙發都鼓著身軀沉默地聆聽著，接受了。在不得不起身前，撒嬌似地再多躺一下，再一下。我刻意不去想起它們身體裡細瘦斑黃的骨架。

——原載二〇一九年十二月二十五日《聯合報》副刊

夏夏，著有詩集《德布希小姐》、《小女兒》、《鬧彆扭》；小說《末日前的啤酒》、《狗說》、《煮海》、《一千年動物園》；編選《沉舟記——消逝的字典》、《一五一時》詩選集、《氣味詩》詩選集。

像《那個男人》這樣的，最討厭了——黃麗群

像《那個男人》這樣的小說，最討厭了，因為談起來讓人很為難，如果揭破故事的關鍵，將相當程度破壞讀者的興致，一如經常發生的慘劇，買來一本小說，從導讀開始讀起……結果遭到強行谷阿莫，因此它的書封文案也只能半搔癢不搔癢、一切介於有說與沒有說之間：「一個虛構自己身分的人，是否有能力去愛別人呢？」如果不揭破，又難以伸手撫摸整本小說的情感核心。

然而換個角度看，《那個男人》的故事與這篇書評遭遇的窘境，倒可以說很相似：有一批絕對必須迴避的資料，然而這批資料彷彿是支撐其存在的一切意義。

●

關於「那個男人」的事，大致如下：一個離婚後自橫濱攜子歸鄉、並繼承父母文具店的女子里枝，遇見來到小鎮從事伐木工作的外地男子谷口大佑，兩人再婚，感情甚篤，然而婚後三年餘，谷口大佑意外身亡，里枝聯絡夫家家屬後赫然發現：這個男人對妻子娓娓道來的身世是谷口大佑，這個男人的記憶是谷口大佑，這個男人的喜好甚至都是谷口大佑，但這人根本不是「所謂的」谷口大佑。里枝彷徨，求助於當年的離婚律師城戶，調查「這個男人」是誰。

有點像一則熟悉的辯證，確實，玫瑰若不叫玫瑰無損其芳香，但在這個故事裡我們卻相反地發現玫瑰竟不存在於玫瑰的香氣裡：一個人不妨像那個男人一樣拷貝身世，抄襲記憶，就算性情都在呼吸恍惚間相互浸蝕（但為什麼發生這樣的事，這裡自然不好劇透），種種看似實在的來歷或本質在人身上竟都是虛的。那到底什麼是實的？是我們以為最表面也最不可靠的名字。

平野啟一郎寫妻子的震驚，不描述她痛哭，不描述她受騙，卻描述她坐在丈夫的遺照前內心無垠的荒涼：此後我在心裡該怎麼呼喚你呢？不能再叫你「大佑君」了，但我該怎麼呼喚你呢？

●

據說在生理上一個人每隔七年全身的細胞就統統換新，宛如我們不能踏入同一條河流兩次，因此相較於「找出一個人的經歷與故事，卻找不到他的名字」，「找出一個人的名字，卻未必能知道什麼故事」竟然顯得更加踏實，與其說妻子想要知道「那個男人」真正的背景與來歷，不如說她更需要知道如何以正確聲響標記她失去的丈夫。好像《金枝》中曾提及東印度群島部族流行的風俗：一個人向陌生人自報名號是忌諱的，但允許由奴僕、同伴或者朋友代為告訴，也就是說，不管身體或心靈或記憶都不作為存在的證據。人竟是非常幻夢地存在於他人的呼喚聲裡。

但平野啟一郎的推進並不止步於此，在《那個男人》中，他將這本體論式的抽象辯證，以裡化表地與日本的社會議題結合，落實在故事裡的律師城戶身上，城戶是在日韓裔第三代，不曾在韓國生活過一日也無法聽說讀寫任何韓文，所謂韓國在他身上算是什麼？而高中才歸化、即使已是第三代仍讓人一眼就看出來「你是朝鮮人吧，看你的眼睛跟鼻子就知道」，所謂日本人在他身上又是什麼？城戶，三十八歲，無法回答。他娶了極為「標準」的日本太太，能夠明顯看出這個妻子在故事中是作為「整個日本社會」的化約而存在的，他與妻子微妙的關係，或也可解讀為作者謹慎的暗喻。而故事中數度提及關東大震災中的「朝鮮人虐殺事件」與日本近年的反韓浪潮，城戶有以日本人與殖民者身分謝罪的資格嗎？又有以韓國人與被殖民者身分聲討的資格嗎？這是一道出在他血裡的題目，但不容他回答，城戶也是日本社會裡的那個男人：一個不被日本人呼喚，也不被韓國人呼喚的人。

●

舉重若輕是常見到快要貶值的讚美，但在寫的人都知道那確實是高難度的技術展現，《那個男人》在核心追索以外，織入的訊息量可謂豐富，例如婚姻親子、死刑存廢、法律與社群，儘管未必處處有最醒神的洞見，也不免有耽溺與自我重複的時刻，但整體控場接楯都很高明，全書敘事的風格相對古典，沒有詭計與錯覺，沒有形式或時序的調度，穩健地線性推動，像剝開俄羅斯娃娃一樣，在正確的時機與正確的位置上出現謎、解開謎、出現謎、解開謎，令人聯想到學者李御寧寫《日本人的縮小意識》中「套匣鑲嵌」之一段。（順帶一提，李御寧也是韓國人。）

李御寧舉石川啄木著名短歌〈東海與蟹〉中，大量反覆使用「の」的獨特語法為例，說明詩中從「東海」收縮到「螃蟹」再收縮到「淚一滴」，充滿將整個外部世界往內在中心壓縮至一點的空間意識，或許也不妨以此理解《那個男人》的故事：在套匣般設謎與解謎的過程中，作者與讀者終於一點一點逼近所謂「人所謂的自我」究竟該如何成立的內核：原來它並非堅硬果芯，反而確實像是「淚一滴」，一點也不堅固，無定向無定型，靠一點點表面張力維繫不至吹散墜破。

有人說平野啟一郎是三島由紀夫再世，但不知為何他更讓我想起村上春樹，當然不只是因為他老是告訴你書中角色獨自喝了什麼樣的酒、聽了哪張爵士樂名盤……而是在這樣一個充滿恐慌與暗角的故事裡，他的筆鋒不催逼張力，反而有種只是被懸念輕輕拉著衣角騰空而行的疲憊恍惚之感，這也是此書的魅力之一。而跟隨這樣半醉半搖晃的節奏，一路走到接近結尾之處，忽然有了如下一段中年危機男女的對話：

「愛上這個人包含他的過去。可是，如果知道了這個人的過去是別人的，那麼兩人之間的愛會該何去何從？」

「知道了以後，再重新愛就好了呀？愛不是愛一次就結束了，而是要在漫長的時間裡不斷地重新再愛吧？因為會發生很多事情。」

這麼芭樂，哪裡像三島由紀夫；這種芭樂，也不太接近村上春樹。問題是明明最厭煩「兩人之間的愛」一類辭彙與對話的我，讀到這裡，竟也忍不住有點惱火地承認：「可惡！被療癒到了。」明明是陰暗的祕密，疲憊的生命，荒涼的人身，既不開朗也不勤快，態度懶懶散散，有點裝模作樣，還一臉正經說些愛啊幸福啊的油腔滑調，然而在那中間，又彷彿有些被小心翼翼掩蓋的真摯之物……

所以我就說了，像《那個男人》這樣的，實在是最討厭了。

——原載二〇一九年十二月二十七日《鏡文化》

小路攝影

黃麗群，一九七九年生於台北，政治大學哲學系畢業。曾獲時報文學獎、聯合報文學獎、林榮三文學獎、金鼎獎等。散文作品連續七年入選台灣九歌年度散文選，另亦入選台灣飲食文選、九歌年度小說選等。著有散文集《背後歌》、《感覺有點奢侈的事》、《我與貍奴不出門》；小說集《海邊的房間》；採訪傳記作品《寂境：看見郭英聲》等。

風的使命感——張維中

今年秋天的東京，有不少地方的銀杏樹，都讓遠道而來的觀光客失望了。有一說是早前的幾場颱風和暴雨，把整株樹打得稀稀落落的，不過，另一個原因也是恰逢樹木的修剪期。如果銀杏樹不是種在公園內，而是集中在住宅區和辦公樓之間，路上囤積過多落葉，據說偶爾會引起當地人的抗議，抗議落葉導致他們生活的不便。

我們看著銀杏落葉鋪蓋滿地，迤邐出一條金黃色地毯，都覺得好美好浪漫，大概難以理解有人會抗議吧？然而，一想到也是有日本人拒絕政府在住家附近開公立幼稚園，理由竟然只是嫌天真可愛的小孩太吵，那麼會抗議銀杏樹也不是什麼奇怪的事了。

有花就賞有葉就看，這處被剪光了，總還有其他地方能看。我只是有點同情銀杏。我要是被誰討厭了，離開就好，但銀杏要是被人嫌，可不是自己說想走就能走的啊。

看銀杏，就是穿風衣的好日子。真正入冬以後，就需要大衣和羽絨衣了，唯有在深秋黃葉尚未落盡之際，風衣的厚薄恰恰好。

喜歡穿長襬的風衣，走在堆滿落葉的銀杏樹下，低頭看自己的腳步，交錯在晃動的衣襬與隨風捲起的黃葉之間，空氣中，流動著秋光的現在進行式。

春秋兩季，東京的陣風特別強。沒來由的突然而起，跟颱風那種帶著怨氣的感覺不同，彷彿是背負著使命感的。那樣的風，非要把櫻花、紅葉和黃葉給狠狠吹落一地才行，像是被上天賦予任務似的，完成宣告季節的更迭。

深秋的陣風，有時候會吹來一些久違的人，像是小野君。

十二月還未過完，前幾天小野君在網路上捎來訊息，預約明年一月要來場新年會。等等，不是還在歲暮嗎？我從未見過有人在「忘年會」的高峰期約吃飯，是直接跳過忘年會，快轉到新年會的。難道因為這一年有太多不想忘記的事情嗎？不過，小野君向來不是傳統的日本人，所以一切也就說得過去了。

我不確定小野君這一年是否有許多不想忘記的事，但我可以確定的是，他的生命中有好幾件事情，他始終不會忘記。例如，他熱中於寫小說這件事。

在很偶然的一次聚會中，我才知道他寫了好多本小說。那些小說並沒有被出版，純粹只是他一腔熱血所創作完成的，刊載在他的部落格上。其中有幾部長篇，製作成了電子書，以自製書的形式在日本亞馬遜書店上販售，很有模有樣。想當然耳，並不會有人去買，所以自然也沒有收入，但是那沒有造成他的阻礙。

在公司裡幾個前輩的眼中，這股行徑簡直像昭和初期的落魄作家，常開玩笑說他跟時代脫節。但在我看來，明明沒有稿費也沒有讀者，多寫一篇或少寫一篇實在也沒差的狀況中，他居然能夠這樣不屈不撓地堅持著，不知道哪來使命感似的，實在就很令人敬佩了。說不定哪一天，他真的變成了暢銷大作家也不一定。世事多變，人的命運誰會知道呢。

小野君對於也有在寫小說的我，似乎有些另眼相看。雖然我告訴他，在台灣出版小說賣不了幾本，不過他還是覺得能夠出版已經很厲害。有一年，我的小說改編成舞台劇，正在台灣旅行的他，很堅持要去捧場觀賞。他犧牲了可以多去一次台北女僕咖啡館的寶貴時間，讓我相當過意不去。畢竟他根本聽不懂中文，還大老遠跑到人生地不熟的淡水竹圍。不過也是因為這一次，讓我感受到小野君其實是個重感情、講義氣的人。

離開小說，小野君自己的人生也是夠戲劇化的了。認識他好一陣子以後，我才知道他其實結過一次婚，還育有一個小孩。對象是他當年在曼谷居住時認識的年輕女生。後來的細節我沒有問得太清楚，總之就是那女孩選擇離開他，和其他男人另組了家庭，而離開泰國的小野君，就成為了現在我們眼前的小野君了。

那天經過神宮外苑的銀杏並木道，見到今年的銀杏確實比往年來得稀疏一些。不過，可能我年年看著都是茂密的模樣吧，反而感覺特別新鮮。其實還是很美的。那些銀杏樹像一排剛剪完頭髮的乖學生，神清氣爽地排排站。日光篩落中，顯得比過往更加精神抖擻，一個個都是好青年。

忽然在這當下，又想起了小野君。小野君雖然好像把生活過得有點邋遢，很多言行舉止都令人不太放心，不過在他心底，其實還是有著某種使命感。那為他形塑出了一股力量，推著他往前走。縱使旁人看不出來，他會走向何方，但是他知道就好。

穿起大衣，裹著圍巾，走在白天氣溫掉到只剩個位數的街頭，我沒來由地想著：天冷很好，下雨也很好。

一個人知道什麼樣的方式會是好，那麼就好。

——原載二〇一九年十二月二十九日《自由時報》副刊

張維中，東京在住台北人。喜歡大都會的新潮繁華，也愛地方小鎮的人文風情。寫遊記、寫散文、寫小說也寫少兒讀物。喜好啜飲記憶，懂得忙裡偷閒，善於各領域的追星崇拜，活在一個字典中沒有無聊兩字的日常裡，不羨慕別人的生活，知足當下的擁有。近作包括小說《代替說再見》、旅記《日本小鎮時光》、繪本《麒麟湯》和散文《東京模樣》等。

附錄

一〇八年年度散文紀事

杜秀卿

一月

・十一日，二〇一九台北國際書展大獎公布小說獎、非小說獎、兒童及青少年獎得獎名單，非小說獎首獎：陳昭如《幽黯國度：障礙者的愛與性》、阿潑《日常的中斷：人類學家眼中的災後報告書》、謝凱特《我的蟻人父親》。

・二十二日，作家林清玄過世，享年六十五歲。林清玄一九五三年生，以佛理入散文，從文學到佛學，自成一家之言，著作超過百部，作品多次被編入台灣、中國大陸、香港、新加坡的中文課本，曾獲譽為「當代散文八大家之一」。

・三十日，第三十八屆行政院文化獎名單揭曉，作家李喬獲獎。

三月

・五日，九歌出版社舉辦「一〇七年度文選新書發表會暨贈獎典禮」，年度文選由胡晴舫、阮慶岳、謝鴻文分別主編散文選、小說選、童話選，「年度散文獎」得主：張輝誠〈再會囉，我的心肝阿母〉。

四月

・一日，第二十一屆台北文學獎公布得獎名單，徵文類別為競賽類小說、散文、現代詩、古典詩、舞台劇本及年金類，競賽類散文組：首獎林念慈〈擇木〉，評審獎王佑甄〈歡迎來到永無島〉，優等獎楚楚〈用眼睛捕捉聲音的人〉、沐羽〈模擬迷途〉；年金類入圍：陳柏言《溫州街的故事》、敷米漿《洗車人家》、徐振輔《西藏度亡經》。

・一日，第十二屆阿公店溪文學獎公布得獎名單，徵文類別為散文（大專、高中、國中、國小）、台語童詩、客語童詩，大專組散文：第一名鄭諭棻〈夢想的路上〉，第二名張翔穎〈空氣微粒〉，第三名吳鄺恆〈南漂〉，優選十名。

・十五日，作家顧德莎過世，享年六十一歲。顧德莎一九五七年生，創作涵括散文、小說、新詩，三月出版的回憶錄《說吧。記憶》，重新回頭面對自己的童年、家庭、創業、負債、離婚、老病等。

五月

・四日，二〇一九中國文藝獎章舉行贈獎典禮，第六十屆文藝獎章文學創作獎得主：陳建宇、孫梓評、劉曉頤。

・二十三日，出版家平鑫濤過世，享年九十二歲。平鑫濤一九二七年生，創辦《皇冠雜誌》和皇冠出版集團，早年曾以筆名費禮從事翻譯。

六月

・二日，第三十七屆全球華文學生文學獎舉行頒獎典禮，徵文類別為散文、新詩、短篇小說，高中組散文：第一名劉致瑋〈菸霧〉，第二名陳研諭〈髮帶〉，第三名蔡君岱〈孽未央〉，佳作沈弘祥等八名；國中組散文：第一名羅菩兒〈小黑〉，第二名羅王真〈亡語〉，第三名梅幀量〈鯨落〉，佳作張瑋之等五名。

七月

・十四日，第二十二屆夢花文學獎得獎名單揭曉，徵文類別為散文、新詩、短篇小說、母語文學、小夢花兒童詩及青春夢花散文，散文獎：優選何志明〈送母親返鄉〉，佳作張燕輝等六名。

・二日，第六屆聯合報文學大獎揭曉，由生態散文作家劉克襄獲獎。

・十六日，二〇一九書寫高雄文學創作獎助計畫入選名單出爐，以散文獲選者：沈信宏《大探險家》、蔡明原《我們家在高雄》、曾昭榕《Svonvong蝴蝶》（小說及散文）；報導文學獲選者：邱承漢《富子Tomiko：灶腳裡的鹽埕歷史》。

・十七日，一〇八年教育部文藝創作獎公布得獎名單，徵文類別為散文、短篇小說、傳統戲劇劇本、古典詩詞、童話，散文類教師組：特優張燕輝〈菊黃蟹肥好時節〉，優選黃雅莉〈刪除〉、蔡其祥〈在高粱田與星空之間〉，佳作吳品誼等三名；學生組：特優何承蔚〈往山的方向〉，優選朱正勛〈跌筊仔〉、梁評貴〈巡海〉，佳作陳佳微等三名。

・十八日，第十六屆台積電青年學生文學獎公布得獎名單，徵文類別為散文、短篇小說、新詩，散文類：首獎葉儀萱〈重慶印象〉，二獎李樺〈橡膠樹林〉，三獎林子喬〈尋光〉、顧庭弘〈無染〉，優勝獎曾亦修等四名。

・二〇〇九年創辦的馬祖文學獎，自二〇一九年起徵獎改為兩年一次。

八月

・六日，第二十一屆磺溪文學獎公布得獎名單，徵文類別為散文、新詩、短篇小說、報導文學、微小說、電視電影劇本，散文獎：磺溪獎徐麗娟〈林子的隱味〉，優選獎陳昱良〈芒果樹下的童年〉、林佳樺〈花田裡的阿西伯〉、黃千芸〈春花不凋〉、林郁茗〈水眠〉、陳毅〈社口〉、林佳儀〈洗〉；特別貢獻獎：施懿琳。

・十二日，第四十三屆金鼎獎得獎名單揭曉，圖書類文學圖書獎：鯨向海《每天都在膨脹》、張貴興《野豬渡河》、洪明道《等路》、余英時《余英時回憶錄》；特別貢獻獎：兒童文學創作及研究者幸佳慧。

・十九日，第二十三屆台北文化獎揭曉四位得主，致力推廣文學志業的《文訊》雜誌社長兼總編輯封德屏獲獎。

・二十八日，二〇一九南投縣玉山文學獎公布得獎名單，徵文類別為散文、新詩、短篇小說、古典詩、報導文學，散文類：首獎陳昺冠〈陪我一路〉，優選林芸〈鹿〉、張舜忠〈賽德克的兒女們〉、林郁茗〈瞳〉；文學貢獻獎得主為吳啟銘。

九月

・三十日，作家羊子喬過世，享年六十九歲。羊子喬，本名楊順明，一九五一年生，創作以詩和散文為主，是台南北頭洋部落的西拉雅人，一九七六年後便有意識地投入原住民書寫。

・二十六日，第八屆台中文學獎公布得獎名單，徵文類別為散文、新詩、小說、童話、母語詩（台語、客語）、青少年散文，散文類：第一名黃宏春〈聚〉，第二名林佳樺〈量身〉，第三名李彥瑩〈花事〉，佳作蘇駿等四名；文學貢獻獎得主為王定國。

十月

・一日，《華文散文百年選．中國大陸卷》二冊由九歌出版，早先四月已出版散文馬華卷。九歌出版社自二〇一八年開始進行的「華文文學百年選」出版計畫，以台灣、香港、馬來西亞、中國大陸四地百年來的散文、小說、新詩為選文收錄範圍，共出版十六冊。

・二日，第九屆新北市文學獎公布得獎名單，徵文類別為黃金組、成人組（散文、新詩、短篇小說、報導文學）、青春組（散文、新詩）、舞臺劇本組、繪本故事組，成人組散文類：首獎陳柏瑤〈燒燙傷加護病房〉，優等張懿範〈自療〉、丁威仁〈引體向上〉，佳作徐郁智等三名。

・七日，第十八屆文薈獎——全國身心障礙者文藝獎公布得獎名單，徵件類別為文學、圖畫書、心情故事，文學類大專社會組：第一名姜佑潔〈時間和不能預見的遭遇〉，第二名吳艾玶〈活著的日子〉，第三名彭美蓮〈回到原點〉，佳作黃王鳳蓮等三名，另有高中職、國中、國小組得獎者。

・七日，二〇一九桃園鍾肇政文學獎公布得獎名單，徵文類別為散文、新詩、短篇小說、報導文學、兒童文學，散文類：正獎葉琮銘〈透南風〉，副獎洪于珺〈粥事〉、郝妮爾〈再見陽台〉。

・十五日，嘉義市第十屆桃城文學獎公布得獎名單，徵文類別為散文、短篇小說、現代詩、小品文，散文組：第一名孫慶語〈oozing〉，第二名林連鍠〈戇囝〉，第三名賴俊儒〈南天〉，優選葉琮銘等三名；小品文組：第一名何岳樺〈騎迹〉，第二名顏聖宇〈西市場〉，第三名許惠淳〈區間車〉，優選杞欣廷等五名。

・十八日，二〇一九打狗鳳邑文學獎公布得獎名單，徵文類別為散文、小說、新詩、台語新詩，散文組：首獎熊佳慕〈零餘時刻〉，評審獎林念慈〈三十而慄〉，優選獎林芸〈阿雞〉，高雄獎沈信宏〈大探險家〉。

・十八日，二〇一九後山文學獎公布得獎名單，徵文類別為在地書寫（散文、新詩）及全民書寫，在地書寫散文類社會組：第一名周紫宸〈店員〉，第二名李家棟〈歸墟〉，第三名周欣宜〈洛神〉，優選郝妮爾等五名，另有高中職、國中組得獎者；全民書寫類：特優曾元耀〈印象立霧溪〉，優選徐麗娟等十五名。

・二十五日，二〇一九台灣文學金典獎公布得獎名單，圖書類年度大獎：張貴興《野豬渡河》；金典獎：賴香吟《天亮之前的戀愛：日治台灣小說風景》、唐諾《我有關聲譽財富和權勢的簡單思索》、夏曼・藍波安《大海之眼：Mata nu Wawa》、洪明道《等路》、王天寬的《開房間》、羅智成《問津》、阿潑《日常的中斷：人類學家眼中的災後報告書》；蓓蕾獎：洪明道《等路》、王天寬《開房間》、曹馭博《我害怕屋瓦》。母語文學創作類則徵選劇本創作獎、台語新詩創作獎、客語新詩創作獎、原住民漢語新詩創作獎。

・二十九日，第八屆桐花文學獎公布得獎名單，徵文類別為散文、微小說、客家三行詩、新詩，散文類：首獎黃永達〈水頭莊最尾一棚收冬戲〉，優等彭瑞珠〈十二盎覆菜〉，佳作黃秋枝等五名。

・三十一日，第二十二屆菊島文學獎公布得獎名單，徵文類別為散文、現代詩、短篇小說，社會組散文類：首獎徐麗娟〈沿海轉彎〉，優等張舜忠〈海風的故鄉〉，佳作鄭翔釗等三名，另有青少年組得獎者。

十一月

・九日，第十五屆林榮三文學獎舉行頒獎典禮，徵文類別為散文、短篇小說、新詩、小品文，散文獎：首獎李筱涵〈童仔仙〉，二獎佳樺〈玫瑰與獸〉，三獎林薇晨〈水火戰場〉，佳作洪愛珠〈吃麵的兆頭〉、高自芬〈花人〉、陳逸勳〈革命前夕的摩托車日記〉、蕭名翊〈驅邪〉；小品文獎：李怡坤〈心通〉、林力敏〈待夾的娃娃〉、陳怡憓〈月世界〉、陳東海〈綠燈〉、陳柏瑤〈婚禮鞋〉、陳曙萍〈聲音〉、蔡玉珍〈沒有子宮的女人〉、蕭名翊〈績效考核〉、蕭信維〈戒菸〉、賴俊儒〈裡面〉。

・九日，一〇八年高雄青年文學獎公布得獎名單，徵文類別為散文、新詩、短篇小說、圖文創作，依年齡分成三組，十九至三十歲組散文類：首獎郭惠珍〈禮花菊〉，二獎陳研諭〈夜行〉，三獎陳昱良〈雲霧裡的時光〉，另有十六至十八歲、十二至十五歲組得獎者。

・十日，第三十二屆梁實秋文學獎公布得獎名單，徵件類別為散文創作類和翻譯類，首獎：胡剛剛《成長碎片》，評審獎：許閔淳《雨影沙漠》、陳育律《人間生活副本》、廖宣惠《我的室友卡夫卡》。

・十五日，第四十一屆吳三連獎舉行贈獎典禮，文學獎由散文類廖鴻基、報導文學類江元慶獲獎。

・二十一日，第十六屆浯島文學獎公布得獎名單，徵文類別為散文、長篇小說，散文組：首獎張燕輝〈吃頭〉，優等獎林郁茗〈暗室霞光〉、陳昱良〈蚵嗲女孩〉、周志強〈晴空裡的黑翅鳶〉、夏婉雲〈黑暗星球〉。

．二十八日，第十屆台灣原住民族文學獎公布得獎名單，徵文類別為散文、新詩、小說、報導文學，散文組：第一名游以德（Sayun Yuming）〈傭〉，第二名胡信良（Lulyang Nomin）〈菸斗〉，第三名潘一帆（Maqundiv Binkinuan）〈與父過河〉，佳作陳宏志等四名。

．三十日，二〇一九Openbook年度好書獎公布，中文創作得獎作品：黃麗群《我與貍奴不出門》、張亦絢《性意思史：張亦絢短篇小說集》、陳淑瑤《雲山》、邱常婷《新神》、夏宇《羅曼史作為頓悟》、阿尼默《小輓：阿尼默漫畫集》、劉宸君《我所告訴你關於那座山的一切》、徐沛然《社企是門好生意？社會企業的批判與反思》、溫洽溢《獻給皇帝的禮物：WEDGWOOD瓷器王國與漫長的十八世紀》、房慧真等《煙囪之島：我們與石化共存的兩萬個日子》。

十二月

．三日，第二十一屆國家文藝獎揭曉獲獎名單，文學類得主為作家黃娟。

．十四日，第九屆全球華文文學星雲獎舉行頒獎典禮，徵文類別為創作獎，分歷史小說、報導文學、人間佛教散文、人間禪詩四類，人間佛教散文：首獎秦就〈看藍〉，貳獎蘇雅芳〈道得賦〉，參獎伍季〈海潮命題〉，佳作王育嘉〈有一座山〉、沈信宏〈缺口〉、吾土〈普庵咒〉、左家瑜〈彼岸〉、徐麗娟〈點綠生苔〉；貢獻獎得主為台灣當代重要散文家林文月。

．十六日，第四十屆旺旺時報文學獎公布得獎名單，徵文類別為散文、影視小說、新詩，散文組：首獎陳棨顯〈一部紀錄片的完成〉，優選獎陳宛萱〈怪物〉，佳作獎林佳樺〈守宮〉、賴俊儒〈謎語練習〉。

・十七日，金石堂書店公布「二〇一九年度風雲人物暨十大影響力好書」，年度風雲作家為吳明益，十大最具影響力的書七本為翻譯，三本中文創作：李維菁《人魚紀》、蔡康永《蔡康永的情商課》、鄧惠文《我不想說對不起》。

・十七日，作家尉天驄過世，享年八十五歲。尉天驄一九三五年生，曾創辦《筆匯》、《文學季刊》等雜誌，間接提拔不少本土作家，如王禎和、黃春明；散文集《回首我們的時代》描寫台灣文人軼事，是非常珍貴的文學史料。

・二十日，《台灣現當代作家研究資料彙編》第九階段十冊新書發表，其中傳主創作以散文為主者有隱地、季季。

・二十三日，作家林良過世，享年九十六歲。林良一九二四年生，以本名「林良」創作兒童文學，以筆名「子敏」發表散文，代表作品《小太陽》取材自日常生活經驗，挖掘家庭瑣事的韻味，陪伴許多讀者走過童年時光。

九　歌　文　庫　　1　3　2　4

九歌一〇八年散文選
Collected essays 2019

國家圖書館出版品預行編目（CIP）資料

九歌散文選 . 108 年 / 凌性傑主編 . -- 初版 .
-- 臺北市 : 九歌 , 2020.03
面；　公分 . -- (九歌文庫 ; 1324)
ISBN 978-986-450-283-7 (平裝)
863.55　　109001301

主　　編 ── 凌性傑
執行編輯 ── 杜秀卿
創 辦 人 ── 蔡文甫
發 行 人 ── 蔡澤玉
出　　版 ── 九歌出版社有限公司
台北市 105 八德路 3 段 12 巷 57 弄 40 號
電話 / 02-25776564・傳真 / 02-25789205
郵政劃撥 / 0112295-1

九歌文學網　www.chiuko.com.tw

印　　刷 ── 晨捷印製股份有限公司
法律顧問 ── 龍躍天律師 ・ 蕭雄淋律師 ・ 董安丹律師
初　　版 ── 2020 年 3 月
初版 4 印 ── 2023 年 2 月
定　　價 ── 420 元
書　　號 ── F1324
I S B N ── 978-986-450-283-7

本書榮獲 台北市文化局 Department of Cultural Affairs Taipei City Government 贊助